中德文学因缘二集

吴晓樵 著

编委会

丛书主编：叶　隽

学术委员会委员：

（按姓氏拼音顺序排列）

曹卫东　北京体育大学

陈洪捷　北京大学

范捷平　浙江大学

李明辉　台湾"中央研究院"

麦劲生　香港浸会大学

孙立新　山东大学

孙周兴　同济大学

谭　渊　华中科技大学

卫茂平　上海外国语大学

杨武能　四川大学

叶　隽　同济大学

叶廷芳　中国社会科学院

张国刚　清华大学

张西平　北京外国语大学

Adrian Hsia　夏瑞春　加拿大麦吉尔大学

Françoise Kreissler　何弗兹　法国东方语言学院

Iwo Amelung　阿梅龙　德国法兰克福大学

Joël Thoraval　杜瑞乐　法国高等社会科学研究院

Klaus Mühlhahn　余凯思　美国印第安纳大学

Michael Lackner　郎密榭　德国埃尔郎根大学

总　序

一、中、德在东、西方(亚欧)文化格局里的地位

华夏传统，源远流长，浩荡奔涌于历史海洋；德国文化，异军突起，慨然跃升于思想殿堂。作为西方文化，亦是欧陆文化南北对峙格局之重要代表的德国，其日耳曼统绪，与中国文化恰成一种"异体"态势，而更多地与在亚洲南部的印度文化颇多血脉关联。此乃一种"相反相成"之趣味。

而作为欧陆南方拉丁文化代表之法国，则恰与中国同类，故陈寅恪先生谓："以法人与吾国人习性为最相近。其政治风俗之陈迹，亦多与我同者。"诚哉是言。在西方各民族文化中，法国人的传统、风俗与习惯确实与中国人诸多不谋而合之处，当然也不排除文化间交流的相互契合：诸如科举制的吸纳、启蒙时代的诸子思想里的中国文化资源等皆是。如此立论，并非敢淡漠东西文化的基本差别，这毕竟仍是人类文明的基本分野；可"异中趋同"，亦可见钱锺书先生所谓"东海西海，心理攸同；南学北学，道术未裂"之言不虚。

在亚洲文化(东方文化)的整体格局中，中国文化属于北方文化，印度文化才是南方文化。中印文化的交流史，实际上有些类似于德法之间的文化交流史，属于地缘关系的亚洲陆地上的密切交

流,并由此构成了东方文化的核心内容;遗憾的是,由于地域太过辽阔,亚洲意义上的南北文化交流有时并不能相对频繁地形成两种文化之间的积极互动态势。两种具有互补性的文化,能够推动人类文明的较快推进,这可能是一个基本定律。

西方文化发展到现代,欧洲三强英、法、德各有所长,可若论地缘意义上对异文化的汲取,德国可拔得头筹。有统计资料表明,在将外语文献译成本民族语言方面,德国居首。而对法国文化的吸收更成为思想史上一大公案,乃至歌德那一代人因"过犹不及"而不得不激烈反抗法国文化的统治地位。虽然他们都说得一口流利的法文,但无论正反事例,都足证德意志民族"海纳百川"的学习情怀。就东方文化而言,中国文化因其所处地理中心位置,故能得地利之便,尤其是对印度佛教文化的汲取,不仅是一种开阔大度的放眼拿来,更兼备一种善择化用的创造气魄,一方面是佛教在印度终告没落,另一方面却是禅宗文化在中国勃然而起。就东方文化之代表而言,或许没有比中国更加合适的。

中德文化关系史的意义,正是在这样一种全局眼光中才能凸显出来,即这是一种具有两种基点文明代表性意义的文化交流,而非仅一般意义上的"双边文化关系"。何谓?此乃东西文化的两种核心文化的交流,即作为欧洲北方文化的条顿文明与亚洲北方文化的华夏文明之间的交流。这样一种质性文化的交流,具有重要的范式意义。

二、作为文明进程推动器的文化交流与中国文化的"超人三变"

不同文明之间的文化交流,始终是文明进程的推动器。诚如季羡林先生所言:"从古代到现在,在世界上还找不出一种文化是不受外来影响的。"①其实,这一论断,也早已为第一流的知识精英所认知,譬如歌德、席勒那代人,非常深刻地意识到走向世界、汲取不同文化资源的重要性,而中国文化正是在那种背景下进入了他们的宏阔视域。当然,我们要意识到的是,对作为现代世界文明史巅峰的德国古典时代而言,文化交流的意义极为重要,但作为主流的外来资源汲取,是应在一种宏阔的侨易学视域中去考察的。这一点歌德总结得很清楚:"我们不应该认为中国人或塞尔维亚人、卡尔德隆或尼伯龙根就可以作为模范。如果需要模范,我们就要经常回到古希腊人那里去找,他们的作品所描绘的总是美好的人。对其他一切文学我们都应只用历史眼光去看。碰到好的作品,只要它还有可取之处,就把它吸收过来。"②此处涉及文化交流的规律性问题,即如何突出作为接受主体的主动选择性,若按陈寅恪所言:"其真能于思想上自成系统,有所创获者,必须一方面吸收输入外来之学说,一方面不忘本来民族之地位。此二种相反而适相成之态度,乃道教之真精神,新儒家之旧途径,而二千年吾民族与他

---

① 季羡林:《文化交流的必然性和复杂性》,载季羡林、张光璘编:《东西文化议论集》(上册),经济日报出版社1997年版,第8页。
② 德文原文为:"Wir müssen nicht denken, das Chinesische wäre es oder das Serbische oder Calderon oder die Nibelungen, sondern im Bedürfnis von etwas Musterhaftem müssen wir immer zu den alten Griechen zurückgehen, in deren Werken stets der schöne Mensch dargestellt ist. Alles übrige müssen wir nur historisch betrachten und das Gute, so weit es gehen will, uns daraus aneignen." Mittwoch, den 31. Januar 1827. in Johann Peter Eckermann: *Gespräche mit Goethe-in den letzten Jahren seines Lebens*(《歌德谈话录——他生命中的最后几个年头》). Berlin und Weimar: Aufbau-Verlag, 1982. S.198.中译文见[德]爱克曼辑录:《歌德谈话录》,朱光潜译,人民文学出版社1978年版,第113—114页。

民族思想接触史之所昭示者也。"①这不仅是中国精英对待外来文化与传统资源的态度,推而广之,对各国择取与创造本民族之精神文化,皆有普遍参照意义。总体而言,德国古典时代对外来文化(包括中国文化)的汲取与转化创造,是一次文化交流的质的提升。文化交流史的研究,其意义在此。

至于其他方面的双边交流史,也同样重要。德印文化交流史的内容,德国学者涉猎较多且深,尤其是其梵学研究,独步学林,赫然成为世界显学;正与其世界学术中心的地位相吻合,而中国现代学术建立期的第一流学者,如陈寅恪、季羡林等就先后负笈留德,所治正是梵学,亦可略相印证。中法文化交流史内容同样极为精彩,由启蒙时代法国知识精英对中国文化资源的汲取与借鉴到现代中国发起浩浩荡荡的留法勤工俭学运动,其转易为师的过程同样值得深入探究。总之,德、法、中、印这四个国家彼此之间的文化交流史,应当归入"文化史研究"的中心问题之列。

当然,不可否认的是,作为中国学者,我们或多或少会将关注的目光投入中国问题本身。必须强调加以区分的是所谓"古代中国""中世中国"与"现代中国"之间的概念分野。其中,"古代中国"相当于传统中国的概念,即文化交流与渗透尚未到极端的地步,尤以"先秦诸子"思想为核心;"中世中国"则因与印度佛教文化接触,而使传统文化受到一种大刺激而有"易",禅宗文化与宋儒理学值得特别关注;"现代中国"则以基督教之涌入为代表,西

---

① 《冯友兰〈中国哲学史〉下册审查报告》,载刘桂生、张步洲编:《陈寅恪学术文化随笔》,中国青年出版社1996年版,第17页。

学东渐为标志,仍在进程之中,则是以汲取西学为主的广求知识于世界,可以"新儒家"之生成为关注点。经历"三变"的中国,"内在于中国"为第一变,"内在于东方"为第二变,"内在于世界"为第三变,"三变"后的中国才是具有悠久传统而兼容世界文化之长的代表性文化体系。

先秦儒家、宋儒理学、新儒家思想(广义概念)的三段式过渡,乃是中国思想渐成系统与创新的标志,虽然后者尚未定论,但应是相当长时期内中国思想的努力方向。而正是这样一种具有代表性且兼具异质性的交流,在数量众多的双边文化交流中,具有极为不俗的意义。张君劢在谈到现代中国的那代知识精英面对西方学说的盲目时有这样的描述:"好像站在大海中,没有法子看看这个海的四周……同时,哲学与科学有它们的历史,其中分若干种派别,在我们当时加紧读人家教科书如不暇及,又何敢站在这门学问以内来判断甲派长短得失,乙派长短得失如何呢?"[1]其中固然有个体面对知识海洋的困惑,同时也意味着现代中国输入与择取外来思想的困境与机遇。王韬曾感慨地说:"天之聚数十西国于一中国,非欲弱中国,正欲强中国,非欲祸中国,正欲福中国。"[2]不仅表现在政治军事领域如此,在文化思想方面亦然。而当西方各强国

---

[1] 张君劢:《西方学术思想在吾国之演变及其出路》,《新中华》第5卷第10期,1937年5月。
[2] 《答强弱论》,载王韬:《弢园文录外编》,中州古籍出版社1998年版,第304页。另可参见钟叔河:《王韬的海外漫游》,载王韬等:《漫游随录·环游地球新录·西洋杂志·欧游杂录》,岳麓书社1985年版,第12页。同样类型的话,王韬还说过:"合地球东西南朔九万里之遥,胥聚之于一中国之中,此古今之创事,天地之变局,此岂出于人意计所及料哉?天心为之也。盖善变者天心也。"《答强弱论》,载王韬:《弢园文录外编》,中州古籍出版社1998年版,第304页。

纷纷涌入中国,使得"西学东渐"与"西力东渐"合并东向之际,作为自19世纪以来世界教育与学术中心场域的德国学术,则自有其非同一般的思想史意义。实际上,这从国际范围的文化交流史历程也可看出,19世纪后期逐渐兴起的三大国——俄、日、美,都是以德为师的。

故此,第一流的中国精英多半都已意识到学习德国的重要性。无论是蔡元培强调"救中国必以学。世界学术德最尊。吾将求学于德,而先赴青岛习德文"①,还是马君武认为"德国文化为世界冠"②,都直接表明了此点。至于鲁迅、郭沫若等都有未曾实现的"留德梦",也均可为证。中德文化研究的意义,端在于此,而并非仅仅是众多"中外文化交流史"里的一个而已。如果再考虑到这两种文化是具有代表性的东西方文化之个体(民族—国家文化),那么其意义就更显突出了。

三、在"东学西渐"与"西学东渐"的关联背景下理解中德文化关系的意义

即便如此,我们也不能"画地为牢",因为只有将视域拓展到全球化的整体联动视域中,才能真正揭示规律性的所在。所以,我们不仅要谈中国文化的西传,更要考察波斯—阿拉伯、印度、日本文化如何进入欧洲。这样的东学,才是一个完整意义上的东学。当东学西渐的轨迹,经由这样的文化交流史梳理而逐渐显出清晰

---

① 黄炎培:《吾师蔡子民先生哀悼辞》,载梁柱:《蔡元培与北京大学》,北京大学出版社1996年版,第12页。
② 《〈德华字典〉序》,选自《马君武集》,华中师范大学出版社2011年版,第273页。

的脉络时,中国文化也正是在这样一种比较格局中,才会更清晰地彰显其思想史意义。这样的工作,需要学界各领域研究者的通力合作。

而当西学东渐在中国语境里具体落实到20世纪前期这辈人时,他们的学术意识和文化敏感让人感动。其中尤其可圈可点的,则为20世纪30年代中德学会的沉潜工作,其标志则为"中德文化丛书"的推出,至今检点前贤的来时路,翻阅他们留下的薄薄册页,似乎就能感受到他们逝去而永不寂寞的心灵。

昔贤筚路蓝缕之努力,必将为后人开启接续盛业的来路。光阴荏苒,竟然轮到了我们这代人。虽然学养有限,但对前贤的效慕景仰之心,却丝毫未减。如何以一种更加平稳踏实的心态,继承前人未竟之业,开辟后世纯正学统,或许就是历史交给我们这代人的使命。

不过我仍要说我们很幸运:当年冯至、陈铨那代人不得不因民族战争的背景而颠沛流离于战火中,一代人的事业不得不无可奈何地"宣告中断",今天,我们这代人却还有可能静坐于书斋之中。虽然市场经济的大潮喧嚣似也要推倒校园里"平静的书桌",但毕竟书生还有可以选择的权利。在清苦中快乐、在寂寞中读书、在孤独中思考,这或许,已是时代赠与我们的最大财富。

所幸,在这样的市场大潮下,能有出版人的鼎力支持,使这套"中德文化丛书"得以推出。我们不追求一时轰轰烈烈吸引眼球的效应,而希望能持之以恒、默默行路,对中国学术与文化的长期积淀略有贡献。在体例上,丛书将不拘一格,既要推出中国学者自己的研究著述,也要译介国外优秀的学术著作;就范围而言,文学、历史、哲学固是题中应有之义,学术、教育、思想也是重要背景因素,至于社会学、政治学、经济学等鲜活的社会科学内容,也都在"兼容并包"之列;就文体而言,论著固所必备,随笔亦受欢迎;至于编撰旧文献、译介外文书、搜集新资料,更是我们当今学习德国学者,努力推进的方向。总之,希望能"水滴石穿""积跬步以至千里",经由长期不懈的努力,将此丛书建成一个略具规模、裨益各界的双边文化之库藏。

叶 隽

陆续作于巴黎—布达佩斯—北京

作为国际学域的"中德文学关系研究"
——"中德文化丛书"之"中德文学关系系列"小引

"中德文化丛书"的理念是既承继民国时代中德学会学人出版"中德文化丛书"的思路,也希望能有所拓展,在一个更为开阔的范围内来思考作为一个学术命题的"中德文化",所以提出作为东西方文明核心子文明的中德文化的理念,强调"中德文化关系史的意义,是具有两种基点文明代表性意义的文化交流与互动。中德文化交流是东西方文化内部的两种核心子文化的互动,即作为欧洲北方文化的条顿文明与亚洲北方的华夏文明之间的交流。中德文化互动是主导性文化间的双向交流,具有重要的范式意义"[1]。应该说,这个思路提出后还颇受学界关注,尤其是"中德二元"的观念可能确实还是能提供一些不同于以往的观察中德关系史的角度,推出的丛书各辑也还受到欢迎,有的还获了奖项(这当然也不足以说明什么,最后还是要看其是否能立定于学术史上)。当然,也要感谢出版界朋友的支持,在如今以资本和权力合力驱动的时代里,在没有任何官方资助的情况下,靠着出版社的接力,陆续走到了今天,也算是不易。到了这个"中德文学关系系列",觉得有必要略做说明。

---

[1] 叶隽:《中德文化关系评论集》,上海外语教育出版社2008年版,封底。

中德文学关系这个学术领域是20世纪前期被开辟出来的，虽然更早可以追溯到彼得曼（Biedermann, Woldemar Freiherr von, 1817—1903）的工作，作为首创歌德与中国文化关系研究的学者，其学术史意义值得关注[1]；但一般而言，我们还是会将利奇温（Reichwein, Adolf）的《中国与欧洲——18世纪的精神和艺术关系》视为此领域的开山之作，因其首先清理了18世纪欧洲对中国文化的接受史，其中相当部分涉及德国精英对中国的接受。[2] 陈铨1930—1933年留学德国基尔大学，完成了博士论文《德国文学中的中国纯文学》，这是中国学者开辟性的著作，其德文本绪论中的第一句话是中文本里所没有的："中国拥有一种极为壮观、博大的文学，其涉猎范围涵盖了所有重大的知识领域及人生问题。"（China besitzt eine außerordentlich umfangreiche Literatur über alle großen Wissensgebiete und Lebensprobleme.）[3]作者对自己研究的目的性有很明确的设定："说明中国纯文学对德国文学影响的程序""就中国文学史的立场来判断德国翻译和仿效作品的价值。"[4]其中展现的中国态度、品位和立场，都是独立的，所以我们可以说，在"中德文化关系"这一学域，从最初的发端时代开始，

---

[1] 他曾详细列出《赵氏孤儿》与《埃尔佩诺》相同的13个母题，参见 Biedermann, Woldemar Freiherr von: *Goethe Forschung*（歌德研究）. Frankfurt am Main, 1879. S.110–111。
[2] Reichwein, Adolf: *China und Europa — Geistige und künstlerische Beziehungen im 18 Jahrhundert*. Berlin: Österheld, 1923. [德] 利奇温：《十八世纪中国与欧洲文化的接触》，朱杰勤译，商务印书馆1991年版。
[3] Chen Chuan: *Die chinesische schöne Literatur im deutschen Schrifttum*（德国文学中的中国纯文学）. Inaugural-Dissertation zur Erlangung der Doktorwürde der Hohen Philosophischen Fakultät der Christian-Albrecht-Universität zu Kiel. vorgelegt von Chuan Chen aus Fu Schün in China. 1933. S.1. 基尔大学哲学系博士论文。
[4] 陈铨：《中德文学研究》，辽宁教育出版社1997年版，第4页。

就是在中、德两个方向上同时并行的。当然,我们要承认陈铨是留学德国,在基尔大学接受了严格的学术训练并完成的博士论文,这个德国学术传统是我们要梳理清楚的。也就是说,就学域的开辟而言是德国人拔得头筹。这也是我们应当具备的世界学术的气象,陈寅恪当年出国留学,他所从事的梵学,那也首先是德国的学问。世界现代学术的基本源头,是德国学术。这也同样表现在德语文学研究(Germanistik,也被译为"日耳曼学")这个学科。但这并不影响我们独立风骨,甚至是后来居上,所谓"弟子不必不如师,师不必贤于弟子,闻道有先后,术业有专攻"(唐韩愈《师说》),这才是求知问学的本意。

当然,这只是从普遍的求知原理上而言之。中国现代学术是在世界学术的整体框架中形成的,既要有这个宏大的谱系意识,同时其系统建构也需要有自身的特色。从这个意义上来说,当陈铨归国以后,用中文出版《中德文学研究》,这就不但意味着中国日耳曼学有了足够分量的学术专著的出现,更标志着在本领域之内的发凡起例,是一个新学统的萌生。它具有多重意义,一方面它属于德文学科的成绩,另一方面它也归于比较文学(虽然在当时还没有比较文学的学科建制),当然更属于中国现代学术之实绩。遗憾的是,虽然在20世纪30年代前期即已有很高的起点,但出于种种原因,这一学域的发展长期中断,直到改革开放之后才出现薪火相传的迹象。冯至撰《歌德与杜甫》,大概只能说是友情出演;但他和德国汉学家德博(Debon, Günther, 1921—2005)、长居德国的加拿大华裔学者夏瑞春(Hsia, Adrian, 1940—2010)一起推动了中德文学关系领域国际合作的展开,倒是事实。1982年在海德堡大学召开了"歌德与中国"国际学术研讨会,以冯至为代表的 6 名中国学者出席并提交了 7 篇论文。[①] 90 年代以后,杨武能、卫茂平、方维规教授等皆有相关专著问世,有所贡献。[②]

进入 21 世纪,随着中国学术的发展,中德文学关系领域也受到更多关注,参与者甚多,且有不乏精彩之作。具有代表性的是谭渊的《德国文学中的中国女性形象》[③],此书发掘第一手材料,且具有良好的学术史意识,在前人基础上将这一论题有所推进,是值得充分肯定的一部著作。反向的研究,即德语文学在中国语境里的翻译、传播、接受问题,则相对被忽视。范劲提出了德语文学符码与现代中国作家的自我问题,并且将研究范围延伸到当代文学。[④] 笔者的《德国精神的向度变型》则选择尼采、歌德、席勒这三位德国文学大师及其代表作在中国的接受史进行深入分析,以影响研究为基础,既展现冲突、对抗的一面,也注意呈现其融合、化生的成分。[⑤] 卢文婷讨论了中国现代文学中所接受的德国浪漫主义影响。[⑥] 此

---

① 论文集 Debon, Günther & Hsia, Adrian (Hg.): *Goethe und China – China und Goethe*(歌德与中国—中国与歌德). Bern: Peter Lang Verlag, 1985.关于此会的概述,参见杨武能:《"歌德与中国"国际学术讨论会》,载杨周翰、乐黛云主编:《中国比较文学年鉴 1986》,北京大学出版社 1987 年版,第 351—352 页。亦可参见《一见倾心海德堡》,载杨武能:《感受德意志》,四川人民出版社 2001 年版,第 7—28 页。
② 此处只是略为列举若干我认为在各方面有代表意义的著作,关于中德文学关系的学术史梳理,参见谭渊:《德国文学中的中国女性形象》,武汉大学出版社 2017 年版,第 7—15 页;叶隽:《六十年来中国的德语文学研究》,重庆出版社 2016 年版,第 211—219 页。
③ 谭渊:《德国文学中的中国女性形象》,武汉大学出版社 2017 年版。
④ 范劲:《德语文学符码与现代中国作家的自我问题》,华东师范大学出版社 2008 年版。
⑤ 叶隽:《德国精神的向度变型——以尼采、歌德、席勒的现代中国接受为中心》,中央编译出版社 2015 年版。
⑥ 卢文婷:《反抗与追忆:中国文学中的德国浪漫主义影响(1898—1927)》,中国社会科学出版社 2014 年版。

外,中国文学的德译史研究也已经展开,如宋健飞的《德译中国文学名著研究》探讨中国文学名著在德语世界的状况①,谢淼的《德国汉学视野下中国当代文学的译介与研究》考察中国当代文学在德国的译介和研究情况②,这就给我们展示了一个德语世界里的中国文学分布图。当然,这种研究尚处于初步阶段,现在做的还主要是初步材料梳理的工作,但毕竟是开辟了新的领域。具体到中国现代文学的文本层面,探讨诸如中国文学里的德国形象之类的著作则尚未见,这是需要改变的情况。至于将之融会贯通,在一个更高层次上来通论中德文学关系者,甚至纳入世界文学的融通视域下来整合这种"中德二元"与"文学空间"的关系,则更是具有挑战性的难题。

值得提及的还有基础文献编目的工作。这方面旅德学者顾正祥颇有贡献,他先编有《中国诗德语翻译总目》③,后又编纂了《歌德汉译与研究总目(1878—2008)》《歌德汉译与研究总目(续编)》④,但此书也有些问题,诚如有批评者指出的,认为其认定我国台湾地区在1967年之前有《少年维特之烦恼》10种译本是未加考订

---

① 宋健飞:《德译中国文学名著研究》,外语教学与研究出版社2016年版。
② 谢淼:《德国汉学视野下中国当代文学的译介与研究》,南京大学出版社2017年版。
③ Übersetzte Literatur in deutschsprachigen Anthologien : eine Bibliographie ; [diese Arbeit ist im Sonderforschungsbereich 309 "Die literarische Übersetzung" der Universität Göttingen entstanden]/hrsg. von Helga Eßmann und Fritz Paul. - Stuttgart : Hiersemann. - 28 cm. - (Hiersemanns bibliographische Handbücher ; 13). - ISBN 3 - 7772 - 9719 - 4 [4391] Teilbd. 6. Anthologien mit chinesischen Dichtungen/wissenschaftlich ermittelt und herausgegeben von Gu Zhengxiang hrsg. von Helga Eßmann. Stuttgart : Anton Hiersemann Verlag, 2002.
④ 顾正祥编:《歌德汉译与研究总目(1878—2008)》,中央编译出版社2009年版。顾正祥编:《歌德汉译与研究总目(续编)》,中央编译出版社2016年版。

的,事实上均为改换译者或经过编辑的大陆重印本。① 这种只编书目而不进行辨析的编纂方法确实是有问题的。他还编纂有荷尔德林编目《百年来荷尔德林的汉语翻译与研究:分析与书目》②。

当然,也出现了一些让人觉得并不符合学术规律的现象,比如此前已发表论文的汇集,其中也有拼凑之作、不相关之作,从实质而言并无什么学术推进意义,不能视为严格意义上的学术专著。更为严重的是,这样的现象现在似乎并非鲜见。我以为这一方面反映了这个时代学术的可悲和背后权力与资本的恶性驱动力,另一方面研究者自身的急功近利与学界共同体的自律消逝也是须引起重视的。至少,在中德文学关系这一学域,我们应努力维护自己作为学者的底线和基本尊严。

但如何才能在前人基础上"百尺竿头,更进一步",创造出真正属于这个时代的"光荣学术",却并非一件易与之事。所以,我们希望在不同方向上能有所推动、循序渐进。

首先,丛书主要译介西方学界的中德文学关系研究成果,其中不仅包括学科史上公认的一些作品,譬如常安尔(Tscharner, Eduard Horst von, 1901—1962)的《至古典主义德国文学中的中国》③。常安尔是钱锺书的老师,在此领域颇有贡献,杨武能回忆

---

① 主要依据赖慈芸:《台湾文学翻译作品中的伪译本问题初探》,《图书馆学与信息科学》2012年第38卷第2期,第4—23页;邹振环:《20世纪中国翻译史学史》,中西书局2017年版,第92—93页。
② Gu, Zhengxiang: *Hölderlin in chinesischer Übersetzung und Forschung seit hundert Jahren: Analysen und Bibliographien*. Berlin & Heidelberg: Metzler-Verlag & Springer Verlag, 2020.
③ Tscharner, Eduard Horst von: *China in der deutschen Dichtung bis zur Klassik*. München: Reinhardt, 1939.

说他去拜访钱锺书时,钱先生对他谆谆叮嘱不可遗忘了他老师的这部大作,可见其是有学术史意义的,①以及舒斯特(Schuster, Ingrid)先后完成的《德国文学中的中国和日本(1890—1925)》《德国文学中的中国与日本(1773—1890)》;②还涵盖德国汉学家的成果,譬如德博的《魏玛的中国客人》③。在当代,我们也挑选了一部,即戴特宁的《布莱希特与老子》。戴特宁是德国日耳曼学研究者,但他对这一个案的处理却十分精彩,值得细加品味。④ 其实还应当提及的是斯洛伐克汉学家高利克的《从歌德、尼采到里尔克——中德跨文化交流研究》。⑤ 高利克是东欧国家较早关涉中德文学关系研究的学者,一些专题论文颇见功力。

比较遗憾的是,还有一些遗漏,譬如奥里希(Aurich, Ursula)的《中国在18世纪德国文学中的反映》⑥,还有如夏瑞春教授的著作也暂未能列入。夏氏是国际学界很有代表性的中德文学关系研究的开拓性人物,他早年在德国,后到加拿大麦吉尔大学任教,可谓毕生从事此一领域的学术工作,其编辑的《德国思想家论中国》《黑塞与中国》《卡夫卡与中国》在国际学界深有影响。我自己和他交往虽然不算太多,但也颇受其惠,可惜他得寿不遐,竟然在古

---

① 《师恩难忘——缅怀钱锺书先生》,载杨武能:《译海逐梦录》,四川文艺出版社2018年版,第95页。
② Schuster, Ingrid: China und Japan in der deutschen Literatur: 1890 – 1925, Bern & München: Francke, 1977. Schuster, Ingrid: Vorbilder und Zerrbilder: China und Japan im Spiegel der deutschen Literatur 1773 – 1890. Bern & Frankfurt a.M.: Peter Lang, 1988.
③ Debon, Günther: China zu Gast in Weimar. Heidelberg: Guderjahn, 1994.
④ Detering, Heinrich: Bertolt Brecht und Laotse. Göttingen: Wallstein, 2008.
⑤ [斯洛伐克]马立安·高利克:《从歌德、尼采到里尔克——中德跨文化交流研究》,刘燕等译,福建教育出版社2017年版。
⑥ Aurich, Ursula: China im Spiegel der deutschen Literatur des 18. Jahrhunderts. Berlin: Ebering, 1935.

稀之年即驾鹤西去。希望以后也能将他的一些著作引进，譬如《中国化：17、18世纪欧洲在文学中对中国的建构》等。①

其次，有些国人用德语撰写的著作也值得翻译，譬如方维规教授的《德国文学中的中国形象(1871—1933)》。② 这些我们都列入了计划，希望在日后的进程中能逐步推出，形成汉语学界较为完备的"中德文学关系研究"的经典著作库。另外则是在更为多元的比较文学维度里展示德语文学的丰富向度，如德国学者宫多尔夫的《莎士比亚与德国精神》(*Shakespeare und der deutsche Geist*, 1911)、俄国学者日尔蒙斯基的《俄国文学中的歌德》(*Гёте в русской литературе*, 1937)、法国学者卡雷的《法国作家与德国幻象(1800—1940)》(*Les écrivains français et le mirage allemande 1800—1940*, 1947)等都是经典名著，也提示我们理解"德国精神"的多重"二元向度"，即不仅有中德，还有英德、法德、俄德等关系。而新近有了汉译本的巴特勒的《希腊对德意志的暴政——论希腊艺术与诗歌对德意志伟大作家的影响》则提示我们更为开阔的此类二元关系的可能性，譬如希德文学。③ 总体而言，史腊斐的判断是有道理的："德意志文学的本质不是由'德意志本质'决定的，不同民族文化的交错融合对它的形成产生了

---

① Hsia, Adrian: *Chinesia: The European Construction of China in the Literature of the 17th and 18th Centuries*. Tübingen, Niemeyer Verlag, 1998.
② Fang, Weigui: *Das Chinabild in der deutschen Literatur 1871–1933: ein Beitrag zur komparatistischen Imagologie*. Frankfurt a.M.：Suhrkamp, 1992.
③ ［英］伊莉莎·玛丽安·巴特勒(Eliza Marian Butler)：《希腊对德意志的暴政——论希腊艺术与诗歌对德意志伟大作家的影响》(*The Tyranny of Greece over Germany: A Study of the Influence Exercised by Greek Art and Poetry over the Great German Writers of the Eighteenth, Nineteenth and Twentieth Centuries*)，林国荣译，社会科学文献出版社2017年版。

深远的影响……"①而要深刻理解这种多元关系与交错性质,则必须对具体的双边关系进行细致清理,同时不忘其共享的大背景。

最后,对中国学界来说,更为重要的是如何推出我们自己的具有突破性的中德文学关系研究的代表性著作。时至今日,这一学域已经走过了近百年的历程,几乎可以说是与中国现代学术的诞生、中国日耳曼学与比较文学的萌生是同步的,只要看看留德博士们留下的学术踪迹就可知道,尤其是那些用德语撰写的博士论文。② 当然在有贡献的同时,也难免产生问题。夏瑞春教授曾毫不留情地批评道:"在过去的25年间,虽然有很多中国的日耳曼学者在德国学习和获得博士学位,但遗憾的是,他们中的绝大部分人或多或少都研究了类似的题目,诸如布莱希特、德布林、歌德、克拉邦德、黑塞(或许是最引人注目的)及其与中国的关系,尤其是像席勒、海涅和茨威格,总是不断地被重复研究。其结果就是,封面各自不同,但其知识水平却始终如一。"③夏氏为国际著名学者,因其出入中、德、英等多语种学术世界,娴熟多门语言,所以其学术视域通达,能言人之所未能言,亦敢言人之所未敢言,这种提醒或批评是非常发人深省的。他批评针对的是德语世界里的中国学人著述,那么,我以为在汉语学界里也同样适用,相较于德国学界的相

---

① [德]海因茨·史腊斐(Schlaffer, Heinz):《德意志文学简史》(*Die kurze Geschichte der deutschen Literatur*),胡蔚译,北京大学出版社2013年版,第103页。
② 参见《近百年来中国德语语言文学学者海外博士论文知见录》,载吴晓樵:《中德文学因缘》,上海外语教育出版社2008年版,第178—198页。
③ [加]夏瑞春:《双重转型视域里的"德国精神在中国"》,《文汇读书周报》2016年4月25日。

对有规矩可循,我们的情况似更不容乐观。所以,这样一个系列的推出,一方面是彰显目标,另一方面则是体现实绩,希望我们能在一个更为开阔与严肃的学术平台上,与外人同台较技,积跬步以至千里,构建起中国学术走向世界的桥梁。

叶 隽

2020年8月29日沪上同济

目录

上编　中德文学交流互鉴

003　关于南社诗人潘飞声掌教柏林
　　——兼谈一段中德文学因缘

019　德布林《王伦三跃志》中的北京书写及其知识来源新考

023　一、人文北京——对北京人文地理的真实描摹

030　二、文学北京——乾隆咏茶诗和白居易、杜甫诗歌的出处

045　三、民俗北京——对汉学家顾路柏《北京的民俗》的袭用

050　洪涛生与中国古典戏曲的德译与搬演

050　一、洪涛生在北平的教学与著述活动

052　二、洪译《琵琶记》及其搬演

060　三、洪译《牡丹亭》及其搬演

068　四、洪涛生翻译中国古典戏曲之影响

071　马君武译歌德《阿明临海岸哭女诗》

079　春柳剧场演出翻译剧目《真假娘舅》的来源

089　鲁迅《拟购德文书目》正误与考释

090　一、"格辛丛书"所录书名、人名讹误举例

093　二、关于"自然世界和精神世界丛书"

095　三、关于"国内外文学丛书"

097	四、关于"科学和教育丛书"
100	五、结语
101	鲁迅《摩罗诗力说》中的德国爱国诗人阿恩特
107	周作人对晚清德语小说译作《卖国奴》的评价
112	茨威格《罗曼·罗兰》的早期中译本
113	一、《小说月报》对茨威格的介绍
117	二、《莽原》译载《罗曼·罗兰传》
119	三、杨人楩译《罗曼·罗兰》的出版
122	四、《罗曼·罗兰》在中国的影响
126	近六十年来我国海涅诗歌研究鸟瞰
137	席勒与中国文化的对视
141	吕克特与《诗经》的德译
146	青年茅盾最早提及卡夫卡
150	李长之与德语文学

下编　德语文献中的北京知识生成与德语文学中的北京

159	域外北京研究中的德文文献
160	一、德语北京文献的翻译与整理
171	二、北京知识在德语区的传播
174	学术北京——从莱布尼茨对北京的想象谈起
174	一、德国人早期获取北京知识的途径
182	二、莱布尼茨对北京的关注
188	三、18世纪德文出版物中的北京地图
192	四、19—20世纪初德文出版物中的北京
199	五、晚清民国时期在北京的德国学人

206	六、近现代以来德国汉学家对北京的研究
213	影像北京——近现代德文文献中有关北京的图片记忆
214	一、德国人奥尔末的圆明园照片
218	二、德国人柏石曼的北京摄影
219	三、德国公使穆默的北京摄影
222	叙述北京——德语文学中的北京小说
225	一、霍夫曼《跳蚤师傅》中的"北京地图"
227	二、德国公使夫人海靖的北京小说
231	三、阿图尔·施尼茨勒的小说断片《义和拳》
237	四、卡夫卡小说中的北京
241	五、纳粹时期的北京小说
246	六、"二战"后的北京小说
251	七、改革开放以来有关北京的德语小说
258	表演北京——德语文学中的北京戏剧
258	一、德语戏剧中北京形象生成之准备
277	二、18世纪欧洲戏剧文学中的北京
282	三、席勒《图兰朵——中国公主》中的北京
298	四、约翰·内斯特罗对北京的想象
301	五、克拉邦德《灰阑记》中的北京
305	六、布莱希特《图兰朵或洗白者大会》中的北京
312	跋

ä ö ü ß

上 编
中德文学交流互鉴

关于南社诗人潘飞声掌教柏林
——兼谈一段中德文学因缘

近年来,我国对外汉语教学史研究界开始注意到1879—1882年在美国哈佛大学传授中国文化的安徽休宁人戈鲲化(1835—1882),[①]但8年后同样在德国柏林大学教授中文、传授中国传统文化达3年之久的广东番禺人潘飞声(1858—1934)却还没有被人注意到。

潘飞声,南社诗人、书画家,1858年生,1934年逝世。字兰史,号剑士,别署老剑、说剑词人(与君剑傅屯良、钝剑高天梅、剑华俞锷并称"南社四剑"),又号独立山人。1887年,德国政府派驻粤领事熙普尔延聘一中国人到柏林即将成立的东语学堂教授中文,作为广州学海堂高才生、深受中国传统文化浸染的潘飞声有幸入选。与他同时在柏林任教的还有来自北京的桂竹君(桂林)。潘飞声、桂林的角色实际上就是今天德国大学汉学系里来自中国的汉语专

---

① 关于戈鲲化研究可参见崔颂人:《美国汉语教学的先驱——戈鲲化》,《世界汉语教学》1994年第3期,第77—80页;张凤:《戈鲲化:哈佛大学的首位中国教师》,《华人华侨世界》2000年第4期;夏红卫:《文化交流逆差下的跨文化传播典范——中国执教美国第一人戈鲲化的传播学解读》,《北京大学学报》2004年第1期,第113—119页;王麟:《戈鲲化:走上哈佛讲台的第一个中国人》,《文史春秋》2006年第1期,第24—25页;江志伟:《戈鲲化——登上哈佛讲台的中国第一人》,《江淮文史》2009年第3期,第131—134页。

任教师，不过两人实开一代风气之先，为中国人在德国从事对外汉语教学事业的前驱。而作为诗人、作家的潘飞声，光绪年间掌教柏林还有另外一层意义，他实际上开创了中国作家海外教授中文的先河。我们知道，后来较著名的例子有清末最后一位探花、书画家商衍鎏（1875—1963）于 1912—1916 年任教汉堡大学。① 作家老舍 20 世纪 20 年代后期曾在英国伦敦大学东方学院任教 5 年。老舍在伦敦走上创作道路，他在那里完成了小说《老张的哲学》《赵子曰》和以伦敦华人为题材的《二马》，②他同时辅助英国汉学家克莱门特·艾支顿（Clement Egerton）翻译了《金瓶梅》。③

光绪十三年丁亥（1887）七月十三日，年仅弱冠的青年词人潘飞声从珠江乘船动身，④八月二十二日抵达柏林；⑤于光绪十六年庚寅（1890）七月十一日离开柏林回国，八月二十二日抵香港。潘

---

① 商衍鎏应汉学家福兰阁的邀请在汉堡大学海外殖民学院（Kolonialinstitut）任教。参见柏桦：《商衍鎏与德国汉学》，《现代中国文化与文学》2005 年第 2 期，第 184—189 页。不过文中误认为商衍鎏是"第一位在德国教授汉语及国学（也可说汉学）的教师"（第 184 页），而不知已有潘飞声、桂林等人在前。
② 参见赵毅衡：《老舍：伦敦逼成的作家》，《教师博览》2000 年第 5 期，第 17 页。
③ 参见徐德明：《老舍译事》，《博览群书》2009 年第 3 期，第 15—18 页。
④ 东莞市博物馆编：《居巢居廉画集》，文物出版社 2003 年版，第 15、194 页：光绪十三年丁亥（1887）年七月，潘飞声远游欧洲诸国，岭南画家居巢、居廉在鹤洲草堂为其饯行，并与杨永衍、谢松山、伍延鎏、伍金城、胡汉秋、伍亿颂、杨其光、伍德彝等至珠江赋诗留别，潘飞声写《大江西上曲》，序引称："丁亥七月十三日，余远游西溟。舟发，杨椒坪、谢梧山、居古泉、黄绮云、黄日坡、杨湘黔、胡敬之、曾式如、杨嵛西、伍意庄、居秋海送至珠江，率赋留别。仓皇行色，不复按谱求工也，惜别。"见潘飞声：《说剑堂集》，龙门书店 1977 年影印［光绪十七年辛卯（1891）刻版］，第 8 页。参见海珠博物馆、十香园编：《居廉居巢研究》，岭南美术出版社 2007 年版，第 61 页；谢永芳：《广东近世词坛研究》，上海古籍出版社 2008 年版，第 432 页。
⑤ 关于潘飞声任教柏林始于何时，学术界一度说法很混乱。如有"1888 年 4 月"说，载王中秀等编著《近现代金石书画家润例》，上海画报出版社 2004 年版，第 408 页。还有讹为"1899 年"的，如高驰：《潘飞声传稿》，载马以君主编：《南社研究》第 6 辑，中山大学出版社 1994 年版，第 89 页。

飞声在柏林大学任教前后约3年。① 潘飞声在柏林教书这段史实曾引起部分中国文史学者的注意，如毛庆耆在《潘飞声小传》一文中注意到潘飞声在德国活动情形。关于潘飞声讲学柏林的因缘，毛庆耆引述邱炜萲《五百石洞天挥麈》的说法："兰史典簿才名之大，至为域外所慕。德意志国适创东文学舍，嘱驻粤领事熙朴尔致币延主柏林京城教习。以光绪十三年丁亥应聘，十六年庚寅始返。"②郑逸梅在《南社丛谈》中说，潘飞声"清光绪中叶，随轺海外，掌教德国柏林大学，专讲汉文学"。③ 还有说潘飞声是随洪钧出使的："早期曾随洪钧出使德国，在柏林大学讲中国文学。在外三年。"④但学界囿于资料的限制，对潘飞声海外教学的具体情况一直语焉不详，对外汉语教学研究界和从事中德文化交流史的学者也鲜有人注意及此，⑤笔者很早就注意到这段史实，⑥今将收集、发现的一些材料加以整理，特撰文为之标举，以期引起学界进一步探讨的兴趣。

---

① 王韶生《读说剑堂集》："兰史于光绪十三年丁亥（一八八七）赴德国讲学授徒，并漫游欧陆，三载始归。"载《说剑堂集》，第1页。
② 毛庆耆：《潘飞声小传》，《文教资料》1999年第5期，第71—79页，此处见第71—72页。
③ 郑逸梅：《南社丛谈》，上海人民出版社1981年版，第279页。
④ 钱仲联主编：《中国近代文学大系 1840—1919 第4集·第15卷·诗词集二》，上海书店出版社1991年版，第684页。
⑤ 旅美学者洪再新新近发表了一篇很有分量的文章，涉及潘飞声在德国任教的资料。参见洪再新：《艺术鉴赏、收藏与近代中外文化交流史——以居廉、伍德彝绘潘飞声〈独立山人图〉为例》，《故宫博物院院刊》2010年第2期，第6—26页。洪先生尤其调阅了柏林普鲁士档案馆"潘飞声——桂林"卷宗，对史实多有发明。拙文提供的史料可与洪文相互参证。
⑥ 1994年冬天，柏林自由大学德语系教授Jürgen Schutte来北大西语系德语语言文学专业任教，传授德国文学知识，当时是研究生的我曾在其留别纪念册上将其与100多年前任教柏林的中国诗人潘飞声并举，Schutte教授为之振奋不已。

潘飞声掌教柏林的机构东语学堂到底是怎样一个机构？他任教柏林到底是在怎样一个社会背景下发生的？关于他掌教柏林有没有其他值得注意的文学史料？本文试图对这些问题加以解答。

为服务在海外拓展殖民地的政策的需要，1887年10月27日，①德国柏林大学在铁血宰相俾斯麦的推动下正式创办东语学堂。该学院德文全称为 Seminar für Orientalische Sprachen an der Friedrich-Wilhelms-Universität zu Berlin。② 东语学堂设立时，潘飞声已抵达柏林，他很有可能出席了东语学堂的成立典礼。东语学堂下设的汉语专业被誉为"德国汉语教学史上的一个重要的里程碑"。③ 第一届学生中有后来成为著名汉学家的福兰阁（Otto Franke，1863—1946）、佛尔克（Alfred Forke，1867—1944）等人。不过福兰阁仅在此学习一年，第二年7月就获得帝国总理府的任命，作为皇家使团翻译实习生赴北京从事翻译服务。福兰阁在其回忆录中提到，柏林东语学堂的汉语教学得到一个来自北京的汉语教师的支持，这位来自北京的老师无疑指的是当时另一

---

① 参见 Otto Franke：*Erinnerungen aus Zwei Welten. Randglossen zur eigenen Lebensgeschichte*. Berlin：De Gruyter 1954, S. 36.
② Otto Franke：*Das Seminar für Orientalische Sprachen in Berlin und seine geplante Umformung*. Leipzig：Quelle und Meyer 1924, S. 8. 参见 auch Herbert Franke：*Sinologie an deutschen Universitäten. Mit einem Anhang über die Mandschustudien*. Wiesbaden：Steiner 1968, S. 11. 关于这个机构当时有不同的译法，以"柏林大学东语学堂"较为准确。潘飞声本人在其1890年给东语学堂院长（他称为"提调大人"）的中文信里将其译为"东语书院"，参见《艺术鉴赏、收藏与近代中外文化交流史——以居廉、伍德彝绘潘飞声〈独立山人图〉为例》，第11页。有译为柏林大学"东方语言研究所"，欠妥。参见李木谢子：《早期德国汉语教育史简要综述——明朝后期至1887年的德国汉语教育》，《商业文化（学术版）》2009年第9期，第229—230页，此处见第229页。
③ 李木谢子：《早期德国汉语教育史简要综述——明朝后期至1887年的德国汉语教育》，《商业文化（学术版）》2009年第9期，第229页。

位在此教课的中国人桂林。① 当时已是大学教师的汉学家顾路柏（Wilhelm Grube，1855—1908，又译作顾威廉·格罗贝）也在一同听课。两年后，顾路柏开始在此任教，任副教授兼民俗学博物馆东亚部主任。顾路柏著有《北京民俗学》(*Pekinger Volkskunde*, 1901)、《中国文学史》(*Geschichte der Chinesischen Litteratur*, 1902)等著作，他翻译的《封神演义》在他去世后才出版。继顾路柏之后，德国有很多重量级的汉学家如佛尔克、费迪南德·莱辛（Ferdinand Lessing，1882—1961）等也都曾在此任教。1899年，汉学家埃里克·海尼士（Erich Haenisch，1880—1966）也在此注册学过中文。海尼士在回顾柏林大学汉学的历史时，认为东语学堂最初只是传授语言知识，重点在训练日常口语，为德国外务部培养实用翻译人才，并不从事真正的汉学研究。从一定意义上讲，柏林东语学堂有点类似于我国1861年在北京设立的同文馆。② 东语学堂开展汉学研究始自1889年，汉学家乔治·冯·德·甲柏连孜（Georg von der Gabelentz，1840—1893）被聘为东亚语言和比较语言学教授，但1893年甲柏连孜就英年早逝，东语学堂的汉学研究留下了长达20年的空档期。

---

① 参见 Otto Franke: *Erinnerungen aus Zwei Welten. Randglossen zur eigenen Lebensgeschichte*. Berlin: De Gruyter 1954, S. 36. 潘飞声记桂林，云："余与长白桂竹君秋曹（桂林）于役海外三年，日则对食，夜则联床，忧患相关，视同手足。"又云："竹君无子，客死异乡，实堪一恸。"转引自毛庆耆：《潘飞声小传》，《文教资料》1999年第5期，第75—76页。潘飞声另作有《喜晤桂竹君赋赠三首》
② Erich Haenisch: „Die Sinologie an der Berliner Friedrich-Wilhelms-Universität in den Jahren 1889–1945". In: *Studium Berolinense. Aufsätze und Beiträge zu Problemen der Wissenschaft und zur Geschichte der Friedrich-Wilhelms-Universität zu Berlin*. Hrsg. von Hans Leussink, Eduard Neumann und Georg Kotowski. Berlin: De Gruyter 1960, S. 554–566, hier S. 554.

潘飞声被选派往柏林教授汉文,应该有家族的原因在。他的先人中就有创作《西洋杂咏》的潘有度(1755—1820)。① 在柏林期间,潘飞声结识了中国驻德外交官张德彝(字在初)、姚文栋(字子梁)等。张德彝为其《海山词》《西海纪行卷》题辞,姚文栋为其《游萨克逊日记》作序。张德彝在《航海述奇·五述奇》②中记载:"(1878年十月)二十三日,丙午,雨已初,有德国东方大学院之华文教习桂竹君林、潘兰史飞声来拜。二君系前于六月初间经德国驻华公使巴兰德特邀,同其忝恭官阿恩德前于八月初旬到此者。言定每月束修三百马克,房屋自赁,饮食自备,每日酉刻入馆,教课一点钟。按其彼此所立之合同,内称每月束修马克三百元,查我国自与各国换约通商以来,华人所知而仅见之外国银钱,惟有墨西哥之多拉尔,且不知其名。"③关于柏林大学东语学堂,张德彝《航海述奇·五述奇》也记载甚详:"记潘桂二君在德教课之大略。系同于丁亥六月二十四日起程,八月二十三日到柏林,九月二十一日开馆。生徒二十余名,内以律例学生为正学,买卖等人为附学,以三年为满,考试列上等者,给以卒业凭据。原定每日教四点钟,因功课不多,暂作为两点钟。每日午后六点起至八点止。自戊子九月起,每日加课一点钟,自五点钟起至八点钟止。其按定例放学日期,系西年自耶稣生日起放学二礼拜。春季自耶稣复生日(在二月中旬,年年不一定)起,放学两个月。秋季自西八月十五日起放学

---

① 《西洋杂咏》见于潘仪增编、潘飞声校《番禺潘氏诗略》第2册,光绪二十年(1894)刻本。
② 张德彝著有《五述奇》,后称《随使德国记》,卷二至卷十一专门记载1887至1890年随清朝驻德国公使洪钧出使德意志国的情形。
③ 张德彝:《稿本航海述奇汇编》第5册,北京图书馆出版社1997年版,第65页。

两个月,其余尚有西洋五旬节等,均放学一日(俱在春季,共四五次)。洋教习阿恩德系每早八点至十点钟教课。馆中教课不过语言而已,并未读书。教习共有中国、日本、土耳其、印度、阿剌伯、波斯、希腊、阿斐利加八门,皆以各本国人为之。又因以上各国地在日耳曼之东,故名其馆曰东方。"① 据查资料,1887—1888年冬季学期桂林(德文称谓为 Herr Kuei Lin)教课名称和时间为:Praktische Übungen im Chinesischen mit besonderer Berücksichtigung des Nordchinesischen, Montag, Mittwoch, Donnerstag Abends 6‐8 Uhr, Dienstag und Freitag Abends 7‐8 Uhr(汉语实践练习,以北方汉语为侧重点。上课时间:周一、三、四晚 6—8 点,周二、五晚 7—8 点)。潘飞声(德文称谓为 Herr Pan Fei Shing)教课名称和时间为:Praktische Übungen im Chinesischen mit besonderer Berücksichtigung des Südchinesischen, Montag, Mittwoch, Donnerstag Abends 6‐8 Uhr, Dienstag, Freitag Abends 7‐8 Uhr(汉语实践练习,以南方汉语为侧重点。上课时间:周一、三、四晚 6—8 点,周二、五晚 7—8 点)。② 可见当时分设两个平行班,桂林和潘飞声上课时间相同,一个教的是北方普通话,一个教的是南方粤语。

张德彝还与潘兰史、桂林一起参加过一个德国学生的父亲的生日晚会:"与华言教习潘兰史、桂竹君等参加柏林东方学堂内华

---

① 张德彝:《稿本航海述奇汇编》第 6 册,北京图书馆出版社 1997 年版,第 204—205 页。
② „Verzeichnis der Vorlesungen usw. für Winter 1887/88". In: *Denkschrift über das Seminar für Orientalische Sprachen an der Königlichen Friedrich-Wilhelms-Universität zu Berlin von 1887 bis 1912*. Hrsg. von Ed[uard] Sachau. Berlin: Reichsdruckerei 1912, S. 55.

文学生林定浩父亲生日宴会。"①此外,张德彝还提及潘兰史、桂林在东语学堂教书的薪酬问题。②"二十九日辛未,阴晴不定。潘桂二君在此地东方学院,至明年七月初一日,西八月十五日,三年期满。原定到此一年后,每月加束修五十马克,而至今已逾二年,毫无加增,别项亦无可令人高兴处。乃其学则有成效者,颇多皆已起程来华,有学充翻译者,当领事者,更有在上洋开设银行充当总办者。今此馆预请兰史再留二年,每月加束修五十马克。虽云嘉其学问优长,稍通德语,教之便宜,其实为省续请送往迎来之路费也。且华人贫苦者多咸赖在外谋生。今拟每月加给五十马克,亦必乐闻也。中国雇用洋教习,每月百两,合四百八十余马克。然中国无物不贱,一马克可换三百制钱或当十钱一千八九百,且往来车船皆坐头等。潘桂二君往来皆坐二等,每月束修仅三百五十马克,合银不及八十两,而外邦无物不贵,每一马克用之如一二十制钱,在此三年,虽云处处俭省,然房租食用,皆迫于无可如何,不能十分节俭。谋生于三万里外,所胜无几,亦无大趣味。桂君早已辞却,潘兰史现亦讲明一切而未允也。今记其来时所立合同,以备查考。"③张德彝详细记录了桂林、潘兰史来德的合同。④ 这些都具有重要的史料价值。

当时在柏林大学东语学堂汉学系任教的德方教授是卡尔·阿恩特(Carl Arendt, 1838—1902,汉译名阿恩德)。阿恩德于1856—1859年随海曼·施坦恩塔尔(Hermann Steinthal, 1823—

---

① 张德彝:《稿本航海述奇汇编》第6册,北京图书馆出版社1997年版,第176页。
② 同上书,第197页。
③ 同上书,第199页。
④ 同上。

1899)学习汉语,1865年到中国。他是历史比较语言学家弗兰茨·波普(Franz Bopp,1791—1867)的学生,曾协助他编写过《比较语法》(*Vergleichende Grammatik*, 1863)。阿恩德汉语口语流利,曾长期在德国驻中国使馆从事翻译工作,后在海关任职,做过德国驻天津领事。1887年,应德国公使马克斯·冯·巴兰德(Max von Brandt,1835—1920)的推荐,阿恩德担任东语学堂中文教授。① 阿恩德编撰过多部汉语教材,还翻译过一部中国小说《褒姒》(*Das schöne Mädchen von Pao. Eine Erzählung aus der Geschichte Chinas im 8 Jahrhundert v. Chr.*)。自然主义作家奥托·尤利乌斯·比尔鲍姆(Otto Julius Bierbaum,1865—1910)就是他当年教授的学生。比尔鲍姆于1899年根据其中的褒姒烽火戏诸侯的故事撰写了一部中国题材小说,题为《褒氏美女》(*Das schöne Mädchen von Pao. Ein chinesischer Roman*)。② 比尔鲍姆在小说前言里说:"我是通过在柏林东语学堂的老师阿恩德教授先生首次接触到这个美女褒姒的故事,这是在一个断片里用简短的两页篇幅叙述的。10年过去了,我勤奋而愉快地试图用更狂野的方式来讲述这个野史故事。"③

---

① 参见 Mechthild Leutner:„Sinologie in Berlin. Die Durchsetzung einer wissenschaftlichen Disziplin zur Erschließung und zum Verständnis Chinas". In: *Berlin und China. Dreihundert Jahre wechselvolle Beziehungen.* Hrsg. von Kuo Heng-yü. Berlin: Colloquium Verlag 1987, S. 31 - 56, hier S. 42。
② 参见 Ernst Rose:„The Beauty from Pao: Heine - Bierbaum - Hesse". In: *The Germanic Review* 32(1957), S. 3 - 18. Gao Zhongfu:„Die Gestalt des schönen Mädchens von Pao bei Otto Julius Bierbaum, Hermann Hesse und chinesischen Autoren". In: *Fernöstliche Brückenschläge. Zu deutsch-chinesischen Literaturbeziehungen im 20. Jahrhundert.* Hrsg. von Adrian Hsia und Sigfrid Hoefert. Bern u. a.: Lang 1992, S. 265 - 281。
③ Otto Julius Bierbaum:„Das schöne Mädchen von Pao. Ein chinesischer Roman". In: Otto Julius Bierbaum: *Gesammelte Werke. Dritter Band.* München: Georg Müller 1921, S. 255 - 395, hier S. 258.

我们由此可以推断，比尔鲍姆在柏林学习中文当在 1889 年左右，那么他肯定也是潘飞声和桂林的学生。经过进一步查找，我们发现比尔鲍姆也确实在一篇发表于 1907 年的回忆文章《在镜子里》提到中国老师桂林的名字。他说:"我有生以来第一次真正学习。我读了两年的中文(参看小说《托鲁托罗》，见《学生时代的忏悔》第二辑)，可以用中文和桂林先生，我的中国老师，谈论俾斯麦、叔本华、基督教、儒教、爱情、同情、德国和中国的司法审判、柏林和北京。"[1]据进一步查考，我们得知比尔鲍姆确实是柏林东语学堂的第一届学生：他于 1887 年 10 月注册。[2]

随即阅读比尔鲍姆在这段文字中所提及的小说《托鲁托罗》(*To-lu-to-lo*)，我们惊异地发现潘飞声与他的柏林学生比尔鲍姆之间的关系很微妙。比尔鲍姆在小说中把他的主人公安排为"我的朋友埃米尔"。在柏林东语学堂学习中文的法律见习生埃米尔和他来自中国广东的老师潘先生都爱上一个名叫特鲁德尔(Trudel)的德国姑娘，她的名字中文发音为"托鲁托罗"。在埃米尔与住在他隔壁的特鲁德尔秘密恋爱了半年之后的一天，他们邀请埃米尔的风流倜傥的中国老师潘先生一同到夏洛腾堡宫

---

[1] Otto Julius Bierbaum: „Im Spiegel. Autobiographische Skizzen XXIV". In: *Das literarische Echo* 9(1907) Heft 14, Sp. 1082–1087, hier Sp. 1084. 文中把桂林的德文名字错误地转写为"Kuni-Lin"。

[2] 参见 Dushan Stankovich: *Otto Julius Bierbaum - eine Werkmonographie*. Bern u. a.: Lang 1971, S. 22. 比尔鲍姆的母亲后来回忆时，误认为儿子在柏林学习日文："他从苏黎世——在那里他过得很好——来到了柏林，在东语学堂学习日文。有一天他还带着他的两个日文老师来了，弄得我们措手不及。他打算到日本去做领事。" *Otto Julius Bierbaum zum Gedächtnis*. München: Georg Müller 1912, S. 9. Yun-Mu Liu 在其博士论文 *Otto Julius Bierbaum und China* 中误认为比尔鲍姆是 1888 年才入东语学堂，参见 Yun-Mu Liu: *Otto Julius Bierbaum und China*. Bonn, Univ., Diss., 1994, S. 11.

的植物园郊游。不想,潘先生横刀夺爱,深得特鲁德尔的欢心,特鲁德尔随即投入了他的怀抱。在比尔鲍姆的小说中,潘飞声的德文名字拼写为 Pan-Wei-Fu aus Kanton,可见他采用了化名,并没有直接点潘飞声的真名,但熟悉柏林东语学堂历史的人,一看就知道这位广东的潘先生指的就是粤语教师潘飞声。桂林的名字也出现在小说中,采用了真名,全拼为 Kuei Lin。文中说,学生更感兴趣的是来自北方的桂林,因为他们学习的是北方汉语,即所谓的官话,与教粤语的潘飞声关系不大。① 潘飞声在这里教授的是粤语,这在比尔鲍姆的小说里也得到了印证:"南方汉语班由于参加人数太少被关闭了。潘先生现在在听北方汉语的课,因为他可以至少在写作上帮上些忙。"② 由于在爱情竞争中失利,小说主人公最后对整个与中国有关的东西都异常反感,对汉语甚至整个汉民族怀有极深的偏见。主人公最后放弃中文,转学土耳其语。可以说《托鲁托罗》这部短篇小说是作家比尔鲍姆学习中文的自传,有很强的隐射性,为我们研究潘飞声在德国的教学生活提供了难得的文学档案。学术界由于没有注意到比尔鲍姆这部小说与潘飞声的关系,曾认为比尔鲍姆放弃中文学习是因为父亲经商失利、家里的经济状况不佳所致,③实际上他放弃学习中文与他的情感危机和与潘飞声之间的紧张关系有着更深的关联。

比尔鲍姆对汉语教师桂林怀有深厚的感情,他曾翻译改作李白

---

① 参见 Otto Julius Bierbaum:"To-lu-to-lo oder Wie Emil Türke wurde". In: Otto Julius Bierbaum: *Gesammelte Werke. Dritter Band.* München: Georg Müller 1921, S. 74–101, hier S. 82.
② Ibid., hier S. 98.
③ 参见 Yun-Mu Liu: *Otto Julius Bierbaum und China.* Bonn, Univ., Diss., 1994, S. 15。

《静夜思》寄赠来自北京的桂林。① 1888年12月18日,他在给米夏埃尔·格奥尔格·康拉德(Michael Georg Conrad,1846—1927)的信中提到这首翻译的诗歌,它最初以《中国的歌——根据公元8世纪唐代李白诗歌原作》(Chinesisches Lied. Nach dem Originale des Li-T'ai-po aus den T'ang Liedern, 8. Jahrh. N. Chr.)为题发表在慕尼黑的自然主义杂志《社会》(Die Gesellschaft)1890年第6期上。②

1890年,阿恩德在《汉堡地理学会通讯》(Mitteilungen der Geographischen Gesellschaft in Hamburg)第10卷发表《北京和西山——北中国的城市和地理风景》一文。1891年他在斯图加特出版《中国北方口语手册:汉语语言学习引论》,系柏林东语学堂系列教材第7种。该书提及曾在柏林任北方汉语教师的桂林先生。桂林曾在日本教授汉语3年,喜用日人发明的合成词来表述欧洲的设施。③ 该丛书第12种为《中国北方口语入门——实

---

① Otto Julius Bierbaum: „Mond in der Kammer. Nach Li-tai-po (Meinem Lehrer Herrn Kuei-Lin in Peking)". In: Otto Julius Bierbaum: *Irrgarten der Liebe: verliebte, launenhafte und moralische Lieder, Gedichte und Sprüche aus den Jahren 1885 bis 1900.* Berlin/Leipzig: Insel 1901, S. 388: Hell liegt der Mondschein vor meinem Bette,/Als wenn die Erde weiß mit Schnee bedeckt sich hätte./Ich hebe mein Haupt empor: der Mond steht klar und rein./Mein Haupt ich senke/Und dein gedenke/Ich, Dorf, du kleine Heimat mein. Schuster 推测 Bierbaum 很可能是根据法国汉学家 Hervey-Saint-Denys 的法译本转译的。参见 Ingrid Schuster: *China und Japan in der deutschen Literatur 1890 – 1925.* Bern und München: Francke 1977, S. 91。实际上这种推测没有根据,Bierbaum 很有可能就是直接从他的中国老师那里接触到李白诗歌的,而且他的翻译和中文明显对应。
② 参见 Dushan Stankovich: *Otto Julius Bierbaum – eine Werkmonographie.* Bern u. a.: Lang 1971, S. 23。Schuster 误认为这是不同的两首诗,Yun-Mu Liu 在其博士论文中已予以纠正,参见 Yun-Mu Liu, *Otto Julius Bierbaum und China*, S. 162。
③ *Handbuch der Nordchinesischen Umgangssprache mit Einschluss der Anfangsgründe des neuchinesischen Offiziellen und Briefstils von Prof. Carl Arendt, Lehrer des Chinesischen am Seminar Erster Theil Allgemeine Einleitung in das chinesische Sprachstudium mit einer Karte.* Stuttgart/Berlin: Spemann 1891, S. 74, 436.

践练习》。① 桂林和阿恩德还就某些问题进行切磋，阿恩德在著作里多次提及他的名字。日本的汉语著作《华语萑步》（桂林为此书第2卷撰写过序言）就是桂林提醒阿恩德注意的。② 张德彝在《五述奇》里也曾多次提到阿恩德。

桂林在柏林的讲学在德国汉学家著述中留下了踪迹，而潘飞声在柏林的讲学情形除了被比尔鲍姆作为小说创作的素材之外，更多是因其在柏林期间完成的文学创作而在中国学者的著述里被传为佳话。潘飞声讲学柏林在近代文坛声名远播，影响甚巨。诗人丘逢甲为他的《说剑堂集》题辞，在诗中称赞他"七万里外称西师。柏林城小诗坛大，西方美人拜坛下"。③ 潘飞声在柏林勤于著述，著有《柏林竹枝词》24首，见于光绪年间刻本《说剑堂集》，亦见汪石庵1913年编选的《香艳集》（上海广益书局）。④ 另有《游萨克逊日记》，有光绪年间刻本，今见李德龙主编《历代日记丛钞》第135册（北京学苑出版社2006年版）。还有《西海纪行卷》一卷，记柏林讲学时观光所见，有上海著易堂光绪廿三年（1897）本，另有上海广益书局1915年版；《天外归槎录》一卷，有上海著易堂光绪廿三年（1897）本，另有上海广益书局1915年版；《海山词》，有清

---

① *Einführung in die nordchinesische Umgangssprache. Praktisches Übungsbuch zunächst als Grundlage für den Unterricht am Seminar von Prof. Carl Arendt, Lehrer des Chinesischen am Seminar. I. Abteilung Laufender Text.* Stuttgart/Berlin: Spemann 1894.
② Carl Arendt: „Vorwort". In: *Einführung in die nordchinesische Umgangssprache. Praktisches Übungsbuch zunächst als Grundlage für den Unterricht am Seminar von Prof. Carl Arendt, Lehrer des Chinesischen am Seminar. I. Abteilung Laufender Text.* Stuttgart/Berlin: Spemann 1894, S. XVI.
③ 转引自毛庆耆：《潘飞声小传》，《文教资料》1999年第5期，第73页。
④ 参见王慎之、王子今辑：《清代海外竹枝词》，北京大学出版社1994年版；雷梦水等编：《中华竹枝词》，北京古籍出版社1997年版，第4231—4234页。

光绪年间刻本,编入《说剑堂集》等。光绪廿四年三月自刊本《说剑堂集》收有《游萨克逊日记》一卷附柏林游记。① 郑逸梅在《南社丛谈》还说潘兰史"应聘德国柏林大学讲汉学,归绘柏林授经图"。② 张尔田《芳菲菲堂词话》亦说:"兰史尝游柏林,毡裘绝域,声教不同。碧眼细腰,执经问字,亦从来文人未有之奇也。"③冒广生《小三吾亭词话》卷四亦有类似评语。今天看来,潘飞声在柏林的这些文学创作活动在中德文化交流史具有重要的意义,可惜对这些文学档案的发掘还没有引起学界应有的注意。

潘兰史任教柏林期间,不仅与国内的友人保持联络和诗词往来,④还与客居柏林的晚清外交官、域外文人多所唱和,⑤同时广泛参与音乐艺术活动。张尔田《芳菲菲堂词话》说:"兰史多情,尤多艳迹。居德意志时,有女史名媚雅者,授琴来柏林,彼此有身世之感。兰史赋《诉衷肠》词云云。他日媚雅邀游蝶渡,招同女史二十

---

① 参见郑逸梅、陈左高主编:《中国近代文学大系(1840—1919)》(第9集第23卷:书信日记卷·2),上海书店出版社1993年版,第847页。潘飞声《游萨克逊日记》(节选)参见胡寄尘编:《近人游记丛钞》,广益书局1914年版。
② 郑逸梅:《南社丛谈》,上海人民出版社1981年版,第279页。
③ 转引自严迪昌编著:《近现代词纪事会评》,黄山书社1995年版,第335页。
④ 在柏林期间,潘兰史创作的词有《台城路·杨椒翁寄〈秋岩宴坐图〉属赋。余滞留海国,忆友怀乡,于翁则尤恋恋。故多为尚别之言,而末语又以坚他年栖岩之约慰翁。独坐时惆怅也》。其在国内的友人杨其光作《金缕曲·夜帷独坐,灯影幢幢,读兰史新寄并〈海山词〉一卷,屋梁落月,相对凄然。漫填此阕,寄柏林客邸》,潘氏有和作《金缕曲·雪中读杨仑西寄词,走笔次韵作答》,杨氏又作《金缕曲·余以词寄柏灵,越月,兰史用原调次韵作答并函迅近况,因再拈此解,以代鱼书》。参见谢永芳:《广东近世词坛研究》,上海古籍出版社2008年版,第432页。
⑤ 如当时在柏林的满洲承厚(字伯纯,吏部主事)、敦伯分别为潘飞声的《说剑堂集》题《虞美人》(庚郎才调江郎笔)、(离情每被柔情扰),承厚写《鹊桥仙·十一月四日夜,榘亭邀集罗亭馆。酒阑,兰史匆匆别去,盖有听诸女尸弹琴之约。赋此调之》,潘飞声则写有《声声慢·九月六日,承伯纯吏部承厚招同敦子梁都转文栋、陶榘林观察森甲集莎萝浦绿雪楼》。参见谢永芳:《广东近世词坛研究》,上海古籍出版社2008年版,第468—469页。

六人，各按琴曲，延兰史入座正拍。复成《琵琶仙》词云云。"① 《海山词》记德国山水名胜、红颜美人：如《一剪梅·斯布列河春泛》《碧桃春·夏鳞湖》《捣练子·与嬉婵女士游高列林》《点绛唇·白湖夜游》《菩萨蛮·独游莎露园》《虞美人·书媚雅女史扇》等。斯布列河（Spree）、夏鳞湖（具体所指待考）、高列林（Grunewald）、白湖（具体所指待考）、莎露园（Charlottenburg）等均为柏林地区的地理名词。潘飞声《老剑文稿》中还有《德意志兵制兵法译略》《德意志学校说略》等。据查考，1914年9月20日创刊于上海的《白相朋友》旬刊首期曾刊载潘兰史游德所摄萨克逊风景等图片。这些都是珍贵的中德文化交流史料。

在柏林，潘飞声还与旅居德国的日本文人多有交往。潘飞声结识了当时留学柏林的日本作家森鸥外（1862—1922）。森鸥外1884年10月到德国，先后在莱比锡、德累斯顿、慕尼黑等地学习，1887年4月16日搬至柏林，1888年7月3日离开德国返回日本。森鸥外是在快回国前结识潘飞声的。他在留学期间写的《队务日记》1888年6月7日至8日记录："与清人潘飞声、桂林相识。"这时距他学成归国不到一个月的时间。② 当时日本词人金井秋苹（1864—1905）也在柏林留学，也认识潘飞声，两人多有酬唱。金井秋苹写有《读潘兰史〈海山词集〉》七绝6首。③ 同一时期，井上哲

---

① 转引自严迪昌编著：《近现代词纪事会评》，黄山书社1995年版，第338页。
② 参见陈生保：《"犹有一双知己目，绿于春水绿"——从日本文豪森鸥外的一首词谈起》，《中国比较文学》1997年第4期，第44页。
③ 关于潘兰史与日本诗人金井秋苹参见张自中：《潘兰史与金井秋苹》，《历史大观园》1991年第1期；《日本学》第4期，北京大学出版社1994年版，第341页；井萌：《春韭楼文剩》，《常熟高专学报》1997年第1期，第76—82页，此处见第81—82页。又参见［日］神田喜一郎：《日本填词史话》，程郁缀、高野雪译，北京大学出版社2000年版，第420页。

次郎(1855—1944)也在柏林大学东语学堂任日文教习,认识桂林和潘飞声。① 井上哲次郎于1887年10月来德,1890年6月回国,与潘飞声不仅同时,而且在1890年7月16日一同从热内亚搭船返国,8月23日在香港互赠诗文后分别。井上哲次郎为潘飞声《海山词》作序题词。在日文版《井上哲次郎自传》中还保存一幅柏林东语学堂同人1888年的合影,潘飞声、桂林都在其中,可说是对这段历史异常珍贵的图像记忆。②

(原载《中国比较文学》2014年第1期,据原稿略有改动)

---

① 参见李庆:《日本汉学史·第一部:起源和确立》,上海外语教育出版社2002年版,第286页。
② 参见洪再新:《艺术鉴赏、收藏与近代中外文化交流史——以居廉、伍德彝绘潘飞声〈独立山人图〉为例》,《故宫博物院院刊》2010年第2期,第16页。

德布林《王伦三跃志》中的北京书写及其知识来源新考

蜚声世界文坛的德国表现主义作家阿尔弗雷德·德布林（Alfred Döblin，1878—1957）写过一部副标题为"中国小说"（chinesischer Roman）的长篇巨著《王伦三跃志》（*Die drei Sprünge des Wang-lun*）。这部小说以我国 18 世纪清朝乾隆年间（1774）发生在山东临清的王伦起义为历史背景，对 1800 年前后中国的政治、经济、社会、文化、宗教等做了一次全景式的文学加工，成为德语文学史上经典现代派的一部名作。

《王伦三跃志》是德布林当时写就的第三部长篇小说。他于 1912 年 1 月开始创作，当年 12 月完成第 1 章，1913 年 5 月厚达 1 500 页的初稿告竣。《王伦三跃志》初版标注的时间为 1915 年，但真正问世于 1916 年 3 月。今天《王伦三跃志》已成为国际德布林研究界尤其中德文学关系研究领域中一部家喻户晓的经典文本。《王伦三跃志》已被译成法文、英文[1]等语种，可惜至今尚无中译本。

《王伦三跃志》出版后很快就获得好评。1916 年，德布林凭借这部作品获得著名的冯塔纳奖。1917 年初，《王伦三跃志》已第 3

---

[1] Alfred Döblin: *The Three Leaps of Wang Lun. A Chinese Novel*. Translated by C. D. Godwin. Hong Kong: Chinese University Press 1991.

次、第 4 次加印，到 1923 年总印次已达 12 次。该书在评论界也引起很大反响。据统计，当时发表在各种出版物上的评论有 30 多种。[1]

这部最初出版时已删削至 500 余页的小说共分为四章，每章都有小标题：第 1 章为《王伦》，第 2 章为《破瓜》，第 3 章为《黄土地的主人》，[2]第 4 章为《西方极乐世界》。

德布林在原计划作为小说"楔子"、题作《袭击兆老苏》(Der Überfall auf Chao-lao-sü)的一册单行本的封面上留下了一个漂亮的、用毛笔写就的中文标题：《王伦三跃志》，[3]因此我们有理由认为这部赫然将"中国小说"作为副标题的德文长篇的中文译名宜定为《王伦三跃志》，而非现今中文研究界通常所采用的《王伦三跳》。

德布林在写作过程中消化了大量当时能找到的西方汉学著作，[4]他甚至连当时有关中国的时政报道也不放过。这些有关中

---

[1] 参见 Ingrid Schuster und Ingrid Bode：*Alfred Döblin im Spiegel der zeitgenössischen Kritik*. Hrsg. in Zusammenarbeit mit dem Deutschen Literaturarchiv Marbach am Neckar. Bern，München：Francke 1973。
[2] 值得注意的是，卫礼贤译《列子》第 2 章的标题也是《黄土地的主人》(Der Herr der Gelben Erde)，参见 Liä Dsi：*Das wahre Buch vom quellenden Urgrund: die Lehren der Philosophen Liae Yue Kou und Yang Dschu*. Aus dem Chinesischen verdeutscht und erläutert von Richard Wilhelm. Jena：Diederichs 1911，S. 11－28。
[3] 参见 Fang-hsiung Dscheng：*Alfred Döblins Roman „Die drei Sprünge des Wang-lun" als Spiegel des Interesses moderner deutscher Autoren an China*. Frankfurt am Main：Peter Lang 1979，S. 200；另参见罗炜：《从〈王伦三跳〉看德布林儒道并重的汉学基础》，《中南民族大学学报（人文社会科学版）》2012 年第 3 期，第 166—168 页，此处见 167 页。译名也作"《王伦三跃记》"，参见罗炜：《德布林和庄子》，《同济大学学报（社会科学版）》2016 年第 6 期，第 1 页。
[4] 参见罗炜：《从〈王伦三跳〉看德布林儒道并重的汉学基础》，《中南民族大学学报（人文社会科学版）》2012 年第 3 期，第 166—168 页。

国知识的著作涉及政治、文化、哲学、历史、地理、民俗、文学等方面。只要他当时能找到的相关材料,他都一一阅读,并做了详细笔记。这些浩如烟海的笔记甚至还包括有关中国皇宫中的太监等内容。①

除了卫礼贤(Richard Wilhelm, 1873—1930)译的中国古代哲学经典之作外,德布林当时参考的汉学著作,迄今为止为研究界查明的主要有:德国汉学家约翰·海因里希·普拉特(Johann Heinrich Plath)于1830年出版的两卷本《东亚史》(*Geschichte des Östlichen Asiens*)②和汉学家顾路柏于1902年出版的《中国文学史》。③ 实际上,《王伦三跃志》还是一部加工"北京知识"的现代小说。本文聚焦于学界较少涉及的小说中对北京所展开的图像、文学和民俗三方面的想象,稽考文本中多处未能被学界破译的德布林北京书写的知识来源。

研究界一度认为德布林不懂汉语。实际上,德布林对汉语有相当程度的了解。他在小说中使用了"昆明湖"(341)④、"高粱"(124,385)等汉字的拼音转写形式。他有意识地把北京写为"Pe-king",而不是"Peking",以对应汉字的书写习惯。和小说标

---

① 参见 Gabriele Sander:„Nachwort". In: Alfred Döblin: *Die drei Sprünge des Wang-lun. Chinesischer Roman. Mit einem Nachwort von Gabriele Sander.* Frankfurt am Main: Fischer 2013, S. 499 – 516, hier S. 503 – 504。
② 参见谭渊:《赋魅与除魅》,《同济大学学报(社会科学版)》2014年第6期,第8页注释,但他标注的著作名为"《满洲史》"。另参见卫茂平:《中国对德国文学影响史述》,上海外语教育出版社1996年版,第363页。
③ 罗炜梳理了德布林可能使用过的《庄子》西文译本,参见罗炜:《德布林和庄子》,《同济大学学报(社会科学版)》2016年第6期,第2—11页。
④ 所有《王伦三跃志》的引文都出自 Alfred Döblin: *Die drei Sprünge des Wang-lun. Chinesischer Roman. Mit einem Nachwort von Gabriele Sander.* Frankfurt am Main: Fischer 2013,页码直接在文中注出。

题一样，对中文书写习惯的有意识模仿也是该小说文本的一个值得注意的现象。例如，德布林直接用"明"对应的汉字拼音的转写"Mings"(437)，来称呼起义的群众，以此表达他们试图"反清复明"(401)。王伦起义军的一个目的就是反抗清朝"异族统治"(Fremdherrschaft)和清朝官员的虐政。在小说里，北京有时候也写作"北方的京城"。

作为对清朝都城北京的风格独特的文学想象，《王伦三跃志》中很大篇幅涉及乾隆时期皇宫中的权力斗争，在乾隆与皇太子嘉庆的对话和权力争夺上着墨甚多，如乾隆和嘉庆在"红城中的皇家私人宫殿""乾清宫"(Tsien-tsang-kung)(422，按：小说原文此处德文拼写疑有误，应为 Tsien-tsing-kung)里的谈话。乾清宫建于顺治元年(1644)，重建于顺治十二年(1655)，嘉庆二年(1797)重修，属于内廷宫殿之一。[①] 由此可以看出，未亲自到过中国的德布林尽力对北京的人文地理作出符合历史真实的文学再现。

德布林的文学想象以对时空的混淆为特征。他毫不犹豫地将当下与历史掺杂到他叙事的坩埚里，借此对中国"天子"的世界展开了充分的文学想象。有人一度认为德布林有时在小说中把中文"皇帝"一词对译为德文的 der Gelbe Herr。[②] 实际上这个德文称呼对应的中文应是"黄帝"或"黄色的主子"而非"皇帝"一词，但是也有可能是中文功底并不深厚的德布林把"皇帝"误作了"黄帝"。但从小说第 3 章的标题《黄土地的主人》(Der Herr der Gelben

---

[①] 参见朱偰：《北京宫苑图考》，大象出版社 2018 年版，第 110—115 页。
[②] 参见李昌珂、景菁：《有那么一部"中国小说"——论德布林〈王伦三跳〉》，《河北师范大学学报(哲学社会科学版)》2018 年第 3 期，第 80—85 页，此处见第 84 页。

Erde)来看,德布林应该是在强调乾隆是这块黄色土地的主人,"黄色"指向的是中国人作为黄种人的肤色。

一、人文北京——对北京人文地理的真实描摹

在从穆克顿回京的途中,乾隆临时决定在当时的圆明园停歇一天。小说通过一连串的地理名词清晰地勾勒了这条乾隆回京的地理路线:"人们沿着潮河行进,通过灰色的石桥跨过白河。在名叫牛庄的村子的对岸,队伍在西边拐过大道,通过人工筑就的湖泊抵达京城西北方向的群山,那里有皇帝的行宫。"(283)小说对今天的颐和园也作了多处描写,提到"昆明湖"(284)、"万寿山"(284)、"十七孔桥"(284)、颐和园里的湖心岛和入口处的"铜牛"(284)。乾隆在昆明湖湖心岛的庙里祭拜了祖先(284)。

此外,小说还采用中国传统的计时方式——时辰,提到"龙辰"(Doppelstunde des Drachens)、"蛇辰"(Schlangendoppelstunde)(284)等,写到第二天早晨在"水钟显示是龙时的时辰"(284),乾隆的队伍从圆明园返回紫禁城的路线:经"海淀村",沿着"石板路"抵达"德胜门"(Te-Scheng-Man)(284),"当天子看到紫禁城的城墙时,正好是蛇辰"(284)。不过在早期的小说版本里,德胜门的拼写有误,今本已部分订正。①

乾隆在养心殿(Halle des Geistigen Wachstums, dem Yang-hsin-tien)(293)接见大臣,密商军机要务。在德布林的笔下,北

---

① 在早期的版本里,德胜门拼写为 Te-Schang-Man,参见 Alfred Döblin: *Die drei Sprünge des Wang-lun. Chinesischer Roman*. Berlin: Fischer Verlag 1920, S. 300,但今本拼写为 Te-Scheng-Man 亦有误,Man 当作 Men。

京是"一个被高墙环绕的区域,除了绿地、未被垦殖的土地外,还坐落着一座城池,在那里令人此起彼伏的喧嚷绵延数小时之久"(eine Stadt, die sich auf Stunden zu einem überschlagenden Geschrei aufquälte)(293)。

南口和八达岭 很可能是受到当时有关德文出版物中北京八达岭长城图片的启发,德布林将王伦活动的一个小村命名为"八达岭"(Pa-ta-ling, 56, 64, 103, 116)。小说中反复提及的"南孤山"(Nan-kuberge, 55, 126)也很有可能就是通往八达岭的"南口"这个地名的拼音迁变而来。德国副公使阿尔方斯·冯·穆默(Alfons von Mumm, 1859—1924)的图片日记里就有多幅关于南口关卡和八达岭的照片。① "南孤山"在小说里也被称作"南古关隘"(Nan-kupaß, 108, 120, 154),应该对应的是在德国来京旅行者中广为流行的"南口关隘"(Nankou-Paß)。

德布林也很可能参考过1898年出版的《山东和德国在中国租借地》(Shcantung und Deutsch-China)一书。② 这本书里出现了城市博山(Po-Schan)郊区的图片。

红城与黄城 小说中紫禁城有时又被称为"红城"(Rote Stadt)(292)。这同样也是参考了同时期相关德文出版物。如

---

① 参见[德]阿尔方斯·冯·穆默图,程玮译,闵杰编撰:《德国公使照片日记1900—1902》,福建教育出版社2016年版,第217—221页。*Ein Tagebuch in Bildern: Peking zur freundlichen Erinnerung an ihren Chef Alfons von Mumm*, kaiserlicher ausserordentlicher Gesandter und bevollmächtigter Minister. [Berlin]:[Graphische Gesellschaft] [1902], S. 190-193, 194.
② Ernst von Hesse-Wartegg: *Schantung und Deutsch-China: von Kiautschou ins Heilige Land von China und vom Jangtsekiang nach Peking im Jahre 1898*; mit 145 in den Text gedruckten und 27 Tafeln Abbildungen, 6 Beilagen und 3 Karten. Leipzig: J. J. Weber 1898.

1873年出版的《1861年普鲁士东亚外交使团的报告》里就记述了北京被区分为"黄城"和"红城":

> 内城里面是皇帝之城,或者叫"黄"城(Gelbe Stadt)。这又是一个被城墙围住的、向北伸展的四方形。(……)紫禁城为长方形,是黄城的核心,向北几乎一直延伸到煤山脚下,在那儿将黄城城墙下的护城河水隔开来。黄城和红城的各个方向都有一个门,在茂密的树丛中,红色的紫禁城有很多宫殿,宫殿的周围有很多庙宇和大殿。紫禁城的面积为80公顷,黄城为606公顷。这就是整个的"内城",只有些微的不对称:西半边黄城的南角缺了一点。红城在黄城的里面,黄城在内城偏南的一面。整个北京都能看见天子之地,看见正门,即进入皇城和皇宫的大门。①

高粱桥 小说又写到在一个秋天的下午,乾隆带着很少的随从离开被称作"红城"的紫禁城,乘船沿皇城宫阙的人工湖前往"昆明湖"(290)的路线,写到沿途"冰清玉洁的大理石桥",特地提到"高粱桥"(Kao-liang-kao)(290),沿河而上直到豪华的拱桥,驶入昆明湖。高粱桥是京城有名的景点。乾隆的诗《长河进舟至昆明湖》也描写到高粱桥:"高粱桥外放烟舟,两岸蝉声响报秋。今岁真饶十分幸,往来常看黍如油。"

戒台寺与北京皇城的城门 小说还提到,兆惠将军从"午门"(Mittagstor)(286)到太和殿(Palast der Höchsten Eintracht)行"九

---

① [德]艾林波、巴兰德等:《德语文献中晚清的北京》,王维江、吕澍辑译,福建教育出版社2012年版,第27页。

次跪拜大礼"(neufacher Fußfall)(286)觐见乾隆皇帝,随后陪同乾隆骑马出"西华门"(286),沿着"三湖"缓缓而行,最后上了"鸟鸣啾啾的煤山"(即景山)(286)。

与将不同时代的人物穿越到同一时期的做法一样,在小说里德布林关于北京的知识有时也难免捉襟见肘,不免露出马脚,如将昆明湖径直称作"圆明园"。除了乘船去"圆明园"(291)这条路线外,小说还写到乾隆皇帝的另一条出巡路线:去位于京城西南方向的名叫 Ko-lo-tor 的村子(291),来到他最喜欢临幸的"戒台寺"(291),在那里有着茂盛的松林。从戒台寺可以远眺京城成百上千的屋顶,可以看到被称作"煤山"的景山上漂亮的亭子(291),可以看到"卢沟桥"(291)白色的光芒,紧邻其脚下就是浑河的绿波(291)。浑河是元代对永定河的称呼。德布林关于戒台寺的知识很有可能参考了当时出版的介绍北京的书籍:博伊-艾德(Karl Boy-Ed,1872—1930)著的《北京及其郊区》(*Peking und Umgebung*)。Ko-lo-tor 的名字也出现在这本 1906 年德国人在天津出版的介绍北京的图书里。该书在介绍戒台寺时,两次提到 Ko-lo-tor 这一地名。不过,在随后介绍卢沟桥时,这份关于北京的旅游手册没有像德布林在小说中使用拼音的转写,而是用了"马可·波罗桥"(Marco-Polo-Brücke)的译法。[①]

小说后来还写到王伦起义军曾一度攻入到戒台寺附近,攻破了紫禁城的北门,几近攻陷紫禁城(425—427)。起义军本计划与皇城中护卫军里的内奸里应外合来攻陷紫禁城,但最终被乾隆挫

---

① 参见[Karl] Boy-Ed: *Peking und Umgebung: mit 30 Photographien, 2 Karten und einem chinesischen Stadtplan*. Tientsin: Verl. der Brigade-Zeitung 1906, S. 31-32。

败。起义军一度攻陷了南城,亦即汉人居住的所谓的"中国人城"(425、426):"冲锋的喊叫声同时出现在两个北门——德胜门和安定门,以及三个南门——顺治门、哈德门和前门,后者位于宽广的皇家大街的要冲"(426)。德布林对北京的文学想象的准确性如何？他依据的实际上是 1910 年的北京地图。在 1910 年库克的北京旅游地图上,3 个南门自西至东依次为:Shung-Chin-Men, Chien-Men, Ha-Ta-Men。① 顺治门亦即今天的宣武门,哈德门亦即今天的崇文门,前门又称正阳门。② 小说还提到位于城东边的"北面新建的粮仓"(427)和"位于更南边一点的庞大的谷仓"(427)都已经着火。实际上这指的是东直门附近的"北新仓"和"海运仓"。

起义军最后突入到"燃烧的粮仓之后",出鞑靼城的"两个已经废弃的东门——东直门和齐化门"(429),离开北京。在创作小说时,德布林的手头无疑有一幅很好使的、标有北京各个城门名称的北京地图。

西黄寺与香山猎苑　在六世班禅觐见乾隆的情节中,德布林也继续采取了混淆史实的做法。历史上,乾隆四十四年(1779)六月,六世班禅从扎什伦布寺启程,前来北京觐见乾隆皇帝,并为乾隆七十大寿祝贺。次年七月,乾隆在承德避暑山庄为他举行了盛大的欢迎仪式。九月,六世班禅在皇太子等人的陪同下到达北京,驻锡在西黄寺。十一月,六世班禅因病在北京圆寂。

小说将六世班禅觐见这一重大历史事件安排在王伦起义的

---

① 参见李弘:《京华心影:老地图中的帝都北京》,中信出版集团 2018 年版,第 185 页。
② 参见[瑞典]喜仁龙:《北京的城墙与城门》,邓可译,北京联合出版公司 2017 年版,第 34 页。

1774年,还提到在北京访问的六世班禅——"大智大慧的六世班禅罗桑巴丹益西"(1738—1780)[①]——住在皇城北边的小寺庙"黄寺"(Kuang-tse)(335,336),这里应指的是西黄寺。小说中"黄寺"的拼写Kuang-tse也有误,应为Huang-tse。

在北京,六世班禅乘轿到郊区远足,足迹所至之处有"昆明(湖)西面"的"香山猎苑"(Jagdpark Hiang-schan, westlich des Kunming)(336)。需指出的是,这里香山的德文拼写亦有小误,应为Hsiang-schan。德布林对这里的自然风光作了细致的描绘,他很可能翻阅了相关的画册和照片:"他(指班禅)穿过宜人的榆树林、桑树林,容光焕发,神采飞扬。大理石桥架设于沟谷和绿色的溪流之上,修长的野鹿紧挨着身边快速掠过。"(Die herrlichen Waldungen der Ulmen, Maulbeerbäume durchschnitt er in einem strahlenden Entzücken; Marmorbrücken führten über Schluchten und grüne Bäche; die schlanken Rehe jagten dicht vorüber.)(336)。班禅一行参观了"五百罗汉堂""碧云寺""卧佛寺"(336),并且在卧佛寺住了一宿。

德布林对六世班禅到访的碧云寺的描写也有着明显因袭当时出版的德文旅游手册的痕迹。前文已经提及的那本1906年出版的关于北京的图书,提到了碧云寺的主要景点:"尤其值得一提的是五百圣者(罗汉)堂和用陶瓷群像描绘的地狱里十八种惩罚和有九种奖赏的极乐世界的石窟。"[②]德布林没有直接挪用碧云寺的名字,而是改为"五百罗汉寺"(das Kloster der fünfhundert Lohans),

---

[①] 谭渊:《赋魅与除魅》,《同济大学学报(社会科学版)》2014年第6期,第13页。
[②] Karl Boy-Ed: *Peking und Umgebung: mit 30 Photographien, 2 Karten und einem chinesischen Stadtplan.* Tientsin: Verl. der Brigade-Zeitung 1906, S. 29.

提到了在一个洞窟里用陶土"塑造了十八种刑罚和九种奖赏"(die achtzehn Martern und neun Belohnungen aus Ton geformt)(336)。他有意识地对所依据的材料的措辞做了变动和改写。但事实信息与上引德文旅行手册高度一致,他只是对个别细节作了删节。

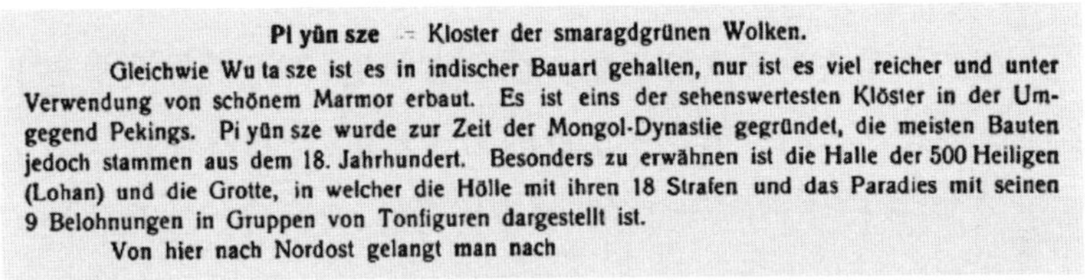

```
Pi yün sze    Kloster der smaragdgrünen Wolken.
    Gleichwie Wu ta sze ist es in indischer Bauart gehalten, nur ist es viel reicher und unter
Verwendung von schönem Marmor erbaut. Es ist eins der sehenswertesten Klöster in der Um-
gegend Pekings. Pi yün sze wurde zur Zeit der Mongol-Dynastie gegründet, die meisten Bauten
jedoch stammen aus dem 18. Jahrhundert. Besonders zu erwähnen ist die Halle der 500 Heiligen
(Lohan) und die Grotte, in welcher die Hölle mit ihren 18 Strafen und das Paradies mit seinen
9 Belohnungen in Gruppen von Tonfiguren dargestellt ist.
    Von hier nach Nordost gelangt man nach
```

图1　1906年出版的介绍北京的德文图书《北京及其郊区》对碧云寺的介绍

此外,六世班禅还到访过"东黄寺"(336)。东黄寺又名普净禅林,建于清顺治八年(1651)。一年后,西黄寺也建成,六世班禅来京的时间为乾隆四十五年(1780),清高宗乾隆把西黄寺作为他的安禅之所。德布林关于黄寺的叙述很有可能参考了德国公使巴兰德的回忆录。巴兰德在其《照片日记》中记述了黄寺:

> 内城北城墙之外还有另一所喇嘛寺,叫黄寺,可以随时去参观。……乾隆年间有一位从西藏来北京的喇嘛,是达赖喇嘛的叔叔,因患上天花,死在那座寺庙里,皇帝为他建了一座漂亮的大理石衣冠冢。这座纪念建筑物有八层底座,装饰着包括喇嘛生活场景在内的浮雕。一切都按佛塔的形式,有一个牌坊和一座露天阶梯通向塔顶。①

---

① [德]艾林波、巴兰德等:《德语文献中晚清的北京》,王维江、吕澍辑译,福建教育出版社2012年版,第168页。

可见,为了真实地再现历史上北京人文地理的风貌,德布林参照了当时出版的大量关于北京的记述和照片,对北京和故宫的宫阙、城墙、城门、风景的设置有着相当程度的了解。

二、文学北京——乾隆咏茶诗和白居易、杜甫诗歌的出处

德布林对文学北京的想象在德语文学史,乃至世界文学史上留下了浓墨重彩的一笔。在小说的第3章里,德布林借助乾隆皇帝上场,将这位年迈的、迷信的、精神恍惚的、对自身神性充满怀疑的天子与他的充满活力的儿子嘉庆进行对比。在返回京城的途中,这位吟诗作赋的皇帝与他的属下谈论到当时的文学。

吟诗作赋的乾隆皇帝形象在《王伦三跃志》里占据着举足轻重的地位。在对乾隆皇帝进行文学加工时,小说在一定程度上再现了文学氛围中的北京和有着悠久文学传统的诗歌中国。

在乾隆从穆克顿行宫返京途中,有一大段涉及乾隆与朝臣在途中谈诗论赋的描写,话题甚至触及今天已十分时髦的中西比较文学。乾隆谈到当时在中国传教的"西方长鼻子"(281)传教士们也向他评论了欧洲文学。乾隆的转述也从侧面反映出当时中国人在文学观念上的故步自封,异域的西洋文学被贬斥为蛮夷的、不发达的,"满大人"对之嗤之以鼻,不屑一顾。乾隆对臣子们说:"几个月前,我在北京的时候,很高兴同一位耶稣会的传教士作了一次谈话。这些红毛民族比我们这里所知道的要更不开化些。他们以急不可耐的做生意人的方式对我讲述了很多,也谈到他们的诗人们。这些先生们怎么喜欢就怎么写。书法对文学无足轻重。甚至目不识丁的农民也可以成为诗人。"(281)

随行的一位名叫宋的年迈大臣也随即附和:"太可笑了,陛下,这些来自西方的长鼻子实在是——要是在下蚂蚁当时随即会说:一帮无赖。这是多么的不识时务啊,竟然在我们面前谈论他们的所谓的诗人!"(281)

德布林的小说想象了18世纪时通过耶稣会士的中介而进行的中西文学沟通在当时所面临的尴尬局面,尤其是封闭、保守的中国对西方文学所怀的偏见。但在把西洋人贬为"红毛""长鼻子"蛮夷的同时,叙述者也不忘对奴性十足的满大人痛加嘲讽,让这位中国大臣在天子面前自谦为"蚂蚁"。

(一) 乾隆咏茶诗的出处

在《王伦三跃志》里,德布林详细描写了北京宫廷接待的场景。乾隆被刻画为一位喜欢舞文弄墨的文人形象,他的咏茶诗作被刻写在饮茶的杯盏上:

> Khien-lung hielt, das Täßchen über seine Gäste schwingend, sein Porzellanschälchen noch lange in der Hand und las den Vers, der auf dem Täßchen stand, den er selbst gedichtet hatte: Über ein gelindes Feuer setze einen Dreifuß, dessen Farbe und Korn seinen langen Gebrauch zeigen, fülle ihn mit reinem Schneewasser, koche es so lange, als es erforderlich wäre, Fische weiß und Krebse rot zu machen. Gieß es auf die zarten Blüten von erlesenem Tee in einer Tasse von Ju-eh. Laß es so lange stehen, bis der Dampf in einer Wolke emporsteigt und auf

der Oberfläche nur einen dünnen schwimmenden Nebel zurücklässt. Trinkt diese köstliche Flüssigkeit, wie es dir bequem ist; so wirst du die fünf Ursachen des Mißmuts vertreiben. Ich kann diesen Zustand der Ruhe nur schmecken und empfinden, nicht beschreiben. (293)

（译文）乾隆将茶盅在客人上方掠过，他手里还一直握着那只纤巧的瓷茶盅，他吟诵茶盅上自己创作的诗句：慢火上放一只鼎，其颜色和纹理显示它已使用良久，灌上清澈的雪水，尽量烧到可使鱼变白、蟹变红。把水冲到 Ju-eh 杯里柔嫩的好茶叶上。等到水汽上升成云，仅留下水面上薄薄一层雾。当你休闲时，饮一口这珍贵的茶水，将尽除五种烦恼。喝此茶所得之享受，可意会而不可言传。(293)

乾隆终其一生创作力极其旺盛。德布林在小说里引用的这首乾隆咏茶诗的出处长期以来一直未能被国际德布林研究界查明。[①] 1908 年出版的奥托·豪泽尔（Otto Hauser）的《中国文学》（*Die chinesische Dichtung*）一书里也提到乾隆的作品在 1770 年就被传教士译成了法文。德布林本人也熟悉豪泽尔这本书。但豪泽尔没有收录这首诗。那么这首诗出自何处呢？这也引起笔者的兴趣，试图寻觅之。

笔者近读何高济先生翻译的英国约翰·巴罗（Johan Barrow）著《中国行纪》（*Travels in China*），不料竟然在第 6 章碰到了这首诗，今抄录如下：

[①] 参见卫茂平：《中国对德国文学影响史述》，上海外语教育出版社 1996 年版，第 377 页。

德布林《王伦三跃志》中的北京书写及其知识来源新考

已故乾隆帝被视为当代最佳的诗人之一,他写的最著名的一首诗是印在全国所有的茶壶上的茶颂。下面是直译,仅增添了一些必要的解释其义的词句:

慢火上放一只鼎,其颜色和纹理显示它已使用良久;灌上清澈的雪水,尽量烧到可使鱼变白、虾变红的程度。把水冲在yooe(一种特殊的瓷)杯里柔嫩的好茶叶上。等到水汽上升成云,仅留下水面上薄薄一层雾。当你休闲时,饮一口这珍贵的茶水,将尽除五种烦恼。喝此茶所得之享受,可意会而不可言传。①

通过对比,可以断定,德布林小说中的乾隆咏茶诗就是巴罗的《中国行纪》里引用的这首诗。那么德布林是自己将这首诗从英文翻译为德文的,还是他使用了《中国行纪》的德译本?

巴罗的《中国行纪》1804年出版于伦敦,很快就有了德译本。笔者先后查找到《中国行纪》德译本的3个版本,皆为两卷本,出版时间标为1804年或1805年。这3个版本分别为:魏玛本,出版时间标为1804年;汉堡本,出版时间标为1805年;维也纳本,出版时间亦标为1805年。1805年维也纳本在柏林国家图书馆有藏。

维也纳本的德译文为:

Ueber ein lindes Feuer setzt einen Dreifuß, dessen Farbe und Korn seinen langen Gebrauch zeigen; füllt ihn mit reinem

---

① [英]乔治·马戛尔尼、约翰·巴罗:《马戛尔尼使团使华观感》,何高济译,商务印书馆2019年版,第294页。

Schneewasser; kocht es so lange, als es erforderlich seyn würde, um Fische weiß und Krebse roth zu machen; gießt es auf die zarten Blätter von erlösenem Thee in einer Tasse von Jueh (eine besondere Art von Porzellan). Laßt es so lange stehen, bis der Dampf in einer Wolke emporsteigt, und auf der Oberfläche nur einen dünnen Nebel schwimmend zurücklässt. Trinkt diese köstliche Flüssigkeit, nach dem es Euch bequem ist; sie wird die fünf Ursachen des Mißmuths vertreiben. Wir können den Zustand der Ruhe, welchen eine so zubereitete Flüssigleit hervorbringt, schmecken und empfinden, aber nicht beschreiben.[①]

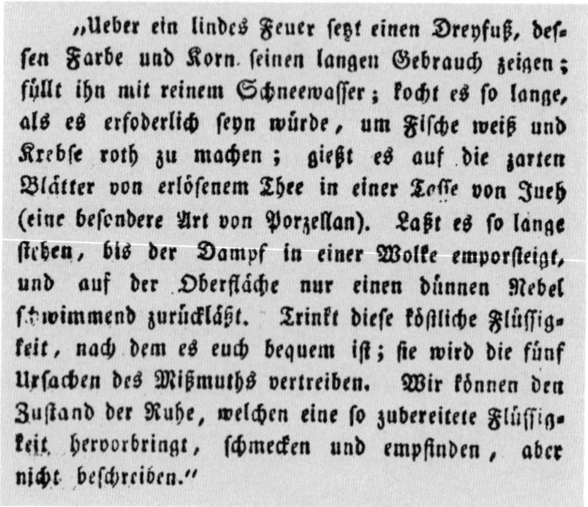

„Ueber ein lindes Feuer setzt einen Dreyfuß, dessen Farbe und Korn seinen langen Gebrauch zeigen; füllt ihn mit reinem Schneewasser; kocht es so lange, als es erfoderlich seyn würde, um Fische weiß und Krebse roth zu machen; gießt es auf die zarten Blätter von erlösenem Thee in einer Tasse von Jueh (eine besondere Art von Porzellan). Laßt es so lange stehen, bis der Dampf in einer Wolke emporsteigt, und auf der Oberfläche nur einen dünnen Nebel schwimmend zurückläßt. Trinkt diese köstliche Flüssigkeit, nach dem es euch bequem ist; sie wird die fünf Ursachen des Mißmuths vertreiben. Wir können den Zustand der Ruhe, welchen eine so zubereitete Flüssigleit hervorbringt, schmecken und empfinden, aber nicht beschreiben."

图 2 1805 年维也纳本《中国行纪》中对乾隆咏茶诗的记载

---

① *John Barrow's Reise durch China von Peking nach Canton in Gefolge der Großbritanniennischen Gesandtschaft in den Jahren 1793 und 1794*. Aus dem Englischen übersetzt und mit einigen Anmerkungen begleitet von Johann Christian Hüttner. Erster Theil. Wien: Doll 1805, S. 283.

笔者后又找到了1804年的魏玛本。经对照,1805年的维也纳版与1804年的魏玛本文字完全相同,只是页码不一致:①

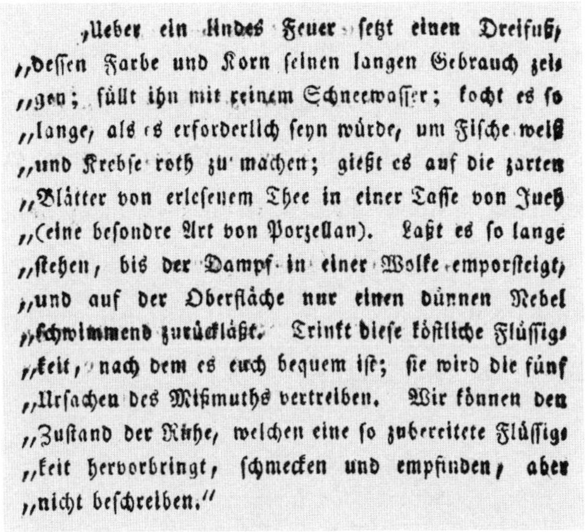

> „Ueber ein kleines Feuer setzt einen Dreifuß,
> „dessen Farbe und Korn seinen langen Gebrauch zei-
> „gen; füllt ihn mit reinem Schneewasser; kocht es so
> „lange, als es erforderlich seyn würde, um Fische weiß
> „und Krebse roth zu machen; gießt es auf die zarten
> „Blätter von erlesenem Thee in einer Tasse von Juee
> „(eine besondre Art von Porzellan). Laßt es so lange
> „stehen, bis der Dampf in einer Wolke emporsteigt,
> „und auf der Oberfläche nur einen dünnen Nebel
> „schwimmend zurückläßt. Trinkt diese köstliche Flüssig-
> „keit, nach dem es euch bequem ist; sie wird die fünf
> „Ursachen des Mißmuths vertreiben. Wir können den
> „Zustand der Ruhe, welchen eine so zubereitete Flüssig-
> „keit hervorbringt, schmecken und empfinden, aber
> „nicht beschreiben."

图3　1804年魏玛本《中国行纪》中对乾隆咏茶诗的记载

比照德布林小说的引文,我们很容易断定德布林依据的是维也纳本的译文。只不过他在人称和个别措辞上略作了改动和删节,他将译文中的第二人称复数改为了第二人称单数。

而汉堡本的这段德译文为:

> Auf ein kleines Feuer setze man einen Dreifuß, dessen Farbe und Bau seinen langen Gebrauch bezeugt; fülle denselben

---

① *Johann Barrow's Reise durch China von Peking nach Canton im Gefolge der Großbrittannischen Gesandtschaft in den Jahren 1793 und 1794.* Aus dem Englischen übersetzt und mit einigen Anmerkungen begleitet von Johann Christian Hüttner. Theil 1. Weimar: Verlag des Landes-Industrie-Comptoirs 1804, S. 337.

035

mit Schneewasser; koche dasselbe so lange, als es nöthig sein würde, den Fisch weiß zu machen und den Bachkrebs roth; gieße es auf die zarten Blätter des auserlesensten Thee, in eine Tasse von yooè (eine besondere Art von Porcellan). Laß es so lange kochen, bis der Dampf einer Wolke aufsteigt, und nur einen feinen Nebel, der auf der Oberfläche schwebt, zurückläßt. Trinke diese köstliche Flüßigkeit, nach deinem Belieben, sie wird die fünf Ursachen des Kummers verscheuchen. Den Zustand der Ruhe, welchen eine so bereitete Flüssigleit gewährt, können wir kosten und empfinden.①

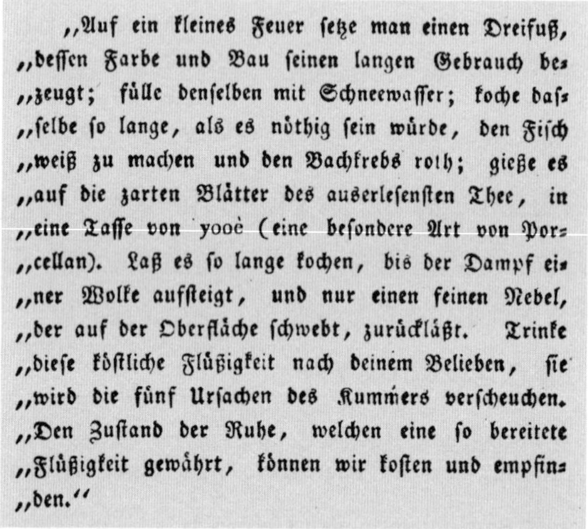

图 4　1805 年汉堡本《中国行纪》中对乾隆咏茶诗的记载

---

① *Barrow's Reisen in China*. Aus dem Englischen übersetzt. Theil 2. Hamburg: Hoffmann 1805, S. 48.

我们可以断定，德布林应该没有见到汉堡本。查实乾隆咏茶诗出处的另一个意义是，它为我们进一步确定德布林写作《王伦三跃志》时所利用的素材提供了新的线索。可以肯定的是，1805年在维也纳出版的巴罗《中国行纪》的德译本是德布林的一个重要的参考资料。它对德布林创作这部中国小说的意义还值得进一步深入研究。

在破译了德布林的乾隆茶诗的德文原文出处之后，一个尚待解决的问题是，乾隆的诗到底是哪首中文诗呢？笔者试着以德译文中的"雪水煮茶""鱼""蟹"这些具体的细节加以检索，最初找到了《冬夜煮茶》中的诗句："自焚竹枝烹石鼎。蟹眼鱼眼次第过，松风欲作还有顷。定州花瓷浸芳绿，细啜漫饮心自省。清香至味本天然，咀嚼回甘趣逾永。"但仔细琢磨，还是与德文的译文有出入，无法吻合。

直到拿到乾隆的《三清茶》诗的中文原文后，仔细对照，《王伦三跃志》中的乾隆茶诗的中文底本才豁然开朗！德布林在小说中所引的不就是这首著名的《三清茶》诗吗？！

> 煮以折脚铛，沃之承筐雪。
> 火候辨鱼蟹，鼎烟迭生灭。
> 越瓯泼仙乳，毡庐适禅悦。
> 五蕴净大半，可悟不可说。[1]

---

[1] 乾隆：《三清茶》，载蔡镇楚、施兆鹏编著：《中国名家茶诗》，中国农业出版社2003年版，第337页。

《三清茶》诗收在《清高宗御制诗初集》卷三六,诗中注释:"以雪水沃梅、松实、佛手啜之,名曰'三清'。"巴罗《中国行纪》中译本中未能翻译的西文拼写"yooe"以及德布林小说里的"Yu-eh",对应的就是中文《三清茶》诗中的"越瓯"二字!

　　在德布林的小说里,乾隆的茶诗在"茶盅"上,而巴罗游记则写作"茶壶"。德布林的改动是任意而为的吗?

　　乾隆年间确实有御制《三清茶》诗盅的事。据乾隆十一年《清档》记载,乾隆皇帝亲自指导了三清茶盅的烧制,他下旨令景德镇督陶官唐英按嘉靖青花白地人物撇口碗的式样,特制了一批三清茶碗,并对茶碗的款式、纹饰、御制诗及款识书写作了详细说明。

　　"三清茶"碗共有五个工艺品种,除了青花品种外,另有矾红彩器。此外,还有漆器、玉器等品种。漆器又有雕漆、描漆之分:"雕漆碗以墨绿回纹为地雕以红字,且有浮雕艺术效果","描漆碗以紫红色地为衬托黑漆的诗文"。① 浙江省图书馆藏有雕漆《三清茶》碗。② 另,河北避暑山庄博物馆也珍藏有数十件矾红、青花御题《三清茶》诗文碗。③

　　乾隆的《三清茶》御制诗被烧制在瓷器、紫砂、雕漆、珐琅等茶具上。乾隆皇帝每年还召集文臣学士在重华宫举办茶宴联句,边品茗边赋诗,吟咏联句,会后将刻有三清茶诗的茶具赏赐给吟得佳

---

① 张凯旋:《乾隆款"三清茶"诗文碗考略》,载《避暑山庄研究》,辽宁民族出版社2007年版,第145—150页,此处见第147页。
② 参见国家文物局主编:《惠世天工——中国古代发明创造文物展》,中国书店2012年版,第163页。
③ 参见张凯旋:《乾隆款"三清茶"诗文碗考略》,载《避暑山庄研究》,辽宁民族出版社2007年版,第145—150页。

句的臣子。

在《清高宗御制诗三集》卷七十《重华宫集廷臣及内廷翰林等三清茶联句复得诗二首》之二里，句云："活水还胜活水煮（一作烹，待考），三清瓯满啜三清。"其下注云："向以三清名茶，因制甆（一作'瓷'）瓯，书咏其上，每与雪夜（一作'雪后'，待考）烹茶用之。"

据《清高宗御制诗四集》卷七八《咏嘉靖雕漆茶盘》诗注："尝以雪水煮茶，沃梅花、佛手、松实啜之，名曰'三清茶'，纪之以诗。并命两江陶工作茶瓯，环系御制诗于瓯外，即以贮茶，至为精雅，不让宣德、成化旧瓷也。"

据学者扬之水的研究，"大清乾隆年制"款青花三清茶盅和红彩三清茶盅，茶盅外壁的御制诗末署"丙寅小春"，即乾隆十一年（1746）十月，今在故宫博物院就有收藏。"其内心装饰梅花、佛手、松枝，外圈及口沿环饰如意云，外壁两道如意云之间的白地子即如诗注所云：'环系御制诗'。"[①]

故宫博物院珍藏的"剔红乾隆御制'三清茶'诗盖碗，此碗盖面和腹部都雕饰有'三清茶'这首五言诗。落款为'乾隆丙寅小春御题'"，也是乾隆十一年（1746）制作的。亦即扬之水所说的"红彩三清茶盅"。

德布林在小说里不无道理地改"壶"为"盅"是不是他真的在柏林东亚民俗博物馆见到了三清茶盅的实物？

[①] 扬之水：《三清茶与三清茶瓯》，载扬之水：《楮柿楼集·两宋茶事》，人民美术出版社2015年版，第83页。

前面已提到,乾隆的诗作《三清茶》于1770年就被译成了法文。① 在1847年出版的《中华帝国史》里,郭实腊(Karl Friedrich August Gützlaff, 1803—1851,又译作郭士立、郭实利等)也提到乾隆自己创作诗歌,说乾隆的关于穆克顿和茶的诗作被奉作诗人的典范。②

(二) 白居易和杜甫译诗的出处

在小说里,德布林对这位热衷于艺术收藏的皇帝的皇宫,对陶瓷杯盏、饮茶和皇宫里的娱乐等都作了充分的文学想象。他用阅读到的中国文学来描摹他对中国日常的想象。小说第2章有一处描写到北京街头的音乐演出:"一声啾鸣,然后是和谐断续的和声,犹如细细的金针连成一线,犹如松散的稻粒轻撒落地。"③学术界似乎至今也还没有找到该诗句的来源。

在再现皇宫里的一次音乐演出时,德布林就明显化用了白居易的《琵琶行》德译本中的诗句:"和着戏台后的琴弦,一女声清音宛转歌起。如同古诗里的形容:散淡忧伤,惆怅悠扬,大弦琮琮如潮水,小弦玎玎如细语,当曲乐缤纷缭乱起来时,人们觉得是听到

---

① *Éloge de la ville de Moukden et de ses environs. Poeme composé par Kien-Long, empereur de la Chine & de la Tartarie, actuellement régnant* ...; traduit en francois par le P. Amiot. Paris: N.M. Tilliard 1770, p. 329 – 337. 参见 Joh. Heinr. Plath: *Geschichte des Oestlichen Asiens. Theil 1: Chinesische Tartarey. Abth. 1: Manschurey. Bd. 2.* Göttingen: Dieterich 1831, S. 826.
② 参见 *Karl Gützlaff's Geschichte des chinesischen Reiches von den ältesten Zeiten bis auf den Frieden von Nanking.* Hrsg. von Karl Friedrich Neumann. Stuttgart; Tübingen: Cotta 1847, S. 750.
③ 转引自卫茂平:《中国对德国文学影响史述》,上海外语教育出版社1996年版,第377页。

了如珠雨滴落打在了大理石石盘上。"①德布林到底是从哪里引用这段《琵琶行》译文的,中外研究界至今也未能查清该段《琵琶行》德文译本的出处。②

2004年,笔者在德国哥廷根大学留学期间,曾专门到藏书宏富的哥廷根大学图书馆古籍部借阅到我国晚清外交官陈季同(1851—1907)的著作《中国人自画像》(德文名《中国和中国人》)(China und die Chinesen)的德译本,并在国内的《读书时报》上加以介绍,后这篇短文也被收录进拙著《中德文学因缘》中。③ 在这篇短文里,我提到这部德译本也把陈季同译成法文的中国古典诗词都转译为德文,其中就包括白居易的《琵琶行》:

> 值得注意的是,陈季同在书中所介绍的中国古典诗词也得以转译为德文。在《中国人自画像》中,陈季同翻译了李白、杜甫、孟浩然等人的诗歌,甚至还包括白居易的《长恨歌》《琵琶行》等名作。可以说,他的著作给当时的德国读者提供了一个接触中国古典文学的机会。这些德译中国诗歌后来还被收入一本1903年出版的《中德诗集》中。这在当时是十分难得的。④

---

① 转引自李昌珂、景菁:《有那么一部"中国小说"——论德布林〈王伦三跳〉》,《河北师范大学学报(哲学社会科学版)》2018年第3期,第80—85页,此处见第85页。
② 参见卫茂平:《中国对德国文学影响史述》,上海外语教育出版社1996年版,第377—378页。
③ 参见吴晓樵:《陈季同著作德译本》,载《中德文学因缘》,上海外语教育出版社2008年版,第224—225页。
④ 吴晓樵:《陈季同著作德译本》,载《中德文学因缘》,上海外语教育出版社2008年版,第224—225页,此处见第225页。

德布林的引文会不会与这个译本中的《琵琶行》译文有关呢？笔者找出手头收藏的这本陈季同著作的德译本。经比照,果然不出所料,德布林使用的正是这个本子!

在《王伦三跃志》里有这样一处描写:六世班禅在黄寺圆寂后两天,乾隆就与皇太子嘉庆及一批心腹大臣在宫里欣赏舞蹈和演戏:

> Eine zarte Frauenstimme sang zur Geige und Laute hinter der Bühne. Wie es in dem alten Liede heißt: mit Tönen gedämpft, von Traurigkeit verschleiert, die tiefen Saiten wie die Flut rauschend, die oberen flüsternd, und als die Töne lebendiger wurden, glaubte man einen Perlenregen zu hören, der auf eine Marmorplatte fiel. (348)

(译文)一个娇嫩的女声伴着舞台后的琴和琵琶在歌唱。正如一首老的歌曲所写的那样:用音调来抑制,为悲伤所掩盖,大弦如同潮水呼啸,小弦在窃窃私语,音调越发生动起来,人们觉得似乎听到了像珠雨滴落到大理石石盘上。

在小说德语原文里,德布林故意隐去原诗标题和作者,仅用"一首古老的歌曲"来代替。可以肯定的是,德布林基本上全部采用了由德国人阿多尔夫·舒尔茨(Adolph Schulze, 1840—1891)翻译的陈季同法文著作《中国人自画像》(*Les Chinois peints par eux-mêmes*)。德译本《中国和中国人》1885年在莱比锡出版第1

版,1896 年再版。但两版页码不一致,第一版正文有 215 页,今德国莱比锡大学图书馆有电子版;第二版正文有 307 页,今柏林国家图书馆藏有电子版。这两个版本都包含有白居易《琵琶行》的德译文。

德布林基本上原封不动地采用了德译文,只对个别字句作了改动,并从修辞上对译文作了一些压缩调整。为方便对照,我们将舒尔茨的德译也摘录在下面:

> Endlich erkennen wir eine Frau,
> Deren Gestalt halb von der Laute verborgen ist.
> Sie willigt ein, auf unser Schiff zu kommen.
> Die ersten zitternden Töne,
> Als sie die Saiten stimmt,
> Drücken ein Gefühl aus:
> Jeder Ton ist gedämpft, aber ausdrücksvoll;
> Verschleiert wie von Traurigkeit.
> Dann beginnt sie zu spielen.
> Die Griffe bilden Windungen auf den Saiten;
> Sie kommen und gehen;
> Sie steigen die Oktaven auf und nieder.
> Die tiefen Saiten rauschen wie die Fluth;
> Die oberen flüstern leise.
> Plötzlich werden die Töne lebendiger;
> Man glaubt einen Perlenregen zu vernehmen,

Der auf eine Marmorplatte fällt.①

实际上，小说中紧接着的——也为学术界所忽略的——引用杜甫的诗来描写音乐，也是对《中国和中国人》的引用和改写。

杜甫的诗句在德布林小说中的原文为：

Die klagende Stimme sang das Lied Tu-fus： „Ich bin bewegt von tiefer Traurigkeit und lasse mich in das dichte Gras nieder. Ich beginne, mein Schmerz tönt. Tränenüberströmt, tränenüberströmt. Ach, wer könnte lange wandeln den Weg des Lebens, den jeder für sich durchläuft?" （348）

阿多尔夫·舒尔茨的德译本为：

Ich bin bewegt von dieser Traurigkeit
Und lasse in das dichte Gras mich nieder.
Ich beginne einen Gesang, in dem mein Schmerz zum Ausbruch kommt.
Die Thränen übermannen mich und fließen reichlich …
Ach, wer könnte lange wandeln
Auf dem Wege des Lebens,
Den jeder für sich durchläuft?②

---

① Tscheng-Ki-Tong: *China und die Chinesen*. Einzige autorisierte Uebersetzung von Adolph Schulze. 2. Aufl. Dresden [u.a]: Reißner 1896, S. 191.
② Tscheng-Ki-Tong: *China und die Chinesen*. Einzige autorisierte Uebersetzung von Adolph Schulze. 2. Aufl. Dresden [u.a]: Reißner 1896, S. 178f.

学术界已查明杜甫的原诗是《玉华宫》,德布林引用的是最后两联诗句:"忧来藉草坐,浩歌泪盈把。冉冉征途间,谁是长年者。"①

除了让不同时期的历史人物"穿越"进小说外,德布林还将文学作品中的人物安排进小说。元代剧本《灰阑记》中的人物海棠就是一例,海棠成为镇压王伦起义的兆惠将军的妻子。他们驻扎在山海关,育有一子一女。原计划作为小说"楔子"的《袭击兆老苏》中的标题人物兆老苏就是兆惠和海棠的儿子。他本是一个纨绔子弟,遭到义军的袭击,后随父参与了镇压的行动。后来,兆惠兵临临清,镇压了王伦起义。在战斗中,兆惠的儿子也被义军杀死。小说最后以万念俱灰的海棠乘船南下来到普陀山向观音求助,以获得心灵的慰藉而结束。

德布林对《灰阑记》中人物的借用很有可能来自德国汉学家顾路柏的《中国文学史》。在这本书里,顾路柏对《灰阑记》的剧情作了详细介绍,②德布林很可能从中了解到中国文学里的这个人物,从而把她安排进小说,使之成为一个较关键性的人物。《王伦三跃志》也成为德语文学中一系列把海棠作为文学人物的作品的开端。③

三、民俗北京——对汉学家顾路柏《北京的民俗》的袭用

德布林小说中的描写多处引自汉学家顾路柏的著作《北京的

---

① 参见 *Übersetzte Literatur in deutschsprachigen Anthologien*. Hrsg. von Helga Eßmann und Fritz Paul; Teilband 6: *Anthologien mit chinesischen Dichtungen*. Hrsg. von Zhengxiang Gu. Stuttgart: Anton Hiersemann 2002, S. 97。
② Wilh[elm] Grube: *Geschichte der chinesischen Litteratur*. Leipzig: Amelang 1902, S. 379–385.
③ 关于海棠被德布林加工为将军兆惠的妻子,参见谭渊:《德国文学中的中国女性形象》,武汉大学出版社 2017 年版,第 180 页。

民俗》(*Zur Pekinger Volkskunde*)。他对清明节、鬼节等的描述都取自顾路柏,很多词汇有明显的因袭痕迹。

如写到农历七月十五日的鬼节时,德布林在小说里将时间写作"七月五日"(46),实际上这并不是他的误记,而是他根据顾路柏的说法,认为这个节日可以提前十天。他的所有这些细节描写皆摘自顾路柏的著作。

德布林小说原文为:

> Und alle zusammengewürfelten jungen und alten Landstreicher dachten in dem Augenblick an das Fest am fünften Tag des siebenten Monats, an dem ein kleines Schiff mit dem Kuei-wang den Fluß herunterzieht, der Dämonenherr in schwarzer Jacke mit dem Kragen aus Tigerfell, dem Schurz und den Stiefeln aus Tigerfell, den Dreizack in der Hand; seine schwarzen Haarbüschel wulsten sich unter dem Diadem weit hervor. Und hinter ihm stehen steif die kleinen drolligen Dämonen, mit der viereckigen Mütze, der mit dem Rindskopf, der mit dem Pferdemaul und die zehn pausbäckigen, puterroten Höllenfürsten und lassen sich angucken. (46)

(译文)在这一刻,所有来自四面八方的年轻和年老的流浪汉们想到了七月五日的节日。在这一天,载着鬼王的船顺河而下,这位群鬼之主身穿黑色马甲,衣领是虎皮的,围着围腰,穿着虎皮靴子,手握三叉戟。他的黑色的发缕在头盔下长长地冲了出来。在他身后僵硬地站立着滑稽的小鬼,戴着方帽,还有牛头、马面以及十个面颊通红、浑身枣赤的地狱魔头,招摇而过。

顾路柏《北京的民俗》一书是这样写的:

An der Spitze des Bootes steht der Kuei-wang mit Diadem und Ohrringen. Die an den Schläfen horizontal abstehenden Haarbüschel heißen 耳毫 [...] und die beiden Haarschlingen am Hinterkopfe 发髻. Er ist mit einer schwarzen Jacke [...] bekleidet, die mit einem Tigerfellkragen versehen ist. Um die Lenden trägt er einen Tigerschurz und auch die Stiefel sind aus Tigerfell.[①]

(译文)在船首站立着鬼王,头戴王冠和耳环。在太阳穴处向外横着突出出来的几缕头发叫发毫,后脑跟的两个发铃叫发髻。鬼王身穿黑色的马甲,上面饰有虎皮的衣领,环腰处穿戴着一个虎皮的腰带,靴子也是虎皮的。

又如写清明节,小说叙述在这一天:"人们在露天四处树起秋千,上面飘着彩绳。(……)人们在坟上拢上新鲜的泥土。人们普遍都开始做好吃的。所有的路上,妇女们都在耳后插着柳狗儿,为

---

① Wilhelm Grube: *Zur Pekinger Volkskunde*. Berlin: W. Spemann und Georg Reimer 1901, S. 80.

047

了在来世不作为黄狗儿转世。"(223)这些细节都可以在顾路柏的著作中找到对应的段落。① 最后一句话用的就是顾路柏书中翻译的北京俗语:"清明不戴柳,死后变黄狗。"

In der Nähe der Tempel für die Stadtgottheit lagen die Begräbnisstätten für die Dirnen; die Frauen der Gebrochenen Melone ließen dorthin nach der Stadt auch ihre Toten bringen in einem großen Stolz und Mitleid. Als sie nun – denn Ma-noh duldete das Beibehalten aller volkstümlichen Sitten – am Ching-ming-Feste morgens in Scharen auf den Friedhof strömten. (224)

(译文)城隍庙附近,是妓女们安葬的地方;破瓜国的妇女也叫人把死者拉到城里那个地方,怀着很大的自豪和同情。现在她们——因为马诺容许保留所有这些民间风俗——在清明节那天早晨成群向墓地涌去的时候。

顾路柏的书中是这样写的:

Am Ching-ming-Feste ist der Tempel des Stadtgottes [...] geöffnet und sehr besucht, da sich in seiner Nähe der Begräbnisplatz der öffentlichen Dirnen befindet, die sich an

---

① 参见 Wilhelm Grube: *Zur Pekinger Volkskunde*. Berlin: W. Spemann und Georg Reimer 1901, S. 64 – 65。

diesem Tage in Scharen dorthin begeben.①

（译文）在清明节，城隍庙开放，游客很多，因为在它的附近是烟花女子的埋葬之所，在这一天，她们成群结队来到这里。

小说中，海棠和兆惠的女儿奈（Nai）被要求嫁给明朝遗民的王子，在被拒之后，在出嫁的当天被起义军杀死。德布林详细描写了奈的婚礼筹备和丧葬仪式（450—452），这些细节也是取自对北京民俗素有研究的顾路柏的著作。②

（原载《德语人文研究》2021年第2期）

---

① Wilhelm Grube: *Zur Pekinger Volkskunde*. Berlin: W. Spemann und Georg Reimer 1901, S. 65.
② 参见 Ibid., S. 11-19。

洪涛生与中国古典戏曲的德译与搬演

一、洪涛生在北平的教学与著述活动

德国汉学家洪涛生(Vincenz Hundhausen)1878年12月15日生于北莱茵-威斯特法伦州的格雷文布罗伊希(Grevenbroich),1955年5月18日亦在故乡去世。在20世纪二三十年代,洪涛生曾在北京大学德文系任教,冯至就是他当年的学生。洪涛生来北京大学(简称北大)德语系任教的时间是1924年,他是以瓦尔德马·欧尔克(Waldemar Oehlke)的继任者的身份上任的。冯至去德国海德堡大学留学,也是洪涛生向他建议的。[①] 据金克木先生回忆,他在北大旁听过洪涛生的德语课:"我去听过一次洪涛生教授讲莱辛寓言。"[②]根据《北京大学校史》,洪涛生在北大教授的课程包括"德国文学史""德国诗律学""德国大思想家及大诗人之人生观及宇宙观""德国语言学及文献学沿革"以及"德国民众文学"等。[③] 又据1926年6月北京大学的"外国教员调查表",在洪涛生

---

① 参见姚可崑:《我与冯至》,广西教育出版社1994年版,第54页。
② 金克木:《末班车》,载金克木:《咫尺天颜应对难》,人民日报出版社1996年版,第49页。
③ 萧超然等编:《北京大学校史(1898—1949)》,上海教育出版社1981年版,第287页。

名下开设的课程有"散文""德国文学概论""德国近代文学史""德国古代文学史""德国中古文学史""德文修辞学及文体学""德文诗学与诗律学""德意志文字学""德国文体及名作之研究""比较的文学史"等。① 1926 年 4 月 22 日,北京大学学术研究会德文研究组正式成立,每星期举行常会一次,洪涛生与鲁雅文、朱家骅、杨震文等轮流担任导师。② 当时洪涛生的职称还是讲师,不过 1930 年已晋升为德文系教授。1933 年,洪涛生加入中德文化协会,是总务组组员。③ 从 1924 年起,洪涛生在北大德文系任教至少持续到 1937 年,④也正是在北大的 10 余年时间里,他在几位精通中德文的中国青年学者的帮助下,完成了他浩大的中国古典戏曲德译工程。在此期间,他还主持了中西方文学、哲学经典的互动对话,出版了中德文对照的《*Dem Andenken Goethes* 葛德纪念特刊》(1932)、《*Dem Andenken Spinozas* 斯宾挪沙纪念特刊》(1932)、《*Dem Andenken Wielands* 魏兰纪念特刊》(1933)、《*Dem Andenken Schillers* 释勒纪念特刊》(1934)、《*Dem Andenken Humboldts* 洪波纪念特刊》(1935)、《*Dem Andenken Horaz* 荷拉茨纪念特刊》(1936)、《*Dem Andenken Platens* 普拉敦纪念特刊》(1936)等。洪涛生在北大的勤奋著述活动,我们也可以从 1935 年南京《中央时

---

① 参见叶隽:《德语文学研究与现代中国》,北京大学出版社 2008 年版,第 105—106 页。
② 王学珍等主编:《北京大学纪事(1898—1997)》上册,北京大学出版社 1998 年版,第 142 页,引《北京大学日刊》报道。
③ 参见崔文龙:《中德学会的成立及相关争论》,《民国档案》2011 年第 3 期,第 90 页。
④ 关于洪涛生来北大任教时间,参见北大德文系早期毕业生张威廉的回忆:"洪涛生曾于 1924—1937 年任北京大学德国文学系教授,我当时已经离校,未得谋面为憾。他在纳粹时曾被剥夺国籍,仍留北京从事教学工作,直到 1954 年因病返国。"张威廉:《从德译元曲谈到元曲翻译》,《中国翻译》1989 年第 5 期,第 3 页。

事周报》刊登的一份较详细的著译目录里略窥一斑。① 虽然洪涛生直到1954年才离开中国，但他的中国戏曲翻译和搬演事业好像只进行到1937年全面抗战爆发为止。他离开了北大也就失去了合作的对象。而战争的爆发，也使戏曲的搬演成为不合时宜的奢侈。洪涛生在北平主持自己的私人出版社，被称作北平杨树岛出版社（Verlag der Pekinger Pappelinsel）或北平杨树岛工作坊（Pekinger Pappelinsel-Werkstatt），印刷德文的中德两国文史文献。

二、洪译《琵琶记》及其搬演

作为翻译家，洪涛生的主要贡献是把中国古典戏曲译成德文，其中包括名著《西厢记》《琵琶记》《牡丹亭》的翻译。1926年，他完成了《西厢记》的德译；1930年，完成《琵琶记》的德译；而《牡丹亭》的德文全译本则出版于1937年（1933年仅出了一个节译本）。由于洪涛生自己对中文并不精通，他的中国古典戏曲的德译工程得到他的中国学生的大力帮助，如冯至在1927年北大毕业后就协助洪涛生翻译过《琵琶记》。② 洪涛生特地在1930年《琵琶记》译

---

① 参见佚名：《北大德籍教授洪涛生译著书目》，《中央时事周报》1935年第4卷第16期，第60—61页。
② 1990年2月17日，冯至写信给要给他寄赠德译本《琵琶记》的赵瑞蕻说："关于德译本《琵琶记》，我这里存有一册，请不必寄赠。那是在1928年我协助Hundhausen（洪涛生）翻译的。洪涛生不懂中文，但他颇有诗才，我们的合作，可以说是林琴南式的。"冯至：《致赵瑞蕻》，载冯姚平编：《冯至全集》第12卷，河北教育出版社1999年版，第233页。在另一封书信里，冯至也证实了另有中国人协助洪涛生的翻译："Hundhausen的中文译名为洪涛生，不是洪德，我只帮助他译过《琵琶记》，《西厢记》是另一个人帮助他译的。"冯至：《致解志熙》，载冯姚平编：《冯至全集》第12卷，第492页。此人是谁，冯至没有点明。姚可崑在回忆录里虽然也没有说出此人名字，但指出他是北大的学生：洪涛生"爱上了中国文学，他与北大某同学合作，翻译了《西厢记》、《牡丹亭》、陶渊明诗等"。姚可崑：《我与冯至》，广西师范大学出版社1994年版，第53页。实际上，洪涛生在他的《西厢（转下页）

本的扉页对冯至的出色合作表示感谢。① 在1930年《琵琶记》德文全译本出版前,洪涛生还在北平出版了3个小型的《琵琶记》德文节译本:《贞洁的姑娘》(*Das tugendhafte Fräulein. Chinesisches Lustspiel in zwei Bildern*,即《琵琶记》第3、6出)、《通往荣誉的路》(*Der Weg zum Ruhm. Singspiel*,不详)、《考试》(*Das Examen. Chinesischer Schwank in drei Bildern*,即《琵琶记》第7、9、10出),均于1929年由他创办的北平出版社出版。②

洪涛生不仅翻译中国古典戏曲,而且还致力于中国古典戏曲的德文搬演。他在北平组织德国剧团,搬演中国戏曲,尤其值得一提的是他多次尝试将《琵琶记》《牡丹亭》搬上德文舞台。1935年在上海出版的《艺风》杂志刊出了一篇题为《德国剧团表演中国戏剧》的文艺消息,证实了洪涛生北平德国剧团的存在和活跃的演出活动:

> 北平大学教授德人洪涛生先生,居华十余年,精于中国古典文学。近年来研究元明戏曲,甚有心得,已将中国著名小说

(接上页)记》德译本中提到了他的合作者的名字:"较难原文的理解得到北京大学图书馆员和讲师王有德的帮助。"参见 Hartmut Walravens: *Vincenz Hundhausen (1878 – 1955): Leben und Werk des Dichters, Druckers, Verlegers, Professors, Regisseurs und Anwalts in Peking*. Wiesbaden: Harrassowitz 1999, S. 93。王有德是北京大学德文系早期毕业生,是一位在中国较早注意到德国剧作家弗里德里希·赫贝尔(Friedrich Hebbel)作品的日耳曼学者。参见 Xiaoqiao Wu: „Friedrich Hebbel im China der ersten Hälfte des 20. Jahrhunderts. Neu entdeckte Materialien". In: *Hebbel-Jahrbuch* 2013, S. 87 – 88。

① 参见 Gau Ming: *Die Laute. Mit zwanzig Wiedergaben chinesischer Holzschnitte*. Peking: Pekinger Verlag 1930, Widmungsseite。

② 参见 Hartmut Walravens: *Vincenz Hundhausen (1878 – 1955): Leben und Werk des Dichters, Druckers, Verlegers, Professors, Regisseurs und Anwalts in Peking*. Wiesbaden: Harrassowitz 1999, S. 103 – 104。

(按：此处应为戏曲)《琵琶记》《牡丹亭》，译成德文。并于北平组织北平德国剧团，在舞台上表演。前在北平、天津等处，一度公演，极得观众称誉。最近该氏来沪，拟将该两剧供诸沪人眼帘，地点假座霞飞路兰心大戏院。第一次公演之前，系三月十九日，第二次同月二十六日，时间均为晚九时。中戏德演，在沪尚属嚆矢云。①

实际上，《琵琶记》的德文搬演可以追溯到 1930 年甚至更早，当时北平的德国学校的学生就用德文搬演过其中题为《考试》(Das Examen)的喜剧场景。② 关于这些演出，当时中国戏曲界的代表人物也给予了关注，如傅惜华 1930 年 3 月 24 日、31 日，4 月 7 日、14 日和 21 日在北平的《民言·戏剧周刊》第 24—28 期发表《德人公演〈琵琶记〉评记》长文。他还以"惜华"的名字发表了《洪涛生(德人 Hundhausen)之一席话》，刊载在 1931 年 11 月 21 日出版的《北京画报》第 218 期。③ 文中透露洪涛生译《西厢记》《琵琶记》采取的是直译法，④在北平组织演出《琵琶记》是为旅平

---

① 佚名:《德国剧团表演中国戏剧》,《艺风》1935 年第 3 卷第 4 期, 第 112 页。
② 参见 Hartmut Walravens: *Vincenz Hundhausen（1878 – 1955）. Nachdichtungen chinesischer Lyrik, die „Pekinger Bühnenspiele" und die zeitgenössische Kritik.* Wiesbaden: Harrassowitz 2000, S. 110。
③ 参见张静:《傅惜华与昆曲(1926—1932):以〈北京画报〉为视点》,中国艺术研究院戏曲研究所《戏曲研究》编辑部编:《戏曲研究》第 75 辑,文化艺术出版社 2008 年版,第 39 页。有将《北京画报》刊期误为"第 280 期"的,参见刘效民:《傅惜华戏曲艺著述索引》,《戏曲研究》第 53 辑,文化艺术出版社 1996 年版, 第 177 页。
④ 洪涛生在他的译本序言里也一再声称自己采取的是直译法,强调"逐词翻译,不加增删",参见张威廉:《从德译元曲谈到元曲翻译》,《中国翻译》1989 年第 5 期,第 3—4 页。不过张威廉认为洪涛生在翻译实践中并没有真正做到这一点。

德国小学校筹款,洪涛生本人自演牛丞相。① 一些现代文人也在日记中留下了观看洪涛生德译《琵琶记》演出的记载。如当时清华大学外文系教授吴宓曾观看《琵琶记》的演出,并在1930年4月6日(星期日)的日记里写道:"9—11偕熊君至北京饭店观德国人士演Das Tugendhafte Fräulein 及Das Examen两剧。乃节译《琵琶记》中数出而成者。石坦安君赠宓剧票,值二元。"②这里提及的石坦安(Diether vonden Steinen,1903—1954)乃清华大学德语教授,他也是《琵琶记》德文搬演的积极参与者。4年后,1934年2月28日,胡适也在日记中记载了洪涛生的来访和《琵琶记》的翻译与演出情况:"德国教员洪涛生来谈。他译《琵琶记》为德文,今日来谈中国戏剧的演变,他说,元曲一个主角唱的剧本胜于后世各个脚(角)色皆可唱的剧本,此话亦有局部的道理。"③这年4月24日,胡适还在日记里详细记录了《琵琶记》德文本在北平首次公演的情况,涉及上演内容和角色分配:

> 晚上去看Vincenz Hundhausen(洪涛生)译的《琵琶记》的德文本的公演,共摘出八幕:(1)开场(原1)(2)嘱别(原5)(3)陈情(原16)(4)琴诉(原22)(5)祝发(原25)(6)路途(原32)(7)两贤(原35)(8)相逢(原37)原本四十二出,真是

---

① 参见张静:《傅惜华与昆曲(1926—1932):以〈北京画报〉为视点》,中国艺术研究院戏曲研究所《戏曲研究》编辑部编:《戏曲研究》第75辑,文化艺术出版社2008年版,第39页。
② 吴宓:《吴宓日记》(第6册:1936—1938),生活·读书·新知三联书店1998年版,第51页。
③ 胡适:《胡适日记全编》(六),曹伯言整理,安徽教育出版社2001年版,第336页。

笨得可以了！如此摘演，已很够了。演蔡邕者为德人 Von Steinen，颇卖气力。演五娘者为梅小姐，演牛氏者为王小姐，皆半中国人。最出色者为《陈情》一幕之太监，名 Skoff，声容都好。①

这里的 Von Steinen，全名为 Erwin von den Steinen，即吴宓日记中石坦安的德文名字。梅小姐即 Fräulein Helene May，王小姐即 Fräulein Susanne Wang，为王荫泰之女。Skoff，即 Felix Skoff，1933 年 5 月 19 日出版的《德华日报》(*Deutsch-Chinesische Nachrichten*)也对其在《陈情》一出中的出色表演表示称赏。② 此前，教育家蔡元培也在 1934 年 3 月 19 日的日记里记载了《琵琶记》在上海演出的情形：

> 夜，洪涛生等演《琵琶记》于兰心戏院，偕养浩往观。③

与此同时，洪涛生搬演中国古剧则受到中国提倡话剧的现代作家的非议。如田汉在《中国旧戏与梅兰芳的再批判》一文中引述《大公报》1934 年 4 月 21 日的北平通信：

> 同四月二十一日北平通信，又谓南曲《琵琶记》现由北平

---

① 胡适：《胡适日记全编》(六)，曹伯言整理，安徽教育出版社 2001 年版，第 373—374 页。
② 参见 Hartmut Walravens：*Vincenz Hundhausen（1878－1955）. Nachdichtungen chinesischer Lyrik, die "Pekinger Bühnenspiele" und die zeitgenössische Kritik.* Wiesbaden：Harrassowitz 2000, S. 112, 116, 122。
③ 中国蔡元培研究会编：《蔡元培全集》第 16 卷，浙江教育出版社 1998 年版，第 396 页。另参见高平叔：《蔡元培年谱长编》第 4 卷，人民教育出版社 1998 年版，第 203 页。

大德教授洪涛生译成德文,并由德侨多人彩排,定二十四日在同一协和礼堂作第一次公演,衣冠不改,文词则悉易德风。演员为:蔡邕,清华教授施坦宁氏。赵五娘,德使馆秘书海伦媚小姐。牛氏,王荫泰女公子王素澈小姐。蔡父,北平施密特洋行经理哈格曼氏。蔡母,高吉克夫氏。

田汉这里引用的《大公报》通信指的是 1934 年 4 月 21 日《大公报》第 1 张第 4 版刊登的《平德侨彩排公演〈琵琶记〉》的新闻,这则新闻将《琵琶记》参演的演员进一步具体化。除了已提及的石坦安(即施坦宁)外,胡适日记里的"梅小姐""王小姐"的身份得到了进一步明确。此报道还增加了两个次要角色的演员信息。接着,田汉尖锐地讽刺此次《琵琶记》演出:

> 这一些"华洋贵族"彩排《琵琶记》的结果,有的说是很能融贯中西,有的说是"凌乱中西"。但我们相信,这个提倡"贤""孝"的封建道德戏,不单是曾经明太祖朱元璋赞美过,认为:"四书五经在民间如五谷不可缺;此记如珍馐美味富贵家其可无耶?"今给正在提倡良妻贤母主义以解决失业问题,准备新战争的希特勒先生看见了,一定会大为叹赏,命令德国女子"家弦户诵",说不定昆曲有衰于国内而盛于海外之一日?①

---

① 田汉:《中国旧戏与梅兰芳的再批判》,载田汉著作编辑出版委员会编:《田汉文集》第 16 卷,中国戏剧出版社 1986 年版,第 428—429 页。

可见,田汉对《琵琶记》德译及其演出的抨击主要还是从思想性这个方面出发的。

洪涛生德译《琵琶记》译文风格我们可以从第 28 出《中秋望月》(Unter dem Mittherbstmond)起首唱词的翻译略窥一斑。这首曲牌名为《念奴娇引》的曲词中文原文为:

(贴上)楚天过雨,正波澄木落。秋容光净,谁驾玉轮来海底,碾破琉璃千顷。环珮风清,笙箫露冷,人在清虚静。①

洪涛生发挥他诗人的优势,将这段唱词转译为优美的德文诗句:

Niu Sche *singt*

 Regen badete die Nacht,
 Und jetzt ist sie frisch und rein.
 Welke Blätter sinken sacht
 In ihr Wellengrab hinein.

 Wer wälzt aus dem tiefsten Meer
 Dieses Jaderads Gewicht,
 Unter dem die Nacht umher
 Wie Kristall in Splitter bricht?

---

① 高明:《琵琶记》,中华书局 1958 年版,第 109 页。

In dem Gürtel spielt der Wind,

Eine Flöte ist erwacht.

Ihre goldnen Töne sind

Kühl und klar wie Tau und Nacht.[①]

(译文)牛氏唱道:

雨浴长夜,

现夜已一派清新纯净。

枯叶悄悄落下

融入夜的波涛之坟。

是谁从这深邃的海中

滚动这玉轮之重?

玉轮所经之处

夜似琉璃星溅。

风在环珮中嬉戏

箫声已醒,

金色的笛声

似露与夜般清冷与澄明。

---

① Gau Ming: *Die Laute*. Ein chinesisches Singspiel in deutscher Sprache von Vincenz Hundhausen. Mit zwanzig Wiedergaben chinesischer Holzschnitte. Peking: Pekinger Verlag 1930, S. 301.

《琵琶记》的德译文在抗战期间还出现在一些外文刊物上。如 1941 年第 18 期（9 月）由洪涛生主编的德语文学杂志《中国帆船》（*Die Dschunke*）刊登了上面所引用的第 28 出《中秋望月》的译文，系摘自 1930 年《琵琶记》德译本第 304 页至 311 页。[①]

三、洪译《牡丹亭》及其搬演

作为翻译家，洪涛生的另一贡献是他的《牡丹亭》翻译。《牡丹亭》的部分德译文更是散播在上世纪 30 年代中德两国不同的期刊上。如 1931 年德国法兰克福出版的《中国学》（*sinica*）杂志第 6 卷刊出了《牡丹亭》第 6 出《劝农》的德译文，标题署为：*Aus dem Drama „Mou Dan Ting". Von Tang Hien-Dsu（1550–1617）. 6. Aufzug. Die Aufmunterung der Bauern. Zum ersten Mal übersetzt von Dschang Hing und Vincenz Hundhausen. Nachdichtung von Vincenz Hundhausen*。[②] 这里提到的中国合作者 Dschang Hsing 不知为谁。[③] 1932 年 10 月 2 日，天津的《德华日报》第 10 期刊登了洪涛生译《牡丹亭》中的两首曲子：《梦与现实》（*Traum und Wirklichkeit*）、《秋天里的春恨》（*Frühlingsweh im Herbst*），德文标题为：*Zwei Lieder der Mädchensehnsucht. Nach Tang Hiän Dsu*

---

① 参见 Hartmut Walravens：*Vincenz Hundhausen（1878–1955）: Leben und Werk des Dichters, Druckers, Verlegers, Professors, Regisseurs und Anwalts in Peking*. Wiesbaden：Harrassowitz 1999, S. 119。
② 参见 Ibid., S. 107。
③ 洪涛生的合作者 Dschang Hsing 的外文名字，在一些中文文献里讹为"Dr. Chang Hing"，如邹自振：《走向世界的汤显祖研究》，《古典文学知识》2008 年第 1 期，第 107 页。

(1550－1617). Von Vincenz Hundhausen。① 1933 年,洪涛生译的《牡丹亭》译本由他自创的北平出版社出版,为 138 页的大开本,德文标题为: *Der Blumengarten. Von Tang Hsiän-Dsu. Ein chinesisches Singspiel in deutscher Sprache. Von Vincenz Hundhausen. Mit vier Wiedergaben chinesischer Holzschnitte*。译本配有 4 幅中国木刻版画。② 洪涛生在译本的扉页用红色字体特地声明译文得到他的学生和老师 Dschang Hsing 的帮助。该译本是个节译本,洪涛生从原作 55 出中选译了 7 出,即原作的第 3、4、5、7、8、9、10 出。德国柏林的汉学家哈特穆特・瓦拉文斯(Hartmut Walravens)查找到两篇对该译本的评论:一是由法国汉学家乔治・苏利耶・德・莫朗(George Soulié de Morant)撰写的,发表在《法国水星》(*Mercure de France*)第 245 卷(1933/1934)第 233—234 页。另一篇是《德华日报》第 693 期(1933 年 1 月 4 日)第 10 版刊登的乔尼・海弗特(Jonny Hefter)写的书评。③ 1935 年,洪涛生译《牡丹亭》第 19 出和第 18 出的开头部分刊登在上海出版的半月刊《德文协和报》(*China-Dienst. Eine Halbmonatsschrift für die Förderung der deutsch-chinesischen Beziehungen*)第 4 卷第 157—158 页和第 232—233 页。德文标题分别为: *Die Räuberkönigin. 19. Aufzug aus Tang Hsiän-tsu's Drama Mu Tan T'ing*;④ *Der*

---

① Hartmut Walravens: *Vincenz Hundhausen (1878－1955): Leben und Werk des Dichters, Druckers, Verlegers, Professors, Regisseurs und Anwalts in Peking*. Wiesbaden: Harrassowitz 1999, S. 107.
② Ibid., S. 108.
③ Ibid.
④ Ibid., S. 110.

Blumengarten. Anfang des 18. Aufzuges aus dem Mingdrama „Die Päonienlaube" von Tang Hsiän-Dsu。同年，洪涛生译《牡丹亭》序幕(Prolog zu Der Blumengarten)刊登于《远东舞台》(Bühnenspiegel im Fernen Osten)第 9 期第 16 页。①

1935 年，洪涛生译《牡丹亭》第 12 出《寻梦》，刊登在《中国学》第 10 卷第 97—108 页。德文标题为：Die Suche nach dem Traum: Zwölfter Aufzug aus dem Drama „Mou Dan Ting"(Die Päonienlaube). Von Tang Hsien-Dsu, 1550‑1617。②

1935—1936 年，洪涛生译《牡丹亭》第 14 出《写真》刊登于《东方与西方》(Orient et Occident)第 2 期第 265—268 页，德文标题为：Das Selbstbildnis. Vierzehnter Aufzug aus dem Drama „Mou Dan Ting"(Die Päonienlaube) von Tang Hien-Dsu (1550‑1617)。

1937 年，洪涛生推出了《牡丹亭》德文全译本，由位于苏黎世和莱比锡的拉舍尔出版社(Rascher Verlag)出版，标题为《还魂记——一部浪漫戏剧》(Die Rückkehr der Seele. Ein romantisches Drama. Von Tang Hsiän Dsu。译文共分 3 卷，第 1 卷题作 Traum und Tod(《梦与死》)，含前 20 出；第 2 卷题作 Die Auferstehung(《再生》)，含第 21 至 35 出；第 3 卷题为 Im neuen Leben(《新的生命》)，含第 36 至 55 出。全译本共配了 40 幅中国木刻版画。③ 在

---

① Hartmut Walravens：Vincenz Hundhausen (1878‑1955): Leben und Werk des Dichters, Druckers, Verlegers, Professors, Regisseurs und Anwalts in Peking. Wiesbaden：Harrassowitz 1999, S. 110.
② Ibid.
③ Hartmut Walravens：Vincenz Hundhausen (1878‑1955): Leben und Werk des Dichters, Druckers, Verlegers, Professors, Regisseurs und Anwalts in Peking. Wiesbaden：Harrassowitz 1999, S. 112‑115. 北京大学图书馆特藏室藏有一套将《牡丹亭》3 卷本合订（转下页）

第1卷里,洪涛生列举了参与合作的中国朋友的名字:Dschang Hsing(第1至13出)、Yen Hsing Fu(第14至16出)、Dsui Dschang Hsün(第17至19出)、F. K. Nan(第20至22出、第24出)和 Ma Schan Tjing(第23出、第25至55出)。① 这些人的中文名字现已较难考证了。洪涛生强调他的翻译重视的是传递原文的美感,他不主张在译文中附加烦琐的注释,看重的是文学文本给予读者的愉悦。②

据德国汉学家哈特穆特·瓦拉文斯的考察,1937年,国立北京大学出版社还分别出版了《牡丹亭》第12出《寻梦》、第23出《冥判》(*Das Urteil in der zehten Hölle*)和第50出《闹宴》(*Das Siegesfest*)的德译单行本。③ 在《冥判》译本的卷首说明文字里,洪涛生声明翻译得到朋友 Ma Schan Tjing 的帮助。1938年2月,上海出版的《天下》月刊第6卷第2期发表了约翰·C.福开森(John C. Ferguson)撰写的关于洪译《还魂记》的评论。作为诗人的洪涛生的翻译风格也体现在《牡丹亭》的译文中,如《冥判》一出中判官的起首唱词:"十地宣差,一天封拜。阎浮界,阳世栽埋,又把俺这

(接上页)在一起的巨型精装豪华本(Luxusausgabe),为北平中德学会图书馆旧藏。该豪华本共发行了100套,北大藏书编号为13,为洪涛生手写,还有译者洪涛生的德文签名。在1937年《牡丹亭》译本前有献词:Dem Dichter des „Titan"(献给写作《提坦》的大诗人),也就是说《牡丹亭》德文译本是献给洪涛生钟爱的德国大文豪让·保尔(Jean Paul)的。洪涛生在《牡丹亭》每一卷前都引用了让·保尔的名言,以示对这位文豪的敬仰。
① Hartmut Walravens: *Vincenz Hundhausen (1878 – 1955): Leben und Werk des Dichters, Druckers, Verlegers, Professors, Regisseurs und Anwalts in Peking*. Wiesbaden: Harrassowitz 1999, S. 112.
② 参见 Ibid., S. 113。
③ Ibid., S. 111f.

里门桯迈",①他能转译为典型的德文诗句,虽然对原文的理解并不准确、到位,甚至充斥着"误读"与"漏译":

> Der Richter *singt*:
>> Der Himmelsherr gab mir dies Richteramt,
>> In dem ich jetzt mich zu bewähren habe.
>> Dort oben trägt die Toten man zu Grabe,
>> Hier unten wird begnadigt und verdammt. ②

> (译文)判官唱道:
>> 天帝给了我这判官差使,
>> 现正是吾经受考验之时。
>> 在那上方亡灵被人埋葬,
>> 在此下方是宽宥与惩治。

与《琵琶记》德译本一样,在20世纪30年代前期,德译《牡丹亭》也被搬上舞台。1934年11月,北平《剧学月刊》第3卷第11期卷首刊发了《北平中德人士合演德译〈牡丹亭〉之剧照(四帧)》及其说明文字:

---

① 汤显祖:《牡丹亭》,人民文学出版社1963年版,第108页。
② Tang Hsiän-Dzu: *Das Urteil in der zehnten Hölle*. In deutscher Sprache von Vincenz Hundhausen. Peking: Pekinger Verlag 1937, S. 1. 洪涛生漏译了"十地宣差""又把俺这里门桯迈",并且对"阎浮界""阳世栽埋"有明显的误译。

汤显祖之《牡丹亭》,经北京大学德文系教授洪涛生(Prof. Q. Hundhausen)译为德文,近应北平万国美术所之请,于十一月二十三日出演于协和医学校礼堂,近更精制衣饰,拟于二十四年二月付沪再度表演。现该德人团体尚拟回国一行,如此,则中国戏曲文化输入欧洲大陆,实有赖于中德人士之互相提倡。《牡丹亭》为洪教授《琵琶记》以后之第二杰作云。①

从这段说明文字中,我们获知 1934 年 11 月 23 日洪译《牡丹亭》德文本,应北平万国美术所的邀请,由中德人士合作,在北平协和医学校礼堂被搬上舞台演出。据所附图片,我们知道此次演出角色分配为:德国导演家瑞笛歌饰杜宝和柳梦梅,德侨梅海琳饰杜丽娘,王荫泰之女公子王素馨饰春香,德侨莫乐饰花郎,德倒雍君饰花神。洪涛生并拟率剧团回德国演出,把中国戏曲艺术介绍给欧洲观众。② 1935 年 2 月,他们再精制戏服,在上海兰心大戏院演出。徐扶明从《剧学月刊》所附四帧(徐误作五帧)演出剧照推断,这次德文译本《牡丹亭》演出,只是几个折子戏,如《劝农》《肃苑》《惊梦》等。③ 洪涛生还将《牡丹亭》演出剧照制作成明信片分

---

① 佚名:《北平中德人士合演德译〈牡丹亭〉之剧照(四帧)》,《剧学月刊》第 3 卷第 11 期,1934 年 11 月,卷首照片说明文字。
② 洪涛生在 1934 年 6 月 8 日致鲁道夫·潘维茨的信中也透露了他拟率团赴欧演出中国古典戏剧的计划,参见 Hartmut Walravens: *Vincenz Hundhausen（1878 – 1955）. Korrespondenzen 1934 – 1954, Brief an Rudolf Pannwitz 1931 – 1954, Abbildungen und Dokumente zu Leben und Werk.* Wiesbaden: Harrassowitz 2001, S. 48。
③ 徐扶明:《汤显祖与牡丹亭》,上海古籍出版社 1993 年版,第 117 页。另参见徐扶明编著:《牡丹亭研究资料考释》,上海古籍出版社 1987 年版,第 329—330 页。

赠远在德国的友人,如 1931 年 6 月 24 日德国作家鲁道夫·潘维茨(Rudolf Pannwitz)就收到过德文《牡丹亭》在北平和天津演出时的剧照。① 从这里可以看出,《牡丹亭》的德文搬演最迟在 1931 年就已进行。1935 年 3 月,上海《人言周刊》第 2 卷第 9 期以《东西艺术的交通》为题介绍说:

> 北大德文教授洪涛生 Hundhausen 精研中文,曾译《西厢》等名著。最近又以《牡丹亭》译成德文,曾在北平上演极为成功。日前因沪地万国戏戏协会之聘,来申表演,全剧演员,均为德人。②

《人言周刊》同时刊发了剧照"梅馥香女士 Helen May 及李德阁先生 Risoliger 合演之一场"和洪涛生的工作照。

洪涛生的搬演被称为"穿中国装说德国话"。赵景深后来曾回忆《牡丹亭》在上海兰心大戏院的演出,当时演出时还发了从德文转译的英文脚本:

> 上海"艺术剧场"抗日战争前是外国人演戏的地方,名叫"兰心大戏院"。记得我曾得到一本从德文转译为英文的《牡丹亭》,据说是德国洪涛生(Hundhausen)译的,曾在兰心大戏

---

① 参见 Hartmut Walravens: *Vincenz Hundhausen（1878 – 1955）. Korrespondenzen 1934 – 1954, Brief an Rudolf Pannwitz 1931 – 1954, Abbildungen und Dokumente zu Leben und Werk.* Wiesbaden: Harrassowitz 2001, S. 40, 16。
② 佚名:《东西艺术的交通》,《人言周刊》第 2 卷第 9 期,1935 年 3 月 30 日,封底。

院演出过。这本英译本可惜我早已遗失,但我记得他译的就是《学堂》《游园》《惊梦》这几出,好像没有《寻梦》,连《拾画》《叫画》也没有。这剧场很精致,不算大,过去外国人恐怕是爱美者(Amateur)即客串演出的。①

1946年,赵景深在《汤显祖与莎士比亚》一文里亦说:

> 过去中国是闭关锁国,享受国际间的声誉自不可能,现在《牡丹亭》也有洪涛生(Hundhausen)的德译本了。此剧在兰心大戏院上演时,并有英译本散发观众,用德语歌唱,配上中国音乐,甚为别致。惜未译完,仅至《惊梦》为止。②

据长期致力于中外戏剧研究的宋春舫在1935年发表的《一年来国剧之革新运动》一文中记载,除在北平、天津、上海外,当时洪涛生的德译《牡丹亭》还在青岛等地演出过,演员的表演水平亦参差不齐:

> 《牡丹亭》呢,他也译了六七幕,并且曾经在平、津、上海及青岛等地排演过。(……)据吾在上海、青岛所见,扮演《牡丹亭》者,对于中国的台步声容,研究已有相当的成绩者,而也

---

① 赵景深:《看昆剧〈牡丹亭〉随感》,载赵景深:《观剧札记》,学林出版社1989年版,第139页。
② 赵景深:《汤显祖与莎士比亚》,原载《文艺春秋》1946年第2卷第2期,今见北京大学比较文学研究所编:《中国比较文学研究资料(1919—1949)》,北京大学出版社1989年版,第278页。

有一丝儿没有研究过的,相形之下,未免见绌。尤其是《牡丹亭》里那位老师,套上了一双厚底破靴,在台上拖来拖去,弄到后来,简直是走不动了。寒酸到如此地步,无怪春香也瞧不起他呀。①

四、洪涛生翻译中国古典戏曲之影响

洪涛生因翻译搬演中国古典戏曲,在北平名声大噪。宋春舫在上引《一年来国剧之革新运动》一文中列举中国戏剧走向世界的四件大事,其中洪涛生就占了两条:一是梅兰芳在莫斯科演出;二是熊式一改编《王宝钏》上演;三是德国洪涛生译《西厢记》《琵琶记》《牡丹亭》等;四是德国雍竹君演《琵琶记》。② 曹聚仁在《北行小语》中引述印度驻北京大使潘尼迦的回忆录说:

> 在北京的几位怪洋人,一位是诗人洪涛生。他本是普鲁士的男爵,第一次世界大战前,在柏林当律师,后来替德国某公司到中国来处理一些法律事务,从此长住北京,乐不思蜀了。他遗世独立,悠闲地住在他自己所建立的孤岛上。他穿的是中国的长棉袍,喝的是中国茶和他自己家酿的米酒,吃的是中国菜。他还用中国宣纸来印刷他自己的译作,作精美的

---

① 宋春舫:《一年来国剧之革新运动》,《剧学月刊》第 4 卷第 8 期,1935 年 8 月,第 1 页。
② 同上书,第 1—2 页。参见赵景深:《宋春舫纪念》,载赵景深:《我与文坛》,上海古籍出版社 1999 年版,第 142 页。

线装。在他的眼里,这样惊天动地的大转变,好似对于他并没多大的影响,他还是"采菊东篱下,悠然见南山"的。①

在汉语学界,先后有几位学者对洪涛生的翻译作过评论。季羡林将洪涛生归入"三位翻译最多而成绩最大的学者"之列。在《中国文学在德国》一文中,他这样介绍洪涛生:

> 严格地说起来,他并不是一个汉学家。我虽然不十分清楚,他的汉学造诣究竟怎样;但据说是不十分高明的。他往往先让他的学生把中文译成德文,他再根据这译文写成诗。他的本领就正在写诗。他是一个天生的诗人。所以,他的译文同原文多少都有出入;但他写成的诗却是完整的文艺作品。读过他的译诗的德国人没有一个不赞美他的美丽的词句,和谐的音韵。人们不觉得这是翻译。这是他的译文所以成功的原因。他翻译的多半是戏剧,像《西厢记》(*Das Westzimmer* 1926),《琵琶记》(*Die Laute* 1930),《还魂记》(*Die Rückkehr der Seele* 1937)他都全部译过去了。《牡丹亭》也译了一部分。②

不过这里季羡林犯了一个小的错误:他误把《还魂记》和《牡丹亭》看作是两部不同的作品。关于洪涛生的翻译,德语文学翻译

---

① 曹聚仁:《北行小语:一个新闻记者眼中的新中国》,生活·读书·新知三联书店2002年版,第94—95页。潘尼迦编著:《印度使华大使秘录》,龚应明译,香港文宗出版社1956年版。
② 季羡林:《中国文学在德国》,载季羡林:《比较文学与民间文学》,北京大学出版社1991年版,第61页。

家张威廉在20世纪80年代曾撰写有《从德译元曲谈到元曲翻译》一文,指出德国汉学家阿尔弗雷德·佛尔克的《中国元代戏曲》和洪涛生译《西厢记》《琵琶记》和《还魂记》中的部分理解性错误,但同时也承认这些译作是有"一定价值的":"现在距两家的译作已经又隔了半个世纪,似乎还没有新的、胜过他们的译本问世。这一方面说明这十三部译作是有它们一定价值的,一方面也说明,要期待一部等值的译本是不容易的。"①

近年来,德国汉学界开始重视研究洪涛生作为汉学家的贡献。1999年,德国科隆大学的汉学家鲁兹·比格(Lutz Bieg)发表了《20世纪上半叶中国古典诗歌和戏剧的文学翻译:以洪涛生(1878—1955)为个案》[Literary Translations of the Classic Lyric and Drama of China in the first Half of the 20th Century. The ‚Case‘ of Vincenz Hundhausen (1878 - 1955)]的论文。② 德国柏林的汉学家哈特穆特·瓦拉文斯也整理了几部关于洪涛生的研究文献,③对了解洪涛生的生平与翻译活动提供了极大的方便,只不过在这些文献里还缺乏对洪涛生在中国的中文文献资料的收集,因此本文可看作是对瓦拉文斯著作的一个补充。

(原载上海《德国研究》2013年第1期)

---

① 张威廉:《从德译元曲谈到元曲翻译》,《中国翻译》1989年第5期,第6页。
② 林舒俐、郭英德:《中国古典戏曲研究英文论著目录(1998—2008)》(下),载中国艺术研究院戏曲研究所《戏曲研究》编辑部编:《戏曲研究》第80辑,文化艺术出版社2010年版,第440—441页。
③ 参见吴晓樵:《德国汉学家洪涛生及有关他的研究》,载吴晓樵:《中德文学因缘》,上海外语教育出版社2008年版,第35—37页。

马君武译歌德《阿明临海岸哭女诗》

晚清民初,翻译家马君武很早就注意到德国魏玛古典文学。在1914年6月问世的《君武诗集》(封面题《马君武诗稿》)里,他极力推崇"德国文宗贵推","贵推"就是文豪歌德在当时一个比较通行的中译名。他说:"贵推为德国空前绝后一大文豪,吾国稍读西籍者皆知之。"①他尤其注意到歌德的旷世名著《少年维特之烦恼》,说:"而《威特之怨》*Die Leiden des jungen Werther* 一书,实其自绍介社会之最初杰著也。"这些话应该属于我国较早评价歌德及其著作的文字。收录在《君武诗集》中的署名"德国贵推Goethe著"的两首译诗《阿明临海岸哭女诗》和《米丽容歌》(按:当时误作"《米丽客歌》"),分别出自歌德小说《少年维特之烦恼》与《威廉·麦斯特的学习时代》,一直被认为是"早期译诗的珍贵史料"。② 在翻译主人公维特朗诵俄相诗之前,马君武还用文言撰写了一个扼要的引言,概述小说前后所发生的细节:

> 沙娄Charlotte既嫁,维特既见疑,不能常至其家。一夕,瞰其夫阿伯Albert之亡也,往焉。沙娄既爱阿伯,复怜威特,

---

① 马君武:《君武诗集》,文明书局1914年版,第35页。
② 黄裳:《马君武的诗》,载《黄裳文集·翠墨馀编》,上海书店出版社1998年版,第293页。

悄然曰："威特不思沙娄既嫁乎？"乃命仆持函往招二三女友来，所以释阿伯之疑，且速威特之去也。女友皆不能至，沙娄黯然。少顷，气忽壮，取比牙琴自操之，傍威特坐于安椅，曰："威特不能为我歌一曲乎？"威特厉声曰："无歌尔。"沙娄曰："是箧内有《欧心之诗》Song of Ossing，君所译也。予尚未读，若使其出于君之唇，则诚善矣。"威特笑，取而视之，意忽劲，坐而泪涔涔下，以最哀之声歌之。是阿明 Armin 哭其女初丧之词也。

如果对照《少年维特之烦恼》中对应的段落，我们会发现，这段在翻译史研究中往往被忽略的引言实际上是对小说相关段落的一个节译，而且一些细节十分准确。

新中国成立后，阿英在 1957 年 4 月 24 日《人民日报》上发表《关于歌德作品初期的中译》一文，①首先提醒学界注意马君武对歌德早期的译介，但他坦承："这两篇诗，初稿还没有查出发表在哪里。现有《马君武诗稿》(一九一四)本，前者从英文，后者从德文译出。"②1961 年，阿英编辑《晚清文学丛钞·域外文学译文卷》，选录了《马君武诗稿》中这两首歌德译诗，③不过这时已经删掉了

---

① 参见阿英：《阿英全集》第 2 卷，安徽教育出版社 2003 年版。
② 阿英：《关于歌德作品初期的中译》，载《阿英文集》，生活·读书·新知三联书店 1981 年版，第 758 页。在阿英之前，宋云彬已注意到马君武译有歌德的《阿明临海岸哭女诗》，但没有给出具体出处。参见宋云彬编著：《中国文学史简编》，文化供应社 1945 年版，第 120 页。
③ 参见阿英编：《晚清文学丛钞·域外文学译文卷》第 1 册，中华书局 1961 年版，第 15—16 页。后来的选集或引文往往采用了阿英的订正。1991 年出版的施蛰存先生编选《中国近代文学大系·翻译文学集》虽然在译文后把出处标注为"1914 年版""《君武诗稿》(按：当为《君武诗集》)"，但实际上该诗译文应该是直接选自阿英的选集。参见施蛰存编：《中国近代文学大系·翻译文学集 3》，上海书店出版社 1991 年版，第 156—157 页。

《马君武诗稿》中的《阿明临海岸哭女诗》的引言文字和译文后所附的英文,《米丽容歌》也去掉了译文后的德文。自此这两首译诗引起注意,流传甚广,陆续被收录进多种选集,如《马君武诗选》(1981)、《中国近代文学大系·翻译文学卷》(1991)、《马君武集》(1991)等。该译诗也引起我国研究晚清民初诗歌翻译史的学者们的高度重视。长期以来,学界将《阿明临海岸哭女诗》的最早出处仅仅追溯到1914年6月出版的《马君武诗稿》,[1]认为该译诗在此之前没有在其他地方发表过。[2]但事实果真如此吗?

马君武译《阿明临海岸哭女诗》实际上最早已见于其1905年留日期间编印的《新文学》,后才被收录进1914年6月南社社友朱少屏为他刊印的《君武诗集》(封面题《马君武诗稿》,上海文明书局出版,列入"南社丛刊"第九集),改题为《阿明临海岸哭女诗》。[3]

《新文学》是马君武1905年在日本西京帝国大学读书期间自费编印出版的。因在日本编印发行,流传极其有限,柳亚子曾珍藏有一册,20世纪40年代即被人称为"孤本",以后屡经劫乱,其下落至今成谜。1940年出版的《马君武先生纪念册》辑录了《新文

---

[1] 参见马祖毅等:《中国翻译通史·古代部分(全一卷)》,湖北教育出版社2006年版,第525页。也有人认为《米丽容歌》先前曾刊于1913年3月16日的《南社》,实际上是把刊载马君武译《嚣俄〈重展旧时之恋书〉》的出处误植为《米丽容歌》的刊印出处。参见袁斌业:《昌科学、植民权的译俊——马君武》,《上海翻译》2005年第2期,第59页。但袁斌业又认为《米丽容歌》见于"约1903年至1905年"马君武自己编印的《新文学》,而不提实际收入其中的《阿明临海岸哭女诗》,可见只是没有根据的推测,参见袁斌业:《翻译报国,译随境变——马君武的翻译思想和实践研究》,苏州大学出版社2011年版,第333—334页。
[2] 卫茂平:《德语文学汉译史考辨:晚清和民国时期》,上海外语教育出版社2004年版,第18页。
[3] 阿英1961年、施蛰存1989年均采用了此标题。在1985年出版的《马君武诗注》里,该译诗的标题也题作《阿明临海岸哭女诗》。

学》和《马君武诗稿》两书中的所有的诗作和译诗,并补载了今体诗23首。① 黄裳在谈到1940年的《马君武先生纪念册》所刊诗歌的来源时也提及柳亚子藏本《新文学》:"据编者说,马君武诗稿,都古今体诗及译诗一三六首,曾于1913年(按:当作1914年)刊于上海,柳亚子以藏本相寄,据以刊入。柳先生又以'马先生留学日本西京帝国大学时所编印之《新文学》第一册见寄,此书殆为海内孤本',其中亦载马君武诗,与刻本相同。此后诗稿就没有再刻过。纪念册中又收入补遗二十三篇……"②

1909年春天,与马君武交谊深厚的柳亚子在回赠当时还在德国柏林留学的马君武的诗作中,开篇即有"海内《新文学》,流传值万金"之句,对其创办《新文学》推崇备至。该诗小引也题为《寄马君武柏灵,时读其所著〈新文学〉》,赫然点明其著作《新文学》。③ 1912年2月25日,柳亚子在上海《民声日报》上还撰文专门介绍《新文学》,载明其中含有"德文贵推《阿明望海哭女诗》":

《新文学》

桂林马君武辑。首,谢无量致君武小简,用以代序。次,古希腊女诗人《沙浮听琴图》;次,君武译英文斐伦《哀希腊》及德文贵推《阿明望海哭女诗》;次,马浮《愿歌》,而以造因

---

① 参见《难得一见的〈马君武先生纪念册〉》,载张伟:《尘封的珍书异刊》,百花文艺出版社2004年版,第18—23页。
② 黄裳:《马君武的诗》,载《黄裳文集·翠墨馀编》,上海书店出版社1998年版,第293页。
③ 柳亚子:《磨剑室诗词集(上)》,中国革命博物馆编,上海人民出版社1985年版,第84页。

《黄祸谣》终焉。

君武天资卓绝，国学精湛，留学东倭、西欧近十年，通拉丁及英、德、法诸国文字。……《阿明望海哭女诗》，载德国文豪贵推所著《威特之怨》小说中。书述威特、沙娄两人情史，哀感顽艳。君武译其一节，足窥全豹。阿明哭女之诗，则悱恻动人，读之泪下，非深于情者不能译也。

……区区一小册子，无美弗备，虽谓撷欧亚文学之菁英可也。旧由开明书店发行，今已闭歇，不易觅购，藏者宜珍重宝之。①

马君武去世后，柳亚子仍对《新文学》念念不忘。1943年3月，他在《偕予倩、诵洛、瘦石、蕻莨、白凤过亡友马君武墓得诗二律》咏道："一卷《新文学》，匆匆四十秋。拜伦发高咏，瞿德有闲愁。"柳亚子还清晰地记得《新文学》中收录了歌德译诗。

民国3年(1914)4月，南社社员胡怀琛(1886—1938)著《海天诗话》(广益书局刊《古今文艺丛书》第三集)，先于《马君武诗稿》自《新文学》中引录了马君武的歌德译诗九章：

马君武译德国贵推《阿明临海哭女诗》九章，苍凉悲壮，使读者泫然泪下。宜乎威特为沙娄歌，沙娄听未终而已泣不可仰也。沙娄者，女士也。初恋威特，后嫁阿柏，威特瞰阿柏之亡，至其家，沙娄命歌，则即是诗。歌至第七章，沙娄大恸，

---

① 柳亚子：《新刊介绍》，载柳亚子：《柳亚子文集补编》，郭长海、金菊贞编，社会科学文献出版社2004年版，第74—75页。

威特掷诗于地,握手相对哭。已而复歌,然不能成声矣。其一云：莽莽惊涛激石鸣,溟溟海岸夜深临。女儿一死成长别,老父余生剩此身。海石相击无已时,似听吾儿幽怨声。其二云：月色不明夜气暝,朦朦如见女儿影。斜倚危石眠不得,风狂雨急逼人醒。其三云：眼见东方初日升,女儿声杳不可闻。有如晚风吹野草,一去踪迹无处寻。其四云：死者含哀目未瞑,只今独余老阿明。阿明早岁百战身既废,而今老矣谁复论婚姻。其五云：海波奔泻涌千山,怒涛飞起落吾前。此时阿明枯坐倚危石,独望沧溟一永叹。其六云：又见斜月灼耀明,又见女儿踟蹰行。二声唧唧共谁语？老眼模糊认不真。其七云：女儿忽随明月去,不忆人间遗老夫。老夫无言惟有愁,愁兮愁兮向谁诉。风若有情呼我醒,风曰露珠覆汝此非汝眠处。末两章云：噫！吾命零丁复几时,有如枯叶寄高枝。或者明日旅人从此过,见我长眠海之湄。吁嗟呼！海岸寥空木叶稠（引者按：应作凋）,阿明死骨无人收。[1]

《海天诗话》还转录了苏曼殊译歌德题《沙恭达罗》诗、胡适译德国诗人亥纳诗一章。胡怀琛在短序里也提及马君武的《新文学》,将其与苏曼殊的《文学因缘》《潮音》并列：

> 欧西之诗,设思措词,别是一境。译而求之,失其神矣。

---

[1] 胡怀琛：《海天诗话》,载《民国诗话丛编》(五),张寅彭主编,张寅彭等校点,上海书店出版社2002年版,第303—304页；参见何藻辑：《古今文艺丛书》(中),江苏广陵古籍刻印社1995年版。

然能文者，撷取其意，锻炼而出之，使合于吾诗范围，亦吟坛之创格，而诗学之别裁也。如苏曼殊之《文学因缘》《潮音》，马君武之《新文学》，皆为世所称道。①

1916年5月11日，马君武的学生胡适译《哀希腊歌》序也提及马君武的《新文学》："此诗之入汉文，始于梁任公之《新中国未来记》小说。惟任公仅译一三两章。其后马君武译其全文，刊于《新文学》中。"可见，胡适也见过《新文学》。

柳无忌认为《新文学》是刊物，并将出版时间定为1905年。他的《苏曼殊与拜伦"哀希腊"诗——兼论各家中文译本》说："《哀希腊歌》系译于乙巳年（1905），初载《新文学》杂志"（第18页）。注释中又注明："此杂志未看到。"马君武在译《哀希腊歌》的引言中也写道："予以乙巳冬归沪一省慈母，雪深风急，茅屋一椽，间取裴伦诗读之，随笔迻（移）译，遂尽全章。"可见，刊登了《哀希腊歌》的《新文学》的出版当在"乙巳冬"之后。

《马君武诗稿》问世后，研究诗歌汉译的学者一般只注意到《阿明临海岸哭女诗》，而罕提其《新文学》的最早出处。如1928年，胡梦华、吴淑贞的《中国译诗评》说："马君武尝译歌德著《阿明临海岸哭女诗》，亦似达诣之意译，其词气之恳切，情节之哀婉，可以拟之韩愈《祭十二郎文》、曹植《慰子赋》、袁枚《祭妹文》。全诗共七章，以世鲜有知之者，录其两章，以示一般……"②胡、吴引录

---

① 陈福康：《中国译学理论史稿》，上海外语教育出版社1992年版，第199页；参见陈福康：《胡怀琛论译诗》，《中国翻译》1991年第5期，第48页。
② 胡梦华、吴淑贞：《表现的鉴赏》，现代书局1928年版，第201页。

了译诗中的第一首"莽莽惊涛激石鸣"和第六首"又见斜月灼耀明",并评论说"天性之挚,跃然纸上"。又如1938年9月,谢六逸在《二十年来的中国文学》中也仅提及《阿明临海岸哭女诗》:"在文学方面,输入西洋文学的人也渐渐多起来了。如马君武译摆伦的《哀希腊诗》、虎德的《缝衣歌》、哥德的《阿明临海岸哭女诗》(光绪三十二年)。"[1]可见,他们依据的都是后出的《马君武诗稿》。

(原载《新文学史料》2018年第1期)

---

[1] 原载1938年11月1日《新大厦》月刊第1卷第3期;参见谢六逸:《谢六逸文集》,陈江、陈庚初编,商务印书馆1995年版,第236页。

春柳剧场演出翻译剧目《真假娘舅》的来源

1989年,王卫民在其编选的《中国早期话剧选》的前言里指出,郑正秋、张冥飞编《新剧考证百出》一书罗列各剧社上演的外国剧本共33本,其中德国剧本1本。① 这里所说的德国剧本指的就是我国第一个职业话剧团体春柳社1914年8月15日在其创建于上海的谋得利春柳剧场演出的"德国喜剧"《真假娘舅》。《新剧考证百出》在"西洋新剧"一栏对《真假娘舅》有如下一段说明文字:"德国著名喜剧。情节繁复,结构精密。剧只一幕,而演之需一小时之久。滑稽百出,能令观者笑声不绝。镜若由日文移译。"②"镜若"即陆镜若(1885—1915),1900年留学日本,就读于东京帝国大学哲学系,

图5 陆镜若像

---

① 王卫民编:《中国早期话剧选》,中国戏剧出版社1989年版,第6页。
② 郑正秋编:《新剧考证百出》,上海中华图书集成公司1919年版,第22页。

酷爱戏剧。1908年加入春柳社,曾组织辛酉社演出《鸣不平》《热血》等剧。①

《真假娘舅》在当时是一部风靡一时的"名剧",陆镜若的弟弟陆露沙也客串参加了首演。在1914年《申报》登出的演出预告中有如下文字:"求新美术社假座本剧场,外请客串陆君露沙、江君益儿一齐登场。准演三大名剧:(1)喜剧《快活煞》;(2)悲剧《林黛玉焚稿》;(3)喜剧《真假娘舅》。"②又说:"喜剧《快活煞》为日本名剧,《真假娘舅》为德国名剧,沪上从未演过,兹经同志会诸君译编,初次登场。支配角色,有客串陆君露沙及该会全体会员。"③新剧评论家马二先生(即冯叔鸾)把《真假娘舅》看作春柳社演出的最佳剧作之一。1914年,他在刊载于《游戏杂志》第9期的《春柳剧场观剧平谈》中说:

> 春柳剧本之佳者,当推《家庭恩怨记》《不如归》《真假娘舅》为最优等。结构周密,立意新颖,逐幕皆具一种特别精彩。令人看了第一幕,便想看第二幕,看了第二幕,更不能不看第三幕,步步引人入胜,剧终仍有余味。此其所以为绝作也。④

欧阳予倩在《回忆春柳》里把《真假娘舅》称为"短剧",不是

---

① 宋宝珍:《文明戏的剧场状况与演出形态》,《艺苑》2007年第3期,第35—42页。
② 黄爱华:《中国早期话剧与日本》,岳麓书社2001年版,第147页。
③ 同上。
④ 马二先生(冯叔鸾):《春柳剧场观剧平谈》,《游戏杂志》1914年第9期。

"纯粹的翻译剧本",归为"根据外国剧本改编成的中国戏"。① 从事中日戏剧交流史的学者黄爱华也注意到这个剧本,也认为《真假娘舅》是陆镜若从日本人翻译的德国剧本转译的。黄爱华详细列举了《真假娘舅》的剧情和在1914年的演出情况并把这个剧本同我国的喜剧作家李渔作比较:

> 1914年,陆镜若据之改编为中国戏,并于当年8月15日(农历六月廿四)首演于谋得利春柳剧场。其剧情大意为:军官刘德馨与其甥柳靳溪相貌极为相像。刘德馨有一个女儿名秀珊,已许文学家张元直。柳靳溪欲夺之,他听从马夫的计谋,调开刘德馨,并自扮刘德馨,仿刘德馨声容,令秀珊悔约另嫁,因此酿成种种笑柄。不久事泄,得挚友孟俊民极力调停,终于得以与秀珊成婚,而以妹刘文波配张元直,皆大欢喜。整部剧以舅舅与外甥相貌相像为契机,其戏剧性就建立在误会之上。这种表现手法,让我们想起清代戏剧家李渔,他的风俗、风情戏剧,惯用的就是诸如相貌相似、同名同姓、孪生姐妹等之上的误会、巧合、弄假成真等手法。陆镜若改编的此剧,可谓是从剧情、人名、人物的思想感情,甚至包括表现手法,均完全化为中国的东西了。②

---

① 欧阳予倩:《回忆春柳》,载《中国话剧运动五十年史料集》第1辑,中国戏剧出版社1958年版,第40页。
② 黄爱华:《中国早期话剧与日本》,岳麓书社2001年版,第132页;黄爱华:《春柳社演出日本新派剧剧目考略》,《新文学史料》2005年第3期,第143—156页,此处见第145页。

黄爱华最初将《真假娘舅》归为"只见著录,具体演出时间无考者"。[1] 但据她后来考证,《真假娘舅》是"春柳最受欢迎的剧目之一,是上演次数最多的喜剧"。[2] 除 1914 年 8 月 15 日首演外,《真假娘舅》

又曾先后于 8 月 22 日(农历七月初二)、9 月 14 日(农历七月廿五)、9 月 17 日(农历七月廿八)、12 月 24 日(农历十一月初八)、1915 年 1 月 31 日(农历十二月十七)、2 月 25 日(农历正月十一)、3 月 26 日(农历二月十一)、5 月 1 日(农历三月十八)、6 月 5 日(农历四月廿三)复排,演出次数总共达十次之多,仅次于悲剧《不如归》。其中成功的原因,大概在于此剧内容符合中国观众的欣赏口味,形式亦接近中国传统的编剧法,从而契合了当时上海观众的审美趣味和观赏心理,以致大受欢迎。[3]

不过,黄爱华同时还指出:"原作和日文剧本的剧名及面貌如何,由于史料缺乏,均不可知。"[4]

---

[1] 黄爱华:《论近代日本戏剧对我国早期话剧创作的影响》,《中国现代文学研究丛刊》1995 年第 4 期,第 77 页。
[2] 黄爱华:《中国早期话剧与日本》,岳麓书社 2001 年版,第 132 页。
[3] 黄爱华:《春柳社演出日本新派剧剧目考略》,《新文学史料》2005 年第 3 期,第 143—156 页,此处见第 146 页;黄爱华:《20 世纪中外戏剧比较论稿》,浙江大学出版社 2006 年版,第 63—64 页。
[4] 黄爱华:《中国早期话剧与日本》,岳麓书社 2001 年版,第 131—132 页;黄爱华:《春柳社演出日本新派剧剧目考略》,《新文学史料》2005 年第 3 期,第 143—156 页,此处见第 145 页。

《真假娘舅》到底是出自德国哪个作家之手？原作剧名又是什么？笔者多年来亦留心这个困扰中国近代戏剧史、翻译史、中德文学交流史的谜团，试图解开这个悬案。自 2009 年 2 月起，我在德国洪堡基金会资助下，在德国弗莱堡大学德文系从事德国浪漫文学作家克莱门斯·布伦塔诺（Clemens Brentano）及其五幕浪漫喜剧《蓬斯·德·列昂》(*Ponce de Leon*)的研究，在查阅德国喜剧史资料时，亦时时留意这个问题。在一个周末，我在藏书宏富的弗莱堡大学德文系图书馆翻阅一篇关于喜剧作家约翰·卡尔·魏茨尔（Johann Karl Wezel，1747—1819）的论文时，一句话陡然引起了我的注意。没有料到这句话竟然无意中让我破解了这个近百年无人破解的谜团。德国学者提奥·约格尔（Thio Joerger）在梳理德国喜剧传统时有这么一句发问："席勒的《外甥假冒母舅》(*Neffe als Onkel*) 和他的《寄生虫》？有趣是有趣。大家清楚，席勒当初要是愿意的话，他也能够办到。不过这两部都是译作。在这位朝着更高的目标努力的作家的估价刻度上，它们并不占据重要的地位。"[①] 笔者眼前一亮，这里所提到的席勒译作《外甥假冒母舅》是不是就是春柳剧场 1914 年上演的《真假娘舅》呢？笔者立马在德文系图书馆的歌德席勒文库中找到最权威的席勒版本——民族版《席勒全集》，找到其中的席勒翻译剧作卷第 15 卷第 2 册：《从法文翻译的译文》。据笔者仔细查证，其中收录的流传甚广的席勒翻译的法国喜剧《外甥假冒母舅》就是我国早期话剧先驱陆镜若从

---

① Thilo Joerger: „Deutsche Lustspiele? – Wezel lesen!". In: *Warum Wezel? Zum 250. Geburtstag eines Aufklärers*. Hrsg. von Irene Boose. Heidelberg: Mattes 1997, S. 43 – 52, hier S. 44.

日文翻译的《真假娘舅》。中文本《真假娘舅》中的军官刘德馨即席勒译作中的铎西尼上校（Oberst von Dorsigny），柳靳溪实为弗朗茨·冯·铎西尼（Franz von Dorsigny），秀珊为铎西尼上校之女索菲（Sophie），文学家张元直为罗梅侬尔（Lormeuil），马夫为香帕涅（Champagne），孟俊民为瓦勒古尔（Valcour），妹刘文波为米尔维耶夫人（Frau von Milville）。

据进一步考证，1905 年席勒的这部译作被桥本青雨翻译为日文，1905 年 1 月发表于日本《文艺俱乐部》。1940 年，日本学者在一篇关于德国戏剧在日本舞台演出的论文中所附的德国剧本日译目录中著录了这个日译本。① 该目录只列举了译本，并没有记录该剧在日本的演出情形，而且也没有指出这是席勒的翻译作品。很有可能日译者也直接把这个看成了是席勒的原创剧本，因而陆镜若转译改编成中文时，就直接把它看作"德国独幕喜剧"了。我们知道，春柳社 1906 年成立于日本东京，它成立时恰好是《真假娘舅》日文翻译发表不久。揭示《真假娘舅》原作的意义还在于它将改写我国的外国文学翻译史、中德文学交流史，更是改写了德国文豪席勒在中国的接受史。本文写作适逢席勒诞辰 250 周年，这一发现可以作为中国研究界为席勒诞辰纪念的一个小小献礼。

实际上，《真假娘舅》是席勒 1803 年 5 月 3 日翻译完成的一部由法国剧作家撰写的喜剧。席勒原译作为三幕喜剧。原作者是法国喜剧作家路易-贝诺伊·皮卡尔（Louis-Benoît Picard），法文原作写于 1791 年，出版于 1802 年，标题为 ENCORE/DES

---

① Momoru Kato: „Das deutsche Drama auf der japanischen Bühne". In: *Monumenta Nipponica* 1940（2），S. 427 - 444, hier S. 432.

MENECHMES,/COMEDIE/EN TROIS ACTS ET EN PROSE […] Par L. B. PICARD。席勒译作单行本《真假娘舅三幕喜剧》(*Der Neffe als Onkel. Lustspiel in drei Aufzügen*)1803 年在图宾根问世。1807 年译稿收录进席勒生前计划出版的《席勒剧作集》(Theater von Schiller)第 5 卷。

皮卡尔 1769 年 7 月 29 日生于巴黎,是法国喜剧作家、演员和剧场经理。1791 年以喜剧《真假娘舅》一举成名,该剧风格接近罗马喜剧作家普劳图斯。皮卡尔的作品当时在德国很受欢迎。除席勒外,德国作家伊夫兰(Iffland)、特奥多·赫尔(Theodor Hell)等都翻译过他的剧作。剧作家奥古斯特·冯·柯茨布(August von Kotzebue)也于 1824 年翻译出版过他的四幕喜剧《从法国小城来的人》。1803 年,席勒还翻译过皮卡尔的喜剧《寄生虫又名找乐的艺术》(*Der Parasit oder Die Kunst sein Glück zu machen*)。

席勒翻译的《真假娘舅》在当时就取得了很大的成功。1803 年 5 月 18 日,《真假娘舅》在魏玛宫廷剧院首演。20 日席勒致信歌德说:"我的小喜剧给观众带来了很大的快乐,它也确实弄得很不错。演出时大家兴致很高,尽管排练并非最好。"[1]5 月 23 日该剧在魏玛再次演出,7 月 17 日、8 月 18 日还分别在劳赫施塔特(Lauchstädt)、鲁德士塔特(Rudelstadt)等地演出。[2] 据学者查考,1804 年 4 月 6 日该剧还在汉堡上演。1808 年,该剧三次在斯图加特被搬上舞台。1810 年两次在维也纳、1826 年 12 月两次在达姆

---

[1] *Schillers Werke. Nationalausgabe. Fünfzehnter Band Teil II: Übersetzungen aus dem Französischen*. Hrsg. von Willi Hirdt. Weimar: Böhlau 1996, S. 530.
[2] Ibid., S. 536.

斯塔特上演。① 可见,喜剧《真假娘舅》受欢迎程度一如百年后在中国的演出。

席勒翻译的两部皮卡尔德喜剧在国外经常被用作学校教材,一版再版。尤其是《真假娘舅》被翻译成多种外语,据统计自1858年以来在英语国家该剧被印刷17次之多。自1883年以来,在法国印刷13次之多,②1892年甚至被回译为法语。③ 2009年10月24日,为庆祝席勒诞辰250周年,德国小城克罗恩那赫(Kronach)的剧院(Freie Werkbühne Kronbach)曾首演由丹尼尔·莱斯特纳(Daniel Leistner)改编的《真假娘舅》。

晚年席勒之所以决定翻译法国喜剧作家皮卡尔的剧作,是基于他对喜剧的观念。1803年3月28日,他在给好友克里斯蒂安·戈特弗里德·克尔纳(Christian Gottfried Körner)的信中说,为了保持剧场的活力,他正在翻译几部法国喜剧,其中就有一部是皮卡尔的剧作,这是"一部轻松愉悦的诡计喜剧,很有娱乐性,能够在每一个剧场上演数次"。④ 皮卡尔的剧作正好符合席勒对喜剧的要求:喜剧要有戏剧性,给人娱乐,能够卖座,适合在每一个剧场连续上演多个场次。

席勒翻译这部喜剧的演出在当时也遇到了困难,主要的障碍在于很难找到两个长得相像的演员。1803年5月16日,席勒把译

---

① Friedrich Schiller. *Übersetzungen und Bearbeitungen*. Hrsg. von Heinz Gerd Ingenkamp. Frankfurt am Main: Deutscher Klassiker Verlag 1995, S. 1100.
② Ibid., S. 1101.
③ Ibid.; *Schiller-Handbuch. Leben – Werk – Wirkung*. Hrsg. von Matthias Luserke-Jaqui. Stuttgart u. Weimar: Verlag J. B. Metzler 2005, S. 529–536, hier S. 533.
④ *Schillers Werke. Nationalausgabe. Fünfzehnter Band Teil II: Übersetzungen aus dem Französischen*. Hrsg. von Willi Hirdt. Weimar: Böhlau 1996, S. 529.

稿寄给戏剧界的名作家伊夫兰,23 日又将译稿寄给汉堡剧院经理雅各布·赫茨菲尔德(Jakob Herzfeld)(至今汉堡大学图书馆戏剧文库还藏有该文稿)。6月2日,他又将译稿寄给奥皮茨(Opitz)。6月17日,奥皮茨婉言拒绝了演出该剧。1804年2月24日,汉堡方面复信,请求席勒演出时把最后一个场景作些小的改动,以避免两个长得非常相像的演员同时出场这一很难达到的要求。

皮卡尔阴谋喜剧中的出鬼点子的人为马夫,法文名字为Champagne,意为"香槟",含有风趣、幽默、机警等义。像木偶牵线人一样,剧中所有的人物都像傀儡一样受其阴谋的牵制。马夫在功能上类似于博马舍1775年创作的喜剧《塞尔维亚的理发师》里的费加罗。博马舍也是皮卡尔很推崇的一位喜剧作家。傀儡美学成为皮卡尔的生命哲学和戏剧理论的基础。他在1806年首演的喜剧《傀儡》(*Un jeu de la fortune, ou Les marionettes*)中宣称:"我们都是傀儡。"他认为,我们都受制于激情与周遭发生的事件。

席勒精通法文,他对皮卡尔原作的翻译堪称忠实,他很少对原作进行改动,只是小心地增强了原作的喜剧性。[①] 因此这是一部名副其实的翻译作品。不过,皮卡尔要感谢席勒,他的作品正是因席勒的出色翻译而在世界范围内广泛流传开来。《真假娘舅》也同席勒的名字紧紧地联系在一起。可以说20世纪初日本、中国注意到这部喜剧与它19世纪在世界范围内的广泛传播不无关系,春柳剧场演出时把它误作为"德国喜剧"亦情有可原。席勒的喜剧译作还被多次转译为外文或作为外国学生学习德文的阅读材料:

---

① Friedrich Schiller. *Übersetzungen und Bearbeitungen*. Hrsg. von Heinz Gerd Ingenkamp. Frankfurt am Main: Deutscher Klassiker Verlag 1995, S. 1104–1111.

1844年意大利出版了《真假娘舅》德文、意大利文对照本,成为意大利学生的德文读物。1857年,赫尔曼·弗兰茨(Hermann Franz)把该剧转译为英文,在柏林出版。1874年,卡尔·阿道尔夫·布赫海姆(Carl Adolf Buchheim)写作导言的德英对照本在伦敦、爱丁堡第6次印刷。由G.雪利·哈里斯(G. Shirley Harris)转译的英文转译本初版于1856年,再版于1900年,列入《学生文库》(Students Library)第三种。1893年席勒翻译的《真假娘舅》还被转译为俄文,出版有单行本。1895年被翻译为意大利语,1907年该剧被翻译为塞尔维亚语和世界语。[1]

《真假娘舅》也成为上海滑稽戏的保留剧目。据《申报》记载,《真假娘舅》在上海孤岛时期还曾经在绿宝剧场上演。[2]

(原载《戏剧——中央戏剧学院学报》2011年第1期)

---

[1] Friedrich Schiller. *Übersetzungen und Bearbeitungen*. Hrsg. von Heinz Gerd Ingenkamp. Frankfurt am Main: Deutscher Klassiker Verlag 1995, S. 1101.
[2] 胡叠:《〈申报〉中的孤岛时期通俗话剧演出》,《戏剧》2008年第2期,第71—84页,此处见第78、82页。

鲁迅《拟购德文书目》正误与考释

鲁迅手抄的《拟购德文书目》于1961年9月被发现,是由周作人捐献的,曾藏浙江绍兴图书馆(又称鲁迅图书馆),[1]今藏绍兴鲁迅博物馆。据周作人说,"系在东京时所写"。[2] 该书目最早刊载于1980年由天津人民出版社出版的《鲁迅研究资料》第4册,并附中国社会科学院外国文学研究所韩耀成翻译的中文译文。今见刘运峰编2006年版《鲁迅全集补遗》以及2018年版《鲁迅全集补遗(增订本)》。[3]

该书目收录的德文图书数目,曾有两种说法:一作"123本",一作"127本"。皆不准确。经查对,该书目共收录了5家德国出版社的5种丛书:即柏林希尔格出版社的"大众丛书"(14种)、莱比锡格辛出版社的"格辛丛书"(31种40册)、莱比锡托伊布纳出版社的"自然世界和精神世界丛书"(32种)、位于萨尔河畔哈勒的

---

[1] 参见徐恭时:《鲁迅先生与目录工作》,《图书馆》1963年第3期;参见《目录学研究资料汇辑》第2分册,武汉大学图书馆系1983年版,第312—315页。
[2] 北京鲁迅博物馆鲁迅研究室编:《书目两件》,载《鲁迅研究资料(4)》,天津人民出版社1980年版,第99—115页,此处见第115页。
[3] 鲁迅:《拟购德文书目》,载刘运峰编:《鲁迅全集补遗》,天津人民出版社2006年版,第320—330页。鲁迅:《拟购德文书目》,载刘运峰编:《鲁迅全集补遗(增订本)》,天津人民出版社2018年版,第384—395页。该书目先前又被收录进刘运峰编:《鲁迅佚文全集(上)》,群言出版社2001年版,第14—24页。

奥托·亨德尔出版社的"国内外文学丛书"(32种,138册),[1]以及莱比锡的克维勒和迈耶出版社的"科学和教育丛书"(14种),共计图书123种,[2]多为自然科学(涉及植物学、动物学、生物学、古生物学、地理学、地质学、矿物学、医学、细菌学、解剖学、化学、电化学、结晶学、卫生学、生理学等诸多领域)、哲学、文学(含德、英、俄、西班牙、葡萄牙、希腊、意大利等国文学史和北欧、罗马、斯拉夫文学史等以及小说、诗歌、童话集等)、艺术类图书。

鲁迅的德文藏书曾一度引起研究界的注意,但学界尚缺乏对这一德文书目作严格的校对和注释。近来笔者通过比对有关德文馆藏目录,发现最新版的《拟购德文书目》[3]在德文人名转写上还存在一些讹误。兹按照页码顺序列举如下,庶几对编撰鲁迅作品补遗的工作有些许贡献。

一、"格辛丛书"所录书名、人名讹误举例

《希腊文学史》(*Griechische Literaturgeschichte*)中的作者"A.

---

[1] 在该丛书系列每部书名后标明的数字,应该释读为该套书的册数。如芬兰作家阿河的《光棍之爱与其他小说》(按:原译为"青年之恋及其他小说",不确)后的数字"3",应该是该书共3册。检索德国图书馆书目,显示 Juhani Aho 的 *Junggesellenliebe und andere Novellen* 在该套丛书中的序号是 1943—1945,因此鲁迅标明的 Nr. 3,表达的应该是3册的意思。参见 *Junggesellenliebe und andere Novellen*. Von Juhani Aho. Aus dem Finnischen übertragen von Milli Vinkentiwna Konowalow. Mit Vorbemerkung von Theo Kroczek und dem Bilde des Dichters. Halle an der Saale:O. Hendel 1906 (Bibliothek der Gesamtliteratur des In- und Auslandes;Nr. 1943/1945)。
[2] 参见王锡荣:《鲁迅与德国文学简论》,载王锡荣:《认识中国的一扇窗》,漓江出版社2014年版,第166—183页,此处见第167页;吴萍莉、张翔:《鲁迅与瀛寰图书公司的交往》,载王锡荣主编:《上海鲁迅研究》2014年春,上海社会科学院出版社2014年版,第176页。一作"28种",参见张能耿编:《鲁迅早期事迹别录》,河北人民出版社1981年版,第180页。
[3] 鲁迅:《拟购德文书目》,载刘运峰编:《鲁迅全集补遗(增订本)》,天津人民出版社2018年版,第384—395页。

Gerekc(格雷克)"实为"A. Gercke(格尔克)"之误。①

写作《葡萄牙文学史》的作者"K. V. Reinhardtsloettner"的德文名字正确拼法当为"K. v. Reinhardstoettner"。② 相应地,该人名当译为:K. v. 莱因哈茨丢特纳。值得指出的是,《拟购德文书目》单单漏掉了该书在丛书中的书号,这很突兀。为什么鲁迅单单漏掉了该本书的丛书号呢?核查有关德文书目,考得《葡萄牙文学史》在"格辛丛书"中的序号为 213 号。而在《拟购德文书目》中,与该书紧邻的一册图书的丛书号为"52L2/3"。我们从而可以断定:这是在转录鲁迅手稿时发生了误读:"2/3"当为"213",是上本书的丛书号码。标记"L"应该是一个分隔的标记,表示将数字 52 与 213 分隔开来,而非字母 L。

著《古生物学》和《人类远古史》的"黑尔纳斯"的德文名字"Haernes"③当为"Hoernes",即 Moritz Hoernes(1815—1868)。鲁迅书目中所列的《人类远古史》一书,列入"格辛丛书"第 42 种,是该书的增订版,属于第 3 版,1905 年出版。④ 该书第 1 版出版于 1895 年,第 2 版为 1897 年。

海因里希·西姆洛特(Heinrich Simroth,1851—1917)的《动物生物学》(*Biologie der Tiere*),⑤实际书名为《动物生物学纲要》

---

① 鲁迅:《拟购德文书目》,载刘运峰编:《鲁迅全集补遗(增订本)》,天津人民出版社 2018 年版,第 386 页。
② 同上书,第 386—387 页。
③ 同上书,第 387—388 页。
④ Moritz Hoernes: *Urgeschichte der Menschheit*. 3., vermehrte und verbesserte Auflage. Leipzig: Göschen 1905 (Sammlung Göschen; 42).
⑤ 鲁迅:《拟购德文书目》,载刘运峰编:《鲁迅全集补遗(增订本)》,天津人民出版社 2018 年版,第 386 页。

（Abriß der Biologie der Tiere），共2册，1901年出版第1版，1907年出版第2版。

米夏埃尔·哈伯兰（Michael Haberlandt，1860—1940）的《东方文学》，德文书名当为 Die Haupt-Literaturen des Orients，当译为《东方主要文学史》，而非 Die Literaturen des Orients。① 该书出版于1902年，共2册，列入"格辛丛书"第162和163种。按：林纾曾与魏易从英文译其《民种学》。② 该书德文本同样也是出自该丛书，列入该丛书第87种。③

H.约阿希姆的《罗马文学史》的德文书名当为 Geschichte der römischen Literatur。该书1905年在德国莱比锡出版，列入"格辛丛书"第52种。④ 该书后的丛书号码标记为"52L2/3"，⑤这是什么意思呢？实际上这是转写的时候，把《罗马文学史》的丛书号"52"与鲁迅手稿中对上一部书的丛书号"213"（而不是转写的"2/3"）用"L"这个标记隔开，标明后面的这一数字属于上一部书的丛书序号。

关于该拟购书目的编撰时间、写作时间问题，学术界一作1906年，一作1909年。⑥ 根据书目中收录的一些德文图书在1908

---

① 鲁迅：《拟购德文书目》，载刘运峰编：《鲁迅全集补遗（增订本）》，天津人民出版社2018年版，第386页。
② 参见［德］米夏埃尔·哈伯兰：《民种学》，鲁威（J. H. Loewe）英译，林纾、魏易译，北京大学堂官书局光绪二十九年（1903）五月版。该书德文原文为 Völkerkunde，1898年问世，英译本名为 Ethnology，1900年出版。日本樽本照雄的小说目录第"m0706"条著录了《民种学》。《民种学》实际上是一部人种学著作，不能算作小说。
③ Michael Haberlandt: Völkerkunde. Leipzig u. a.：Göschen 1898.
④ 参见 H. Joachim: Geschichte der römischen Literatur. Leipzig: Göschen 1905 (Sammlung Göschen; 52).
⑤ 鲁迅：《拟购德文书目》，载刘运峰编：《鲁迅全集补遗（增订本）》，天津人民出版社2018年版，第387页。
⑥ 蒙树宏：《蒙树宏文集 第1卷：鲁迅年谱稿》，云南大学出版社2016年版，第62页。

年才出版,据此可以推断此书目的写作时间当晚于1906年。如书目中所列的 J. 迈森海默(J. Meisenheimer)的《动物发展史》①共有2册,列入"格辛丛书"第378、379种,第1版最早出版于1908年(第2版出版于1917年)。同样,据此也可断定此书目编纂时间当晚于1908年。

二、关于"自然世界和精神世界丛书"

这套丛书有的标识了丛书的序号,有的没有。但核实有关书目,有些丛书序号与鲁迅给出的丛书序号不一致。如黑塞的《进化论和达尔文主义》在丛书中的序号为39,在鲁迅目录中则为139页。② 这很有可能是转写鲁迅手稿时发生了讹误。

书目中的标题有些采取了简略的形式:如《大哲学家的世界观》一书的全名为 *Die Weltanschauungen der großen Philosophen der Neuzeit*(《现代大哲学家的世界观》)。又如汉斯·里歇特(Hans Richert, 1869—1940)的《科学哲学引论》的德文标题实际为 *Philosophie: Einführung in die Wissenschaft, ihr Wesen und ihre Probleme*(《哲学——对这门科学及其本质和问题的引论》),1908年出版第1版,丛书号为186。

在转录时也出现了人名错误。如 P. 吉泽伏斯(P. Giseveus)③当为"P. Gisevius",即鲍尔·格泽韦乌斯(Paul Gisevius, 1858—

---

① 鲁迅:《拟购德文书目》,载刘运峰编:《鲁迅全集补遗(增订本)》,天津人民出版社2018年版,第386页。
② 同上书,第389页。
③ 同上。

1935)。他的《植物生长与枯萎》(*Das Werden und Vergehen der Pflanzen*)于 1907 年在莱比锡出版,列入该丛书第 173 种,鲁迅没有标明丛书序号。写作《人体解剖学》的巴德莱本(Badeleben)①当为"Bardeleben",即 Karl von Bardeleben(1849—1918)。他的《人体解剖学》共 6 册,实际书名为 *Die Anatomie des Menschen*,初版于 1908—1909 年。《现代医学科学》的作者毕尔纳基的德文名字当为 Biernacki,而非"Birnacki",②该书初版于 1901 年。又如《动物学》一书的著者 E. 亨宁(E. Henning)③德文人名的正确书写当为"C[urt] Hennings",相应地当译为"库尔特·亨宁斯",生于 1873 年,卒年不详。他的《动物学》书名德文 *Tierkunde*,全称为 *Tierkunde: eine Einführung in die Zoologie*(《动物学——动物科学入门》),1907 年在莱比锡出版,列入该丛书第 142 种。④

恩斯特·古特蔡特(Ernst Gutzeit,1863—1927)的《细菌》初版于 1909 年,书名全称为 *Die Bakterien im Kreislauf des Stoffes in der Natur und im Haushalt des Menschen*,丛书号为 233。这也再次表明鲁迅该书目的编撰时间最早于 1909 年,可以肯定的是:绝对晚于 1906 年。同样,库尔特·兰普特(Kurt Lampert,1859—1918)的《有机物世界》也初版于 1909 年,被列入该丛书第 236 种。伯恩哈德·魏因施泰因(Bernhard Weinstein,1852—1918)的《从

---

① 鲁迅:《拟购德文书目》,载刘运峰编:《鲁迅全集补遗(增订本)》,天津人民出版社 2018 年版,第 390 页。
② 同上书,第 391 页。
③ 同上书,第 389 页。
④ 参见 Curt Hennings: *Tierkunde. Eine Einführung in die Zoologie*. Leipzig: Teubner 1907 (Aus Natur- und Geisteswelt. Sammlung wissenschaftlich-gemeinverständlicher Darstellungen; 142)。

传说和科学谈世界和地球的起源》,则初版于 1908 年。《精神生活动力学》初版于 1907 年。里夏德·山德尔(Richard Zander, 1855—1918)的《体操》①全名为 *Die Leibesübungen und ihre Bedeutung für die Gesundheit*(《体操及其对于健康的意义》),初版于 1900 年,1904 年第 2 版,在该丛书中的序号为 13。

三、关于"国内外文学丛书"

第 391 页"国内外文学丛书"后标注的数字并非"丛书的号码",而是册数。该丛书共有 32 种出现在鲁迅的拟购目录中,合计 123 册。鲁迅书目排列的顺序基本上是按照原作者的姓氏第一个字母的顺序来的,但也有个别例外。

又如 Aho 的《青年之恋及其他小说》在丛书中的号码是第 1943—1945,显然书目中的数字 3 是指这套书的册数。

巴尔茨(Balz)②的德文名字应为"Boltz",当译为"波尔茨"。《希腊小说集》一书由奥古斯特·波尔茨(August Boltz, 1819—1907)翻译为德文,1887 年出版,列入"国内外文学丛书"第 116—117 种,共 2 册。因此鲁迅的书目中的数字"2"标识的是册数。

巴莱尔(Barel)③的德文名正确的书写应为"Borel",当译为"波莱尔"。《中国的智慧与美》一书的原作者为荷兰作家亨利·波莱尔(Henri Borel, 1869—1933)。该书由恩斯特-凯勒·佐登

---

① 鲁迅:《拟购德文书目》,载刘运峰编:《鲁迅全集补遗(增订本)》,天津人民出版社 2018 年版,第 391 页。
② 同上。
③ 同上书,第 392 页。

（Ernst-Keller Soden）从荷兰语翻译为德文，1898年出版，列入"国内外文学丛书"第1200至1203种，共4册。因此鲁迅的书目中的数字"4"标识的也是该书的册数。

又如，列入该丛书的全本格林童话出版于1894年，是丛书中第740—745种，共6册。

雷恩（N. d. Leyen）[1]德文的正确转写应为"v. d. Leyen"，即弗里德里希·冯·德尔·雷恩（Friedrich von der Leyen，1873—1966）。《印度童话》一书由雷恩由梵文翻译为德文，于1898年出版，列入"国内外文学丛书"第1188—1191种，共4册。因此鲁迅的书目中的数字"4"标识的同样也是该书的册数。

阿尔伯特·魏斯[2]（Albert Weiß，1831—1907）著《波兰中篇小说集》的德文书名实际为 *Polnisches Novellenbuch im deutschen Gewande*（《德译波兰中篇小说集》）。该书第1卷1891年出版，被列入丛书第529、530种；第2卷1894年出版，被列入丛书第776、777种；第3卷1897年出版，被列入丛书第1071、1072、1073种；第4卷1902年出版，被列入丛书第1571、1572、1573种；第5卷1906年出版，被列入丛书第1988、1989、1990种；合计5卷，共13种。

挪威作家托莱森[3]（Thoresen，1819—1903）著《挪威中篇小说集》的德文书名实际为 *Norwegische Novellen*（《挪威中篇小说》），

---

[1] 鲁迅：《拟购德文书目》，载刘运峰编：《鲁迅全集补遗（增订本）》，天津人民出版社2018年版，第392页。
[2] 同上书，第393页。
[3] 同上。

而不是 *Norwegisches Novellenbuch*。该书于 1899 年由弗里德里希·冯·克内尔(Friedrich von Känel)翻译为德文,列入该丛书第 1318—1320 种。

《匈牙利中篇小说集》和《匈牙利抒情诗》的编者"黑克"(David Haek)①的姓氏"Haek"被误转写为"Haeck"。《匈牙利抒情诗》于 1897 年出版,列入"国内外文学丛书"第 193—195 种,共 3 册。因此鲁迅的书目中的数字"3"标识的同样也是该书的册数。

波兰作家斯洛瓦基(1809—1849)的五幕悲剧《莉拉·文纳达》德文标题应为 *Lilla Weneda*,被误转写为"Lilia Weneda"。②

匈牙利作家弗洛斯玛蒂(1800—1855)的抒情诗集《察兰的逃亡》德文标题应为 *Zalans Flucht*,被误转写为"Zalans Frucht",③中文标题因而也被错误地译为"《察兰的硕果》"。

捷克作家尤利乌斯·蔡耶(Julius Zeyer,1841—1901)的《故乡》德文标题应为 *Heimat*,被误转写为"Heimet"。④ 该书于 1907 年出版,列入"国内外文学丛书"第 2028 种,共 1 册。因此鲁迅的书目中的数字"1"标识的同样也是该书的册数。

四、关于"科学和教育丛书"

莱比锡克维勒和迈耶(Quelle und Meyer)出版社出版的"科

---

① 鲁迅:《拟购德文书目》,载刘运峰编:《鲁迅全集补遗(增订本)》,天津人民出版社 2018 年版,第 393 页。
② 同上。
③ 同上。
④ 同上书,第 394 页。

学和教育丛书"(Wissenschaft und Bildung), 全称为"科学和教育,对所有知识领域的单独描述"(Wissenschaft und Bildung: Einzeldarstellungen aus allen Gebieten des Wissens)。该丛书是一个专著系列,始于1907年,终于1936年,共出304种。该丛书现有电子版。鲁迅《拟购德文书目》收录了14种,没有标注在丛书中的编号。现查找到鲁迅所列书中的第3、5、7、8、9、12、13、14本,分别出自该丛书第5种、第12种、第9种(1907年出版)、第44种(1909年出版)、第47种、第20种(1907年出版)、第18种(1907年出版)和第19种(1908年出版)。

路德维希·冯·格拉夫(Ludwig von Graff)的《动物界的寄生物》(Parasitismus im Tierreich)[1]的实际德文标题为 Das Schmarotzertum im Tierreich und seine Bedeutung für die Artbildung(Leipzig 1907)(《动物界的寄生现象及其对物种构成的意义》),被列入该丛书第5种。

奥托·塔辛贝格(Otto Taschenberg)的《有毒动物》(Giftige Tiere)[2]的实际标题为 Die giftigen Tiere: Ein Lehrbuch für Zoologen, Mediziner und Pharmazeuten(Stuttgart: Enke 1909)。目前没有找到莱比锡克维勒和迈耶出版社出版的丛书本。

胡戈·米赫(Hugo Miehe)的《细菌及其意义》(Bacterien und ihre Bedeutung)[3]的实际标题为 Die Bakterien und ihre Bedeutung

---

[1] 鲁迅:《拟购德文书目》,载刘运峰编:《鲁迅全集补遗(增订本)》,天津人民出版社2018年版,第394页。
[2] 同上。
[3] 同上。

im praktischen Leben（Leipzig：Quelle und Meyer 1907）（《细菌及其在实际生活中的意义》），被列入该丛书第 12 种。

H. 格吕克（H. Grück）[①]的德文名字当写作 Hugo Glück（1868—1940），他是海德堡大学教授。目前没有找到他的《植物学》(*Pflanzenkunde*)在该丛书中的序号。

K. 盖森哈根（K. Geisenhagen）[②]的德文名字实为 Karl Giesenhagen（1860—1928），其《植物界中的受精和遗传》（*Befruchtung und Vererbung im Pflanzenreich*）的德文实际标题为 *Befruchtung und Vererbung im Pflanzenreiche*（Leipzig 1907），被列入该丛书第 9 种。

吉尔格（Gilg）的《显花植物学》(*Pfanerogamenkunde*)[③]的实际标题为 *Phanerogamen: Blütenpflanzen*，[④]被列入该丛书第 44 种。Gilg 即 Ernst Friedrich Gilg，1867—1933。

M. 默比乌斯（M. Möbius）的《隐花植物学》(*Kryptogamenkunde*)[⑤]的实际标题为 *Kryptogamen: Algen，Pilze，Flechten，Moose und Farnpflanzen*（Leipzig 1908），被列入该丛书第 47 种。按：M. Möbius，即 Martin Möbius，1859—1946。

H. 伊门道夫（H. Immendorf）[⑥]的德文名字实为 Heinrich Immendorff，其《化学概要》(*Grundzüge der Chemie*) 未见在该丛书

---

① 鲁迅：《拟购德文书目》，载刘运峰编：《鲁迅全集补遗（增订本）》，天津人民出版社 2018 年版，第 394 页。
② 同上书，第 395 页。
③ 同上。
④ 参见 *Phanerogamen: Blütenpflanzen*. Von Ernst Gilg und Reno Muschler. Leipzig：Quelle und Meyer 1909。
⑤ 鲁迅：《拟购德文书目》，载刘运峰编：《鲁迅全集补遗（增订本）》，天津人民出版社 2018 年版，第 395 页。
⑥ 同上。

中的序号。

P. 舒斯特尔(P. Schuster)①的《神经系统和日常生活中的有害影响》(*Das Nervensystem und die Schädlichkeiten des täglichen Lebens*)与实际出版的标题一致,出版于 1908 年,被列入该丛书第 19 种。

五、结语

鲁迅《拟购德文书目》是一篇研究晚清民初西学东传的重要文献,对研究鲁迅早期的知识视野和学术旨趣有着不同寻常的意义。可惜该篇文献在最初发表的时候,存在着很多德文转写的讹误。这些讹误涉及德文人名、书名和丛书序号等,因而也造成了学术界对该书目所含书籍数量等信息的混乱记录。笔者试着查阅德文图书目录,复核、纠正了当初转写鲁迅手迹时的错误,释读了鲁迅在书名后所标示的数字的含义,以企对这一珍贵的历史文献恢复一个尽量符合历史真实的原貌。

(原载《鲁迅研究月刊》2020 年第 3 期,载本书时略有增补)

---

① 鲁迅:《拟购德文书目》,载刘运峰编:《鲁迅全集补遗(增订本)》,天津人民出版社 2018 年版,第 395 页。

鲁迅《摩罗诗力说》中的德国爱国诗人阿恩特

20世纪初叶,鲁迅在完成于日俄战争之后的著名长篇论文《摩罗诗力说》(1907)中,大加标举了一位叫"爱伦德"的爱国诗人:"千八百有六年八月,拿坡仑大挫普鲁士军,翌年七月,普鲁士乞和,为从属之国。然其时德之民族,虽遭败亡窘辱,而古之精神光耀,固尚保有而未隳。于是有爱伦德(E. M. Arndt)者出,著《时代精神篇》(*Geist der Zeit*),以伟大壮丽之笔,宣独立自繇之音,国人得之,敌忾之心大炽;已而为敌觉察,探索极严,乃走瑞士。递千八百十二年,拿坡仑挫于墨斯科之酷寒大火,逃归巴黎,欧土遂为云扰,竞举其反抗之兵。翌年,普鲁士帝威廉三世下令召国民成军,宣言为三事战,曰自由正义祖国;英年之学生诗人美术家争赴之。爱伦德亦归,著《国民军者何》暨《莱因为德国大川特非其界》二篇,以鼓青年之意气。"

鲁迅这里提及的"著《时代精神篇》"的德国爱国诗人"爱伦德",也就是迄今所知我国翻译的第一首德语诗歌《祖国歌》的原作者:德国反拿破仑解放战争中的杰出爱国诗人——恩斯特·莫里茨·阿恩特(Ernst Moritz Arndt, 1769—1860)。

在我国,首次向国人介绍德国诗歌的是晚清的"才子、名士与魁儒"王韬(1828—1897)。王韬翻译的日耳曼《祖国歌》见于同治十年(1871)七月作序、由他和张芝轩合作编译的《普法战纪》卷一。译诗开篇为：

> 谁是普国之土疆兮？
> 将东顾士畏比明兮，
> 抑西瞻礼吴河旁？
> 将礼吴河红萄悬纠结兮，
> 抑波的海白鸥飞翱翔？
> 我知其非兮，
> 我宗邦必增广而无极兮，
> 斥远而靡疆。

诗中的"士畏比明"即今天德国的施瓦本地区，"礼吴河"即莱茵河。王韬这首文言翻译不仅被学术界视作德诗汉译的嚆矢，也被看作中国人翻外国诗歌的发端。

王韬为江苏昆山人，秀才出身。1849 年至上海，任职于墨海书馆，与英国传教士麦都思、艾约瑟等共事达 13 年之久。译《新约》《旧约》，文辞达雅。后因上书太平天国，为清廷通缉，流亡香港。他还曾协助理雅各（James Legge）译四书五经为英文。1867 年冬—1870 年春，王韬浪迹英伦，讲授汉学。在当时，"博通中外之典章"的王韬能及时完成捕捉世界时事之《普法战纪》当在情理之中。

由于王韬在《祖国歌》译文中没有标明原作者，关于《祖国歌》的原作者长期以来大陆学术界对此一直悬而未决。阿英在出版于

20世纪60年代的《晚清文学丛钞·域外文学译文卷》第1册中仅署"德人著",而不详其姓名。《中国翻译简史——五四以前部分》的著者马祖毅也认为"此歌为德国人作,但不知是何人。"①对近代翻译文学素有研究的郭延礼在其三卷本《中国近代文学发展史》中也认为王韬译的是"德国无名氏的《祖国歌》"②。《祖国歌》的原作者问题之所以一度在学术界扑朔迷离,可能与当时学科分隔、研究者与德语文献隔膜有关。③ 十年前,笔者在北京大学西语系德语专业读书时,就是在系里收藏的民主德国出版的多卷本《德语文学史》中发现了阿恩特《祖国歌》德语原文前两段的。④

实际上,《祖国歌》一度在晚清时期流传极广。我想,当时的读者对它的作者也并不陌生。鲁迅在《摩罗诗力说》中提及阿恩特就是一例,当然我们不能肯定鲁迅当时知道王韬的译诗。在鲁迅《摩罗诗力说》之前,在1902年,年仅20岁的奋翮生(系蔡锷笔名)在《新民丛报》第11号发表《军国民篇》,全文收录了王韬译的《祖国歌》。《新民丛报》为半月刊,光绪二十八年(1902)二月创刊于日本横滨,实际主编为梁启超,为戊戌变法失败后最重要的期刊之一。蔡锷评价《祖国歌》"音节高古,读之足使人有立马千仞之概"。⑤ 他进一步说明:"此王君韬所译者也。"在译文中,蔡锷部分

---

① 马祖毅:《中国翻译简史——"五四"运动以前部分》,中国对外翻译出版公司1984年版,第269页;参见1998年、2004年增订版,第357页。
② 郭延礼:《中国近代文学发展史》第2卷,山东教育出版社1991年版,第1113—1114页。
③ 参见卫茂平:《王韬译〈祖国歌〉原作者的发现及其他》,《中华读书报》2001年3月21日。
④ 吴晓樵:《王韬〈祖国歌〉的原作者恩斯特·阿恩特》,《中华读书报》2001年1月3日。
⑤ 蔡锷:《军国民篇》,《新民丛报》第一年第十一号,1902年,第50页。

地补注了诗中地名的德文原文。我们据此可知，蔡锷当时可能见过《祖国歌》的德文原本。蔡锷在引录译诗之前有一按语，录如下："德国之祖先，为欧洲朔北之蛮族，初无特色之足以眩人也。乃自拿翁龙飞，国土之受蹂躏者屡屡，人民嗟怨，愤愧之心，油然交迫。慷慨悲歌之士，从而扬波激流。今日德国之突飞急跃，盖胚胎于是时矣。吾读其《祖国歌》，不禁魂为之夺，神为之往也。德意志之国魂，其在斯乎？其在斯乎？今为录之，愿吾国民一读之。"①梁启超在《饮冰室诗话》第五十条对王韬译文有如下的评论："王紫诠之翻译事业，无精神，无条理，毫无足称道者。我国学界中，亦久忘其人矣。虽然，其所译《普法战纪》中，有德国、法国国歌各一篇，皆彼中名家之作，于两国立国精神大有关系者，王氏译笔亦尚能传其神韵，是不可以人废也。德国《祖国歌》一长篇，已见《新民丛报》第十一号《军国民篇》。"②光绪三十年（1904）四月，上海作新社出版了《教育必用学生歌》，强调以爱国诗歌来熏陶激励学生的爱国心。在续编附录所收的6篇外国诗歌中，也选收了这首《日耳曼祖国歌》。③1926年10月8日，《小说世界》第14卷第15期刊载《世界各国国歌译意》，其中就有《德意志祖国》（德国国歌之一），此为《祖国歌》的又一个译本。④

现就德国爱国诗人阿恩特的生平与事迹略补充几句。

---

① 蔡锷：《军国民篇》，《新民丛报》第一年第十一号，1902年，第48—49页。
② 梁启超：《饮冰室诗话》，舒芜校点，人民文学出版社1998年版，第37页。
③ 胡从经：《爱国强音 革命晓角——作新社版〈学生歌〉》，载《胡从经书话》，北京出版社1998年版，第312页。
④ 如它的第一段译文为："何谓德意志之祖国。/谓普鲁士耶。瓦士奔欤。/谓葡萄繁茂之来因河。/抑水鸟飞鸣之贝洛岛耶。/噫非也，非也。非也。/德意志之祖国，其无津涯。/德意志之祖国，其无津涯。然则何谓德意志之祖国。/吾有以名之。"

1769年12月26日,阿恩特生于德国北部吕根岛一获解放的农奴家庭,青年时期在格莱夫斯瓦尔德和耶拿学习历史与神学,并游学各地。1805年,在母校格莱夫斯瓦尔德大学任历史教授。1812年,他作为德国政治家斯泰因男爵的私人秘书随其来到俄罗斯圣彼得堡,成为德国反拿破仑解放运动精神上和道义上的先驱。阿恩特晚年著有游记《跟随斯泰因男爵漫游记》(*Meine Wanderungen und Wandlungen mit dem Reichsfreiherrn von Stein*)(1858),是对早年流亡生活的回忆。1860年1月29日,阿恩特逝世于波恩。

值得指出的是,关于阿恩特早年的事迹,鲁迅《摩罗诗力说》中有一处记载错误。当年,阿恩特因撰写"以伟大壮丽之笔,宣独立自繇之音"的《时代精神》,反对拿破仑异族统治而构祸于当局,被迫流亡。实际上,他亡命逃难的地方是瑞典斯德哥尔摩,而非瑞士,"瑞士"实乃瑞典之误,新版《鲁迅全集》注释已作订正。

在反拿破仑民族解放战争时期,阿恩特写下了许多富有民歌风味的爱国诗篇,1813年结集出版为《给德国人的歌》(*Lieder für Deutsche*)。与浪漫派沉湎于中世纪的"蓝花"意象相反,阿恩特的战歌,铿锵激昂,是对铁的礼赞,极大地鼓舞了德国人民驱除外族统治、争取民族解放的斗志。因此阿恩特被誉为"民族解放战争的歌手"。

除《祖国歌》[即《何为德意志人的祖国》(*Was ist des Deutschen Vaterland?*)]外,阿恩特著名的诗歌如《曾让钢铁生长的上帝》(*Der Gott, der Eisen wachsen ließ*)、《德国人的心不要沮丧》等,也广为流传。鲁迅文中提及的阿恩特著《国民军者何》《莱因为德国大川特非其界》,笔者今考得前篇德文原名为 „Was bedeutet Landsturm und Landwehr？", 后者原题为 „Der Rhein, Deutschlands Strom, aber nicht Deutschlands Grenze", 均作于1813年,皆为论文。20世纪50年代曾在德国莱比锡大学任教的赵瑞蕻在其名著《鲁迅〈摩罗诗力说〉注释·今译·解说》中抉幽发微,做了诸多开拓性的考证释读工作。他在注释里考证出了《莱因为德国大川特非其界》的德文原名,不过他将两篇作品误注为"两首诗"。[①]

顺便提一下,作为撰写政治诗歌的爱国诗人,阿恩特长留在德意志民族的文化记忆里。德国人对爱国诗人的热情和纪念是令人感佩的。在德国,有以阿恩特命名的阿恩特广场、阿恩特中学,在柏林有阿恩特合唱团。1992年,德国成立了研究阿恩特生平与著作的阿恩特学会。位于德国北部的他的母校格莱夫斯瓦尔德(Greifswald)大学也以他的名字被命名为恩斯特·莫里茨·阿恩特大学。可以说,诗人阿恩特的名字在德国堪称妇孺皆知。

(原载《鲁迅研究月刊》2008年第8期)

[①] 赵瑞蕻:《鲁迅〈摩罗诗力说〉注释·今译·解说》,天津人民出版社1982年版,第56页。

周作人对晚清德语小说译作《卖国奴》的评价

2013年《新文学史料》第3期刊登了徐从辉《谈周作人的一组佚文》，其中一则佚文是周作人于1917年12月28日在北大国文门研究所召开的第二次小说科研究会时的演述大意。这篇关于"小说的研究"的演说于1918年1月17日刊登在《北京大学日刊》上，刊登时标题为《文科国文门研究所报告》。周作人谈到外国小说对于中土新小说创作的借镜意义："而研究之二为新小说之发展，此为吾辈对于小说前途之希望，欲成此希望并求其有良好之果势，不得不取材于外国小说，盖外国小说今日所臻之境远非中土所及也。"

这篇佚文中还有一段话引起了笔者的注意。这段文字是："近年以来虽有新小说之出现，要无特别思想存乎其中，即实为社会情状，亦不过如新闻。三面记事之类是犹为消遣之资，而非含有如何之问题也，甚至翻译亦然，如德人 Sudermum 著 *Regina*，一经中国人译为卖国奴精神，尽变在彼，乃正重发表其个人之意见，在我则仅为文章游戏之作。"

这段话读来很是费解，有几处明显的标点错误和一处外文拼写错误，原因在于标点者不熟悉德国文学和德国文学的早期中译史，从而把这句话的标点搞错多处。首先，《北京大学日刊》原文中误将德国作家 Sudermann 为 Sudermum，标点者未能作相应的勘

107

误；其次，*Regina* 的中译本标题应为《卖国奴》，而非"卖国奴精神"；再次，最后一句话的断句更是支离破碎。全句较为准确的标点应为：

> 近年以来虽有新小说之出现，要无特别思想存乎其中，即实为社会情状，亦不过如新闻三面记事之类，是犹为消遣之资，而非含有如何之问题也。甚至翻译亦然，如德人 Sudermann（按：原文此处误为 Sudermum）著 *Regina*，一经中国人译为《卖国奴》，精神尽变。在彼乃正重发表其个人之意见，在我则仅为文章游戏之作。

周作人注意到研究外国小说对于矫正本国小说创作弊端的价值与意义。在这篇佚文里，他接着说："今欲离此弊境，促之进化，自不能不借助于外国小说以为规范，此为国学门研究所，而研及外国小说，似不合宜，然不知取材外国，但为便利起见，研究结果仍归功于中国小说，以此为途，方足诏人以小说之真正价值也。"尤其值得注意的是，在这篇佚文里周作人较早地评论了晚清德语文学译本《卖国奴》，这对德国文学早期中译史的研究具有较重要的史料价值。

出生于东普鲁士的德国小说家、剧作家 Sudermann，全名为 Hermann Sudermann，在晚清译为"苏德蒙"，今一般通译为苏德曼（1857—1928），在中国现代文学的出版物中他是一个非常有名的德国作家。[①] 他比较有名的作品有长篇小说《忧愁夫人》（*Frau*

[①] 关于苏德曼与中国现代文学的关系，参见吴晓樵：《苏德曼与中国文坛》，《中华读书报》2001 年 4 月 18 日。

Sorge，1887)、剧本《荣誉》(Die Ehre，1890)、《故乡》(Heimat，1893)等。长篇小说《卖国奴》也是其名著之一,发表于1890年,写的是德国人抵抗拿破仑入侵斗争中一个名叫波勒斯拉夫的还乡人的故事。他在从解放战场上归来时,发现父亲的庄园被夷为废墟,同时他本人也饱受乡人的冷眼。原因是其父5年前曾带着拿破仑的部队偷袭了普鲁士人;更为乡人所不容的是:波勒斯拉夫还收养了父亲的侍女、出身低微的漂亮姑娘蕾吉娜,并与之产生了恋情。后蕾吉娜被乡邻作为所谓的"叛国者"在"猫桥"——波勒斯拉夫的父亲曾授命她带领法国人从这条小道进行偷袭——附近射杀,而波勒斯拉夫也殒命疆场。上海《新闻报》光绪三十一年(1905)十二月初八日刊载的《上海商务印书馆又有小说六种出版》的广告介绍了该小说的内容:

> 《卖国奴》:此书叙一德国世爵,因愤本国之虐待波兰,遂阴输款于其敌国法兰西,遣一小婢夜引法兵潜袭其所封之城。事为土人所知,遽爇其居,群痛诋为卖国,迨其死,憾不已。尼之俾不得归葬先茔,私瘗后圃。世爵有子忠愤英武,以父故并为世所弃厄之,所欢绝之,坎坷终身,仅余一引敌之小俾与之并命。后卒为国殇,以自湔雪。世爵之冒不韪,实误于见理之不明。初非处心积虑,甘心叛国,如长乐老之所为,乃忍垢没世,累及后人,其食报竟如是。世之类是或较甚于是者,可以鉴矣。洋装一册,定价大洋四角。①

---

① 转引自陈大康:《晚清〈新闻报〉与小说相关编年》,载梅新林等主编:《中国文学古今演变研究论集三编》,上海古籍出版社2010年版,第998—999页。

《卖国奴》的中译文最早在1904—1905年在商务印书馆出版的《绣像小说》(第31—33期、第37—48期)上连载,归入"军事小说"栏目。译者为杭县吴梼,系周作人的浙江老乡。吴梼译《卖国奴》系根据日本登张竹风的日译本转译。此译本后来几度出单行本,初版时间署为光绪癸卯年(1903)10月,学术界一度误认为《卖国奴》的初版本出现于1905年。实际上,王绍曾主编的《清史稿艺文志拾遗》中华书局2000年第2404页已经著录了1903年本:"卖国奴无卷数,德苏德曼撰,日登张竹风(信一郎)译,吴梼重译,光绪三十一年上海商务印书馆印本。"可见单行本的问世甚至要早于在《绣像小说》上的连载(《东方杂志》1904年第8卷第1号的小说广告中已有"《卖国奴》军事小说,四角"的销售广告)。日本樽本照雄也认为"吴梼的翻译作品《卖国奴》是先出了单行本,再在《绣像小说》上重发"。① 实藤惠秀甚至认为《卖国奴》是"说部丛书"的第一部,他在实藤文库中见到了1903年出版的洋装本《卖国奴》译本实物。② 后曾收录进商务印书馆的"说部丛书"四集系列初集第16编,③又有"说部丛书"十集系列第二集第6编本。④ 笔者在"说部丛书"第16编本中发现了一首署名"山阴金为鹤笙父"所写的《卖国

---

① 参见《谁是〈绣像小说〉的编辑人》,载[日]樽本照雄:《清末小说研究集稿》,陈薇监译,齐鲁书社2006年版,第87页。章克标在《商务印书馆引进日资杂记》一文中已注意到樽本照雄对此所作的研究,载《文苑草木》,上海书店出版社1996年版,第330页。
② 参见[日]实藤惠秀:《中国人留学日本史》,生活·读书·新知三联书店1983年版,第268页。
③ 1913年12月版,1914年4月再版,又有1905年11月初版,1914年4月再版本。
④ 1905年4月初版,1905年9月再版,又有1905年首版,1906年再版本。《卖国奴》的版本是一个很复杂的问题,详见刘永文编:《晚清小说目录》,上海古籍出版社2008年版,第292页;[日]樽本照雄编:《新编增补清末民初小说目录》,贺伟译,齐鲁书社2002年版,第451页。

奴题词》,这是翻译史上较少为人注意到的史料,因此在这里也一并录出:"浮生会了国殇中,马革舆尸作鬼雄。佳耦不谐同命鸟,男儿元是可怜虫。荆天棘地皆奇福,粉骨糜躯实令终。安得人人有是子,庸奴卖国可心恫。"阿英《晚清文学丛钞·小说戏曲研究卷》也收录了这首诗,作者署作"金为",阿英注明依据的是"中译苏德蒙《卖国奴》(1905)"。① 任职于商务印书馆总编译所的山阴金为鹤笙父也曾为晚清译本"写情小说"《玉雪留痕》题写《金缕曲》一阕,②在光绪三十四年(1906)4月为翻译小说《七星宝石》撰写序文。③

实际上《卖国奴》的德文原标题为 Der Katzensteg,意为"猫桥"或"猫路"。周作人提到的 Regina,是《卖国奴》1898年英译本的标题,英译本全称为 Regina, or the sins of the Fathers(意为"蕾吉娜或父辈之罪"),译者为 Beatrice Marshall。Regina 是小说中的女主人公,德文名作 Regine。周作人当时看到的是英译本,而不是德文原本。

周作人认为吴梼这个译本完全歪曲了原作者的意思:"精神尽变。在彼乃正重发表其个人之意见,在我则仅为文章游戏之作。"吴梼在翻译的时候确实作了大量的发挥,周作人的"文章游戏之作"的指责是不过分的。《卖国奴》译本后来还被收录进施蛰存先生主编的《中国近代文学大系 1840—1919 翻译文学集》第1卷(上海书店 1990 年版)。

(原载《新文学史料》2014 年第 4 期,载本书时内容略有增补)

---

① 参见阿英编:《晚清文学丛钞·小说戏曲研究卷》,中华书局 1960 年版,第 597 页。
② 参见同上书,第 599 页。
③ 参见付建舟、朱秀梅:《清末民初小说版本经眼录》,上海远东出版社 2010 年版,第 110—111 页,"笙父"作"笙甫"。

茨威格《罗曼·罗兰》的早期中译本

中国文学界真正开始密切关注世界文坛,是自五四新文化运动始。当时中国新风气渐开,文学的视野渐渐开阔,一些有识之士开始注意追踪世界文坛的最近动向。在此之前是很难在刊物上读到介绍国外文坛最近情形的报道的。罗曼·罗兰、茨威格这些名字也就是在这样渐渐开阔的文学视野中进入中国的。

据戈宝权考证,中国最早提及罗曼·罗兰是1916年10月上海出版的《新青年》第2卷第2号"通讯"栏,说罗兰是1914年(实为1915年)的诺贝尔文学奖奖金的获得者。进入20世纪20年代后,罗兰的影响在中国进一步扩大,上海商务印书馆出版的茅盾主编的《小说月报》和鲁迅在北京主编的《莽原》等刊物都曾特辟专号对罗曼·罗兰进行全面介绍。[①] 作为享誉一时的罗曼·罗兰传记的作者斯蒂芬·茨威格的名字也就是在此种情境下日益为中国崇拜罗曼·罗兰的读者所熟知。

自20世纪20年代始,罗曼·罗兰正义进步的思想在中国知识界引起巨大反响。曾经亲身经历过这段历史的杨晦回忆说:"在'五四'以后,中国是有过一个对于罗曼·罗兰崇拜的狂热时期

[①] 戈宝权:《罗曼·罗兰和中国》,载戈宝权:《中外文学因缘——戈宝权比较文学论文集》,北京出版社1992年版,第488—502页,此处见489页。

的。那时候,正是第一次欧战以后,罗曼·罗兰的声誉,在国际间,正像日午当天的一般。随着他的国际声誉,所带给世人的是他的几部英雄传,是他的十卷名著《约翰·克利斯朵夫》,是贯彻在他那些著作里边的英雄主义。"①后来罗曼·罗兰告别了他过去的英雄主义,走向了新的道路,"退到托尔斯泰的不抵抗主义,转而崇拜不合作运动者的甘地"。② 这是 20 世纪三四十年代的罗曼·罗兰。"但是,世人,特别是当时的中国方面,所崇拜的正是他自己告别了的那些过去的思想,过去的生活态度,过去的英雄主义。过去的那些著作。所以,随着崇拜而介绍过来的,首先是他的《贝多芬传》,接着是《密莱传》《密盖朗吉罗传》《托尔斯泰传》《甘地传》,他的《约翰·克利斯朵夫》;他的一些剧本;茨外格所作的《罗曼·罗兰评传》等等。"③

一、《小说月报》对茨威格的介绍

1921 年,年轻的沈雁冰主编《小说月报》,他对这家长期由鸳鸯蝴蝶派把持的文学刊物实行了革新,重视对世界各国文坛近况的报道,他亲自主持《海外文坛消息》栏的写作。沈雁冰对《海外文坛消息》的重视是与当时他革新《小说月报》的主张相一致的。在《〈小说月报〉改革宣言》(载《小说月报》1921 年 1 月第 12 卷第 1 号),沈雁冰提出:"将于译述西洋名家小说而外,兼介绍世界文

---

① 杨晦:《罗曼·罗兰的道路》,载《杨晦文学论集》,北京大学出版社 1985 年版,第 238—239 页。
② 同上。
③ 同上。

学界潮流之趋向",①认为"西洋文学变迁之过程有急须介绍与国人之必要"。②

在一封回复留学法国的张崧年的信中,沈雁冰谈及自己编写《海外文坛消息》的设想。他想仿照西洋杂志上的《巴黎通信》《伦敦通信》,邀请当时留学海外、热心新文学的学子时常通信报告国外文坛情形。他拟在东京请李汉俊、俄国请瞿秋白、巴黎请张崧年、柏林请宗白华,伦敦由张崧年代觅一人,"大约每月通讯一次或两月一次"。③ 可见他当时对搜集此类文坛情报的重视!茨威格的名字第一次在中国出现即得益于这种文坛情报的创举。

1921年7月,《小说月报》第12卷第7号刊登了沈雁冰撰写的第76条《海外文坛消息》,标题为《两本研究罗曼·罗兰的书》,首次向中国读者介绍了茨威格写的《罗曼·罗兰》:"新近出版关于罗曼·罗兰的书,有两种,一是法人 J. J. Jouvè 的 *Romain Rolland*, *Vivant*;一是奥人刺外西(Stefan Zweig)所著的 *Romain Rolland, der Mann und das Werk*。前书没有看见,也没有听人说起,不敢乱介绍;后书却又见过英报上介绍的话,现在写些大意吧。他这部书是罗兰精神发展的'一幅地图'并且评述他的著作直到最近出的 *clerambault*,可算是罗兰研究的一部最有价值的著作。此书本用德文写的,然近据张崧年君写给我的信,说这部书已有英译了。"

沈雁冰较早向国内介绍茨威格写的《罗曼·罗兰》并非偶然,

---

① 丁尔纲编:《茅盾序跋集》,生活·读书·新知三联书店1994年版,第344页。
② 同上。
③ 《小说月报》第12卷第8号,1921年8月,《通讯》栏。

这与他当时对罗曼·罗兰的关注和喜爱他的作品有密切的关联。在此之前,沈雁冰已注意到罗兰的作品。在他发表于《东方杂志》第17卷第12号(1920年6月25日出版)的法国作家巴比塞小说《为母的》译文之前的《译者前记》中,他已提到罗兰,而且沈雁冰还间接透露张崧年译注过罗兰的《精神独立宣言》。沈雁冰此时已读过罗兰的《约翰·克利斯朵夫》和《哥拉·布勒尼翁》,认为这些作品在体裁方面带有理想派色彩。① 沈雁冰关注罗曼·罗兰的另一证据是:在1920年岁末,他写给周作人的信中说:"我是极欣赏罗兰著作的。"②1921年沈雁冰继续关注着罗兰的创作,连续报道了有关罗兰的消息。《海外文坛消息》第5则是《罗兰的近作》(《小说月报》第12卷第1号,1月10日),第35则是《罗兰的最近著作》(《小说月报》第12卷第3号,4月10日)。1921年5月15日,他写作的《罗曼·罗兰的宗教观》(署名雁冰)刊载在《少年中国》第2卷第11期。③ 因此,此则《两本研究罗曼·罗兰的书》的报道的出现是很自然的结果。在这则报道中,沈雁冰还顺便提及茨威格的反战悲剧《耶利米》和罗兰对该剧的评论:"刺外西是奥国著名文家,一九一七年做了一篇非战剧本 Jeremias,极受罗兰的倾倒,做了一篇极长的批评登在 Cae no bium 评论上。这篇评论极长,并且把刺外西原著抄了不少,可作一本缩节的 Jeremias 看。这篇评论后来又收入论文集《前驱》内。"在《小说月报》第12卷第8

---

① 丁尔纲编:《茅盾序跋集》,生活·读书·新知三联书店1994年版,第250—251页。
② 贾亭、纪恩选编:《茅盾散文》(二),中国广播电视出版社1995年版,第416页。
③ 参见孙中田、查国华编:《茅盾研究资料》(下),中国社会科学出版社1983年版,第16、19、21页。

号的《通讯》栏，刊出了张崧年1921年3月27日从巴黎写给沈雁冰的信，提及不久前出版的茨威格关于罗曼·罗兰的传记："叙述罗兰之作，近有Jouvè's Romain Rolland vivant. 茹氏亦新文家，所著诗文已甚富，奥文家剌外西（Zweig）新刊之《罗曼·罗兰传》亦有名于世。（已有英译本）。"

沈雁冰在报道中采用的"剌外西"这一译名可能就是沿用张崧年的译法。但他所获的信息大部分都是他自己阅读"英报"的结果。他介绍茨威格剧本《耶利米》和罗兰写的评论更是反映了他对当时欧洲文坛的关注和对罗兰的热爱。这则报道是目前我们所知中国最早对茨威格的译介。罗曼·罗兰的评论后来在抗战期间由作家钟敬文译出，从而成为目前所知民国时期中国唯一一篇对茨威格剧本进行专门性介绍的文字。

沈雁冰对茨威格的独立译介还反映在同期《小说月报》上刊出的第82条《海外文坛消息》——《丹麦和奥国两个文家的英译》，这里"奥国文家"指的就是茨威格："奥国文家剌外西（Stefan Zweig）是罗曼·罗兰所谓有高超的精神底人，是奥籍的犹太人，感于大战，曾做过一篇 Jeremiah，现在译为英文的是他的一本小说，叫做《烧着的秘密》（The Burning Secret），内中情节是讲一个小孩子生活的半截，从心理学方面研究小孩子的心理发展。"

这段文字是目前所见中国对茨威格小说所作的最早介绍。年轻的沈雁冰根据英文材料报道了茨威格作品在英语世界的影响。《烧着的秘密》，今译《灼人的秘密》，最早被收录进茨威格1911年出版的第二部小说集《初次经历——儿童国度里的四篇故事》。沈雁冰这里所指的英译本是茨威格自己化名Stephan Branch翻译的,1919年由纽约一家出版社出版。① 这同样也可以看出沈雁冰当时掌握文坛情报之丰富以及他对这位奥国文学家的关注。此外,罗曼·罗兰对茨威格的赏识也起了一定作用。随后,1924年4月出版的《小说月报》第15卷号外《法国文学研究专号》刊载了沈雁冰的弟弟、文学研究会会员沈泽民(1900—1933)根据茨威格英文译本《罗曼·罗兰》写成的《罗曼·罗兰传》。沈泽民在文章结尾说明:"此属根据剌外西的出名的《罗兰传》而成,合当申明。"② 他亦沿用了"剌外西"这一译名。

二、《莽原》译载《罗曼·罗兰传》

1926年1月29日是罗曼·罗兰诞辰60周年的日子。茨威格与高尔基(Maxim Gorki)、杜哈默尔(Georges Duhamel)一起辑集了来自世界各地的祝贺罗兰的文字、信函,汇集为一巨册《罗曼·罗兰朋友们的书》(Liber Amicorum Romain Rolland),以纪念罗兰诞辰。这年4月,鲁迅在北京主编的《莽原》半月刊第7、8期合刊出版了《罗曼·罗兰专号》,其中发表了鲁迅本人翻译的日本作家中泽临川和生田长江写的《罗曼·罗兰的真勇主义》,对罗兰在第一次世界大战前的生平、他宣扬英雄主义的《贝多芬传》和《约翰·克利斯朵夫》作了细致的介绍。同期专号中,还发表了赵少侯写的《罗曼·罗兰评传》、张定璜写的《读〈超战篇〉同〈先驱篇〉》、

---

① Ruth V. Gross: „Stefan Zweig". In: James Hardin and Donald G. Daviau (ed.): *Austrian Fiction Writers 1875 – 1913*. Detroit, Michigan u. a.: Gale Research Inc. 1989, p. 313.
② 沈泽民:《罗曼·罗兰传》,《小说月报》1924年第15卷号外《法国文学研究专号》,第41页。

金满城译的《混乱之上》。在同年10月10日—12月25日出版的《莽原》半月刊第19—24期,连载了张定璜从英文转译的茨威格《罗曼·罗兰》第一编的译文。张定璜将原著者署作"Stefan Zweig",未译成中文。第一编共13章,连载了6期,在第24期译文后有"本译文到此暂且告一结束"之按语。在张定璜发表《罗曼·罗兰传》的译文时,鲁迅已南下厦门,不再负责《莽原》编辑工作。刊物由韦素园接编,但是鲁迅一直关注着《莽原》的出版。1926年10月7日,鲁迅致信韦素园,要求他从《莽原》第19期起,每期寄两本给他。[①] 12月29日,鲁迅又致信韦素园,说:"《莽原》第二十三期,至今没有到,望补寄两本。"[②]可见鲁迅对刊物《莽原》十分重视,也表明他很可能注意到张定璜译茨威格关于罗曼·罗兰的文字。毫无疑问,张定璜的译文也是为配合纪念罗兰诞辰60周年的。

张定璜,又名张凤举,生于1895年,是新文化运动时期的知名人士,与鲁迅、周作人均有交往。他早年留学日本,获东京帝国大学文学士。1921年回国后任北京大学、中法大学教授、北京女子师范大学讲师、孔德学校常务校董。1925年12月至次年4月,他曾与鲁迅轮流编辑《国民新报》副刊。"三·一八"惨案后被北洋政府通缉。20世纪30年代往法国。[③]《莽原》"罗曼·罗兰专号"的出版是罗曼·罗兰在中国已享有相当的知名度的情况下产生的。同年6月,《小说月报》也出版了"罗曼·罗兰专号",其中发

---

① 《鲁迅全集》第11卷,人民文学出版社1981年版,第486页。
② 同上书,第518—519页。
③ 陈玉堂编著:《中国近现代人物名号大辞典》,浙江古籍出版社1993年版,第433页。

表了几位中国的法国文学研究者和翻译者的文字。同时刊发了罗兰的几幅彩照,这些彩照是从茨威格的《罗曼·罗兰》中选取的。

在鲁迅的译文中也曾出现过茨威格的名字。1928年,鲁迅翻译了日本千叶龟雄《一九二八年世界文艺界概观》。这篇文章报道了1928年苏联纪念托尔斯泰百年诞辰的消息,里面提到茨威格9月10日晚在莫斯科所作的演讲。鲁迅将茨威格译作"宰格"。① 另外在鲁迅的外文藏书中,我们发现有两本与茨威格有关的书,一本是茨威格著《魏尔伦评传》(*Verlaine*)。另一本是茨威格编辑出版的《魏尔伦诗集》(*Paul Verlaine*)。1904年年仅24岁的茨威格在柏林出版了专著《魏尔伦评传》,此前他还编辑出版了魏尔伦的德文版诗集 *Gedichte von Paul Verlaine. Eine Anthologie der besten Uebertragungen*。鲁迅收藏的是这本诗集的1907年重印本。② 1922年,茨威格又负责编辑了岛屿出版社出版的《魏尔伦选集》(*Die Gesammelten Werke Verlaines*)。③

三、杨人楩译《罗曼·罗兰》的出版

几乎与《小说月报》《莽原》介绍茨威格著《罗曼·罗兰》的同时,当时尚在北京师范大学英文系读书的杨人楩就已着手翻译这本"伟大的巨著"。生于1903年的杨人楩青年时期对罗曼·罗兰的仰慕可以从他当时取号萝缦(一作萝蔓,又作洛曼、洛漫、骆迈)

---

① 鲁迅:《译丛补》,《鲁迅译文集》第10卷,人民文学出版社1958年版,第192页。
② 参见北京鲁迅博物馆编:《鲁迅手迹和藏书目录》,内部资料,1959年,第3册:日文部分、俄文部分和西文部分中的西文部分第52页。
③ *Stefan Zweig. Leben und Werk im Bild.* Hrsg. von Donald A. Prater und Volker Michels. Frankfurt am Main: Insel Verlag 1981, S. 54-55.

即可看出。1925年2月,他根据茨威格这本罗曼·罗兰传记写成《罗曼·罗兰》一文,发表在上海《民铎》杂志第6卷第3号,他自称这篇文章是茨威格著作的"概述"。杨人楩认为读者要了解罗曼·罗兰,茨威格的这本书可给了不少的帮助。在谈及此书的写作,他这样评论:"茨外格和罗兰间,也有很奇异的关系;用狭隘的国家主义讲,德法本为世仇,而这位德国人,意超出了国界,替他敌国的朋友,做出这么一部伟大的名著。"①

此时,杨人楩尚不知道茨威格是奥地利人。他着手翻译这本书是1923年底,写作这篇概述时已将此书全部译出且校阅过两次。可见,他对此书的重视和当时翻译的热情。他的同学、也是美国人威尔逊著《罗曼·罗兰传》的译者沈炼之在20多年后尚记得杨人楩当时的译书情形:"记得我第一次认识罗曼·罗兰是在北高师做学生的时候,那时候同班的同学杨人楩兄每天在我旁边着手翻译褚威格的《罗曼·罗兰:人和著作》。"②《民铎》杂志是当时一本有影响的大型学术综合刊物,由学术研究会出版,设在上海法租界,曾出版各种专号,如现代思潮号、尼采号、柏格森号、进化论号、康德号,撰稿人多为当时学术名流,也偶尔发表新秀作品。该刊颇能得时代风气之先,努力介绍翻译欧洲各种社会哲学思潮,因而影响甚广。

1928年11月,杨人楩译《罗曼·罗兰》由上海商务印书馆出版。这是我国出版的第一本茨威格作品中译单行本。杨人楩采用的也是Paul夫妇(Eden Paul, Cedar Paul)根据茨威格原稿译出的本子:*Romain Rolland. The man and his work*。Paul夫妇后来还翻

---

① 杨人楩:《罗曼·罗兰》,《民铎》1925年第6卷第3号。
② [美]威尔逊:《罗曼·罗兰传》,沈炼之译,译后记,文化生活出版社1947年版,第1页。

译过不少茨威格作品。① 但是他们的译作亦不无指摘之处,如 D. A. Prater 就曾说:"可惜的是他们的工作总是有些毛糙,不够精细。"②

杨人楩翻译这本传记确实下了相当的功夫。在译本《自叙》——写于 1926 年 10 月 28 日,此时杨人楩已毕业赴长沙任教——中,他再次记录了翻译此书的艰辛:"我译这部书是在前年——一九二四年——四月间开始的,整整过了两年半的工夫;我在这两年半劳碌奔波,这本书也随着我劳碌奔波。当年八月间已将全书译完,十二月间已经过第一次的修改。去年暑期前本已开始滕正的;已滕好了两遍,又觉得不如意,又经过一次的修改,到今年三月间才滕完。完后自己读读,仍是不称心,又经过一次修改,内有好几章竟滕至三四次。到现在还是觉得不如意,不过已经过了两年半,不想再拖延下去了。……我译这部书,自问态度是很真实。"③杨人楩译本自然不无可议之处,但筚路蓝缕,功不可没。这个译本在解放前上海商务印书馆曾两次重版:1933 年 4 月国难后版;1947 年 3 月版。很长时间以来这是茨威格传记作品在中国最为人所知的一部。

在《自叙》中,杨人楩对茨威格传记作品的风格就自己的阅读感受作了简单的评价:"原著者刺外格(Stefan Zweig)自己就是当今有数的作家;他这部书,自身就是有价值的作品;——要简单用

---

① Ruth V. Gross: „Stefan Zweig". In: James Hardin and Donald G. Daviau (ed.): *Austrian Fiction Writers 1875–1913*. Detroit, Michigan u. a.: Gale Research Inc. 1989, p. 313–315.
② Donald A. Prater: *Stefan Zweig. Das Leben einer Ungeduldigen*. Aus dem Englischen von Annelie Hohensemser. Frankfurt am Main: Fischer 1984, S. 261.
③ 杨人楩:《自叙》,载《罗曼·罗兰》,杨人楩译,商务印书馆 1928 年版,第 7—8 页。

两个字来批评它,只好说是'美丽',然而还是只能包括它的一部分。他和罗曼·罗兰做《英雄的传记》一般,立意要拿几个特殊的伟大的人物做中心,罗兰便是一个;此外对于尼采,也有过同样的努力。他那美丽的笔调,短短的篇章,引人入胜的布局,处处都使我们感觉愉悦而焕发。"①这里,"拿几个特殊的伟大的人物做中心"似指茨威格1920年完成的《三大师》(*Drei Meister*)。茨威格所作尼采的传记似指1925年由莱比锡岛屿出版社出版的《与恶魔搏斗:荷尔德林、克莱斯特、尼采》(*Der Kampf mit dem Dämon: Hölderlin-Kleist-Nietzsche*)一书有关尼采的章节。这两本书当时都还没有英译本。可见,当时杨人楩已经了解到茨威格的其他一些文学创作活动。他关于茨威格文风的评价也十分中肯。

杨人楩对于这部书还作了进一步评价:"刺外格对于罗兰的一生及作品,有极亲密的接触,有极详尽的了解;使我们读了这部书,能够了解整个的罗兰。作者在写的时候,固然在和罗兰的心起共鸣。而作者的手腕,也可使我们读的时候,和罗兰的心起共鸣作用。"②

四、《罗曼·罗兰》在中国的影响

在晚年所作回忆录《昨日的世界》中,茨威格曾两次提及他的作品已有中文译本。在回忆他50岁生日(1931年)时,他写道:"岛屿出版社特地发行了一本我的业已出版的各种文本著作的总目录,作为庆祝我五十寿辰的礼物,它本身就已经像是一本书,里

---

① 杨人楩:《自叙》,载《罗曼·罗兰》,杨人楩译,商务印书馆1928年版,第6页。
② 同上书,第7页。

面什么语种都有了,有保加利亚文、芬兰文、葡萄牙文、亚美尼亚文、中文和马拉提文。"①这里所指岛屿出版社出版的这份书目汇编指的是 Fritz Adolf Hünich 和第一部茨威格评传的作者 Erwin Rieger 合编的《斯蒂芬·茨威格作品目录》(*Bibliographie der Werke von Stefan Zweig*),这本书目共收录茨威格作品的外文译本达 100 多种。② 可以肯定,杨人楩译《罗曼·罗兰》已被收录其中,茨威格所指中文译本即杨氏 1928 年译本。茨威格是否知道《莽原》上发表的张定璜译文则是个谜,不知在 Hünich 与 Rieger 合编的这份纪念目录中是否已著录?

《昨日的世界》中另一处提及有中译情况的叙述是:"由于我的写作意图从一开始就是面向欧洲,超越国界的,所以国外的出版商——法国、保加利亚、亚美尼亚、葡萄牙、阿根廷、挪威、芬兰和中国的出版商——纷纷来同我联系,这是我真正值得庆幸的。"③这里所指"中国的出版商"又是哪家?是不是指出版过《罗曼·罗兰》和孙寒冰译《一个陌生女子的来信》(1935)的上海商务印书馆?笔者至今尚未发现有中国人同茨威格的通信,由于没有实际文献材料证明,目前也只能存疑。但有一点可以肯定的是,在茨威格眼中,中国是个很遥远的国度,加之中文又形似天书,他为自己的作品有了中译本而感到自豪惊喜。

---

① [奥地利]斯蒂芬·茨威格:《昨日的世界》,舒昌善译,生活·读书·新知三联书店 1991 年版,第 393 页。
② *Stefan Zweig. Leben und Werk im Bild*. Hrsg. von Donald A. Prater und Volker Michels. Frankfurt am Main: Insel Verlag, 1981, S. 195.
③ [奥地利]斯蒂芬·茨威格:《昨日的世界》,舒昌善译,生活·读书·新知三联书店 1991 年版,第 355 页。

杨人楩译《罗曼·罗兰》在1949年前的中国影响极广，为当时的读者了解罗兰这位良师益友打开了一扇可靠的窗口。抗战期间"七月派"作家群基本上都读过这部作品，胡风在1946年编辑出版的《罗曼·罗兰》一书中录用了茨威格书中所收的《精神独立宣言》。在《辑录后记》中，胡风说："不知Zweig简略过了没有。原译为《心之独立宣言》，这里都改从了一般的译名。"胡风还写了《罗曼·罗兰断片》一文，"就当时能够得到的材料作了一些具体的探索"，①他多次引用茨威格对罗曼·罗兰的"动人的"描写。如他引用了茨威格对少年罗兰第一次发现莎士比亚这个"把人生底热情化成庄严世界的圣人"的感人场面的描写，北大图书馆所藏这本书的一位读者在这段引言旁写下了"深邃迷离的美啊！"这句评语，并在该书的最后一页写下了"支魏格"三字！② 这恰恰印证了杨人楩用"美丽"这两个字来形容茨威格这本传记的风格。10年前(1997年1月5日)，舒芜在给笔者的复信中也谈到他早年读过这本罗兰传："最初知道这位作家，确是由于他的罗兰传。杨人楩译作'刺外格'，译文不好，所以那时读后，只记住有这么一个给罗兰写传的人而已。罗兰是我非常佩服的，可惜这部传记又译得如此之差，当时还很觉遗憾。"另一位因热爱罗曼·罗兰而喜欢上了茨威格的《罗曼·罗兰传》的作家是钟敬文。"实在的，因为诵读托尔斯泰、米克兰哲罗和甘地等传记的不容易找到比拟的感动，我才用很大的兴味和期待去诵读《罗兰传》《雪莱传》及《服尔泰传》。换一句话说，由于罗兰先生的启导，我才有意去搜读兹维格、摩罗

---

① 胡风编：《罗曼·罗兰》，新新出版社1946年版，第244页。
② 同上书，第70页。

哀等名手的作品。而从那些作品里,我吸取了生命和艺术的最醇美的液汁。"[1]钟敬文认为茨威格的作品同罗兰的名人传在艺术上有相通之处:"……罗曼·罗兰的名人传,分明是属于另一种类的。(在这些地方,S.兹维格的作品,好像是更和罗氏接近的)它不是没有艺术的威力,而是这种威力在显示了一种真实的人生之后,自己躲藏了起来。它不要叫自己浮泛在读者的意识上——因为这样会妨碍读者对作品中人物的交感融会。这正是蒙庄所说的'得鱼忘筌'的境界,第一流的艺术家要叫读者经由作品直接地去'关与'活的人生。"[2]钟敬文对茨威格传记的喜爱是在抗战期间及战后一段时间。在抗战期间,他还翻译了罗兰评茨威格反战悲剧《耶利米》的文字——《褚威格底诗剧埃利美亚》,署静闻译,收录进1944年出版的《艺文集刊》第2辑。

(原载《新文学史料》2009年第2期)

---

[1] 钟敬文:《关于拜伦》,载钟敬文:《芸香楼文艺论集》,中国文联出版公司1996年版,第622页。
[2] 钟敬文:《罗曼·罗兰的名人传——为纪念他逝世三周年作》(1947年12月23日),载钟敬文:《芸香楼文艺论集》,中国文联出版公司1996年版,第638页。

近六十年来我国海涅诗歌研究鸟瞰

亨利希·海涅(1797—1856),是19世纪德国享有世界声誉的抒情诗人。在民国时期,海涅的诗歌就受到我国很多现代作家的关注。鲁迅、应时、胡适、郭沫若、郁达夫、俞平伯、林语堂、朱湘、段可情、卢剑波、青主(即廖尚果)①、杜衡、范纪美、雷石榆、林林、廖晓帆、焦菊隐等都翻译过海涅诗歌。专门从事德语文学研究的专家如杨丙辰、周学普、冯至等也翻译过海涅的部分作品。② 由于海涅与马克思、恩格斯的友谊和他诗歌作品本身所具有的魅力,海涅在延安也受到进步知识分子的重视。哲学家艾思奇1931年就开始从德文原文直接翻译过海涅长篇政治诗《德国,一个冬天的童话》,1934年他还发表了论文《海涅的政治诗》③。艾思奇的译作《德国,一个冬天的童话》于1944年夏最后完成,1946年第一次出

---

① 参见吴晓樵:《青主与海涅兼及他对德语文学的翻译》,《中华读书报》2001年2月7日。
② 钱春绮1992年曾扼要回顾了海涅诗歌在中国的翻译情况,载《海涅诗歌精选》,北岳文艺出版社1994年版。
③ 发表于上海《中华月报》1934年7月第2卷第7期,今见艾思奇:《论文化和艺术》,宁夏人民出版社1982年版,第184—191页。在此之前,艾思奇可能还发表过海涅译作。据陆万美回忆,艾思奇1928年从日本回昆明,编辑《云南民众日报》副刊,"陆续译出德国诗人海涅的十几首短诗(他原打算把海涅的短诗选全部译出,但未完成)"。参见陆万美:《回忆艾思奇同志在〈云南民众日报〉片断》,载《一个哲学家的道路——回忆艾思奇同志》,云南人民出版社1981年版,第25页。

版,新中国成立初多次再版(三联书店1950年版、人民文学出版社1951年版、作家出版社1954年版)。茅盾也在新中国成立前翻译过海涅的游记《英吉利断片》。

1956年是海涅逝世100周年,我国纪念世界文化名人,海涅也名列其中。① 这一年成为新中国海涅研究的一个小高潮。该年2月份,《译文》刊载了张佩芬译《马克思和海涅的四封信》、缪灵珠译苏联海涅专家梅塔洛夫写的《海涅论》、冯至译《海涅诗选》以及江夏译《英国断片》。冯至在《文艺报》第11月号发表了论文《海涅的讽刺诗》,这是他为同年在人民文学出版社出版的《海涅诗选》所写的"序言"。在《文艺学习》5月号上冯至发表了《海涅的〈西里西亚的纺织工人〉》。恩斯特·舒玛赫的《向海因里希·海涅致敬》发表在1956年5月28日的《大公报》。《西南文艺》则刊发了作家刘盛亚译的《海涅诗三首》(《赠女歌者》《放牧少年》《等一等吧》)和吴培德的论文《海涅——民主主义的诗人:纪念诗人逝世一百周年》。

除了德语文学专家冯至外,另一位与1956年纪念海涅有重大关系的人物是吴伯箫。吴伯箫早在20世纪40年代就翻译海涅诗歌,他译的《哈滋山旅行纪》于1942年4月15日发表在《谷雨》第1卷第4期上。吴伯箫在艾思奇的鼓励下依据英译本重译了海涅诗集《波罗的海》,吴伯箫的海涅译诗先前还曾发表在艾青主编的《诗刊》和延安的《解放日报》上。1950年,上海文化工作社出版了

---

① 参见大公报国际组编:《1956年纪念的世界文化名人》,中国青年出版社1956年版。

他译的《波罗的海》。① 1956 年 2 月 17 日,《人民日报》发表了吴伯箫写的《革命的诗人·战士——纪念亨利希·海涅逝世一百周年》,《解放军文艺》6 月号发表了他的《谈海涅》(该文附录于第二年由上海新文艺出版社重排再版的《波罗的海》)。这年 10 月,吴伯箫出席了在德意志民主共和国举办的海涅学术研讨会,他写的《记海涅学术会议》一文第二年发表在《诗刊》第 1 期上。这一重要事实往往为研究学者们所忽视。1956 年,青年学者张佩芬在《人民文学》第 4 期上发表了《诗人海涅》一文,她标举"革命诗歌"《时代的诗》中的《西里西亚的纺织工人》。黄嘉德也在《文史哲》上发表《德国民主诗人海涅》的论文。吴培德还在《长江文艺》介绍了《德国,一个冬天的童话》。《西里西亚的纺织工人》一诗被选入中学语文课本,直到 20 世纪 80 年代一直是被评论最多的一首海涅诗歌。② 诸多报纸也纷纷发表纪念文章。1956 年 2 月 24 日(一作 21 日,待考),廖辅叔在《天津日报》上发表了《海涅和马克思的友谊——纪念德国伟大的革命诗人亨·海涅逝世一百周年》。5 月 25 日,吴培德在《中国青年报》发表了《纪念海涅逝世一百周年》。同月 27 日,彝夫在《光明日报》发表了《纪念伟大的诗人海涅》;第二天,《人民日报》刊发了汉斯·齐布尔卡的文章《海涅逝世一百周年纪念》,同时刊发了恩斯特·舒玛赫的讲话摘要《向海

---

① 参见 Gottfried Wilhelm, *Heine Bibliographie. Teil I: Primärliteratur 1817 – 1953*. Weimar: Arion Verlag 1960, S. 67.
② 郑启愚在《语文学习》1957 年第 9 期发表了《海涅的〈西里西亚的纺织工人〉》的论文。如许桂亭:《海涅和他的〈西里西亚的纺织工人〉》,《天津师范大学学报(社会科学版)》1978 年第 2 期;吴培德的相同标题论文发表在《云南师范大学学报(哲学社会科学版)》1978 年第 4 期;王威宣也在《山西师大学报》(社会科学版)1978 年第 3 期发表了相同标题论文。

因里希·海涅致敬》。6月9日,罗玉君在《解放日报》上发表了《纪念伟大的革命诗人海涅》。

"文化大革命"10年是我国海涅诗歌研究沉寂的10年。在此期间,何其芳①和绿原②开始了他们的海涅诗歌翻译。

20世纪80年代初,论文的论题主要集中在探讨海涅与革命导师马克思、恩格斯的关系上。仅1983年发表的选题类似的论文就有马征的《马克思与海涅交往述评》[《青海民族学院学报(社会科学版)》1983年第1期]、周骏章的《马克思与德国诗人海涅》[《外国文学研究(1983年第2期)》]、农方团的《导师、诗人——马克思与海涅》[《广西师范大学学报(哲学社会科学版)》1983年第1期]、万莹华的《马克思与海涅》[《杭州师范大学学报(社会科学版)》1983年第1期]。这一选题在90年代就开始从研究界淡出,不过程代熙为纪念海涅诞辰200周年而写作的《马克思与海涅二三事》(《文艺理论与研究》1997年第6期)则是个例外。

自新中国成立至80年代初,在海涅研究上取得较突出的成就当推冯至。③ 在20世纪五六十年代,冯至翻译了海涅诗集《西里西亚的纺织工人》(1958)和《海涅诗选》(1962)。改革开放后,他重译的《德国,一个冬天的童话》(1978)在人民文学出版社出版。1979年,他在《山花》第8期上发表有译文《海涅诗(五首)》。冯

---

① 卞之琳编选:《何其芳译诗稿》,外国文学出版社1984年版。何其芳:《海涅译诗五首》,载《何其芳研究》第13期(1989年8月出版)。何其芳1971年11月从冯至处借来歌德、海涅诗集,开始学习德语。
② 绿原与钱春绮等合译有《海涅诗歌精选》(北岳文艺出版社1994年版)。1997年,绿原和贺敬之分别创作有《咳,海涅》和《怀海涅》的诗作,以纪念诗人诞辰200周年。
③ 关于冯至的海涅研究,参见齐乃聪:《他是海涅、歌德的忠实译者——访作家、翻译家冯至》,《文学报》1987年3月5日。

至为《海涅诗选》和《德国,一个冬天的童话》都撰写有"译者前言"。冯至译的《西里西亚的纺织工人》《罗累莱》《乘着歌声的翅膀》等脍炙人口,成为中国学者研究海涅诗歌的重要译文依据。

翻译家钱春绮在1957年就在上海新文艺出版社翻译出版了海涅的《新诗集》《诗歌集》和《罗曼采罗》。这些译作在改革开放后再版,先后计有《阿塔·特洛尔》(1979)、《新诗集》(1982)、《罗曼采罗》(1982)、《海涅抒情诗菁华》(1989)等。自改革开放以来,海涅诗歌作品的翻译还有诗歌集《青春的烦恼》(张玉书译,1987年)。张玉书除了著有《海涅名作欣赏》(1996)外,还在海外发表有多篇论述海涅的德文论文,[1]另指导两篇关于海涅的博士论文。[2]他主持了两次国际海涅学术研讨会(1987、1997),在国际海涅研究界产生了较大影响,[3]活跃了国内海涅研究气氛。2003年,

---

[1] 如 Zhang Yushu: „Atta Troll und Heines Angst vor dem Kommunismus". In: *Sprache, Literatur und Kommunikation im kulturellen Wandel: Festschrift für Eijiro Iwasaki*. Hrsg. von Tozo Hayakawa. Tokyo: Dogakusha 1997, S. 463 – 482; Zhang Yushu: „Die Metamorphose von Heinrich Heine – vom Kämpfer für die Gleichheit zum Bekämpfer der Gleichmacherei". In: *Literaturstraße* 4(2003), S. 57 – 80; Zhang Yushu: „Heines Vermächtnis". In: *Literaturstraße* 8(2007), S. 159 – 172。

[2] 刘敏的博士论文《海涅的抒情诗在中国的接受和影响》中的成果后来在 *Heine Jahrbuch* 上发表,参见 Liu Min: „Heines Lyrik in China – vom Anfang bis 1949". In: *Heine Jahrbuch* (2002), S. 130 – 160; Liu Min: „Heines Lyrik in China nach 1949". In: *Heine Jahrbuch* (2004), S. 172 – 190; *Heine Jahrbuch* 2005, S. 113 – 131。刘敏在论文里较早注意到辜鸿铭、艾思奇、静闻(她不知道实际上这是民俗学家钟敬文的笔名)等人对海涅的译介。赵蕾莲的博士论文《论海涅在〈卢苔齐亚〉中对社会的批判》后在德国出版,参见 Leilian Zhao: *Gesellschaftskritik in Heines Lutezia: unter besonderer Berücksichtigung der chinesischen Heine-Rezeption*. Frankfurt a. M. u. a.: Lang 2004。

[3] 外国学者如 Volkmar Hansen、Joseph A. Kruse、Hiroshi Kiba 等人报告了1987年的这次研讨会。参见 *Heine-Bibliographie 1983 – 1995*. Hrsg. von Edmannn von Wilamowitz-Moellendorff und Günther Mühlpfordt. Stuttgart und Weimar: Metzler 1998, S. 56。Wilhelm Gössmann 为大会论文集《海涅也属于我们》写作了书评,载 *Heine Jahrbuch* (1999), S. 275 – 278。

河北教育出版社出版了章国锋、胡其鼎主编的十二卷本《海涅全集》,这不仅是我国海涅研究,也是德国文学中译史上的一件大事。

改革开放后,民国时期发表的一些不易见到的海涅研究成果随着出版物的再版渐渐为学界所知晓,如钟敬文为林林译《织工歌》所写的长篇序言。[①] 早年翻译过《海涅诗钞》(桂林文汇书店1943年版)和《奴隶船》(《海涅诗钞》续集)(桂林文汇书店1943年版)的诗人、学者雷石榆于1991年在《河北大学学报》上发表了长篇论文《绝代歌手与斗士——海涅》,全面评价了海涅的生平与创作,这是新时期海涅研究的一个重要收获。精通日语的雷石榆较多采用了日本学者生田春月、高桥健二等学者的研究成果。

改革开放初期的重要研究论文有谢冕的《永不熄灭的"歌唱的烈火"——读海涅的〈德国,一个冬天的童话〉》(《春风译丛》1981年第2期)、马家骏的《论海涅"童话"诗中的幻想与讽刺》(《外国文学欣赏》1984年第2期)和朱光天的《燃烧在夜空的情诗——海涅爱情诗〈宣告〉赏析》(《广州文艺》1986年第1期)。新时期较重要的研究海涅诗歌的论文有马家骏的《海涅早期诗歌的浪漫主义》[《内蒙古大学学报(哲学社会科学版)》1986年第4期]和《中国鉴赏学与海涅的诗歌艺术——海涅诗歌与中国古典诗词的鉴赏比照》[《咸阳师专学报(哲学社会科学版)》1991年第1期]、赵蕾莲的《海涅的讽刺长诗——〈阿塔·特洛尔,一个仲夏夜的梦〉》(《国外文学》1997年第3期)和《海涅诗歌中的死亡主题》(《外国文学评论》2004年第1期)、刘敏的《海涅〈歌集〉中的

---

① 钟敬文:《海涅和他的创作艺术——序林林译〈织工歌〉》,载《钟敬文学术论著自选集》,首都师范大学出版社1994年版,第725—741页。

爱情主题》(《国外文学》2003年第4期)、《海涅诗歌与浪漫主义民歌风格》(《国外文学》2005年第2期)以及李咏吟的《海涅诗学与民间歌诗传统》(《国外文学》2000年第3期)。马家骏尝试从中国传统诗论鉴赏海涅诗歌的精神美和艺术美,提出"建立具有民族诗论传统特色的海涅研究乃至建立外国文学研究的中国学派"①这一发人深思的提议。陈恕林认为海涅虽然早年对浪漫派作过无情的批判,但在晚年的自白中又把自己归入浪漫派作家行列。陈文虽然对浪漫派作家作了积极、肯定的评价,但他的评论仍带有较强的意识形态色彩。刘敏则在其海涅研究中吸收了德国学者曼福里德·温德富尔(Manfred Windfuhr)的观点,指出海涅继承了意大利诗人彼特拉克在《歌集》中奠定的情诗传统,描写的是得不到满足的爱情。学习德语文学出身的上海学者单世联敏锐地注意到海涅诗歌中的"怨恨、冷潮、戏谑和愤怒之类与传统诗歌不同的现代情绪",②指出"我们对海涅的认识还需要有一种更为复杂的思维"。③ 回顾新中国60年海涅诗歌研究的历程,笔者在研究选题上可以看到一条很清晰的红线,即从最初关注政治讽刺诗《西里西亚的纺织工人》《德国,一个冬天的童话》④又重新回到了对《诗歌集》中爱情诗歌和长篇讽刺诗《阿塔·特洛尔》的重视。我国学者在海涅诗歌的比较文学研究领域取得了可喜的成绩。就海涅诗歌

---

① 马家骏:《中国鉴赏派对海涅诗歌艺术的研讨》,载张玉书主编:《海涅研究》,北京大学出版社1988年版,第188页。
② 单世联:《海涅的幽灵在徘徊》,《书屋》2009年第1期,第37页。
③ 同上刊,第38页。
④ 参见王田葵:《一首剑与火的诗——读海涅〈德国,一个冬天的童话〉》,《零陵师专学报》1987年第2期。

与中国诗歌传统进行比较的有马家骏[①],学者们还比较研究了海涅与格拉斯[②]、海涅与印度文学[③]、海涅与冰心[④]、海涅与闻一多[⑤]、海涅与斯威夫特[⑥]、海涅与俄罗斯诗人丘特切夫[⑦]。研究阿拉伯文学的学者张鸿年还注意到一首海涅悼念波斯诗人菲尔多西的诗作,并把这首诗从波斯文转译为中文。[⑧]

20世纪50年代和80年代我国都比较重视译介外国学者研究海涅的材料,如:1953年,国际文化服务社再版了侍桁新中国成立前译的丹麦评论家勃兰兑斯的《海涅评传》;1956年,上海新文艺出版社出版了宗白华译的柏立可著《海涅的生活和创作》,以及卢那察尔斯基的《论海涅》(陆人豪译,《文艺理论研究》1980年第3期)、约翰那·路多尔夫 的《卡尔·马克思与海因里希·海涅》(《文化译丛》1980年第3期)、安德鲁·布朗的《德国抒情诗人海涅》(李也菲译,《世界文化》1982年第3期)、卢卡契的《民族诗人海因里希·海涅》(范大灿译,《卢卡契文学论文选》第1卷,人民

---

① 马家骏:《中国鉴赏学与海涅的诗歌艺术——海涅诗歌与中国古典诗词的鉴赏比较》,《咸阳师专学报(哲学社会科学版)》1991年第1期。
② 余阳:《海涅与格拉斯对理性的质疑》,《外国文学评论》1999年第3期。
③ 陈明:《海涅诗歌创作与印度文化精神》,《衡阳师范学院学报(社会科学版)》1996年第2期。
④ 张建伟:《是爱就有诗——试比较海涅和冰心的抒情诗》,《名作欣赏》1998年第1、2期;张建伟:《浓郁的爱恋,温婉的思情——海涅和冰心两首抒情诗赏析比较》,《长江文艺》2003年第5期。
⑤ 周亚明:《源于深爱的两首"讽刺诗"——论闻一多的〈死水〉与海涅〈德国,一个冬天的童话〉》,《吉昌学院学报》2006年第4期。
⑥ 李青丽:《两朵带刺的相似而又相异的玫瑰——斯威夫特〈格列佛游记〉和海涅〈阿塔·特洛尔〉比较分析》,《喀什师范学院学报》1995年第3期。
⑦ 曾思艺:《内心的历史 精致的形式——丘特切夫对海涅的借鉴与超越》,《俄罗斯文艺》1994年第3期。
⑧ 张鸿年:《诗坛长恨 一曲安魂——论德国诗人海涅对波斯诗人菲尔多西的悼念》,《国外文学》2004年第3期。

文学出版社1986年版)、俄国皮萨列夫的《谈海涅》(张耳译,《文艺理论研究》1986年第1期)、德国哲学家路德维希·马库塞的《海涅》(顾正祥译,陕西人民出版社1987年版)和德国学者弗里茨·约·拉达茨的《海涅传》(东方出版社2001年版)等。[①] 参加1987年北京海涅会议的外国学者的论文都被译成中文,收在《海涅研究》一书中,这些资料无疑拓宽了我国研究者的视野。

  海涅诗歌在中国早期的翻译接受也成为研究界的热点。20世纪80年代后半期开始,学界开始重视海涅诗歌在民国时期的翻译与接受的史实的梳理。此方面研究成果有姚锡佩的《海涅的夜莺在鲁迅的心中》(《鲁迅研究月刊》1985年第7期)、孙凤城的《过去、现在和将来——海涅在中国》、赵乾龙的《海涅和冯至》(《海涅研究》)、李智勇的《海涅作品在中国》(《海涅研究》)和《海涅的作品在中国的传播与影响》(《湘潭大学学报》1990年第3期)、张玉书的《鲁迅与海涅》(《北京大学学报》1988年第4期)、倪诚恩的《海涅在中国》(《中国比较文学》1992年第2期)[②]、王晓馨的《海涅诗歌在中国新文学时期的传播与影响——纪念伟大诗人海涅诞辰二百周年》(《弦歌集——外国语言文学论丛》,复旦大学出版社1998年版)、吴晓樵的《鲁迅与海涅译诗及其他》(《鲁迅研究月刊》2000年第9期,又见《中德文学因缘》,上海外语教育出版社2008年版)等。这些论文集中探讨了海涅与鲁

[①] 曾思艺在《眼泪里迸发出的花朵——海涅对阿玛莉、苔莱丝的爱情及爱情组诗》(载《世界文化》2008年第1期)中对该译本作了不点名的批评。
[②] 该论文曾在北京歌德学院宣读,作者还在会上分发了自己编写的中国翻译、研究海涅的书目。

迅、郭沫若、辜鸿铭、胡适、李金发、汪静之①、邓均吾、青主、艾思奇等人之间的关系。孙凤城、张玉书、李智勇、马文韬、刘敏、王晓馨等人还在国际会议或国际期刊上向国际海涅研究界介绍海涅在中国的翻译、接受和影响情况。② 2007年，《当代》发表了旅德作家虎头的长篇散文《我是海涅我怕谁》(《北京文学·中篇小说月报》2007年第11期全文转载)，以诗意的笔墨、倜傥的文字结合德国最新的研究成果回顾了诗人传奇的一生，该文属于新时期最好的一篇用中文写的海涅传记。此外还有一批青年学者开始登上海涅研究的舞台。③

最后，对新中国海涅诗歌研究的缺失略说几句。改革开放初期，偏于意识形态的作用；撰写论文时，缺乏对已有相关中文文献的综述与利用；选题有重复现象。对国际海涅研究的最新成果，我国学者还需要进一步吸收和关注；在研究资料的储备上尚有很多工作要做，如国内很少有高校收藏最权威的历史校注

---

① 参见何珊：《论海涅早期抒情诗的艺术特色》，载张玉书主编：《海涅研究》，北京大学出版社1988年版，第153—155页。
② 如 Zhang Yushu：„Heine in China". In: *Heine Jahrbuch* (1990), S. 184–193; Zhang Yushu: „Chinesische und Heinesche Poesie – Zur Beliebtheit Heines in China". In: *Heine Jahrbuch* (1994), S. 179–193; Zhang Yushu: „Das Heine-Bild in China". In: *Aufklärung und Skepsis. Internationaler Heine-Kongreß 1997 zum 200. Geburtstag*. Hrsg. von Joseph A. Kruse, Bernd Witte und Karin Füllner. Stuttgart und Weimar: Metzler 1998, S. 751–759; Wang Xiaoxin: „Zur Verbreitung und Wirkung Heinescher Lyrik in China während der Neuen-Literatur-Zeit". In: *Heine gehört auch uns*. Hrsg. von Zhang Yushu. Beijing: Verlag der Beijing University 1997, S. 384–393; Li Zhiyong: „Heinrich Heine und seine Einflüsse auf moderne chinesische Lyriker". In: *Heine gehört auch uns*, S. 452–457; Ma Wentao: „Heines Texte im Deutschstudium in China". In: *Aufklärung und Skepsis*, S. 760–768.
③ 四川外语学院的冯亚琳指导了一篇以海涅诗歌为研究对象的硕士论文：李春霞的《海涅诗歌中的自然与海涅的现代性》(2008)。另有上海外国语大学吴妍的《海涅式讽刺——试分析海涅的长诗〈德国，一个冬天的童话〉》(2007)(陈晓春指导)。

本《海涅全集》。[①] 我国还很少有学者在国际海涅学界发表研究海涅诗歌的原创性论文,在国际大会宣读的德语论文大多介绍的是海涅在中国的翻译。

(原载申丹、王邦维主编:《新中国60年外国文学研究》
第一卷上《外国诗歌与戏剧研究》,
北京大学出版社2015年版,第100—106页)

[①] 中国学者较早注意到这个重要版本的却是诗人何其芳,为了从德文原文直接了解海涅诗歌,他曾从北京图书馆借阅这个版本。而专门从事德语文学研究的张玉书译《卢苔齐娅——海涅散文随笔集》,依据的却是柏林建设出版社1961年的版本。

席勒与中国文化的对视

席勒与歌德被誉为德国文学史上的一对最耀眼的"双子星座"。席勒倡导美育与自由,其名诗《欢乐颂》由贝多芬谱成《第九交响曲》第四乐章而广为传诵。为纪念大文豪席勒(1759—1805)逝世200周年,德国曾将2005年确定为"席勒年"。

和歌德一样,席勒也对中国文化怀有浓厚的兴趣。他写作过两首《孔夫子的箴言》。他对德译《好逑传》不甚满意,曾试图改译,但只留下了数页草稿。他根据意大利作家戈齐(Carlo Gozzi, 1720—1806)完成了一部关于中国的戏剧《中国公主图兰朵》。

驻德公使李凤苞在《使德日记》中记席勒为"昔勒",张德彝在《随使德国记》留下了在柏林观看《威廉·退尔》的记载。晚清文坛怪杰辜鸿铭对席勒的作品堪称耳熟能详。1898年,辜氏在上海出版英译《论语》,他在大量征引魏玛文豪歌德的同时,也援引了席勒的诗作《异国的姑娘》,以此阐释孔夫子"温而厉"的神态,可谓得席勒美学之神韵。因为作为席勒美学理想的"异国的姑娘"既让人欣慰亦因其"崇高与尊贵"而"使人们无从跟她亲昵"。在晚清,王国维对席勒也推许有加。我们可以说,在蔡元培之前,最早是王国维将席勒的美育思想传播到中国的。他在《叔本华和尼采》中就提到"希尔列尔之游戏冲动说",这里的"希尔列尔"就是席勒。

至今，席勒的美学名著《审美教育书简》至少已有4个不同中译本。不过翻译的准确性一直是困扰歌德和席勒的思想在中国传播这项工程的一个棘手的问题。如前不久就读到一篇发表在国内某个学术刊物上论述席勒戏剧理论的论文，该文绕开了德文原文，利用俄译本来转译席勒"论悲剧和喜剧"的文句，其中就将莎士比亚的《李尔王》误作"《丽娜》"，将"喜剧应该把那个期望得到感谢的人表现为可笑的"误解为"喜剧应该把那个想忘恩负义的人表现为可笑的"。可见，席勒的东渐，出于各种原因造成的误读依旧是一个难以绕开的拦路虎。

席勒一生写作了近10部剧作，郭沫若曾翻译其剧作《华伦斯坦》。不过他在中国影响最巨的当推《威廉·退尔》，是马君武最早尝试将《威廉·退尔》译成中文。作为第一部被翻译成中文的席勒剧本，《威廉·退尔》在德语文学中译史、中德文学关系史以及德语文学中国接受史上有着特殊的意义。可惜的是，对马君武翻译《威廉·退尔》到底最早在何时发表，学界至今仍存在着错误的说法，很多人误认为马译《威廉·退尔》发表在1911年（该错误可能发端于田汉1959年刊登在《戏剧报》第22期上的一篇纪念席勒的讲话，文中说"远在辛亥革命初期，马君武曾经在《新中华》杂志上发表过《威廉·退尔》的名著的全译"）。实际上，马君武译本刊载发表的时间应该是辛亥革命之后的1915年，当时他正留学德国。1915年1月20日—6月20日，马君武译"国民戏曲"《威廉·退尔》在上海梁启超主办的《大中华杂志》第1卷第1—6期连载。我们可以说马译《威廉·退尔》开创了德语戏剧文学中译的先河，因为在晚清民初为数不多的德语文学翻译作品中，小说占了绝对的优势。阿英在《晚清小说戏曲目》中只著录了德国的翻译小说，可见在晚清罕见德语戏剧的翻译。正是在这个意义上，阿英将马译《威廉·退尔》编入《晚清文学丛钞·域外文学译文卷》，将它与1916年出版的曾朴译雨果《枭欤》、1918年陈嘏译易卜生《傀儡家庭》并举，称之为"从清末到'五四'时期最足代表的翻译剧本"。1925年，马译由上海中华书局出版单行本，到抗战期间已经再版3次。1917年4月《清华学报》第2卷第6期刊登童锡祥《德意志大诗家许雷传略》一文，称《威廉·退尔》是席勒"最后之名剧"，"叙瑞西诸邦独立之事。写奥吏残虐，令人发指皆裂。而写瑞西烈士之激昂慷慨，则又警顽懦立，令人闻而兴起"。1925年10月，剧作家田汉在《醒狮》周刊第52号之《南国特刊》第6号上发表《"若安达克"与"威廉·退尔"》，介绍席勒的两部剧本。稍后，阿英于1927年2月9日创作诗歌《William Tell——读Schiller的William Tell以后》。该诗后被收录进《饿人与饥鹰》（上海现代书局1928年版）。1935年我国曾经举行过较隆重的席勒纪念活动。项子禾重译了《威廉·退尔》，他写的译序刊登在《中央日报》（1935年1月24日）上。项子禾称赞席勒此剧为"世界文字、精神文字、自由文字、爱国文字"，而马译本"简略之处颇多，意或译自节本""无足本之华译"，他因此决定重译。先前德国文化协会还曾委托项子禾翻译席勒《黎库克及梭伦之立法》一文。大易写的《读马译〈威廉·退尔〉剧》一文也刊登在《中央日报》（1935年5月25日）上。

另据记载，新中国成立前李健吾曾经改编席勒早期剧本《强盗》为《山河怨》，刊于《文艺复兴》新年号，这似乎尚未引起研究者的注意。《强盗》的最早中译则出自曾经留学柏林的北京大学德文系教授杨丙辰之手,新中国成立后人民文学出版社还出过这个译本的修订本。

(原载《中国图书商报·阅读周刊》2007年8月28日,原题《影响中国的十大德国人物——席勒》,署名"符里希")

吕克特与《诗经》的德译

德国著名诗人、东方学家和翻译家弗里德里希·吕克特(Friedrich Rückert, 1788—1866)是第一个将我国诗歌总集《诗经》译为德语的作家。吕克特注意到《诗经》并非偶然,因为他很早就将眼光投向东方文学,尤其是阿拉伯、波斯、印度文学。吕克特关注中国文学也承接了德国文豪歌德关注中国文学的余绪。早在1827年歌德就创作了著名组诗《中德四季晨昏杂咏》(*Chinesisch-Deutsche Jahres- und Tageszeiten*)。吕克特本人并不通晓汉文,他翻译《诗经》依据的是法国传教士孙璋(Alexander de La Charme, 1695—1767)在1733—1752年完成的拉丁文散文体译文。该译文手稿在孙璋去世后长期与天文学手稿混杂在一起,被搁置在巴黎天文台,后来经由汉学家阿伯尔·雷慕莎的学生、来自图宾根的东方学家尤利乌斯·冯·莫尔(Julius von Mohl)整理,1830年才由斯图加特和图宾根的科塔出版社出版,题名 *Confucii Chi-king, sive liber carminum, ex latina P. Lacharme interpretatione*。这个拉丁文译本不仅充斥着错误,而且干涩枯燥,缺乏诗味,令人不堪卒读。在1830年之前,孙璋的译文只有几首被转译为法文在欧洲流传。另有马若瑟(Joseph de Prémare, 1666—1736)翻译的几首《诗经》译文被收录在杜赫德(Jean-Baptiste Du Halde, 1674—1743)的《中华帝国全志》第2册第298—308页。

在1831年岁末，吕克特就完成了对拉丁文译本的改译工作，但整个译本直到1833年春季才以《诗经——中国的歌集，孔夫子整理，吕克特德译》为题在阿尔托纳出版。译文共计360页，书前有长达10页的序言。在被吕克特称为"序曲"的序言里，他提出了一个著名的论点："惟有世界的诗才是世界的和解。"（Weltpoesie allein ist Weltversöhnung）吕克特正是希望通过翻译各民族的古老文学来找到跨越民族、地域和时间界限的原初语言。他强调人类的同源共性，要求发现人类真善美的原始根基，以此实现人类的和解。从吕克特在1831年12月23日写给出版商科塔的书信中我们得知，他的翻译曾经得到哲学家黑格尔的鼓励与支持。1832年，吕克特的《诗经》译文在正式出书之前还曾部分刊登在《德意志缪斯年历》（Deutscher Musenalmanach）上。

吕克特的翻译在当时很快就赢得了赞赏。1834年，卡尔·罗森克朗茨（Karl Rosenkranz）在《学术批评年鉴》（Jahrbücher für wissenschaftliche Kritik）第118—120期第1006—1008、1011—1014和1017—1019栏介绍了吕克特的译文。[1] 1835年，莱比锡出版的《文学消遣报》（Blätter für literarische Unterhaltung）第160—162期也连载了一篇对该译本的书评（分别见第657—659、661—663和665—667页）。吕克特的译本甚至被剽窃。如1844年，一位名叫约翰·克拉默尔（Johann Cramer）的德国人将吕克特的译本略作加工，推出了一个所谓新译本，虽然他也声称依据的是孙璋拉丁文译本，但该译本被认为是对吕克特德译本的抄袭，很快就被遗

---

[1] 参见 Rainer Uhrig：Rückert-Bibliographie. Ein Verzeichnis des Rückert-Schrifttums von 1813 bis 1977. Schweinfurt：Rückert-Gesellschaft 1979, S. 24.

忘。1864年，语言学家甲柏连孜根据满文译本转译了《诗经》。1869年，图宾根的东方学家恩斯特·迈耶尔（Ernst Meier）在其《东方诗集》（Morgenländische Anthologie）中也根据孙璋的拉丁文译本翻译了46首《诗经》中的诗歌，实际上他和克拉默尔一样大量袭用吕克特的译文。1880年，汉学家维克多·冯·施特劳斯（Victor von Strauß, 1809—1899）推出了根据中文原文翻译的德文《诗经》译本，他虽然在准确性上超过了吕克特而且也屡屡获得汉学界专业人士的好评，但总的说来还是略显诗味不足。施特劳斯的译本1969年在达姆施塔特影印再版。

吕克特的《诗经》译本在德国文学界产生了很大的影响，出现了根据《诗经》中的题材创作的德语文学作品。1851年，德国诗人保罗·海泽（Paul Heyse，1830—1914）曾根据吕克特翻译的《诗经》中的诗歌创作了诗体小说《兄弟》，他化用了《国风》中的《北风》（吕克特译本题作 Landräumung）、《静女》（吕克特译本题作 Liebesgaben）、《新台》（吕克特译本作《不满意的国王新娘》Die unzufriedene Königsbraut Sweng-Kiang）、《二子乘舟》（吕克特译本题为 Die Königin Swen-Kiang ist um ihre beiden Söhne besorgt）等7首诗歌，从而将卫宣公筑新台强占儿媳的故事搬入德国文学。查考顾正祥编撰的《中国诗德语翻译总目》可以查出其中对应的中文篇目，但也有几首如 Swen Kong und Swen Kiang, Ausgang der Liebesbetörung, Verwilderte Zucht, Zweideutige Schönheit 没能找到对应的中文原文。[1]

---

[1] 参见 Übersetzte Literatur in deutschsprachigen Anthologien. Hrsg. von Helga Eßmann und Fritz Paul；Teilband 6: Anthologien mit chinesischen Dichtungen. Hrsg. von Zhengxiang Gu. Stuttgart：Anton Hiersemann 2002, S. 210, 211。

《兄弟》尤其获得海泽的文友、作家特奥多尔·冯塔纳（Theodor Fontane，1819—1898）的激赏，称之为完美的杰作。该作在柏林的文学团体"施普雷河上的隧道"举办的文学竞赛上朗诵，荣获桂冠，从而大大提升了中国在当时德国文学界的地位。1852年，《兄弟——一部中国诗体小说》(*Die Brüder: eine chinesische Geschichte in Versen*)在柏林出版了单行本。海泽与《诗经》的关系直到20世纪才被研究者注意。1923年，卡尔·费施俄德（Karl Fischoeder）在其博士论文《保罗·海泽的诗体小说》中较早注意到吕克特的《诗经》翻译与海泽小说《兄弟》之间的关系。① 随后关注此题目的学者有我国学者陈铨（他在1936年的《中德文学研究》中对吕克特的译文作出了很高的评价）、美国学者恩斯特·罗泽（Ernst Rose）(1937年他发表了论文《青年海泽笔下的中国题材》)、瑞士学者常安尔等。1962年，常安尔还协同瑞士苏黎世大学的著名德语文学学者艾米尔·施泰格（Emil Staiger）指导了一名博士生，专门研究了吕克特的《诗经》翻译问题。②

吕克特《诗经》译本流传甚广，被收录进多种诗集中，还被后世作家改作或谱曲。1922年，德国表现主义诗人阿尔波特·艾伦斯坦（1886—1950）从吕克特的翻译中挑选出100首诗歌，进行加工修改，题名《诗经——中国的歌集》，编号出版1 000册。艾伦斯坦在译文后记中声称，他的翻译工作还得到中国文人Pei Ta与和

---

① 参见Rainer Uhrig: *Rückert-Bibliographie. Ein Verzeichnis des Rückert-Schrifttums von 1813 bis 1977*. Schweinfurt: Rückert-Gesellschaft 1979, S. 61。
② 参见Thomas Immoos: *Friedrich Rückerts Aneignung des Schi-King*. Ingenbohl: Theodosius Buchdruck 1962。

尚 Po-Tse（中文名待考）的帮助，尤其是后者曾将满文《诗经》译文提供给他作为参考。2006 年，我国学者 Yunru Zou（中文名待考）在其博士论文《阿尔伯特·艾伦斯坦对"中国歌集"的仿作——二十世纪初中国抒情诗在德国接受的一个个案》①中比较研究了艾伦斯坦与吕克特的翻译，指出所谓中国文人的帮助并没有在艾伦斯坦的改作中留下太大的痕迹，极有可能是艾伦斯坦使用的一个障眼法。

（原载《中华读书报·国际文化》2011 年 5 月 18 日）

---

① Yunru Zou：*Schi-king: Das „Liederbuch Chinas" in Albert Ehrensteins Nachdichtung. Ein Beispiel der Rezeption chinesischer Lyrik in Deutschland zu Beginn des 20. Jahrhunderts*. St. Ingbert：Röhrig Universitätsverlag 2006.

青年茅盾最早提及卡夫卡

卡夫卡(Franz Kafka)研究早已成为德语文学乃至世界文学研究中的一门显学。当一门学问发展到一定程度时,人们就有梳理追问该门学问发展历史的需要。在过去的30年,我国有多篇论文甚或博士论文探讨卡夫卡与中国的关系,或卡夫卡在中国接受、传播的问题。

关于卡夫卡作品在中国早期的译介,学者们曾一度将其追溯到20世纪60年代。例如,叶廷芳在《通向卡夫卡世界的旅程》(《文学评论》1994年第3期)一文中认为卡夫卡作品的"非正式翻译出版"在改革开放之前也是有的,"那是1964年,一本封面未加设计的黄皮书《〈审判〉及其他作品》由上海新文艺出版社出版,译者是曹庸(《审判》,卡夫卡的长篇小说)和李文俊('其他作品'即短篇小说《判决》《变形记》《在流放地》《致科学院的报告》《乡村医生》)"。近年又有学者将卡夫卡在中国译介的时间提前到20世纪30年代。研究德语文学在中国翻译传播的学者卫茂平在其著作《德语文学汉译史考辨——晚清和民国时期》中注意到赵景深的《最近的德国文坛》(刊载于1930年1月10日《小说月报》第21卷第1号)介绍的"卡夫加"和郑伯奇的《德国的新移民文学》(见郑氏1936年上海良友图书印刷公司版《两栖集》)中提及的

"喀夫喀"。除卫茂平外，还有曾艳兵也注意到赵家璧翻译的一篇德国作家雅各布·瓦塞尔曼（Jakob Wassermann）的文章《近代德国小说之趋势》，瓦塞尔曼在文中特辟一小节介绍"犹太作家考夫加"。赵家璧的译文见于1934年6月1日出版的《现代》杂志第5卷第2号。

此外，在民国时期译介卡夫卡还有一个较为重要的人物，那就是曾艳兵注意到的孙晋三。1944年11月15日，孙晋三在重庆《时与潮文艺》第4卷第3期上发表题为《从卡夫卡说起》一文，评论界认为"这大概是国内第一篇专门介绍卡夫卡的短文"。孙晋三对卡夫卡的小说作这样的评价："卡夫卡的小说，看去极为平淡，写的并非虚无缥缈的事，而是颇为真实的人生，但是读者总觉得意犹未尽，似乎被笼罩于一种神秘的气氛中，好像背后另有呼之欲出的东西，而要是细细推考，却又发现象征之内另有象征，譬喻之后又有譬喻，总是推测不到渊底，卡夫卡的小说，不脱离现实，而却带我们进入人生宇宙最奥秘的境界，超出感官的世界，较之心理分析派文学的发掘，止于潜意识，又是更深入了不知凡几。"《时与潮文艺》是抗战期间出版的一份重要文艺刊物，以译介世界文学为主要任务。在《从卡夫卡说起》一文中，孙氏对卡夫卡的小说推崇备至。孙晋三系清华大学1935年级外国语文系学生，曾任中央大学外文系主任，当时正主办《时与潮文艺》。实际上，最早注意到孙晋三的卡夫卡评论的并非曾艳兵。在此之前，注意到孙晋三论卡夫卡文章至少还有苏光文（《抗战文学与世界文学的交往》，载《中国现代文学研究丛刊》1995年第3期）和钱理群两人。1997年，钱理群将孙晋三的《从卡夫卡说起》一文收录进他主编的《二十世纪中国小说理论资料》(第4卷,1937—1949)(北京大学出版社1997年版,第282—283页),从而让这篇短文为更多研究者所知晓成为可能。而比苏光文和钱理群知道得更早的则是解志熙。他在1990年的论文《现代作家的存在探询(上)——存在主义与中国现代文学》(见《文学评论》1990年第5期)已注意到孙晋三介绍卡夫卡。可惜的是,这些早期的接受研究的成果并没有被后来的研究者所注意,如卫茂平的《德语文学汉译史考辨——晚清和民国时期》就没有提及孙晋三对卡夫卡的介绍。我们之所以对20年来学界对孙晋三的论卡夫卡短文的发掘情形加以回顾,只是为说明对一个史实的发掘并对其重视需要经历一个较长的过程。

孙晋三对卡夫卡的注意与国际德语文学研究界对卡夫卡的关注基本同步。我们知道,卡夫卡在生前并非名不见经传的无名之辈。1915年10月,卡夫卡的《变形记》在莱比锡的《白色之页》月刊第10期上发表,同年11月就出版了单行本。这一年,作家卡尔·施特恩海姆(Carl Sternheim)将他所获的冯塔纳奖转让给卡夫卡,从而在一定程度上提高了卡夫卡在文学界的知名度。我们还知道,瓦尔特·本雅明是世界上最早对卡夫卡的作品作出原创性批评的评论家之一,他的卡夫卡评论大多产生在20世纪30年代,在卡夫卡逝世10周年时,他写下了一篇著名的长篇专论。

上面提到的中文文献注意到卡夫卡都是在卡夫卡逝世之后。那么,在卡夫卡生前,中文文献里是不是就根本没有提到过他的名字呢?回答应该是否定的。据笔者考察,茅盾早在1923年10月刊登在《小说月报》第14卷第10号上的《海外文坛消息》第183条"奥国现代作家"中已经提到了"卡夫卡"的名字。不过很遗憾的是,茅盾在文中误将卡夫卡归为"抒情诗家"和"表现派戏曲的创始人"。可见当时他对卡夫卡的理解还非常有限。不过,卡夫卡的名字早在1923年就出现在中文文献里,这应该是一个不争的事实。值得注意的是,在这篇消息里,茅盾还提到了现在蜚声世界文坛的小说巨匠罗伯特·穆齐尔:"牟息耳(Robert Musil)也是新进作家中间的一个,尚不大著名;他的文章失之稍晦,果使他的晦涩是不可耐的,则他的不太著名亦尚可算得应有之咎。不过他究竟是现代欧洲文坛上一个有思想的人,他的 *Vereinigungen* 和 *Die Verwirrungen des Zöglings Törless*。"可见,青年茅盾对穆齐尔的介绍要比他对卡夫卡的简略归纳更为准确。

有趣的是,穆齐尔也是最早注意到卡夫卡创作的一位作家。他是《变形记》最早的知音。1912年11月24日,卡夫卡在布拉格向他的作家朋友们朗诵了《变形记》第一部分。第二年3月1日,他向朋友们展示了整篇小说。但完稿的《变形记》变为铅字在刊物上发表并非一帆风顺。穆齐尔曾试图将《变形记》在他任编辑的著名刊物《新瞭望》上推出,但该刊出版商菲舍尔借口小说篇幅太长而否掉了穆齐尔的提议。

(原载《中华读书报·国际文化》2011年6月22日)

李长之与德语文学

在笔者所任职的大学图书馆意外发现10卷本《李长之文集》赫然在架,感到异常高兴。因为我关注李长之已经很久,在10年前曾经向德国马尔巴赫文学档案馆推荐他,将他收录进《国际日耳曼学家辞典》。先前大学图书馆已经采购了同一出版社的5卷本《李长之书评》,现在又购得《李长之文集》,这是何等的快事啊!10年前,我为德国马尔巴赫文学档案馆撰写1950年以前中国日耳曼学者条目时,我把李长之也列入其中。我至今仍然认为这样做是恰当的,而且也是有自己的眼力的。要知道当时李长之才刚刚引起学界的注意。我还记得,大约是1996年的时候,我曾经去北大朗润园拜访陈占元先生,刚好《读书》上发表了篇关于李长之的文章,是介绍新出的《李长之批评文集》,陈先生也注意到了。他对我说,他也很想买这本新出的书来读一读,因为长之当年有"天才"之谓。

自然,笔者对这次出的《李长之文集》最为注意的还是李长之对德语文学、德国学术的兴趣。

在民国时期研究德语文学的学者中,李长之尤其推崇他的老师杨丙辰。他认为杨丙辰的译文是很可靠的。李长之甚至一度把杨丙辰与一些大翻译家并列,他说:"我主张中国应该有一本文学翻译字典,这自然是因为我感觉到困难才想起的。我的意思,把外国文字中的表现法,选择中国可靠的而具有文学的天才的翻译家的用语附于其上。有好几种翻译法,可以并列,如林纾、严复、郁达夫、郭沫若、杨丙辰、鲁迅、徐志摩……的译品都是这种字典的来源。"①

李长之和杨丙辰是在1931年夏天结识的,这次结识给他留下了深刻的印象:"今夏,和杨丙辰先生初识,他拿出在北大德文系的课程指导书出来指给我们看,他非常郑重地把说着学德文的目的的几句话念给我们听,大意似乎是学德文在从作品里得到作者伟大的人格的感印,以创造我们的新生命。我心里十分叹服的,我永远以为一件事的开宗明义是千要紧万要紧的。"②在最早发表在《现代》杂志的《杨丙辰先生论》里,李长之给杨丙辰以很高的评价,文中集中想说明的是两点:"杨丙辰先生的精神是健康和他的价值是一个教育家。"③李长之对这篇文章非常看重:"我所谓这两万字左右的得意文章是什么呢?一是战时写的《杨丙辰先生论》,现在收在南方印书馆出版的《批评精神》一书中。我当时写就了,就把原稿读给杨先生听,我每读一句,他就点一下头。这篇全文一共万字以上,但是我那天特别写得快,此文之外,还另写了两篇短文。"④我想,杨丙辰一生能得到这样一个学者知己,应该感到十分欣慰。

---

① 李长之:《李长之文集》第9卷,河北教育出版社2006年版,第374—375页。
② 伍杰、王鸿雁编:《李长之书评》第3册,河北教育出版社2006年版,第71页。
③ 同上书,第304页。
④ 李长之:《李长之文集》第9卷,河北教育出版社2006年版,第516页。

在发表于1947年的《北平风光》中,他提到了在沦陷时期在北平与日伪政府脱不了干系、略显颓唐的杨丙辰:"杨丙辰先生也见到了,他的精神似乎受刺激太多,他很受了一些委屈,他的向心力的热诚的确超越了一般人,可是我找不出什么话来安慰他。"[1]就是这个杨丙辰,新中国成立后李长之还是与他合作在人民文学出版社出版了席勒的剧本《强盗》,署"杨文震(引者按:杨丙辰本名杨震文,不知该署名是误署,还是故意为之)、常文"合译,这次也一并收录进了文集(见《李长之文集》第9卷)。《强盗》本是杨丙辰早年的译作,30年后再版,想必是李长之参与了译文的修订工作。若有人肯下功夫,对这两个译本加以对照比勘,一定是一件有意义的工作。

杨丙辰翻译的重点是莱辛、歌德、席勒、赫贝尔和豪普特曼的作品,他们都是德国文学中赫赫有名的人物。他很少翻译畅销书,这一点应该是我们今天尤其值得叹服的。受杨丙辰的影响,李长之对德国古典文学尤其注重。李长之共计翻译了歌德的3篇童话:《新的美人鱼梅露心的故事》《新的巴黎王子的故事》和《河上的奇迹》。其中《新的美人鱼梅露心的故事》是在歌德百年诞辰时翻译的。《新的巴黎王子的故事》是在抗战期间根据英译本翻译的。[2]《河上的奇迹》则是新中国成立后翻译的,以前从来没有发表过,这次收录进文集是第一次发表。长之译的《歌德童话》在出单行本时,丰子恺先生还作了插画。

此外,李长之还翻译了德语诗歌,其中尤以翻译荷尔德林、格

---

[1] 李长之:《李长之文集》第8卷,河北教育出版社2006年版,第545页。
[2] 李长之:《李长之文集》第9卷,河北教育出版社2006年版,第341页。

奥尔格的诗值得我们注意。他在《清华周刊》上推出了自己的《大橡颂歌》的译文,同时发表了季羡林关于荷尔德林的论文:"《大橡颂歌》是种尝试。……在论文中,介绍薛德林的一篇,作者是很费过事的,参考了不少的书籍。诗样的批评文,如轻快的梦,导我们在轻快的梦中和薛德林作为好友。全文讲生平的一节,和末后论了解薛德林的一节,似乎还少一种统摄的联系。——自然,这是指内容上。"①李长之还翻译施特芳·格奥尔格(当时译作"乔尔歌")的两首诗《舟中人之歌》和《年轻人的疑问》(最初发表在天津《益世报》文学副刊),今天看来略显粗糙,但毕竟填补了民国时期格奥尔格诗歌译介的空白。李长之当时介绍德国文学有强烈的实验、拓荒的色彩:他计划介绍托马斯·曼:"今年为托玛(马)斯·曼六十年纪念,国外杂志,已有专文论列,不久本刊也想出一专号,他差不多和霍普特曼有同样地位的,然而同人知道后者的多,知道他的却少。所以很应该借机会介绍一下。届时德国文学专家杨丙辰先生,是可望执笔的。"②他还计划在《益世报》文学副刊上推出德国批评家莱辛专号,后来虽然专号没有推出,但毕竟发表了名剧《智者纳旦》(张露薇译,《聪明人纳珊》)的部分译文。

李长之推崇德国人做学问的"周密与精确",③为了在中国倡导文学研究也是一门科学,他特地翻译了德国学者维尔纳·玛尔霍兹(Werner Mahrholz)的《文艺史学与文艺科学》,宗白华特地为之写跋。长之为此书作了6万多字的详尽注释。长之的译文并非

---

① 李长之:《李长之文集》第8卷,河北教育出版社2006年版,第227页。
② 同上书,第326页。
③ 李长之:《李长之文集》第9卷,河北教育出版社2006年版,第127页。

尽善尽美,并且还不时有错误泛现(如把托马斯·曼的名著《布登勃洛克一家》译为《不登博洛克斯》)但他的这些译作的重新再版,为我们研究那个时期的德语文学、德语学术著作的翻译提供了史料。进一步讲,作为并非科班出身的李长之,他的德语水平之高、他对德语学术之执着,为我们今天德语二外的教学提供了很多启示。

李长之感觉到现代中国不但作家稀罕,批评家稀罕,"连读者也是稀罕的"。"中国的新文坛,敢保十二万分的险,尚没有第一流的东西,纵然是一张一行,出现过。"①随即以梅林格为例,加以调侃:"倘若是如梅林格(F. Mehring)为无产者的辩护,因为负荷着的历史的使命之重大与急切,而无暇致力于艺术的制作,倒也罢了,然而中国的文艺界,却显然不能援以解嘲。"②他认为"戏剧家的性格需是多方面的,动的,而不是静的"。德国之所以"恰是最宜于产生戏剧家的民族",是"因为他们是动的,是喜欢事业(That)的,故在德国文学史上,戏剧的作家亦特多"。③

由于在德国学术中浸润很久,李长之在他的著述里经常以德国的情形和中国相比附。他认为中国的五四运动"乃是一个启蒙运动"(Aufklärung)。④ 他引用歌德的《浮士德》,⑤说郭沫若《屈原》剧中的婵娟"宛然是《浮士德》中的甘泪卿"。为了说明俗曲中有很好的文学,他即以歌德为例:"大概在俗曲里所擅长的是表现

---

① 伍杰、王鸿雁编:《李长之书评》第 3 册,河北教育出版社 2006 年版,第 162 页。
② 同上。
③ 同上书,第 36 页。
④ 同上书,第 238 页。
⑤ 同上书,第 184 页。

上的直接,恐怕也不只中国,歌德诗受民歌影响,便也在表现上十分直接(Naive,而非 Sentimental),即一好例。"①在评论曹禺的《北京人》时,他提到托马斯·曼②的名言:大意是:"人对于体质上的伟大,是与距离成反比的,距离越小,越看得伟大。精神上的伟大则不然,越有大的距离,却越看得伟大。"他注意到"融格"(Jung)有一篇《论纯文艺与心理学》(*Dichtung und Psychologie*),"久想译出"。③ 他认为许仙和青白蛇的故事的来历,"必是外国的,因为在十四世纪,西洋已颇有类似的传说写在书里了,便是法国 Jeand Arras 记的 Melusine 的故事,也是人与女子恋爱,女子现了蛇形,情节非常相似。"④

《李长之文集》的不足是编者没有对德语原文作仔细校对,错误很多。

(原载《中国图书评论》2009 年第 4 期)

---

① 伍杰、王鸿雁编:《李长之书评》第 3 册,河北教育出版社 2006 年版,第 225 页。
② 同上书,第 209 页。
③ 同上书,第 27 页。
④ 同上书,第 224 页。

下 编

德语文献中的北京知识生成与德语文学中的北京

域外北京研究中的德文文献

自改革开放以来,尤其是近一二十年来,学界开始关注域外北京文献,并尝试译述介绍,产出了一批重要成果。例如,1985年燕山出版社推出了瑞典汉学家奥斯伍尔德·喜仁龙(Osvald Sirén,1879—1966)所著的《北京的城墙和城门》(*The Walls and Gates of Peking*)一书的中译本,北京大学历史地理专家侯仁之教授为之作序;2017年,北京联合出版公司出版了由李孝聪作序的再版本。

清末庚子国难期间,法国作家皮埃尔·洛蒂(Pierre Loti,1850—1923)作为海军文官两次来北京,参与了八国联军侵华时期的战地考察,时间分别为1900年9月底—11月初和1901年4—5月。回国后,洛蒂根据自己的私人日记整理发表了小说《在北京最后的日子》(*Les Derniers Jours de Pékin*)。1930—1931年,我国现代象征派诗人李金发曾将其译为中文,刊登于《前锋》月刊。1989年,人民日报出版社重新整理了李金发的译本,更名为《在帝都——八国联军罪行记实》。2005年,山东友谊出版社出版了刘和平等人的新译本,题为《北京的陷落》。2006年,这部北京小说由马利红重新翻译,题为《在北京最后的日子》,由上海书店出版。2010年列入"走近中国"文化译丛再版。另有2009年我国台湾九州出版社出版的允诺译本,题为《撕裂北京的那一年》。

西方文学艺术中的北京形象也渐渐进入研究者的视野。2005年,吕超在天津师范大学完成了硕士论文《"东方帝都"——西欧文本中的北京形象》。不久之后,外语教学与研究出版社出版了"京华往事丛书"(Memories of Peking),由倡导"国际北京学"的欧阳哲生主编。[①] 2008年,北京新世纪出版社出版了《京华遗韵:西方版画中的明清老北京(1598—1902)》。同年,北京三联书店出版了陈平原主编的《北京记忆与记忆北京》。此前,陈平原还与王德威合编了论文集《北京:都市想像与文化记忆》(北京大学出版社2005年版)。

不过,在所有这些关注"国际北京学"的出版物和论文中,一度鲜有关注和整理德文资料中的北京文献。赵晓阳编译的《北京研究外文文献题录》(北京图书馆出版社2007年版)虽网罗了不少域外北京文献,但极少著录关于北京的德文文献。这一遗憾在近10年来才为从事德文的学者加以弥补。本文试图对域外北京研究中的德文文献作一补充。

一、德语北京文献的翻译与整理

近10年来,我国对在德国出版的北京文献的翻译整理方面取得了较大的进展,其中尤其引人注目的是2012年由福建教育出版社出版的王维江、吕澍辑译《德语文献中晚清的北京》一书。该书被列入叶隽主编的"中德文化丛书"。这本译文汇编收录了13篇1861—1900年德国外交特使团成员、驻华外交官、汉学家、记者、

[①] 参见欧阳哲生:《西方视野里的北京形象》,《读书》2008年第6期,第128—132页。

商人等撰写的关于北京的文献,包括:《普鲁士东亚外交特使团报告中的北京》(1861)、《特使艾林波书信中的北京》(1861)、《商业代表斯庇思游记中的北京》(1861)、《随船牧师柯艾雅日记中的北京》(1861)、《领事拉度维茨书信中的北京》(1864)、《丝绸商人克莱尔游记中的北京》(1868)、《公使巴兰德回忆录中的北京》(1861—1893)、《银行家恩司诺经济报告中的北京》(1886)、《使馆翻译生佛尔克书信中的北京》(1890—1891)、《记者高德满报道中的北京》(1898)、《汉学家福兰阁回忆录中的北京》(1888—1889、1894—1895)、《记者海司报道中的北京》(1898)和《奥地利公使讷色恩夫人回忆录中的北京》(1900)。

每篇译文前均有译者按语,对原作者和所记内容进行扼要评述。尤其可贵的是,译者在每篇译文后附上了这些翻译材料所依据的德文原著信息,以及译文具体的页码。根据所附信息,我们知道两位译者利用的德文著作包括:

Anton Berg: *Die preußische Expedition nach Ost-Asien. Nach amtlichen Quellen*. Berlin: Verlag der königlichen Geheimen Ober-Hofbuchdruckerei 1873. Vierter Band, S. 48－65, 99－163.

[Gustav Adolf] Spiess: *Die preußische Expedition nach Ostasien während der Jahre 1860－1862*. Berlin: Verlag von Otto Spamer 1864, S. 217－228.

[Johannes] Kreyer: *Die Preußische Expedition nach Ostasien in den Jahren 1859－1862. Reisebilder aus Japan, China und Siam*. Hamburg: Agentur des Rauses zu Horn 1863, S. 261－281.

Joseph Maria von Radowitz: *Briefe aus Ostasien*. Hrsg. von

Hajo Holborn. Berlin und Leipzig: Deutsche Verlagsanstalt Stuttgart 1926, S. 106–117.

Adolf Krayer: *Als der Osten noch fern war. Reiseerinnerungen aus China und Japan 1860–1869.* Hrsg. von Paul Hugger und Thomas Wiskermann. Basel: SGV 1995, S. 156–187.

Max von Brandt: *Dreiunddreißig Jahre in Ost-Asien. Erinnerungen eines deutschen Diplomaten.* Leipzig: Verlag von Georg Wigand 1901, Bd. 1, S. 182–194, 207–220; Bd. 3, S. 27–36, 43, 135–137, 290–293.

A[ugust]. H. Exner: *China: Skizzen von Land und Leuten.* Leipzig: T. O. Weigel Nachfolger 1899, S. 140–175, 180–186.①

Alfred Forke: *Briefe aus China, 1890–1894.* Hrsg. von Hartmut Walravens. Hamburg: C. Bell 1985, S. 4–15.

Paul Goldmann: *Ein Sommer in China.* Frankfurt am Main: Literarische Anstalt, Ruetten & Loening 1899, Zweiter Bd., S. 223–281.

Otto Franke: *Erinnerungen aus zwei Welten.* Berlin: Walter De Gruyter.②

Ernst von Hesse-Wartegg: *China und Japan.* Leipzig: Verlagsbuchhandlung von J. J. Weber 1900, S. 241–254, 278–291.

Paula von Rosthorn: *Peking 1900. Erinnerungen an den*

---

① 原书出版年份应为1889年,译文后误标为1899年。该书用30余页的篇幅描写了光绪帝以及长城。
② 译文集标注出处时遗漏了出版时间和页码。

Boxeraufstand in Peking, März bis August 1900. Wien/Köln Weimar：Böhlau 2001, S. 21 – 32, 37 – 45, 52 – 56, 58, 67 – 70, 72, 79, 82 – 83, 88 – 90, 96 – 97.

《德语文献中晚清的北京》一书对 1900 年前德文游记、日记、书信中关于北京的重要文献进行了一个很扎实的梳理，但书中也有一些遗漏的地方，如：福兰阁的旅行日记中的《在天津和北京之间的白河上》(*Auf dem Peiho zwischen Tientsin und Peking*)(1888)以及《从柏林出发，抵达北京》(*Abreise von Berlin – Ankunft in Peking*)未被收录。[①] 本节将涉及可以补充这本译文集的一些重要文献。

除合著外，专著的翻译也受到关注。德国记者恩斯特·柯德士(Ernst Cordes, 1908—?)在中国生活多年，他的著作《闲置的皇城——20 世纪 30 年代德国记者眼中的老北京》对老北京的市井生活图景有精细的刻画，被誉为"一幅老北京《清明上河图》"。该书由旅居德国的王迎宪翻译，2014 年由北京大学出版社出版，2019 年出版了精装本。该书德文原名为 *Peking – Der leere Thron: Ein Erlebnisbericht aus Nordchina*(《北京——闲置的龙椅：中国北方亲历记》)，出版于纳粹统治下的 1937 年。

柯德士出身于一个与中国有很深渊源的德国家庭，精通汉语。其父海因里希·柯德士(Heinrich Cordes, 1870—1927, 又译作"柯达士")是德国驻华外交官，[②]在庚子事变中曾陪同德国公使克莱

[①] 参见 Otto Franke：*„Sagt an, ihr fremden Lande"*; *Ostasienreisen*; *Tagebücher und Fotografien* (*1888 – 1901*). Hrsg. von Renate Fu-Sheng Franke und Wolfgang Franke. Sankt Augustin：Inst. Monumenta Serica；Nettetal：Steyler Verlag 2009, S. 35 – 64。

[②] 参见[德]恩斯特·柯德士：《闲置的皇城——20 世纪 30 年代德国记者眼中的老北京》，王迎宪译，北京大学出版社 2019 年版，第 241—243 页。

门斯·佛雷赫·冯·克林德(Clemens Freiherr von Ketteler, 1853—1900)去总理衙门。克氏途中被义和团击毙,柯氏也负伤逃至孝顺胡同美以美会才得以保命。① 在义和团运动中保得一命的海因里希·柯德士后来曾任德华银行驻华代表。

《闲置的皇城——20世纪30年代德国记者眼中的老北京》分"市井生活""四合院里""皇城郊外"和"别离北京"四部分,书中配有数十幅珍贵的老北京图片。该书是一曲老北京的颂歌,我们随时可以读到下面这样激情洋溢的、赞美北京的词句:

> 北京,一个精心打造的、完美统一的艺术杰作,一座无与伦比的、风格独特的城池。②

> 世界上还没有哪一座城市能让我如此依依不舍。我留恋这里的一切,这里的城墙、胡同、街道和四合院;这里知名的、不知名的芸芸众生;这里的灰尘、气息和喧闹,包括所有无法计算的、在这个城市经历的、看起来似乎是毫无价值的小事、细节……③

王迎宪另译有柯德士的《最后的帝国——沉睡的与惊醒的"满洲国"》(原文 *Das jüngste Kaiserreich: schlafendes, wachendes Mandschukuo*)(辽宁人民出版社2013年版)。柯德士其他的有

---

① 参见中国社会科学院近代史研究所翻译室:《近代来华外国人名辞典》,中国社会科学出版社1981年版,第90—91页。
② [德]恩斯特·柯德士:《闲置的皇城——20世纪30年代德国记者眼中的老北京》,王迎宪译,北京大学出版社2019年版,第13页。
③ 同上书,第303页。

关中国记述的著作还有《小民族与大民族,日本与中国:中日民族性对比亲历记》(*Kleines Volk – großes Volk: Japan – China, eine Gegenüberstellung japanischer und chinesischer Wesensart in Erlebnisberichten*)、《莲花灯:中国经历记》(*Die Lotoslaterne: Erlebnisse in China*)和《中国:革命之内的革命》(*China: Revolution innerhalb einer Revolution*)等。①

2009年,北京东方出版社出版了《我眼中的北京》,该书根据被誉为德国的"南京好人"约翰·拉贝(John H. D. Rabe,1882—1950)的日记整理翻译,分为"市井生活""北京民俗""北京建筑""北京名胜"和"清末民初的北京"等部分。该书收录了大量的照片,有些是拉贝本人拍摄的。拉贝于1908年来到北京,1911年受雇于西门子公司,1925年迁到天津,1932年到南京。1937年12月,他在日记里记录了侵华日军惨绝人寰的"南京大屠杀"的暴行。

捷克现代著名德语作家埃贡·艾尔温·基希(Egon Erwin Kisch,1885—1948)是报告文学的创始人。1932年,他访问了上海、南京和北平。他的报告文学集《秘密的中国》(*China geheim*)于1933年问世,对中国报告文学的发展产生了重大的影响。在抗战前夕,周立波曾从英文版转译《秘密的中国》,于1938年4月由汉口天马书店出版。姚克曾在《天下月刊》发表该书的书评。2000年,周立波译《秘密的中国》被列入上海东方出版中心"走向世界丛书"再版。

---

① Ernst Cordes: *Kleines Volk – grosses Volk: Japan – China. Eine Gegenüberstellung japanischer und chinesischer Wesensart in Erlebnisberichten*. Berlin: Safari-Verlag 1939; Ernst Cordes: *Die Lotoslaterne: Erlebnisse in China*. Stuttgart und Hamburg: Rowohlt 1948; Ernst Cordes: *China: Revolution innerhalb einer Revolution*. Berlin: Safari-Verlag 1951.

《秘密的中国》中有3篇涉及北京的记述：《无意中拜访了几个宦官》(*Zufälliger Besuch bei Eunuchen*)、《影子戏》(*Schattenspiel*)和《街道》(*Straße wie wunderlich …*)。

《影子戏》以这样的附注开始："当然，这是在北平。这样的事在上海，是不存在的。"①基希敏锐地观察到外来资本一点点地蚕食中国传统文化，他描写了中国传统民间文化皮影戏在外来资本掠夺下的消亡："这样的影戏班还很多吗？几年以前北平有120个以上，都在热闹的街市有他们正式的戏场。现在白其乔只有两个竞争者，而且根本没有什么公共的演唱了。"②"200个左右的戏班只剩了三个，是怎么弄的？美国的游历者和古董商人把这种映戏人物大批的收买了去。"他对外国殖民资本的批判可谓一针见血："这种诙谐的笑剧的衰亡，表明了外国殖民者的金钱和俗物根性，就是在这里也投下了它们的阴影：表明了他们连中国的影子也都买去了，她的美丽的、着色的、灵活的影子。"③

在《街道》里，基希聚焦于北京的"前门大街"，将奥匈帝国旧京维也纳与北京相比，将维也纳的风景名胜普内托与北京的前门大街相比，认为："中国人比维也纳人更像维也纳人：以前的普内托一点也不能和前门大街相比，这前门大街，在地图上，应该是用那发磷光似的笔划表示的。"④"北平，完全缺乏酒。""在北平，前门大街遂行了从社会现实中提供娱乐的作用。"基希详细列举了前门

---

① ［德］（按：应为捷克）埃贡·艾尔温·基希：《影子戏》，载基希：《秘密的中国》，周立波译，东方出版中心2001年版，第93页。
② 同上书，第98页。
③ 同上书，第99页。
④ 同上书，第169页。

大街营业店铺的名称,如"玉石雕琢店""景泰蓝工场""鸦片烟灯店""骆驼挽具店",共计23种之多,不一而足。如本雅明对巴黎的描写,基希以他特有的纪实手法洞察、触摸到这座"东方的维也纳"特有的东方的现代性,他观察到的北平:

> 和千百种其他的营业,都饰着写了金字的丝绒商旗,像行星一样大的灯笼,青白色的纸花和雕刻的门,装满了金鱼的盆摆在店铺的前面。在每一条街的转角,都有这种不需要陈列窗,不需要广告术的当铺的圆形的、厚重的建筑物。变压器把愉快的玩物购买者,鸦片窟的经常顾客,嬉笑的戏迷,阔绰的浴室的常客,变成了在前门大街的一切诱惑、招引、迷人的光彩之中偷偷的走动的人物:变成了龌龊的乞丐,变成了背着样子很愁闷的婴孩的忧伤的褴褛的女人,变成了带着抽鸦片烟的人的像橄榄一样的绿色的脸孔的憔悴的、蹒跚的男子。①

1900年八国联军侵华时,阿尔弗雷德·冯·瓦德西(Alfred von Waldersee,1832—1904)是联军统帅。到北京后,他派军队到北京及周边烧杀劫掠,无恶不作。瓦德西的回忆录共3卷,出版于1922—1923年。② 留德学人王光祈翻译的《庚子联军统帅瓦德西

---

① [德](按:应为捷克)埃贡·艾尔温·基希:《影子戏》,载基希:《秘密的中国》,周立波译,东方出版中心2001年版,第176—177页。
② *Denkwürdigkeiten des General-Feldmarschalls Alfred Grafen von Waldersee*. Bearb. und hrsg. von Heinrich Otto Meisner. 3 Bde. Stuttgart und Berlin 1922–1923. 对瓦德西侵华的研究,参见汉堡大学硕士学位论文:David Stäge:*Graf Alfred von Waldersee: ein deutscher General in China*. Wissenschaftliche Hausarbeit zur Erlangung des akademischen Grades eines Master of Arts der Universität Hamburg. Hamburg 2014。

拳乱笔记》是瓦德西回忆录的节译本,出版于1928年,由上海中华书局印行,1930年再版,1936年出版了第3版,后又重新整理出版(上海书店2000年版;中华书局2009年版)。2000年,成都巴蜀书社出版的陈颐先等翻译的《瓦德西拳乱笔记》,疑即王光祈译本的整理本。①《北京历史文献要籍解题》收录了该译本。② 秦俊峰译《瓦德西庚子回忆录——八国联军统帅拳乱笔录》收录在叶隽主编的"中德文化丛书"系列里,2013年由福建教育出版社出版。这是《瓦德西拳乱笔记》的新译本。新译本除对译文作了修订外,还补充了新的图片。

另外,在文献整理和翻译的成绩之外,专门对德语文学中的北京形象作深入个案考察的研究则较少。

新中国成立前,我国文学界也偶尔关注到有关中国的德语文学的作品。例如,1940年1月23日,作家叶灵凤署名"灵凤"在《救亡日报》附刊《文化岗位》发表了《德国女作家新著小说〈南京路〉》一文。在中德文学关系研究领域,很长一段时间以来,学界的注意力主要集中在中国形象的研究上。这一方面,③对德语文

---

① ［德］阿尔弗雷德·冯·瓦德西:《瓦德西拳乱笔记》,王光祈译,巴蜀书社2000年版。
② 韩朴主编:《北京历史文献要籍解题(上)》,中国书店2010年版,第62—63页。
③ 如 Yunfei Gao: *China und Europa im deutschen Roman der 80er Jahre: das Fremde, das Eigene in der Interaktion*; *über den literarischen Begriff des Fremden am Beispiel des Chinabildes von Adolf Muschg, Michael Krüger, Getrud Leutenegger und Hermann Kinder*. Kassel, Univ., Diss., 1996. Frankfurt am Main u. a.: Peter Lang 1997; Weijian Liu: *Kulturelle Exklusion und Identitätsentgrenzung: zur Darstellung Chinas in der deutschen Literatur 1870‒1930*. Hrsg. von Walter Gebhard und Naoji Kimura. Bern u. a.: Peter Lang 2007; Uwe Japp und Aihong Jiang (Hrsg.): *China in der deutschen Literatur 1827‒1988*. Frankfurt am Main: Peter Lang 2012; 谭渊:《丝绸之国与希望之乡——中世纪德国文学中的中国形象探析》,《德国研究》2014年第2期,第113—123页。

学中的中国具体城市形象的研究则主要集中在上海[①]、青岛[②]、澳门和香山[③]等。只有个别学者对西方文学中的北京形象作了鸟瞰式的勾勒[④]或对卫礼贤《中国心灵》中的北京形象作了探讨，[⑤]目前同样还罕有对"德语文学中的北京形象"作具体的个案研究的成果问世。

近年来也陆续有关于外国文学中的北京形象的论文发表，但涉及德语文学的并不多。[⑥] 作为例外，张帆、陈雨田的论文《"我在这里看到了我想看到的一切"》（《读书》2019 年第 9 期）介绍了匈牙利左翼作家阿图尔·霍利切尔（Arthur Holitscher，1869—1941）在《动荡的亚洲——在印度、中国、日本的旅行》（*Das unruhige Asien. Reise durch Indien‐China‐Japan*. Berlin：Fischer Verlag

---

[①] 如王维江、吕澍：《另眼相看：晚清德语文献中的上海》，上海辞书出版社 2009 年版；张帆：《德语文学中的上海形象》，世界知识出版社 2019 年版。张帆主编了丛书"德语上海小说翻译与研究系列"，并编选了《上海犹太流亡报刊文选》（世界知识出版社 2019 年版）。
[②] Yixu Lü：Tsingtau. In：*Kein Platz an der Sonne. Erinnerungsorte der deutschen Kolonialgeschichte*. Frankfurt am Main：Campus Verlag 2013，S. 208‐227.
[③] 王维江：《晚清德语文献中的澳门与香山》，载王远明、胡波、林有能主编：《被误读的群体：香山买办与近代中国》，广东人民出版社 2010 年版，第 390—397 页。
[④] 吕超：《"东方帝都"——西方文化视野中的北京形象》，山东画报出版社 2008 年版。
[⑤] 叶隽：《记忆帝京与中国心灵——卫礼贤北京追述所体现的文化间张力》，载高旭东主编：《多元文化互动中的文学对话（下）》，北京大学出版社 2010 年版。
[⑥] 要颖娟：《〈在北京最后的日子〉中的北京形象——彼埃尔·洛蒂对北京的重塑》，《中北大学学报（社会科学版）》2011 年第 1 期；李真：《清初耶稣会士笔下的东方帝都——以〈中国新志〉为中心》，《贵州社会科学》2013 年第 7 期；李真：《来华耶稣会士著作中的北京皇城记载考——以〈中国新志〉为中心》，《人文丛刊》第五辑，2010 年，第 262—270 页；欧阳哲生：《十七世纪西方耶稣会士眼中的北京——以利玛窦、安文思、李明为中心的讨论》，《历史研究》2011 年第 3 期；朱琳：《北京：比较视野中的"文学中的城市"研究》，《解放军艺术学院学报》2011 年第 4 期；李洪等：《帝都掠影——17—19 世纪西方画作中的北京建筑形象变迁》，《建筑与文化》2011 年第 10 期；周瑾、董芳：《西洋版画中的老北京》，《今日中国（中文版）》2012 年第 3 期。

1926)一书中对处于军阀混战下的北京的书写。1925年10月—1926年3月,霍利切尔游历了印度、中国和日本,回国后出版了《动荡的亚洲——在印度、中国、日本的旅行》,其中中国游记主要包括广州、上海和北京三部分。① 于除夕之夜抵达北京的霍利切尔除记叙了中国春节的情形之外,还记叙了他亲眼所见处于新旧变革中的北京:被安放在西山碧云寺纪念堂内的孙中山成为革命精神的象征。霍利切尔认识到"革命的知识分子阶层与革命的无产阶级"是"致力于消除中国人民所受的外国列强和本民族强盗的空前压迫"的真正力量,他指出中国文化具有"神秘的、近乎不可思议的同化力量"。张、陈两位作者清晰地勾勒出霍利切尔北京游记中中华文明与西方工业文明的对抗与同化:

> 虽然,中华文明暂时还无法"同化"入侵的西方文明,但"如同当今的耶路撒冷……北京也蕴藏着直可追溯至远古神秘时期的厚重的信仰力量"。这种力量如同古建筑的照壁、紫禁城附近的煤山一样,以一种神秘、不可知的方式守护着中华文明的根脉。因此,"欧洲与美国文明"虽然表面征服了"鞑靼人城"(达官显贵住的内城)却注定无法侵入南部的"中国人城"(老北京市民住的外城),更勿奢谈整个中国。②

---

① Arthur Holitscher: „Szenen aus Peking". In: *Die literarische Welt: unabhängiges Organ für das deutsche Schrifttum* 2(1926) 47, S. 9.
② 张帆、陈雨田:《"我在这里看到了我想看到的一切"》,《读书》2019年第9期,第134页。

二、北京知识在德语区的传播

中国文学中的北京小说和剧本也被陆续翻译为德语,这对在德语区传播关于北京的知识起到了促进作用。

在抗战期间,林语堂(1895—1976)的英文小说《京华烟云》(*Moment in Peking*. 德文译本 *Peking: Augenblick und Ewigkeit*)在瑞士苏黎世出版了两卷本的德文译本。1950年该译本在德国法兰克福再版。① 林语堂的英文著作《北京宝库》(*Imperial Peking*)也被译成德文。② 老舍的北京小说《骆驼祥子》③和剧本《茶馆》也分别于1979年和1980年被译成德文出版。④ 他的未完成的长篇自传体小说《正红旗下》描写了庚子国难期间的北京,也已有了德文译本,德文标题为《北京鸟瞰》(*Sperber über Peking*)。⑤ 1998年,《四世同堂》的德译本出版。⑥ 此外,被翻译成德文的北京文本

---

① Yutang Lin: *Peking: Augenblick und Ewigkeit*. Ins Deutsche übertragen von Lino Rossi. Zürich: Büchergilde Gutenberg [1943]. Lin Yutang: *Peking: Augenblick und Ewigkeit*. Frankfurt am Main: Büchergilde Gutenberg 1950.
② Yutang Lin: *Schatzkammer Peking: Sieben Jahrhunderte Kunst und Geschichte*. Mit einem Essay über Die Kunst Pekings von Peter C. Swann. Frankfurt am Main: Umschau-Verlag 1962.
③ Lao She: *Rikschakuli: Roman*. [Nach der amerikanischen Ausgabe übersetzt von Lena Frender. Einige Passagen wurden auf der Grundlage der chinesischen Ausgabe des Jahres 1955 von Marianne Bretschneider neu übersetzt]. Berlin: Verlag Volk und Welt 1979.
④ Lao She: *Das Teehaus: mit Aufführungsfotos und Materialien*. Hrsg. von Uwe Kräuter u.a. Frankfurt am Main: Suhrkamp 1980; Lao She: *Das Teehaus: Schauspiel*. Hrsg. von Volker Klöpsch. Deutsch von Volker Klöpsch u.a. Reinbek bei Hamburg: Rowohlt 1980.
⑤ 参见《〈正红旗下〉德文版发行》,《文教资料》1993年第3期。She Lao: *Sperber über Peking: Roman*. Aus dem Chinesischen von Silvia Kettelhut. Freiburg im Breisgau u. a.: Herder 1992.
⑥ Lao She: *Vier Generationen unter einem Dach*. Hrsg. und aus dem Chinesischen von Irmtraud Fessen-Henjes. Zürich: Unionsverlag 1998.

还有张新欣的《北京人》以及黑马等人的作品等。[1]

其他语种的关于北京的小说也被译成德文出版。如1912年美国学者反映慈禧太后统治下的晚清的历史著作被译成德文。[2] 德琳的《清宫二年》(*Two years in the forbidden City*)在1915年也被译成了德文。[3] 1919年，美国人安妮·布里奇（Ann Bridge, 1889—1974）的小说《北京野餐》(*Peking Picknick*)的德译本在汉堡出版，后来分别于1934年在慕尼黑、1950年在汉堡再版。[4] 她的另一部北京小说《北京的歌唱》(*Four-Part Setting*)也于1942年被译成德语。[5] 曾参加斯文·赫定（Sven Hedin, 1865—1952）在中国探险的瑞典人格斯塔·蒙特尔（Gösta Montell, 1899—1975）的《在诸神和众人之间——回忆在北京的美好岁月》(*Unter Göttern und Menschen: Erinnerungen an glückliche Jahre in Peking*)

---

[1] Zhang Xinxin; Sang Ye: *Pekingmenschen*. Hrsg. von Helmut Martin. Düsseldorf: Diederichs 1986; Zhang Xinxin; Sang Ye: *Pekingmenschen*. Hrsg. von Helmut Martin. München: Deutscher Taschenbuch-Verlag 1989; Hei Ma: *Verloren in Peking*. Hrsg. und aus dem Chinesischen von Gerlinde Gild unter Mitarbeit von Karin Vähning. Frankfurt am Main: Eichborn 1996.

[2] J[ohn] O. P. Bland und E[dmund] Backhouse: *China unter der Kaiserin-Witwe: die Lebens- und Zeitgeschichte der Kaiserin Tzu Hsi; zusammengestellt aus Staats-Dokumenten und dem persönlichen Tagebuch ihres Oberhofmarschalls; mit einem Plan von Peking*. Ins Deutsche übertragen von F[oder]. v[on]. Rauch. Berlin: Siegismund 1912.

[3] Prinzessin Der Ling: *Zwei Jahre am Hofe von Peking*. Deutsch von Elisabeth Heyne. Dresden; Leipzig: Minden [1915]. 英文原名 *Two years in the forbidden city*。

[4] Ann Bridge [d.i. Mary Dolling O'Malley]: *Peking Picknick*: Roman. [Übertragen von Herbert E. Herlitschka]. Hamburg: von Schröder [1919]. Ann Bridge: *Picknick in Peking: Roman*. Herberth E. Herlitschka [Übers.]. München [1934]. Ann Bridge: *Peking Picknick: Roman*. Berechtigte Übertragung aus dem Englischen von Herberth E. Herlitschka. Hamburg: Marion von Schröder Verlag 1950.

[5] Ann Bridge: *Gesang in Peking: Roman*. Deutsche Übertragung von Herberth E. Herlitschka. Zürich: Humanitas Verlag [1942]. 该书英文原名 *Four-Part Setting*。

1948年被译成德文。① 1912年,法国作家维克多·谢阁兰(Victor Segalen,1878—1919)在北京出版了第一部诗集,他的中国文本《天子》(Le fils du ciel)也在德语学界流传。② 法国作家鲍里斯·维昂(Boris Vian,1920—1959)的《在北京的秋天》(L'automne à Pékin)③、美国作家赛珍珠(Pearl S. Buck,1892—1973)的《北京来信》(Letter from Peking)④、英国作家彼得·弗莱明(Peter Fleming,1907—1971)的反映义和团围困北京外国使馆区的《北京的围困》(The siege at Peking)等都被译成德文在德国出版。⑤

[北京市社科基金项目"德语文学中的北京形象研究"
(15WYB021)成果]

---

① Gösta Montell: Unter Göttern und Menschen: Erinnerungen an glückliche Jahre in Peking. [Aus dem Schwedischen übertragen von Dietrich Lutze]. Leipzig: Brockhaus [1948].
② 《天子》是谢阁兰在中国期间写的一部重要作品,1955年以《帝王日志》为题附在《古今碑录、历代图画、出征》之后。参见[法]维克多·谢阁兰:《谢阁兰中国书简》,邹琰译,上海书店出版社2010年版,第4页。谢阁兰作品德译本参见 Victor Segalen: Der Sohn des Himmels: Chronik der Tage des Herrschers; Roman. Frankfurt am Main; Paris: Qumran 1983. Victor Segalen: Der chinesische Kaiser oder Sohn des Himmels. Chronik der Tage des Herrschers. Mit einem Vorwort versehen und hrsg. von Hans-Jürgen Heinrichs. Aus dem Französischen von Simon Werle. Frankfurt am Main: Fischer Taschenbuch Verlag 1989。
③ Boris Vian: Herbst in Peking. Deutsch von Eugen Helmlé. Werke in Einzelausgaben. Hrsg. von Klaus Völker. Herbst in Peking. Deutsch von Eugen Helmlé. Frankfurt am Main: Zweitausendeins 1980. Boris Vian: Herbst in Peking: Roman. Ins Deutsche übertragen von Antje Pehnt. Düsseldorf: Rauch 1965.
④ Pearl S. Buck: Über allem die Liebe: Roman. Ins Deutsche übertragen von Hilde Maria Kraus. Wien u. a.: Desch 1957. Pearl S. Buck: Über allem die Liebe: Roman. Ins Deutsche übertragen von Hilde Maria Kraus. München: Goldmann [1975]. Genehmigte Taschenbuchausgabe [5. Auflage].
⑤ Peter Fleming: Die Belagerung zu Peking: zur Geschichte des Boxeraufstandes. Stuttgart: Koehler 1961.

学术北京
——从莱布尼茨对北京的想象谈起

谈到早期德语文献中的北京,有几个人物是绕不开的。除了大家熟知的意大利人马可·波罗(Marco Polo,1254—1324)和德国传教士汤若望(Johann Adam Schall von Bell,1592—1666)之外,还有一个影响深远的人物:德国哲学家莱布尼茨(Gottfried Wilhelm Leibniz,1646—1716)。此外,18世纪德文出版物中的北京地图、19世纪至20世纪初德文游记等出版物也推动了北京知识在德语世界的传播。

一、德国人早期获取北京知识的途径

北京在《马可·波罗游记》里被称作"汗八里"都城。马可·波罗说北京有12座城门和12个人口稠密的郊区。1270年,北京人口已达120万。《马可·波罗游记》卷二第22章记载了北京城的繁华情形,第25章记载了北京中央政府中书省的组织,第33章记载了北京的天文家和堪舆家。[1]

1459年,卡马勒多利修会布鲁德·毛鲁斯修士(Bruder

---

[1] 参见张星烺:《欧化东渐史》,商务印书馆2000年版,第175页。

Maurus)所绘的一幅世界地图上绘有马可·波罗提到的 Khanbalik("汗八里"),亦写作 Canbalic,意为"可汗之城",亦即今天的北京。图中有哥特式尖塔和壮丽的帐篷。①

但除此之外,我们目前还很难找到 1600 年前德文文献中关于北京的记载。

1654 年,意大利耶稣会士卫匡国(Martino Martini,1614—1661)用拉丁文撰写的鞑靼人在中国的战争的历史《鞑靼战纪》(*De Bello Tartarico historica*)在安特卫普出版,该书记述了 1644 年清军入关和南明战争。同年,该书的德文译本在阿姆斯特丹出版。② 在 17 世纪,这本书对几部以中国为背景的巴洛克小说产生了影响。

1667 年出版的德国耶稣会士阿塔纳修斯·基歇尔(Athanasius Kircher,1602—1680)著《中国图说》(*China Illustrata*)里,扉页插图上两位耶稣会士手拿一幅中国地图,图中 Peking 的字样十分显眼。基歇尔在书中引用了《马可·波罗游记》和传教士关于汗八里城的记述:

> 我们的传教士说,这座巨大的城市叫汗八里(Cambalu),

---

① Gianni Guadalupi: *China. Eine Entdeckungsreise vom Altertum bis ins 20. Jahrhundert.* Aus dem Italienischen übersetzt von Marion Pausch und Cornelia Panzacchi. München: Geo, Frederking & Thaler 2003, S. 51.
② *Histori von dem Tartarischen Kriege: in welcher erzehlt wird/Wie die Tartaren zu Unserer zeit in das grosse Reich Sina eingefallen sind/und dasselbe fast gantz unter sich gebracht haben: samt deroselben Sitten und weise kürtzlich beschriben/Durch den Ehrw. P. Martinum Martinium, auß Trient/der Societät Jesu auß Sina nacher Rom geschickten Procuratorem.* Amsterdam: Blaeu 1654.

而在纯粹的鞑靼语言中，这个字的读音是汗八里克(Cambalek)，意思是大汗的王国，它是近代中国的首都，他们称它为北京。他们说，这个巨大城市的城墙呈方形，并且令人难以置信的大。马可·波罗说："汗八里在契丹省，邻近一条大河，自古以来，它就是著名的皇城。汉八里的意思是'贵族的城市'。大汗皇帝把国都迁移到河的另一岸去，因为占星家告诉他以前的方位有可能使帝国发生内乱。这个城市为正方形，周围有二十四英里，每边有六英里长。城墙是石灰白色，有十二英尺高十英尺厚，下宽至顶端变窄。正方形的每一边有三个主要的城门，在距十二个城门等距的地方有一个富丽堂皇的宫殿。在城墙的四角，也有巨大的城楼，那里由国家的军队守卫着。穿过城市的大街小巷都是笔直的，人们可以从一个城门，笔直地穿越城市，望见对面的城门，路边整齐的房屋都像宫殿一样。"随后他又讲到："在汗八里城外，有十二个大的郊区，其中的每一个都邻近十二个城门中的一个，在那里可以看见商人和外国人。"这样描绘的皇城北京，就像卫匡国神父在他的《地图》一书第29页上所写的那样。[①]

卫匡国神父的《地图》，即《中国新地图志》(*Novus altas sinensis*)，1655年拉丁文本首版于阿姆斯特丹，荷兰文译本和西班牙文译本分别于1656年、1659年问世，成为西方最有影响的关于中国的地图集之一。基歇尔在另一处还说："中国闻名于世的大城

[①] ［德］阿塔纳修斯·基歇尔:《中国图说》，张西平、杨慧玲、孟宪谟译，大象出版社2010年版，第127—128页。

市有南京、北京和杭州。"①基歇尔引用了1664年5月10日白乃心(John Grueber, 1623—1680)神父写给他的书信,里面提到南怀仁(Ferdinand Verbiest, 1623—1688)神父写给白乃心的书信里"描绘了北京的大钟",②即今存北京大钟寺的永乐大钟。

图6　埃尔富德钟与北京钟③

---

① ［德］阿塔纳修斯·基歇尔:《中国图说》,张西平、杨慧玲、孟宪谟译,大象出版社2010年版,第312页。
② 同上书,第383—385页。
③ 参见基歇尔《中国图说》1667年版拉丁文本第224页, vgl. Athanasii Kircheri E Soc. Jesu China Monumentis: *Qua Sacris quà Profanis, Nec non variis Naturae &Artis Spectaculis, Aliarumque rerum memorabilium Argumentis Illustrata.* Amstelodami: Meurs 1667。

1688年，葡萄牙人安文思（Gabriel de Magalhães，1609—1677）的《中国新史》法文译本 Nouvelle relation de la Chine 在巴黎问世，同年出版了英文译本，今有郑州大象出版社译本[①]。《中国新史》中有大量关于北京城的介绍，书中尤其强调了北京的宏伟壮观。安文思1648年作为清军俘虏被押解到北京，1651年获释，他在北京生活了29年。他曾在司天监任职，有权出入皇城。作为当时介绍北京最详细的一部著作，《中国新史》第17—21章集中介绍了北京，分别为："北京的其他几个部""记北京城：皇宫四周的墙及中国主要房屋的形状""皇城的二十座宫殿""皇城内的二十座特殊的宫殿""同一范围内另外几座宫殿和庙宇""北京的皇家庙宇及皇帝外出进行公祭的方式"等。安文思还列举了王府井、白塔寺、铁狮子胡同、鲜鱼口等地名，详细介绍了皇城及其宫阙庙宇。安文思纠正了以往耶稣会士的一些对北京城的错误记载：

> 北京城，即京城，位于一片平原上，它是大四方形（……）。它有九门，三门在南，其他每边各二门。并非如卫匡国神父在他的地图集第二十九页所说有十二门，看来他是依据马可·波罗的书（卷二第七章）来描述的。[②]

安文思还指出马可·波罗第2卷第37章所记卢沟桥有24拱，认为马可·波罗将位于浑河上的只有13拱的卢沟桥与另一座

[①] ［葡］安文思：《中国新史》，何高济、李申译，大象出版社2004年版。另有2016年版。
[②] ［葡］安文思：《中国新史》，何高济、李申译，大象出版社2016年版，第132页。

位于琉璃河上的24拱的桥相混淆了。①

来华传教的德籍耶稣会士也为德国了解有关中国和北京的知识提供了便利。汤若望,1622年来华,1630年应召入京修历,1636年帮助明朝铸造大炮。1645年顺治帝任其为钦天监监正。1665年因教案被拘,第二年逝世于北京。②

有清一代在北京居住的德语国家耶稣会教士除了汤若望外,还有邓玉函(P. Johannes Terentius,1576—1630)③、庞嘉宾[P. K(Gaspard). C(K)astner,1665—1709]、纪理安(P. Bernard-Kilian

---

① 参见[葡]安文思:《中国新史》,何高济、李申译,大象出版社2016年版,第7—8页。
② 关于汤若望,参见 Martin Gimm: *Der Fall Prinz Rong: im Prozeß gegen den Jesuitenpater Adam Schall in den Jahren 1664/65 in China.* Wiesbaden: Harrassowitz Verlag 2018. Ernst Stürmer: *Mit Fernrohr und Bibel zum Drachenthron: „Meister himmlischer Geheimnisse" Adam Schall S. J. (1592 - 1666). Astronom, Freund und Ratgeber des Kaisers von China; Biografie und Dokumentation.* Hamburg: tredition 2013. Yan Wang: *Jincheng shu xiang (1640): ein Leben Jesu mit Bildern für den chinesischen Kaiser, verfasst von Johann Adam Schall von Bell S. J. (1592-1666).* Frankfurt am Main: Peter Lang [2014]. *Johann Adam Schall von Bell S. J., 1592-1666: ein Kölner Astronom am chinesischen Hof; Clemens-Sels-Museum, Neuss, Ausstellung 5. Juli-6. September 1992.* [Katalogred.: Werner Neite …]. Neuss: Clemens-Sels-Museum 1992. Alfons Väth: *Johann Adam Schall von Bell S. J.: Missionar in China, kaiserlicher Astronom und Ratgeber am Hofe von Peking, 1592-1666: ein Lebens- und Zeitbild.* Unter Mitwirkung von Louis van Hee. Neue Auflage mit einem Nachtrag und Index. Nettetal: Steyler Verlag 1991. Ernst Stürmer: *Meister himmlischer Geheimnisse: Adam Schall, Ratgeber u. Freund d. Kaisers von China.* S[ank]t Augustin: Steyler Verlag; Mödling [u.a.]: Verlag S[ank]t Gabriel [u.a.] 1980. Wilhelm Hünermann: *Der Mandarin des Himmels: das Leben des Kölner Astronomen P. Johann Adam Schall am Kaiserhof in Peking.* Hannover-Kirchrode: Oppermann 1954. Alfons Vaeth S. J.: *Johann Adam Schall von Bell S.J., Missionar in China, Kaiserlicher Astronom und Ratgeber am Hofe von Peking 1592-1666: ein Lebens- und Zeitbild.* Unter Mitwirkung von Louis Van Hee. Köln: Bachem 1933.
③ *Johannes Schreck-Terrentius SJ: Wissenschaftler und China-Missionar (1576-1630).* Hrsg. von Claudia von Collani und Erich Zettl. Stuttgart: Franz Steiner Verlag [2016]. Erich Zettl: *Johannes Schreck-Terrentius: Wissenschaftler und China-Missionar (1576-1630).* Konstanz: Hochschule für Technik, Wirtschaft und Gestaltung 2008.

图 7 汤若望画像①

---

① 参见 Sheng-Ching Chang：*Das Porträt von Johann Adam Schall von Bell in Athanasius Kirchers „China illustrata"*. Hamburg, Univ., FB Kulturgeschichte, Mag.-Schr. 1994。参见基歇尔《中国图说》1667 年版拉丁文本第 112—113 页, vgl. Athanasii Kircheri E Soc. Jesu China Monumentis：*Qua Sacris quà Profanis*, *Nec non variis Naturae & Artis Spectaculis*, *Aliarumque rerum memorabilium Argumentis Illustrata*. Amstelodami：Meurs 1667。

Stumpf，1655—1720）①、戴进贤（P. Ignaz Kögler，1680—1746）、魏继晋（P. Florian Bahr，1706—1771）②，以及奥地利人费隐（P. Xaver-Erenbert Fridelli，1673—1743）、刘松龄（P. Augustin de Hallerstein，1703—1774）等。

庞嘉宾1707—1709年在北京,任钦天监监正。纪理安1707—1720年在北京,颇受康熙青睐,多次随驾出巡,任钦天监监正。戴进贤在京时间为1717—1746年,任钦天监监正达29年之久,1731年乾隆授予其礼部侍郎,赏二品顶戴。魏继晋1739—1771年在北京,最初在宫中教授音乐,后在北京周边传教。费隐1710—1743年在北京生活,参加了《皇舆全览图》的测绘工作,任北京葡籍神父住院院长达6年之久。刘松龄1739—1774年在北京生活,擅长

---

① 参见[Kilian Stumpf；Xaver Ernbert Fridelli]：*Informatio Pro Veritate Contra iniquiorem famam sparsam per Sinas: Cum Calumnia in PP. Soc. Jesu, & Detrimento Missionis. Coṁunicata Missionariis In Imperio Sinensi.* [Peking] 1717. Sebald Reil：*Kilian Stumpf: 1655 – 1720; ein Würzburger Jesuit am Kaiserhof zu Peking.* Münster：Aschendorff 1978。
② 参见 Xi Sun：*Bedeutung und Rolle des Jesuitenmissionars Ignaz Kögler (1680 – 1746) in China: aus chinesischer Sicht.* Frankfurt am Main u. a.：Peter Lang 2007（Zugl.：Mainz, Univ., Diss., 2005）. Christian Stücken：*Der Mandarin des Himmels: Zeit und Leben des Chinamissionars Ignaz Kögler SJ (1680 – 1746).* Nettetal：Steyler Verlag [2003]（Zugl.：Bamberg, Univ., Diss.）. Xi Sun：„Der bayerische Jesuitenmissionar Ignaz Kögler als kaiserlicher Astronom und Mandarin in Peking aus chinesischer Sicht". In：*Bayerisch-chinesische Beziehungen in der Frühen Neuzeit.* München：Beck 2008, S. 11 – 21；Christian Stücken：„Der Astronom des Kaisers: vom Leben des Chinamissionars Ignaz Kögler SJ (1680 – 1746)". In：*Sammelblatt des Historischen Vereins Ingolstadt* 102（1993）u. 103（1994）, S. 439 – 469。另参见[Florian Bahr]：*Schreiben eines gebohrnen Schlesiers an einen seiner Freunde in Deutschlande: gegeben aus dem großen Kaiserthume China, und desselben kaiserlicher Residenzstadt Peckin im Jahre 1768, den 25. October.* Augsburg：Mauracher 1771. Willi Henkel：„Florian Bahr (1706 – 1771), ein schlesischer Jesuitenmissionar in China und Musiker am Hof in Peking". In：*Archiv für schlesische Kirchengeschichte* 34（1976）, S. 59 – 91。

历算,先后任钦天监监副、监正等职。①

二、莱布尼茨对北京的关注

正是在这样东西方文化交汇的历史大背景下,莱布尼茨成为那个时代最关注中国的历史巨人,也就不足为奇了。同时,莱布尼茨也十分关注有关中华帝国首都北京的消息。

法国传教士李明(Louis Le Comte,1655—1728)1688 年 2 月到达北京。1696 年他在巴黎用法文出版《中国近事报道(1687—1692)》(*Nouveaux mémoires sur l'état présent de la Chine*)。1699—1700 年,该书的德译本《今日中国》(*Das heutige Sina*)三卷本在德国法兰克福等地出版。② 李明受到康熙皇帝的接见,得以进入紫禁城。他在书中还插入了一幅康熙的肖像画,这幅肖像画也出现在莱布尼茨编的《中国近事》(*Novissima Sinica*)里。李明在书中详细介绍了北京的城市面貌、人口、街区和皇宫,还将北京与巴黎进行比较。③

---

① 参见欧阳哲生:《古代北京与西方文明》,北京大学出版社 2018 年版,第 563—593 页。
② *Das heutige Sina: Von dem berühmten Königl. Frantzösischen Mathematico, R. P. Louis le Comte, der Societät Jesu/Durch Curieuse An verschiedene/hohe Geist- und weltliche Standes-Personen/Staats-Ministren/und andere vornehme gelährte Leute gefertigte Send-Schreiben/Den Liebhabern seltener Sachen zu sonderbarer Vergnügung vorgestellet…* Franckfurt; Leipzig; Nürnberg: Riegel; [Leipzig]: Fleischer 1699. *Das heutige Sina: Von dem berühmten Königl. Frantzösischen Mathematico, R. P. Louis le Comte, der Societät Jesu/Durch Curieuse An verschiedene/hohe Geist- und weltliche Standes-Personen/Staats-Ministren/und andere vornehme gelährte Leute gefertigte Send-Schreiben/Den Liebhabern seltener Sachen zu sonderbarer Vergnügung vorgestellet; Aus dem Frantzöischen übersetzet…* Franckfurt; Leipzig; Nürnberg: Riegel; [Leipzig]: Fleischer 1699 - 1700.
③ 参见欧阳哲生:《古代北京与西方文明》,北京大学出版社 2018 年版,第 151—153 页。

图 8　李明《今日中国》1699—1700 年德译本扉页

图 9　李明《今日中国》1699—1700 年德译本《北京中国皇宫画图》，第 357—358 页

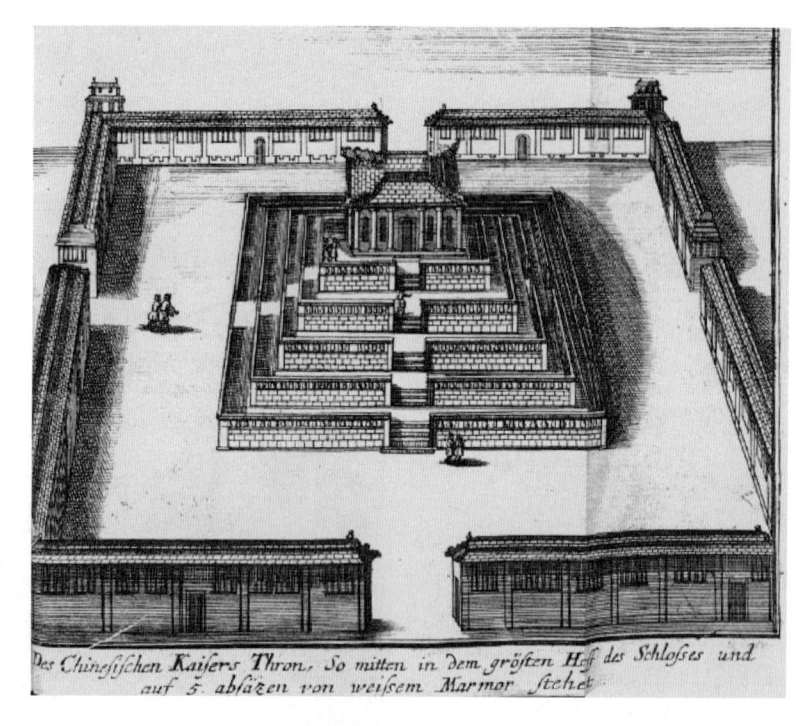

图10　李明《今日中国》1699—1700年德译本的
《北京中国皇宫画图》，第357—358页

在1697年用拉丁文编撰的《中国近事》的序言里，莱布尼茨用以下激情洋溢的词句来描绘东西两大文明联手合作的美好图景：

> 全人类最伟大的文化和最发达的文明彷(仿)佛今天汇集在我们大陆的两端，即汇集在欧洲和位于地球另一端的东方的欧洲——中国(人们这样称呼它)。我相信，这是命运的特殊安排。大概是天意要使得这两个文明程度最高的(同时又是地域相隔最为遥远的)民族携起手来，逐渐地使位于它们

两者之间的各个民族都过上一种更为合乎理性的生活。①

在这部"尤其是关于中国皇帝本人的道德观念"②的著作中,莱布尼茨称赞"现世皇帝康熙"是"一位空前伟大的君主"。③

莱布尼茨向耶稣会士白晋(Jochaim Bouvet,1656—1730)和洪若翰(Jean de Fontaney,1643—1710)提议,希望能在北京建立一个欧洲风格的科学院,里面包括满人、汉人和欧洲人。④ 他倡导在欧洲和北京开展合作研究。在2006年德国出版的莱布尼茨《与中国耶稣会士的通讯(1689—1714)》[*Der Briefwechsel mit den Jesuiten in China*(1689—1714)]这本书里,我们可以看到这种比较研究的端倪。⑤

莱布尼茨对北京的印象是:"中华帝国的都城北京的城墙高约100英尺,由大块灰砖砌成。城市里的建筑,特别是皇帝的宫殿、官吏们办公的衙门和住宅都很美,宫殿与宝塔是中国最美的

---

① [德]莱布尼茨:《〈中国近事〉序言:以中国最近情况阐释我们时代的历史》,载[加]夏瑞春编:《德国思想家论中国》,陈爱政等译,江苏人民出版社1997年版,第3页。
② 同上。
③ 同上书,第6页。
④ 参见 Gottfried Wilhelm Leibniz:*Leibniz korrespondiert mit China. Der Briefwechsel mit den Jesuitenmissionaren*(1689-1714). Hrsg. von Rita Widmaier. Frankfurt am Main:Klostermann 1990, S. 204, 206。参见[美]方岚生:《互照:莱布尼茨与中国》,曾小五译,王蓉蓉校,北京大学出版社2013年版,第136页。参见 Georg Runze:„Leibniz' Gedanke einer natürlichen Interessengemeinschaft zwischen China und Deutschland". In:*Deutsche Rundschau* 201(1924), S. 33-38。
⑤ 参见 Gottfried Wilhelm Leibniz:*Der Briefwechsel mit den Jesuiten in China*(1689-1714). *Französisch/Lateinisch-Deutsch*. Hrsg. und mit einer Einleitung versehen von Rita Widmaier. Textherstellung und Übersetzung von Malte-Ludolf Babin. Hamburg:Felix Meiner Verlag 2006。

建筑物。"①他特别注意到中国的天文学成就，提到北京的观象台："欧洲传教士进入中国之前几个世纪，北京已建造了一座天文台，安放着由中国天文学家设计和建造的天文仪器。这些仪器较欧洲国家领先300多年。"②莱布尼茨将耶稣会士白晋寄给他的《康熙皇帝传》收录于1699年再版的《中国近事》。该书还配有一幀康熙皇帝时年32岁的画像。③ 莱布尼茨赞赏康熙放宽中国对天主教的限制，称这与法国的路易十四于1685年撤销保护胡格诺教徒一个世纪之久的"南特敕令"的做法大相径庭。

在与旅华耶稣会士的通信里，莱布尼茨多次表达了与北京建立科学合作关系的想法，提出从事科学的比较研究的设想。这些书信中多次提到北京的天文台。

八、子午线的磁偏现象不仅因地点的不同而变化，而且在一个确定的时段在同一个地点也不一样，这些磁偏离一会儿指向东，一会儿指向西。研究者已经观测到了这些。对这一现象在远东，尤其是在北京的天文台进行特别细致的观察，这将很有用，因为这样可以把那儿的结果同欧洲的结果进行比较，以便确认这些磁偏的时间段在中国和在欧洲是否一致。④

---

① 安文铸、关珠、张文珍编译：《莱布尼茨和中国》，福建人民出版社1993年版，第165页。
② 同上书，第168页。
③ 参见谭渊：《德国文学中的中国女性形象》，武汉大学出版社2017年版，第54页。
④ A. A. Kochański S. J. an Leibniz für Joachim Bouvet S. J. In: Gottfried Wilhelm Leibniz: *Der Briefwechsel mit den Jesuiten in China（1689－1714）. Französisch/Lateinisch-Deutsch.* Hrsg. und mit einer Einleitung versehen von Rita Widmaier. Textherstellung und Übersetzung von Malte-Ludolf Babin. Hamburg: Felix Meiner Verlag 2006, S. 115：„8. Die magnetischen Abweichungen vom Meridian variieren（转下页）

莱布尼茨想借助北京观象台的观测结果来验证科学实验的结论。

1707年3月6日,路易斯·布尔歇(Louis Bourguet,1678—1742)致丹尼尔·恩斯特·雅布隆斯基(Daniel Ernst Jablonski,1660—1741)和莱布尼茨的信里关注到耶稣会士在北京的丰富藏书:"我不怀疑,您的元老们在北京拥有一座藏书丰富的图书馆,里面也许藏有一部用不丹的鞑靼人的符号和西藏王国的符号所写的书。勤奋的传教士们将去那里,宣布福音。"①

1701年11月4日,白晋致莱布尼茨的书信提到了皇家猎苑南海子里独特的野生动物种类:

> 海子是一座宫苑,每年皇帝来到那里狩猎几天。在绘制海子的地图时,我们在那些野生的动物中,这些野生动物在那里有好几种种类,而且数量极其庞大,我们在那里看到了一种野生马骡和驴骡,它们与驯服的动物之间的区别在于,这一种类在鞑靼人那里繁殖,在那里人们捕捉它们像捕捉其他的动物一样。②

(接上页) nicht nur an verschiedenen Orten, sondern auch an ein und demselben Ort innerhalb einer bestimmten Zeitspanne, wobei sie bald nach Osten, bald nach Westen gerichtet sind. Das haben Forscher beobachtet. Es wäre von Nutzen, dieses Phänomen mit besonderer Sorgfalt im Fernen Orient zu beobachten, insbesondere im Pekinger Observatorium, um die dortigen Ergebnisse mit den europäischen vergleichen zu können und zu sehen, ob die Zeitspanne dieser Abweichungen in China und Europa identisch ist."

① L. Bourguet an D. E. Jablonski und Leibniz, 6. März 1707. In: Gottfried Wilhelm Leibniz: *Der Briefwechsel mit den Jesuiten in China (1689 - 1714). Französisch/Lateinisch-Deutsch.* Hrsg. und mit einer Einleitung versehen von Rita Widmaier. Textherstellung und Übersetzung von Malte-Ludolf Babin. Hamburg: Felix Meiner Verlag 2006, S. 575: „Ich zweifle nicht, daß Ihre Patres über eine reichhaltige Bibliothek in Peking verfügen, wo es vielleicht ein Buch geben wird, das in den Zeichen der Tartaren von Butan und des Königreichs Tibet geschrieben ist, wohin die eifrigen Missionare gehen, um das Evangelium zu verkünden."

② 1701年11月4日白晋致莱布尼茨(Jochaim Bouvet S. J. an Leibniz)的书 (转下页)

莱布尼茨在晚年甚至还提议,应该邀请中国学者远赴欧洲向西方人诠释西方的经典。① 他认为:"事实证明,较之本国国民,外国人对这个国家的历史和典故,经常都有较深的洞悉力!"②

三、18世纪德文出版物中的北京地图

1721年,约翰·伯恩哈德·费舍尔·冯·埃尔拉赫(Johann Bernhard Fischer von Erlach,1656—1723)的《历史建筑草图》(*Entwurf/Einer historischen Architektur*)在维也纳出版,书中转载了一幅约翰·纽荷夫(Johann Nieuhof,荷兰文名为 Johan Nieuhof,1618—1672)书中的北京皇宫建筑图。③

1765年,与在华耶稣会士有30年书信往来的法国科学院院

(接上页)信。In: Gottfried Wilhelm Leibniz: *Der Briefwechsel mit den Jesuiten in China (1689 - 1714)*. Französisch/Lateinisch-Deutsch. Hrsg. und mit einer Einleitung versehen von Rita Widmaier. Textherstellung und Übersetzung von Malte-Ludolf Babin. Hamburg: Felix Meiner Verlag 2006, S. 365: „Bei der Anfertigung der Karte des Haizi, eines Palast [garten]s, wo der Kaiser jedes Jahr sich für ein paar Tage auf der Jagd vergnügt, haben wir unter den wilden Tieren, von denen es dort mehrere Arten und zwar in sehr großer Zahl gibt, eine Art wild Maultiere und Maulesel gesehen, die sich nur insofern von den zahmen Tieren unterscheiden, als diese Art sich in den Tartaren, wo man sie wie die anderen Tiere einfängt, fortpflanzt."
① 参见[美]史景迁:《大汗之国——西方眼中的中国》,阮叔梅译,广西师范大学出版社2013年版,第114页。
② Gottfried Wilhelm Leibniz: *Writing on China*. Translated by Daniel J. Cook and Henry Rosemont, Chicago and La Salle 1994, p.64. 转引自[美]史景迁:《大汗之国——西方眼中的中国》,阮叔梅译,广西师范大学出版社2013年版,第114页。
③ 参见 *Entwurff, Einer Historischen Architectur, In Abbildung unterschiedener berühmten Gebäude, des Alterthums, und fremder Völcker, Umb aus den Geschichtbüchern, Gedächtnüß-müntzen, Ruinen, und eingeholten wahrhafften Abrißen, vor Augen Zu stellen: In dem Ersten Buche. Die von der Zeit vergrabene Bau-arten der Alten Jüden, Egyptier, Syrer, Perser und Griechen. In dem Andren. Alte unbekante Römische. In dem Dritten. Einige fremde, in- und außer-Europäische, als der Araber, und Türcken, etc. auch neue Persianische, Siamitische, Sinesische, und Japonesische Gebäude. In dem* (转下页)

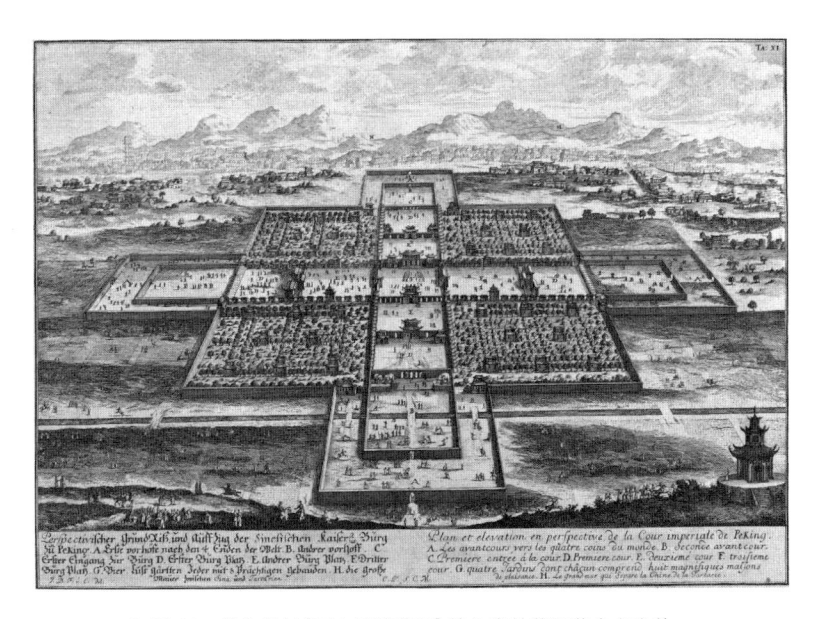

学术北京——从莱布尼茨对北京的想象谈起

图 11　埃尔拉赫《历史建筑草图》第 3 卷转载纽荷夫书中的
《北京皇宫建筑图》，第 88 页

士、地理学家约瑟夫-尼古拉斯·德利勒（Joseph-Nicolas de L'Ilse，1688—1768）根据耶稣会士的回忆录绘制了北京城图。为理解这幅北京地图，他与亚历山大·盖伊·潘格雷（Alexandre Guy Pingré，1711—1796）撰写了《北京城的描述》（*Description de la ville de Peking*）一书。该书引用了宋君荣神父（Antoine Gaubil，1689—1759）1752 年写给德利勒的书信。信中关于北京城的详细资料被用作该书的第三部分。

（接上页）*Vierten. Einige Gebäude von des Autoris Erfindung und Zeichnung*/Alles ... gezeichnet, und auf eigene Unkosten herausgegeben, von S[ein]er Kaiserl. Maj：Ober-BauInspectorn, Johann Bernhard Fischers, von Erlachen. Auch kurtzen Teutschen und Frantzösischen Beschreibungen. Wien：Fischer von Erlach 1721, S. 88。另有 1725 年、1742 年本。

189

《北京城的描述》共7个部分，分别为：北京城建立的历史；北京城概况，包括内外城、城门、人口、八旗、粮食供应等；北京内城介绍，包括紫禁城、皇城、京城；关于外城和城门外的市镇等；番经厂、帝王庙、国子监、文庙、天坛、地坛介绍；中国里程单位"里"；北京的经纬度。书中附了6幅地图：《北京内城详图》《内外城城图》《帝王庙图》《国子监文庙图》《天坛图》和《地坛图》。①

在18世纪，德国哲学家康德对与北京相关的知识也产生兴趣。他在一份口授记录里提到大运河、长城、北京的城墙和京报。康德谈及：

> 中国的长城，包括所有弯弯曲曲部分在内，总长为300德里，宽为4寻，高为5寻，或者如其他的报道所说，宽为5尺骨，高为10尺骨。她翻过座座崇山峻岭，跨过条条河流，至今已经耸立了1 800年。②

他同时提及："北京的城墙高约100英尺"③"北京发行一张报纸，每天都登载官员的功绩或劣迹以及他们所受到的奖赏与惩罚。"④

康德还说："大运河由广州通向北京，就其长度而论，它是世界

---

① 北京大学图书馆组织编写，张红扬主编：《北京大学图书馆藏西文汉学珍本提要》，广西师范大学出版社2009年版，第119—220页。
② 何兆武、柳卸林主编：《中国印象：外国名人论中国文化》，中国人民出版社2011年版，第132页。
③ 同上。
④ 同上书，第134页。

上独一无二的。"①不过与约翰·戈特弗里德·赫尔德(Johann Gottfried Herder,1744—1803)一样,康德也错误地认为大运河始于广州。赫尔德曾在《关于人类历史哲学的思想》(*Ideen zur Philosophie der Geschichte der Menschheit*)中写道:"人们乘船可以由广州抵达北京附近。"②

1793—1794年,英国马嘎尔尼使团访华。使团的中国游记也在德国引起很大反响。1798年,荷兰使节的游记被译成德语。同年,两卷本《马嘎尔尼访华记》从英文被译成德文。1804—1805年,随同马嘎尔尼访华的巴罗的《中国游记》(*Johann Barrow's Reise durch China von Peking nach Canton im Gefolge der Großbrittannischen Gesandtschaft in den Jahren 1793 und 1794*)被译成德文,两卷本,在魏玛出版。③ 第二年在汉堡再版。④ 1805年,维也纳也出版了一个新的德文译本。⑤

---

① 何兆武、柳卸林主编:《中国印象:外国名人论中国文化》,中国人民出版社2011年版,第131—132页。
② [加] 夏瑞春编:《德国思想家论中国》,陈爱政等译,江苏人民出版社1997年版,第83页。
③ *Johann Barrow's Reise durch China von Peking nach Canton im Gefolge der Großbrittannischen Gesandtschaft in den Jahren 1793 und 1794*. Aus dem Englischen übersetzt und mit einigen Anmerkungen begleitet von Johann Christian Hüttner. Weimar: Verlag des Landes-Industrie-Comptoirs 1804.
④ [*Reise durch China von Peking nach Canton im Gefolge der Großbrittannischen Gesandtschaft in den Jahren 1793 und 1794*] *Johann Barrow's Reise durch China von Peking nach Canton im Gefolge der Großbrittannischen Gesandtschaft in den Jahren 1793 und 1794*. Aus dem Englischen übersetzt und mit einigen Anmerkungen begleitet von Johann Christian Hüttner. Weimar: Verlag des Landes-Industrie-Comptoirs 1804 - 1805. *Barrow's Reisen in China*. Aus dem Englischen übersetzt. Hamburg: Hoffmann 1805.
⑤ *John Barrow's Reise durch China von Peking nach Canton ... 1793 und 1794. Aus dem Englischen übersetzt und mit einigen Anmerkungen begleitet von Johann Christian Hüttner; Theil 2: Reise durch China von Peking nach Canton ... Nebst Beyträgen zur Länder- und Staatenkunde der Tartarey aus russischen Berichten*. Wien: Doll 1805.

四、19—20世纪初德文出版物中的北京

在1900年之前,已有不少德国游记涉及中国的旅行。[①] 鸦片战争前后,德国新教传教士郭士立*[②]在中国生活近20年,著有大量关于中国的著作。1852年,他的《已故中国皇帝道光传,附北京宫廷回忆录》的德译本在莱比锡初版。[③]

1858年,柏林出版了卡尔·阿贝尔(Carl Abel,1837—1906)翻译的两卷本《沙俄皇家北京使团论文集》(*Arbeiten der Kaiserlich Russischen Gesandtschaft zu Peking über China, sein Volk, seine Religion, seine Institutionen, socialen Verhältnisse etc.*),介绍了中国的民众、宗教、机构和社会状况等,其中包括M.赫拉波维茨基

---

* 郭士立,即郭实腊。——编者注
[①] 关于19世纪德国的中国游记,参见 Hans C. Jacobs: *Reisen und Bürgertum: eine Analyse deutscher Reiseberichte aus China im 19. Jahrhundert*; *die Fremde als Spiegel der Heimat*. Berlin: Köster 1995 (Zugl.: Bamberg, Univ., Diss., 1994)。
[②] *Karl Gützlaff (1803 -1851) und das Christentum in Ostasien: ein Missionar zwischen den Kulturen*. Hrsg. von Thoralf Klein … . Sankt Augustin: Institut Monumenta Serica; Nettetal: Steyler Verlag [2005]. Hartmut Walravens: *Karl Friedrich Neumann (1793 - 1870) und Karl Friedrich August Gützlaff (1803 -1851): zwei deutsche Chinakundige im 19. Jahrhundert*. Wiesbaden: Harrassowitz 2001. Herman Schlyter: *Karl Gützlaff als Missionar in China*. Lund: C. W. K. Gleerup; Copenhagen: EinarMunksgaard 1946. *Karl Gützlaff's Leben und Heimgang*. Berlin: Haupt-Verein für christl. Erbauungs-Schriften in den preuß. Staaten 1851.
[③] Charles Gützlaff: *The life of Taou-Kwang, late emperor of China: with memoirs of the court of Peking; including a sketch of the principal events in the history of the Chinese empire during the last fifty years*. London: Hard Press 1852. Karl Gützlaff: *Leben des Kaisers Taokuang: Memoiren des Hofes zu Peking und Beiträge zu der Geschichte Chinas während der letzten funfzig Jahre*. Aus dem Englischen von Julius Seybt. Leipzig: Lorck 1852. Karl Gützlaff: *Das Leben des Tao-Kuang, verstorbenen Kaisers von China: nebst Denkwürdigkeiten des Hofes von Peking und einer Skizze der hauptsächlichen Ereignisse in der Geschichte des chinesischen Reiches während der letzten fünfzig Jahre*. Leipzig: Dyk 1852. 参见中译本:[德]郭士立:《帝国夕阳——道光时代的清帝国》,赵秀兰译,吉林出版公司2017年版。

（M. Chrapowitzski）撰写的《明朝末年北京纪事》(Ergebnisse in Pekin beim Falle der Min-Dynastie)。这套书对德国学界了解中华帝国的情况起了很大的作用。马克思（Karl Marx，1818—1883）、自然主义作家璧宝墨*①等都注意到这部著作。1888 年 12 月 29 日，璧宝墨参照有关材料写作的文章《一次中国革命》(,,Eine chinesische Revolution")发表于《莱比锡报学术附刊》(Wissenschaftliche Beilage der Leipziger Zeitung)第 137 期。该文介绍了李自成攻陷北京、崇祯在紫禁城后的煤山（即景山）自杀的历史事件。②

德国地质地理学家费迪南德·冯·李希霍芬（Ferdinand von Richthofen，1833—1905）在 1868—1872 年对中国进行了 7 次地质考察，回国后出版了 5 卷本《中国——亲身旅行和据此所作研究的成果》(China. Ergebnisse eigener Reisen und darauf gegründeter Studien)。李希霍芬去世后，有人还于 1907 年整理出版了《李希霍芬中国旅行日记》(Ferdinand von Richthofen. Tagebücher aus China)。这部旅行日记中同样有关于北京的记载：如《上海—天津—北京》《从满洲南部去往北京》《在北京周边的旅行》等。

在 1869 年 8 月 7—14 日的《在北京周边的旅行》里，李希霍芬记录了他在北京参观的行程：8 月 7 日出西直门参观大钟寺，8 月 8 日参观圆明园、万寿山和玉泉山，8 月 9 日到了大觉寺："这座寺

---

* 璧宝墨，即奥托·尤利乌斯·比尔鲍姆。——编者注
① 参见田思悦：《"茶与诗歌的国度"——德国作家璧宝墨作品中的中国》，北京大学博士学位论文，2021 年，第 18—20 页。
② 参见同上书，第 16、20 页。

庙很大，很长时间以来李福斯夏天就住在这里。"①这里提及的吉多·冯·李福斯（Guido von Rehfues, 1818—1894）为德国驻华外交官。8月11日，李希霍芬到了南口和居庸关。8月12日，参观了明十三陵。8月13日，回到玉泉山，参观了碧云寺，随后又到了八大处，他特地强调："这里是欧洲人相当喜欢的避暑胜地。"②

1871年10月25日—1872年5月21日的《在最后一次大旅行：直隶-山西（蒙古）-陕西-四川-沿长江而下》里有一封李希霍芬于1871年10月17日从北京写给父母的信。他住在好友卡尔·海因里希·俾斯麦（Carl Heinrich Bismarck, 1839—1879）家里。这时的李希霍芬对北京已十分熟悉："觉得像回到家里一样，熟悉得不得了，以至于根本没动过出去看稀奇的念头。"在他的笔下，北京的落后也同样留下了难堪的印记："街道上尘土遍布，脏得难以想象，到处都是陈旧颓败的景象，这里只会令一个受过教育的欧洲人的美感受到侮辱。"③在北京住了16天后，李希霍芬踏上了南下的旅途。这次他出昌义门，经卢沟桥，出北京，沿途还考察了北京郊区的煤矿："一路上，我遇到大队运煤的骆驼，都是往北京去的。"④

1868年6月18日，在德国奥格斯堡出版的《外国》（Das Ausland: Überschau der neuesten Forschungen auf dem Gebiete der Natur-, Erd- und Völkerkunde）第25期上发表了卡尔·奇尔（Karl

---

① ［德］费迪南德·冯·李希霍芬：《李希霍芬中国旅行日记》（上），［德］E. 蒂森选编，李岩、王彦会译，商务印书馆2018年版，第233页。
② 同上书，第236页。
③ 同上书，第86页。
④ 同上书，第88页。

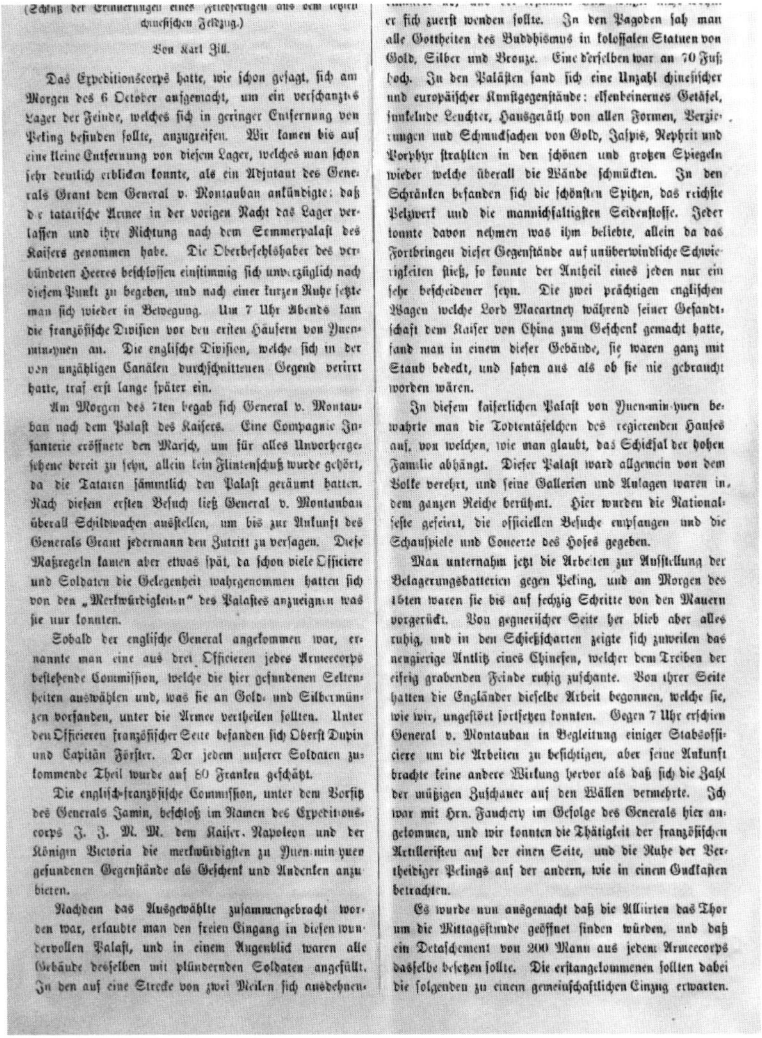

(Schluß der Erinnerungen eines Friedfertigen aus dem letzten chinesischen Feldzug.)

Von Karl Zill.

Das Expeditionscorps hatte, wie schon gesagt, sich am Morgen des 6 October aufgemacht, um ein verschanztes Lager der Feinde, welches sich in geringer Entfernung von Peking befinden sollte, anzugreifen. Wir kamen bis auf eine kleine Entfernung von diesem Lager, welches man schon sehr deutlich erblicken konnte, als ein Adjutant des Generals Grant dem General v. Montauban ankündigte: daß die tatarische Armee in der vorigen Nacht das Lager verlassen und ihre Richtung nach dem Sommerpalast des Kaisers genommen habe. Die Oberbefehlshaber des verbündeten Heeres beschlossen einstimmig sich unverzüglich nach diesem Punkt zu begeben, und nach einer kurzen Ruhe setzte man sich wieder in Bewegung. Um 7 Uhr Abends kam die französische Division vor den ersten Häusern von Yuen-min-yuen an. Die englische Division, welche sich in der von unzähligen Canälen durchschnittenen Gegend verirrt hatte, traf erst lange später ein.

Am Morgen des 7ten begab sich General v. Montauban nach dem Palast des Kaisers. Eine Compagnie Infanterie eröffnete den Marsch, um für alles Unvorhergesehene bereit zu seyn, allein kein Flintenschuß wurde gehört, da die Tataren sämmtlich den Palast geräumt hatten. Nach diesem ersten Besuch ließ General v. Montauban überall Schildwachen ausstellen, um bis zur Ankunft des Generals Grant jedermann den Zutritt zu versagen. Diese Maßregeln kamen aber etwas spät, da schon viele Officiere und Soldaten die Gelegenheit wahrgenommen hatten sich von den „Merkwürdigkeiten" des Palastes anzueignen was sie nur konnten.

Sobald der englische General angekommen war, ernannte man eine aus drei Officieren jedes Armeecorps bestehende Commission, welche die hier gefundenen Seltenheiten auswählen und, was sie an Gold- und Silbermünzen vorfanden, unter die Armee vertheilen sollten. Unter den Officieren französischer Seite befanden sich Oberst Dupin und Capitän Förster. Der jedem unserer Soldaten zukommende Theil wurde auf 80 Franken geschätzt.

Die englisch-französische Commission, unter dem Vorsitz des Generals Jamin, beschloß im Namen des Expeditionscorps J. J. M. M. dem Kaiser Napoleon und der Königin Victoria die merkwürdigsten zu Yuen-min-yuen gefundenen Gegenstände als Geschenk und Andenken anzubieten.

Nachdem das Ausgewählte zusammengebracht worden war, erlaubte man den freien Eingang in diesen wundervollen Palast, und in einem Augenblick waren alle Gebäude desselben mit plündernden Soldaten angefüllt. In den auf eine Strecke von zwei Meilen sich ausdehnen-

er sich zuerst wenden sollte. In den Pagoden sah man alle Gottheiten des Buddhismus in kolossalen Statuen von Gold, Silber und Bronze. Eine derselben war an 70 Fuß hoch. In den Palästen fand sich eine Unzahl chinesischer und europäischer Kunstgegenstände: elfenbeinernes Getäfel, funkelnde Leuchter, Hausgeräth von allen Formen, Verzierungen und Schmucksachen von Gold, Jaspis, Nephrit und Porphyr strahlten in den schönen und großen Spiegeln wieder welche überall die Wände schmückten. In den Schränken befanden sich die schönsten Spitzen, das reichste Pelzwerk und die mannichfaltigsten Seidenstoffe. Jeder konnte davon nehmen was ihm beliebte, allein da das Fortbringen dieser Gegenstände auf unüberwindliche Schwierigkeiten stieß, so konnte der Antheil eines jeden nur ein sehr bescheidener seyn. Die zwei prächtigen englischen Wagen welche Lord Macartney während seiner Gesandtschaft dem Kaiser von China zum Geschenk gemacht hatte, fand man in einem dieser Gebäude, sie waren ganz mit Staub bedeckt, und sahen aus als ob sie nie gebraucht worden wären.

In diesem kaiserlichen Palast von Yuen-min-yuen bewahrte man die Todtentäfelchen des regierenden Hauses auf, von welchen, wie man glaubt, das Schicksal der hohen Familie abhängt. Dieser Palast ward allgemein von dem Volke verehrt, und seine Gallerien und Anlagen waren in dem ganzen Reiche berühmt. Hier wurden die Nationalfeste gefeiert, die officiellen Besuche empfangen und die Schauspiele und Concerte des Hofes gegeben.

Man unternahm jetzt die Arbeiten zur Aufstellung der Belagerungsbatterien gegen Peking, und am Morgen des 15ten waren sie bis auf sechzig Schritte von den Mauern vorgerückt. Von gegnerischer Seite her blieb aber alles ruhig, und in den Schießscharten zeigte sich zuweilen das neugierige Antlitz eines Chinesen, welcher dem Treiben der eifrig grabenden Feinde ruhig zuschaute. Von ihrer Seite hatten die Engländer dieselbe Arbeit begonnen, welche sie, wie wir, ungestört fortsetzen konnten. Gegen 7 Uhr erschien General v. Montauban in Begleitung einiger Stabsofficiere um die Arbeiten zu besichtigen, aber seine Ankunft brachte keine andere Wirkung hervor als daß sich die Zahl der müßigen Zuschauer auf den Wällen vermehrte. Ich war mit Hrn. Fauchery im Gefolge des Generals hier angekommen, und wir konnten die Thätigkeit der französischen Artilleristen auf der einen Seite, und die Ruhe der Vertheidiger Pekings auf der andern, wie in einem Guckkasten betrachten.

Es wurde nun ausgemacht daß die Alliirten das Thor um die Mittagsstunde geöffnet finden würden, und daß ein Detaschement von 200 Mann aus jedem Armeecorps dasselbe besetzen sollte. Die erstangekommenen sollten dabei die folgenden zu einem gemeinschaftlichen Einzug erwarten.

图 12　1868 年卡尔・奇尔发表在德国《外国》周刊上关于圆明园和北京的文章

Zill)写的文章《夏宫圆明园与北京》(„Der Sommerpalast Yuan-min-yuen und Peking")。①

1897年,德国旅行家兼游记作家恩斯特·冯·黑塞-瓦特格(Ernst von Hesse-Wartegg,1851—1918,中文名"海司")出版了《中国和日本：环游世界之旅的经历、研究、观察》(*China und Japan. Erlebnisse, Studien, Beobachtungen auf einer Reise um die Welt*)。该书今有柏林国家图书馆电子版,另有1984年影印版。1898年,恩斯特·欧佩尔特(Ernst Oppert,1832—1903)出版了《东亚漫游》(*Ostasiatische Wanderungen: Skizzen und Erinnerungen aus Indien, China, Japan und Korea*)。② 1902年,德国军事记者欧根·冯·宾德尔——克里格尔斯坦因男爵(Eugen Reichsfreiherr von Binder-Kriegelstein,1873—1914)出版了《德国远征军团在中国的战斗及其军事教训》(*Die Kämpfe des Deutschen Expeditionskorps in China und ihre militärischen Lehren*)。③ 此书柏林国家图书馆有电子版。他还著有中国小说《来自糟糕的国度》(*Aus dem Lande der Verdammnis*)。④ 1900年跟随丈夫来到北京的鲍丽娜·蒙特格拉斯女伯爵(Pauline Montgelas,1874—1961)于1905年出版了《东

---

① Karl Zill: „Der Sommerpalast Yuan-min-yuen und Peking (Schluß der Erinnerungen eines Friedfertigen aus dem letzten chinesischen Feldzug)". In: *Das Ausland: Überschau der neuesten Forschungen auf dem Gebiete der Natur-, Erd- und Völkerkunde* 41(18. Juni 1868) 25, S. 587-590.
② Ernst Oppert: *Ostasiatische Wanderungen: Skizzen und Erinnerungen aus Indien, China, Japan und Korea*. Stuttgart: Strecker & Moser 1898.
③ E[ugen] Binder Krieglstein: *Die Kämpfe des Deutschen Expeditionskorps in China und ihre militärischen Lehren: mit 10 Skizzen und 1 Uebersichtskarte in Steindruck*. Berlin: Mittler 1902.
④ Eugen Krieglstein (von Binder-Kriegelstein): *Aus dem Lande der Verdammnis*. Mit einem Geleitwort von Hanns Heinz Ewers. Berlin: Verlag von Th. Knaur Nachf. [1927].

亚随札》(*Ostasiatische Skizzen*)。①

关于晚清民国时期在北京居住的德国人,可从《北京的洋市民——欧美人士与民国北京》一书中获得有价值的信息。据统计,1908年,在北京(不含东交民巷使馆区)居住的德国人有37人;②1918年,在北京的德国人有170人;③1941年,北京有德国人93户,256人。④太平洋战争爆发后,北京德国人的数量占欧美侨民中第二位,仅次于白俄。⑤据1942年12月的统计,北京有德国人92户,221人;1947年6月,北京有德国人297户,384人。⑥民国时期,在北京的德商洋行有禅臣洋行、礼和洋行、义利洋行、西门子洋行、志诚洋行、雅利洋行、德孚洋行、逸信洋行、兴华公司、克喊洋行、新民洋行和美最时洋行。⑦

1914年,在使馆区德国兵营还设有德语学校,由德意志学校协会创办,有学生33人。⑧

通过检索查找,笔者发现在辛亥革命后的德文报刊上也有零星的关于北京的记述:

1911年,马克西米利安·克里格(Maximilian Krieger)在上海出版的《德文新报》(*Der Ostasiatische Lloyd*)上发表了《北京图

---

① Pauline Montgelas: *Ostasiatische Skizzen*. München: Ackermann 1905.
② 参见李小兵、齐小林、蔡蕾薇:《北京的洋市民:欧美人士与民国北京》,北京师范大学出版社2016年版,第6页。
③ 参见同上书,第15页。
④ 参见同上书,第26页。
⑤ 参见同上书,第27页。
⑥ 参见同上书,第29页。
⑦ 参见同上书,第96—97页。
⑧ 参见同上书,第120页。

片》(„Bilder aus Peking")，①P. King 在慕尼黑出版的彩色艺术与生活周刊《青春》(*Jugend: Münchner illustrierte Wochenschrift für Kunst und Leben*) 第 16 期发表了《一个来自北京的声音》(*Eine Stimme aus Peking*)。②

1914 年，奥地利作家里查德·胡尔德施内尔(Richard Huldschiner，1872—1931)的《从北京发回的旅行书简》(„Reisebrief aus Peking") 刊登于《南德月刊》(*Süddeutsche Monatshefte*) 第 11 卷第 1 期。③ 他作为轮船医生在东方旅行期间完成了该文。

1916 年，丹麦作家约翰内斯·延森(Johannes V. Jensen，1873—1950)在《新瞭望》(*Die Neue Rundschau*)上发表了《北京》(„Peking") 一文。④

1921 年，弗里德里希·佩岑斯基(Friedrich Perzyński，1877—1965)⑤在著名的表现主义杂志《天才》(*Genius*) 第 3 期发表了游记《在帷幕前》(„Vor dem Vorhang")，标题附注："1912 年 8 月写

---

① Krieger：„Bilder aus Peking". In: *Der Ostasiatische Lloyd* (1911) I, S. 77, 177. 克里格还著有《一战期间在中国》，参见 Maximilian Krieger: *In China während des Weltkrieges*. Berlin: Verlag Kameradschaft [1919]。
② P. King. „Eine Stimme aus Peking". In: *Jugend: Münchner illustrierte Wochenschrift für Kunst und Leben* 16(1911), S. 1303.
③ Richard Huldschiner：„Reisebrief aus Peking". In: *Süddeutsche Monatshefte* 11(1913/1914) 1, S. 61–66.
④ Johannes V. Jensen: „Peking". In: *Die Neue Rundschau* 1(1916), S. 803–820. 这一时期，延森的小说在丹麦受到关注。1908 年，他的小说《轮子》(*Das Rad*) 被从丹麦文译成德文，1909 年他的《异国情调小说集》(*Exotische Novellen*) 也被译成德文，在柏林出版。
⑤ *Friedrich Perzyński (1877–1962?); Kunsthistoriker, Ostasienreisender, Schriftsteller; Leben – Werk – Briefe*. Hrsg. von Hartmut Walravens. Melle: Wagener 2005.

于北京西山黑龙潭寺。"①1920 年,佩岑斯基出版了《论中国的诸神:中国游记》(*Von Chinas Göttern: Reisen in China*),②该书引起了卡夫卡的注意。1923 年,卡夫卡特地向出版者库尔特·沃尔夫(Kurt Wolff,1887—1963)索要此书。③

五、晚清民国时期在北京的德国学人

德国诗人、汉学家、翻译家洪涛生,在第一次世界大战后就来到中国,在北京从事中国典籍的德译和教学工作。在 20 世纪 30 年代,任北京大学教授,并在北京广安门外开办杨树岛印刷局。新中国成立后,在北京外国语学校任教,1954 年返德,次年逝世于家乡。通过查找有关档案资料,我们发现"德国侨民洪涛生的机器处理问题"的案卷见于北京市档案馆中的"北京市人民政府公逆产清管局 1949—1952 年全宗号 50",归入"清敌类"。④ 可见,这是当时处理洪涛生在北京经营的出版机构的资产的档案。

据 1935 年 2 月出版的一本北京大学教授清册,洪涛生名列外国文学系教授,与朱光潜、梁实秋、周作人、徐祖正等是同事,月俸为 400 圆。⑤ 洪涛生曾将《西厢记》《牡丹亭》《琵琶记》《卖油郎独

---

① Friedrich Perzynski:„Vor dem Vorhang"(geschrieben August 1912 im Kloster Heilungt'an der Westberge bei Peking). In: *Genius. Zeitschrift für werdende und alte Kunst* 3(1921),S. 134‑138.
② Friedrich Perzyński: *Von Chinas Göttern: Reisen in China*; *Mit 80 Bildtafeln*. München: Wolff [1920].
③ Ingrid Schuster: *China und Japan in der deutschen Literatur 1890‑1925*. Bern: Francke 1977, S. 87.
④ 参见北京市档案管编:《北京市档案馆指南》,北京档案出版社 1996 年版,第 348 页。
⑤ 参见陈明远:《文化人的经济生活》,陕西人民出版社 2013 年版,第 240 页。

占花魁》《莺莺传》等中国古典文学著作翻译成德文，在西方产生了很大的影响。他用德文出版的有关中国文学、哲学著述还包括《中国诗人》(*Chinesische Dichter des dritten bis elften Jahrhunderts*)①、《庄子的智慧》(*Die Weisheit des Dschuang-dse in deutschen Lehrgedichten*)②、《道德经》(*Das Eine als Weltgesetz und Vorbild*)③、《陶渊明》[Tau Yüan-Ming（Tao, Yüan-ming）: Ausgew. Gedichte in dt. Nachdichtung]④等。

当时的报道称："曾任北大德国文学教授刻在北京居住的洪涛生（v. Hundhausen）教授，曾将许多古诗及剧本译成德文诗体，如将《庄子的智慧》译为德文哲理诗，及《牡丹亭》《卖油郎独占花魁》译成德文诗体，实为别开生面的一种文艺介绍。此外洪氏尚译有《中国诗人》《琵琶记》《西厢记》和《陶渊明的诗选》，在德国汉学界中极博好评。"⑤

洪涛生交游广泛，与北平的文艺圈往来密切。他致力于用德文向世界推介戏曲北京的形象。⑥ 1933 年，为了能将中国传统戏曲搬上欧洲的舞台，洪涛生将《牡丹亭》部分曲目翻译成德文。这

---

① *Chinesische Dichter des dritten bis elften Jahrhunderts: in deutscher Nachdichtung*/von Vincenz Hundhausen. Eisenach: Röth 1926. *Chinesische Dichter des dritten bis elften Jahrhunderts*/in deutscher Nachdichtung von Vincenz Hundhausen. Mit 2 Bildern von Wang Ting-Dsche. Eisenach: Röth [1954].
② Vincenz Hundhausen: *Die Weisheit des Dschuang-dse in deutschen Lehrgedichten*. 4. Auflage. Peking: Pappelinsel 1926.
③ *Das Eine als Weltgesetz und Vorbild: Lau-dse*; In deutscher Sprache von Vincenz Hundhausen. Peking: Pappelinsel 1942.
④ *Tau Yüan-Ming* [Tao, Yüan-ming]: *Ausgew. Gedichte in deutscher Nachdichtung*. Vincenz Hundhausen. Peking, Leipzig: Pekinger Verlag 1928.
⑤ 李孝迁：《近代中国域外汉学评论萃编》，上海古籍出版社 2014 年版，第 195 页。
⑥ 参见吴晓樵：《洪涛生与中国古典戏曲的德译与搬演》，《德国研究》2013 年第 1 期，第 84—95 页。

年,他应北平万国美术所的邀请,将《牡丹亭》中的《劝农》《肃苑》《惊梦》等几折的德译本搬上舞台。当时的《剧学月刊》为此特地刊出了5帧剧照。

他与北平的学人展开合作,当时的报道称:"洪涛生(V. Hundhausen)译《牡丹亭》、《西厢记》、陶渊明诗,颇获华人之助,然洪乃北京大学之德文教授,其环境与一般之外国汉学者异。"①

洪涛生与辜鸿铭、徐志摩等交往密切。他在北平的著述今天散见于欧洲的图书馆。如德国莱比锡大学图书馆就藏有一册洪涛生翻译的伏尔泰(Voltaire,1694—1778)著作《亨利之歌》(*La Henriade*),该书1948年出版于北平,共117页。②

北京今有洪涛生园,位于南河泡子。洪涛生曾在广安门外南河泡子27号经营北京华德出版部(Pekinger Verlag. 27 Nan Ho Pao Tse. Kuang An Men Wei),出版有关中德文化交流的著作。

北京作为中德文化交流的重镇有很长的历史,洪涛生在北平所取得的学术成就并非特例。在清末同文馆时期也有多位德国学者任职于北京。德国天文学家费理饬(Hermann Peter Heinrich Fritsche,1839—1913)1869年获莱比锡大学博士学位,1867年(根据柏林国家图书馆所藏的费理饬照片上的标注)来华任同文馆天文教习,1871年就出版有《论北京的地理常量》(*Über die geographischen Constanten Pekings*)。③ 1873年出版《论北京的地磁

---

① 李孝迁:《近代中国域外汉学评论萃编》,上海古籍出版社2014年版,第107页。
② Voltaire:*Das Heinrichslied. In deutscher Sprache von Vicenz Hundhausen*. Peiping:Pekinger Verlag 1948.
③ Hermann Fritsche:*Über die geographischen Constanten Pekings*. [St.-Pétersbourg][1871].

强度》(*Über die magnetische Intensität Pekings*)。① 1876年,费理饬在圣彼得堡出版了《论北京的气候》(*Über das Klima Pekings*)②和《论北京的地磁偏角》(*Über die magnetische Inclination Pekings*)③。他主编了1878年的《中西和历》。费理饬在北京的任职一直持续至1883年。

图13 费理饬像,柏林国家图书馆藏,约摄于1900年

清季民初,德国学人在北京的活动依然活跃。1911年,德国哲学家凯泽林(又译作"盖沙令")伯爵(Hermann Alexander Keyserling,1880—1946)作环球旅行,经过中国时,在北京也作了停留。他的两卷本《一个哲学家的旅行日记》(*Reisetagebuch eines Chinesen*)里专门有关于北京的记载。在第一次世界大战后,德国生物学家、哲学家杜里舒(Hans Adolf Eduard Drisch,1867—1941)也应邀来北京各大学作学术演

---

① Hermann Fritsche: *Über die magnetische Intensität Pekings*. Sanktpetersburg: Imperatorskoj Akademii Nauk 1873.
② Hermann Fritsche: *Über das Klima Pekings*. Sanktpetersburg: Imperatorskoj Akademii Nauk 1876.
③ Hermann Fritsche: *Über die magnetische Inclination Pekings*. Sanktpetersburg: Imperatorskoj Akademii Nauk 1876. Hermann Fritsche: *Ueber die magnetische Declination Pekings*. [Wien]: Buchdruckerei der Kaiserlichen Akademie der Wissenschaften 1871.

讲,引起轰动。

在20世纪三四十年代,北平也成为德国汉学家的汇聚中心。① 1933年由中德两国学人在北京发起成立的中德学会致力于推进中德学术的交流与合作,被认为是"莱布尼茨在北京设立一个研究所的理想的实践"。② 中德学会在"中德文化丛书"的框架下组织出版了《五十年来的德国学术》等著作,出版"中德学会特刊"以及学术期刊《中德学志》等。

在20世纪二三十年代,位于北平的辅仁大学出版有《辅仁学志》(Bulletin of the Catholic University of Peking)。

德国汉学家古斯塔夫·艾克(Gustav Ecke,1896—1971),其中文名在鲁迅日记里记为"艾锷风"。他1923年来华,1928—1933年在北京任教,1934—1947年任辅仁大学教授。在北京期间,艾克完成了多部重要的汉学著作,如《陶德曼所藏早期中国青铜器》等。③ 他的《花梨家俱图考》④1944年在北京出版,仅限量印刷200部,1978年在香港出版了第6版。⑤

---

① 参见李雪涛:《试论民国时期德国汉学界与中国学术界之互动——以20世纪20—40年代初的北平为中心》,载李雪涛:《误解的对话——德国汉学家的中国记忆》,新星出版社2014年版,第19—62页;张国刚:《德国的汉学研究》,中华书局1994年版,第78—80页。
② 参见张国刚:《德国的汉学研究》,中华书局1994年版,第79页。
③ Gustav Ecke: *Frühe chinesische Bronzen aus der Sammlung Oskar [Paul] Trautmann: Katalog*. Peking: Fujien Press 1939.
④ Gustav Ecke: *Chinese domestic furniture: one hundred and sixty-one plates, illustrating one hundred and twenty-one pieces, of which twenty-one in measured drawings*. Peking: Vetch 1944.
⑤ Gustav Ecke: *Chinese domestic furniture*. Hong Kong: Hong Kong University Press 1978.

石坦安 1926 年在德国柏林大学获得法学博士学位,①1929 年来华,任清华大学西洋文学系教授,并供职于中德学会。

谢礼士(Dr. Ernst Schierlitz, 1902—1940)任辅仁大学西语系教授兼图书馆馆长,1935 年任中德学会会长,1940 年 2 月 11 日逝世于巴黎。②

汉学家卫礼贤 1922 年曾在德国驻华使馆任学术顾问并任教于北京大学。他的儿子卫德明(Hellmut Wilhelm, 1905—1990)1933—1937 年任教于北京大学,抗战期间在中德学会任职。1946 年任北京大学教授,后赴美任教。他在北京完成了《中国史》(*Chinas Geschichte. Zehn einführende Vorträge*. Peking: Vetch 1942)、《中国的社会与国家》(*Gesellschaft und Staat in China. Acht Vorträge*. Peking: Vetch 1944)等著作。③ 1940 年卫德明在上海出版有《德华辞典》(*Deutsch-Chinesisches Wörterbuch*)等。

德国天主教士鲍润生(Franz X. Biallas, 1878—1936)曾担任成立后的北平辅仁大学文化史教授,创办《华裔学志》(*Monumenta Serica*),自任编辑。

清史专家福华德(又作福克司,Walter Fuchs, 1902—1979)1937 年起任教于辅仁大学,1940 年任北平中德学会会长,1946—1947 年任燕京大学教授。

---

① Diether von den Steinen: *Das Ständewesen der Polynesier in seiner wirtschaftlichen Bedeutung*. Stuttgart: Union 1926 (Berlin, Univ., Diss., 1926). Sonderdruck aus: *Zeitschrift für vergleichende Rechtswissenschaft*; Bd. 42.
② 参见 Chang Tien-Lin: „Ernst Schierlitz". In: *Ostasiatische Rundschau* 21 (1940), S. 63–65。
③ Hellmut Wilhelm: *Chinas Geschichte. Zehn einführende Vorträge*. Peking: Vetch 1942; Hellmut Wilhelm: *Gesellschaft und Staat in China. Acht Vorträge*. Peking: Vetch 1944.

汉学家福兰阁的儿子傅吾康（Wolfgang Franke，1912—2007）1937年至1950年旅居北京，参与了中德学会的工作，担任了学会的总干事和《中德学志》编辑主任等职。

在沦陷时期的北平，著述活动较为活跃的还有一位名叫埃克尔特（Carl Heinz Eickert，1913—?）的德国人，他后来加入了四七社，是德国文学史上的知名诗人、翻译家。[1] 埃克尔特1913年7月31日出生于科隆，1937年以一篇关于法国作家蒙田的论文获得博士学位，导师是胡戈·弗里德里希（Hugo Friedrich，1904—1978）和弗里茨·沙尔克（Fritz Schalk，1902—1980）。1941年起，他在长春担任德文和法文外教。1946年春起，他在中国两所临时高校担任外教。1947年秋回到科隆。在沦陷时期的北平，洪涛生主持的北平杨树岛作坊出版了埃克尔特的多部作品，如《诗集》（*Gedichte*）（1942）、《冰上之行》（*Die Fahrt in das Eis*）（1943）、《五种风景》（*Fünf Landschaften*）、《晨昏守望》（*Tag- und Nachtwachen*）（1944）等。埃克尔特还在北平的德文期刊《中国帆船》上发表了作品和翻译。1955年，他在德国发表了一篇回忆洪涛生的文章。

《中国帆船》是1940年4月—1946年6月埃里希·维尔贝格（Erich Wilberg，1895—1948，卒年也作1950）在北平出版的不定期德文纯文学期刊，今见63期。[2] 维尔贝格1945年还在北京出版了《年之圆环》（*Des Jahres Kreis*），分春、夏、秋、冬4册，今藏于德

---

[1] Jürgen Egyptien：„Erinnerung an den Schriftsteller Carl-Heinz Eickert anlässlich seines 100. Geburtstags". In: *Literatur in der Moderne* 13(2012).
[2] 参见 Hartmut Walravens: *Vincenz Hundhausen（1878-1955）: das Pekinger Umfeld und die Literaturzeitschrift Die Dschunke*. Wiesbaden: Harrassowitz 2000.

国不来梅大学图书馆。他另著有《朝鲜的音调》(*Koreanische Klänge*),1940 年在北京杨树岛出版社出版,列入"杨树岛小册子"(*Die kleinen Bücher der Pappelinsel*)丛书之四。

六、近现代以来德国汉学家对北京的研究

1876 年,俄罗斯驻北京皇家使团医生艾弥尔·布莱特施奈德(Emil Bretschneider,1833—1901)在德国哥达用德文出版了研究北京历史地理学的专著《北京平原与邻近的山区》(*Die Pekinger Ebene und das benachbarte Gebirgsland*)。① 这是一本 42 页的大开本小册子,并附一幅自己绘制的北京地形图。

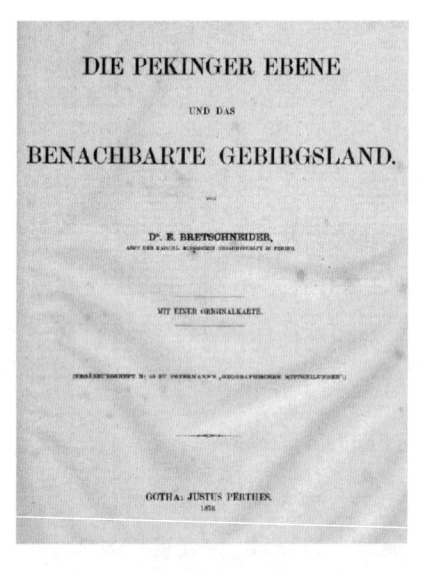

图 14 布莱特施奈德《北京平原与邻近的山区》封面

这一时期,德国汉学家也获得了亲历北京的机会。1889—1890 年,德国外交官、汉学家卡尔·阿恩德②在《汉堡地理学会通讯》上发表了论文《北京和西山——北中国的城市和风景图像》

---

① E. Bretschneider: *Die Pekinger Ebene und das benachbarte Gebirgsland*. Gotha: Perthes 1876. Mittheilungen aus Justus Perthes' Geographischer Anstalt über wichtige neue Erforschungen auf dem Gesammtgebiete der Geographie. Ergänzungsheft; 46 = Ergänzungsband 10.
② 关于阿恩德,参见 Mechthild Leutner: *Kolonialpolitik und Wissensproduktion: Carl Arendt (1838–1902) und die Entwicklung der Chinawissenschaft*. Berlin; Münster: LIT 2016。

(„Peking und die Westlichen Berge. Stadt- und Landschaftsbilder aus dem Nördlichen China")。①

德国汉学家顾路柏 1883 年起任柏林民俗博物馆东亚部主任,1897—1899 年来中国旅行,在北京从事近两年的研究工作。1898 年,顾路柏在《北京东方学会杂志》(*Journal of the Peking Oriental Society*)发表了长达 64 页的文章《北京的死亡习俗》(„Pekinger Todtengebräuche")。该文同年还由北京的北堂出版社出版了单行本。② 2009 年,柏林国家图书馆出版电子版。1901 年,顾路柏在柏林出版了《北京的民俗》一书,这是他发表在《德国皇家民俗学博物馆丛刊》(*Veröffentlichung aus dem königlichen Museum für Völkerkunde*)第 7 卷第 1—4 期上系列论文的结集。1910 年在莱比锡出版的《中国人的宗教和礼俗》(*Religion und Kultus der Chinesen*)也是关于北京日常真实生活的研究,凸显的是中

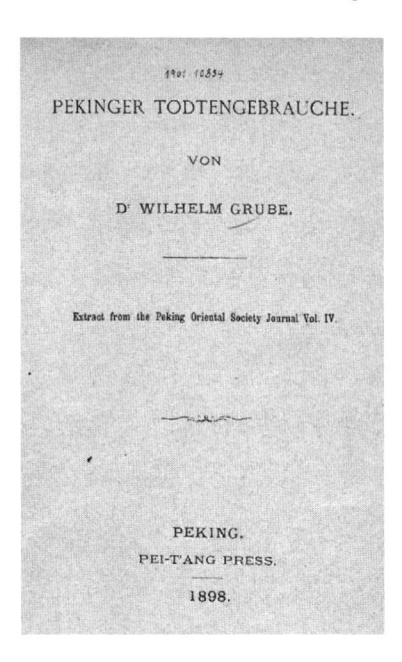

图 15 1898 年在北京出版的顾路柏《北京的死亡习俗》单行本封面

---

① Carl Arendt: „Peking und die Westlichen Berge. Stadt- und Landschaftsbilder aus dem Nördlichen China". In: *Mitteilungen der Geographischen Gesellschaft in Hamburg* (1889/1890), S. 57–96.
② 参见 Wilhelm Grube: *Pekinger Todtengebräuche*. Peking: Pei-T'ang Press 1898。

国多种宗教并存、信仰宽容的观点。① 顾路柏另著有《中国文学史》(1902)。他还是我国长篇小说《封神演义》的德译者。② 顾路柏的著作对德国现代派作家德布林的"中国小说"《王伦三跃志》产生了很大的影响。

在中国建筑艺术领域有很深造诣的德国建筑师锡乐巴 (Heinrich Hildebrand, 1855—1925)早年对大觉寺的研究也出现在这一时期。锡乐巴 1891 年来华,是普鲁士皇家政府建筑师,曾为德国驻华公使馆的翻译学生,负责建造北京德国公使馆,后被湖广总督张之洞聘为铁路顾问,后又任督办铁路公司事务大臣盛宣怀顾问。他在早期对北京西山的大觉寺展开研究,于 1897 年在柏林出版了研究成果《北京大觉寺》(*Der Tempel Ta-chüeh-sy Tempel des grossen Erkennens bei Peking*)。③ 该书由柏林建筑师协会出版,结尾部分标明的时间为 1892 年 9 月,也就是说,他对中国建筑艺术的考察应该是在他来北京不久就已完成。在锡乐巴所附的大觉寺插图中,有一张被明确标为德国使馆夏季度假地,为南侧最上面的一处住房。1943 年,该书在沦陷时期的北平还由汉学家洪涛生私人经营的杨树岛出版作坊再版。④

---

① 参见 Mechthild Leutner: „Sinologie in Berlin. Die Durchsetzung einer wissenschaftlichen Disziplin zur Erschließung und zum Verständnis Chinas". In: *Georg von der Gabelentz. Eine biographisches Lesebuch.* Hrsg. von Kennosuke Ezawa und Annemete von Vogel. Tübingen: Gunter Narr Verlag 2013, S. 291–309, hier S. 295。
② 参见 *Wilhelm Grube (1855–1908): Leben, Werk und Sammlungen des Sprachwissenschaftlers, Ethnologen und Sinologen.* Bearbeitet von Hartmut Walravens und Iris Hopf. Wiesbaden: Harrassowitz 2007。
③ Heinrich Hildebrand: *Der Tempel Ta-chüeh-sy (Tempel des grossen Erkennens) bei Peking.* Berlin: Asher 1897.
④ *Der Tempel Ta-chüeh-sy Tempel des grossen Erkennens bei Peking.* Aufgenommen und beschrieben von Heinrich Hildebrand, Königlicher preussischer Regierungs-Baumeister. Nachdruck der Ausgabe Berlin 1897. Peking: Pekinger Pappelinsel-Werkstatt 1943 (Original: 1897)。

德国汉学家孔好古(August Conrady, 1864—1925)是林语堂在莱比锡大学攻读博士学位期间的导师,他于1903年曾受聘于京师大学堂译学馆,教授德国语言文学。对于这段经历,孔好古撰写有《北京八月》(„Acht Monate in Peking")一文。① 这是他于1905年4月5日在慕尼黑东方学会所作的报告。② 今已由庄亦男翻译为中文,作为附录附在2015年出版的凯泽林的《一个哲学家的旅行日记》的中译本《另眼看共和——一个德国哲学家的中国日志》之后。

1906年,德国中尉军官卡尔·博伊-艾德在天津出版了46页的北京导游小册子:《北京及其郊区》,附录有30幅照片和一张北京地图,③最初印了720册。1908年,该书附上了一篇1900年义和团运动期间北京外国使馆区被围困的故事,在德国沃尔芬比特尔重新出版,标题改为《1900年的北京及其周边》,内容由6章增加到10章。④ 1910年出版第2版。⑤ 不过,这些早期的版本都仅

---

① 参见 Edward Erkes:„Georg von der Gabelenz und August Conrady". In: *Karl Marx Universität Leipzig*(1429 – 1959). *Beiträge zur Universitätsgeschichte*. Bd. 1. Leipzig: Verlag Enzyklopädie 1959, S. 451 – 457. 参见叶隽:《异文化博弈》,北京大学出版社2009年版,第214页;张国刚:《德国的汉学研究》,中华书局1994年版,第57页。
② A[ugust]. Conrady: *Acht Monate in Peking. Vortrag gehalten am 5. April 1905 in der Münchner Orientalischen Gesellschaft*. Halle a. d. Saale: Gebauer-Schwetschke 1905.
③ Boy-Ed: *Peking und Umgebung: mit 30 Photographien, 2 Karten und einem chinesischen Stadtplan*. Tientsin: Verlag der Brigade-Zeitung 1906.
④ Boy-Ed: *Peking und Umgegend: nebst einer kurzen Geschichte der Belagerung der Gesandschaften*(1900). Wolfenbüttel: Heckner 1908. 该出版社同一时期还出版了《青岛及其周边》的导游手册,参见 Fr. Behme und M. Krieger in Tsingtau: *Führer durch Tsingtau und Umgebung*. Wolfenbüttel: Heckner 1904。该书分别于1905年和1906年出版了第2版和第3版,1910年出了第4版英文版。
⑤ Boy-Ed u. M[aximilian] Krieger: *Peking und Umgegend: nebst einer kurzen Geschichte der Belagerung der Gesandschaften 1900*. Wolfenbüttel: Heckner 1910.

标注了作者的姓氏。该书现有1908年沃尔芬比特尔版的影印本，删掉了使馆区被围困的故事，明确作者为卡尔·博伊-艾德。① 1907年，柏林的冯塔纳出版社出版了费德尔·冯·劳赫(Fedor von Rauch，1866—1915)的日记《与瓦德西伯爵在中国》(*Mit Graf Waldersee in China*)。这是一部451页的亲历报告。②

关于北京的德文研究专著还有海德堡大学的著名世界园林史专家玛丽·露伊泽·哥特海因(Marie Luise Gothein，1863—1931)在1929年出版的《北京的城市园林：它的历史—哲学的发展》(*Die Stadtanlage von Peking: ihre historisch-philosophische Entwicklung*)。③ 这是一篇关于北京城市史和园林建筑的论文，1930年还发表于《维也纳艺术史年鉴》(*Wiener Jahrbuch für Kunstgeschichte*)。④ 该书大约于1950年再版。⑤

1957年，罗伯特·海登莱希(Robert Heidenreich，1899—1990)发表论文《对北京城市地图的观察》(„Beobachtungen zum Stadtplan von Peking")。⑥ 1959年，一位中国人以论北京的城市建

---

① Karl Boy-Ed: *Peking und Umgebung im Jahre 1900: [ein Reiseführer aus der Zeit der deutschen Garnison in Peking]*. [Nachdruck der Ausgabe] Wolfenbüttel 1908 unter dem Titel: *Peking und Umgebung: nebst einer kurzen Geschichte der Belagerung der Gesandtschaften (1900)*. Bremen: Salzwasser-Verlag 2010 (Original: 1908).
② Fedor von Rauch: *Mit Graf Waldersee in China: Tagebuchaufzeichnungen; mit 3 Skizzen und 10 Anlagen*. Berlin: Fontane 1907.
③ Marie Luise Gothein: *Die Stadtanlage von Peking: ihre historisch-philosophische Entwicklung*. Augsburg: Filser 1929.
④ Marie Luise Gothein: „Die Stadtanlage von Peking: ihre historisch-philosophische Entwicklung." In: *Wiener Jahrbuch für Kunstgeschichte* 7 (1930), S. 7–33.
⑤ Marie Luise Gothlein: *Die Stadtanlage von Peking: ihre historisch-philosophische Entwicklung*. Augsburg: Filser [ca. 1950].
⑥ Robert Heidenreich: *Beobachtungen zum Stadtplan von Peking*. Hamburg: Ges 1957. Sonderdruck aus: *Nachrichten der Gesellschaft für Natur- und Völkerkunde Ostasiens* 81(1957).

筑在亚琛工业大学获得博士学位。① 1976 年,马丁·胡利曼(Martin Hürlimann, 1897—1984)在苏黎世出版了他的专著《北京及其历史》(*Peking und seine Geschichte*)。② 1987 年,出身于蒙古王公家庭的北京外国语学院德语系老教授策绍真(策丹·多尔济 Tsedan Dorji, 1914—1995)③在德国科隆出版了《北京古城漫游》(*Flaneur im alten Peking*),④回忆新中国成立前在北京的生活。这本书为德国人了解古都北京日常的魅力打开了一扇新的窗,启发了德国学者莱纳尔·克路贝尔特(Rainer Kloubert, 1944—)等人关于北京的写作。《北京古城漫游》1990 年在慕尼黑再版。⑤

2001 年,中华书局出版了柏林自由大学汉学家罗梅君(Mechthild Leutner, 1948—)研究北京的专著《北京的生育、婚姻和丧葬——19 世纪至当代的民间文化和上层文化》中译本,由王燕生等翻译。该书德文版出版于 1989 年,⑥延续了柏林汉学家顾路柏研究北京民俗的传统,主要探讨了 19 世纪至当代北京的生育、婚姻和丧葬情况,尤其从日趋没落的帝制时期到当代的发展变

---

① Tso-Chih P'eng: *Chinesischer Städtebau: unter besonderer Berücksichtigung der Stadt Peking*. Aachen, Technische Hochschule, Diss., 1959.
② Martin Hürlimann: *Peking und seine Geschichte*. Zürich: Atlantis Verlag 1976.
③ 关于策绍真身世,参见刘训练、吴东风:《帕王两位福晋生平行迹考辨》,《西部蒙古论坛》2019 年第 4 期,第 10—14 页;刘训练、王巍:《蒙古土尔扈特部帕勒塔亲王后嗣身世与生平》,《西部蒙古论坛》2021 年第 2 期,第 49—57 页。
④ Ce Shaozhen: *Flaneur im alten Peking: ein Leben zwischen Kaiserreich und Revolution*. Hrsg. von Margit Miosga. Köln: Diederichs 1987. 参见 Detlev von Graeve: Ce Shaozhen flaniert durchs alte Peking, 9. Mai 2017: http://detlev.von.graeve.org/?p=7555。
⑤ Ce Shaozhen: *Flaneur im alten Peking: ein Leben zwischen Kaiserreich und Revolution*. München: Deutscher Taschenbuchverlag 1990.
⑥ Mechthild Leutner: *Geburt, Heirat und Tod in Peking. Volkskultur und Elitekultur vom 19. Jahrhundert bis zur Gegenwart*. Berlin: Reimer 1989.

化的社会历史关联中去分析生育、婚姻和丧葬。

近年来,也有中国学者在德国完成了关于北京的学位论文,如：2012 年 Ling He(中文名待考)在波茨坦完成了博士论文《北京的农民工》(*Wanderarbeiter in Peking: räumliche, soziale und ökonomische Aspekte eines aktuellen Migrationsproblems in China*);①2014 年王廉明(Wang Lianming)在海德堡大学完成了博士论文《北京的耶稣会士遗产》(*Jesuitenerbe in Peking: Sakralbauten und transkulturelle Räume, 1600–1800*)。②

[北京市社科基金项目"德语文学中的北京形象研究"
（15WYB021）成果]

---

① Ling He: *Wanderarbeiter in Peking: räumliche, soziale und ökonomische Aspekte eines aktuellen Migrationsproblems in China*. Potsdam: Universitätsverlag Potsdam 2012.
② Lianming Wang: *Jesuitenerbe in Peking: Sakralbauten und transkulturelle Räume, 1600–1800*. Heidelberg: Universitätsverlag Winter 2020.

影像北京
——近现代德文文献中有关北京的图片记忆

欧洲的摄影术诞生于1837年。19世纪后半期,代替早期的铜版画,一批早期旅华的欧洲人开始用这一新兴的技术记录下了他们的北京记忆,留下了一批珍贵的有关北京的照片。例如,1868年7月,瑞士人阿道夫·克莱尔(Adolf Krayer,1834—1900)等游历北京城,留下了一组珍贵的照片和详细的旅行日记。[1] 7月5日,他们游览了古观象台;7月6日,出北京城,经大钟寺往圆明园方向去。克莱尔在日记里评论了北京城的道路状况:"北京城里宽阔笔直、一望无尽的大马路着实给我们留下了极好的印象,繁忙的马路上,不但有行人,还有马、骆驼、骡子等拉着各式各样的车通行,马路边的店铺都装修得富丽壮观,每家都挂着巨大的金色招牌,让我们感觉很漂亮,很了不起。"[2]克莱尔在日记里描写了崇文门大街:"马路上日积月累形成了一条条车辙,各种马车就在上面

---

[1] 参见 Adolf Krayer: *Als der Osten noch fern war: Reiseerinnerungen aus China und Japan 1860–1869*. Hrsg. von Paul Hugger und Thomas Wiskemann in Zusammenarbeit mit R. H. Gassmann u. a.. Basel: SGV 1995。
[2] [瑞士]阿道夫·克莱尔照片收藏,李欣照片考证:《一个瑞士人眼中的晚清帝国》,华东师范大学出版社2015年版,第99页。

行驶着……在稍次的马路上便没有这样的车辙,路也窄。"[1]7月6日,他们到了圆明园和颐和园(实为清漪园,1888年才改为颐和园)。这些被收录进各种集子的北京图片为德语文学中的北京书写提供了感性的资料来源。

一、德国人奥尔末的圆明园照片

德国摄影师恩斯特·奥尔末(Ernst Ohlmer, 1847—1927),中文名阿理文,1847年出生于汉诺威王国的伯瑟恩(Betheln)。早年他随一支商船队来到中国,开始了职业摄影师生涯,并于1867年左右在厦门开设了一家照相馆。奥尔末先后在厦门、北京、广东、青岛等地的海关任职。1914年退休后返回家乡,1927年去世。

1867—1879年,奥尔末旅居北京,在此期间拍摄了许多关于北京的照片。1873年,他任职北京海关时,拍摄了一组关于圆明园的照片,距圆明园被毁仅13年。[2] 在奥尔末生前,这些圆明园照片就引起了关注。1898年,德国希尔德斯海姆(Hildesheim)的赫尔曼·罗默博物馆(Hermann-Roemer Museum)出版了《圆明园旧影与中国瓷器》(*Führer durch die Ohlmer'sche Sammlung chinesischer Porzellane*),以珂罗版印刷的图文并茂的形式介绍了

---

[1] [瑞士]阿道夫·克莱尔照片收藏,李欣照片考证:《一个瑞士人眼中的晚清帝国》,华东师范大学出版社2015年版,第101页。
[2] 参见[英]泰瑞·贝内特:《中国摄影史:西方摄影师1861—1879》,徐婷婷译,中国摄影出版社2013年版,第327页。

圆明园的建筑影像和奥尔末的相关收藏。① 这些图片包括今颐和园里的多宝琉璃塔（Porzellan-Pagode zu Yüan-Ming-Yüan）、今颐和园万寿山上的智慧海、1860年被毁的圆明园海晏堂和两幅海晏堂宫殿残迹的特写。1927年，奥尔末去世后，其夫人将照片的底片转赠给柏林工业大学专攻中国建筑的恩斯特·柏石曼（Ernst Boerschmann，1873—1949）教授。1932年，在德国留学的艺术史家滕固将其翻拍，1933年由商务印书馆刊出，题名《圆明园欧式宫殿残迹》。这是一本有关圆明园遗迹的照片集，书中收录了奥尔末拍摄的12幅照片，如"谐奇趣南面""谐奇趣南面远景""谐奇趣左翼之八角亭""方外观正面斜景""海宴堂西面"等，以及奥尔末绘制的平面图。这些照片是现存最早的一组关于圆明园残迹的照片。②

奥尔末的照片公布后，在国内学界引起很大的反响。1997年10月出版的《老照片》第4期发表了史建的《圆明园遗影》，介绍了奥尔末的圆明园摄影。③ 2010年，北京举办了奥尔末与圆明园历史影像展，展出了12帧根据奥尔末圆明园底片冲洗出的72幅大型原件照片。④ 同年，徐家宁在《中外文化交流》《收藏》《收藏家》

---

① Ernst Ohlmer: *Führer durch die Ohlmer'sche Sammlung chinesischer Porzellane: z. Z. aufgestellt im Roemer-Museum Hildesheim nebst Bemerkungen über chinesisches Porzellan im Allgemeinen, seine Herstellung, Verwendung und Geschichte; mit 10 Tafeln und 3 Zinkographien*. Hildesheim: Gerstenberg 1898. 参见张明:《恩斯特·奥尔末:圆明园欧式宫殿残迹的最早拍摄者》,载张明编著:《外国人拍摄的中国影像1844—1949》,中国摄影出版社2018年版,第131—140页,此处见第138页。
② 参见韩朴主编:《北京历史文献要籍解题(上)》,中国书店2010年版,第850页。
③ 参见《老照片》编辑部编:《〈老照片〉二十年精选本2 风物流变》,山东画报出版社2018年版,第1—8页。
④ 中华世纪坛世界艺术馆、秦风老照片馆编:《残园惊梦:奥尔末与圆明园历史影像》,广西师范大学出版社2010年版。

等杂志上发表文章介绍奥尔末与圆明园历史影像。① 2013 年,《近世中国影像资料第一辑》第 2 册《1793 年以来西方的中国影像》收录了奥尔末拍摄的颐和园照片。② 2015 年,奥尔末的照片被收录进卞修跃主编的《西方的中国影像 1793—1949：恩斯特·奥尔末、托马斯·查尔德、礼莲荷卷》(黄山书社 2015 年版,第 1—42 页)。2017 年故宫博物院主办的杂志《紫禁城》第 6 期发表了奥尔末的《海宴堂遗迹旧照》《方外观遗迹旧照》等照片。③

图 16　多宝琉璃塔④　　　　　图 17　万寿山⑤

---

① 参见徐家宁:《奥尔末与圆明园历史影像》,《收藏界》2010 年第 8 期,第 100—103 页;徐家宁:《奥尔末影像圆明园》,《中外文化交流》2010 年第 8 期,第 80—91 页;徐家宁:《奥尔末与圆明园历史影像》,《收藏界》2010 年第 8 期,第 138—148 页。
② 欧阳允斌主编;林晓芳本册主编;恩斯特·奥尔末、山本讚七郎、礼莲荷摄:《近世中国影像资料第一辑 1793 年以来西方的中国影像 第 2 册》,黄山书社 2013 年版,第 1—38 页。
③ [德]恩斯特·奥尔末:《海宴堂遗迹旧照》,《紫禁城》2017 年第 6 期,第 160 页。
④ 参见 1898 年在德国希尔德斯海姆出版的奥尔末德文著作。
⑤ 同上。

影像北京——近现代德文文献中有关北京的图片记忆

图 18　1860 年被毁的颐和园宫殿①

图 19　被毁的圆明园宫殿遗迹②

---

① 参见 1898 年在德国希尔德斯海姆出版的奥尔末德文著作。
② 同上。

图20　被毁的圆明园宫殿遗迹①

二、德国人柏石曼的北京摄影

恩斯特·柏石曼是德国著名建筑师、摄影师、汉学家,任柏林工业技术大学中国古建筑学教授。1902年,他以德国政府东方殖民地建筑事务官员的身份第一次访问中国,其间到访过北京,结识了德国东方学家约瑟夫·达尔曼(Joseph Dahlmann,1861—1930)。1906—1909年,柏石曼获得德国政府的全额资助在中国考察,穿越了14(一作12,待考)个省,拍摄了数千张中国建筑和景观照片,对我国的传统建筑作了全面摸底调查。柏石曼拍摄了长

---

① 参见1898年在德国希尔德斯海姆出版的奥尔末德文著作。

城、天坛城墙、五塔寺、天宁寺塔、八里庄塔、黄寺石塔、西山戒台寺、西山碧云寺、西山静宜园的琉璃瓦牌坊、颐和园的十七孔桥等重要建筑物。他还深入调查了北京的宝塔、四合院。

1904—1905年,柏石曼在海德堡的建筑期刊《建筑师》(*Baumeister: das Architektur-Magazin*)第3期附刊第49—50页发表了《论研究中国建筑艺术》("Über das Studium der chinesischen Baukunst")的文章,这可看作他动身前往中国进行3年建筑艺术考察前的一个小的热身。1910年,柏石曼在德国柏林的《人种学杂志》(*Zeitschrift für Ethnologie*)第3、4期合刊第389—426页发表了论文《建筑与文化研究在中国》("Architektur- und Kulturstudien in China")。柏石曼的著作也影响到德国作家德布林的中国小说《王伦三跃志》。

柏石曼的著作已引起我国学界的兴趣。沈弘翻译了恩斯特·柏石曼的《寻访1906—1909西人眼中的晚清建筑》(百花文艺出版社2005年版)。2015年,黄山书社出版了卞修跃主编的两卷本《西方的中国影像(1793—1949):恩斯特·柏石曼卷》。2017年,北京的台海出版社出版了柏石曼的《一个德国建筑师眼中的中国》,由徐原、赵省伟编译,列入"西洋镜丛书"系列第4辑。

三、德国公使穆默的北京摄影

1900年五六月间,义和团运动蔓延至北京。1900年6月20日,德国公使克林德男爵在北京被清军击毙。7月,穆默随德国军舰"普鲁士号"前往中国,于1900年10月21日抵达北京,继任德国驻华公使。1902年,穆默在柏林自费出版的《照片日记》(*Ein*

Tagebuch in Bildern)收集了600多张照片,其中含有大量关于北京的图片。这本珍贵的照片图集每一本都有编号,2015年夏天,笔者在魏玛女公爵图书馆也看到了一本。①

1900年7月—1902年7月,穆默游历了中国各地,拍摄了大量照片,其中含紫禁城照片28张、颐和园照片23张、十三陵照片27张、雍和宫照片17张。很多照片记录了列强蹂躏下满目疮痍的北京:如"外国士兵在破毁的、野草丛生的北京城墙",②"联军正在拆卸观象台仪器",③还有穆默引以为傲的"八国联军进入神秘的紫禁城"。④ 也有些照片反映了北京民俗,如北京的婚礼场面。⑤ 2016年,福建教育出版社出版了程玮译《德国公使照片日记(1900—1902)》,选取了其中的386张照片。

作为殖民政治家,穆默不乏居高临下的优越感,这正是我们百年后依旧难以摆脱的刻骨铭心的耻辱。正如出版这一图片的中译者在后记中评论的那样:"他把火车冲破正阳门城墙,作为全部北京照片的第一页,正阳门是清代国家礼仪中的第一道大门,是北京的国门,以此象征清廷顽固派对世界文明的深闭固拒已被强力冲破,这种编排显然不无胜利了的西方人的强烈

---

① Alfons von Mumm: *Ein Tagebuch in Bildern*. (Meinen Mitarbeitern in Peking zur freundlichen Erinnerung an ihren Chef Alfons von Mumm, Kaiserlicher ausserordentlicher Gesandter und bevollmächtigter Minister). [Berlin]: [Graphische Gesellschaft] [1902].
② [德]阿尔方斯·冯·穆默图,程玮译,闵杰编撰:《德国公使照片日记1900—1902》,福建教育出版社2016年版,第59页。
③ 同上书,第69页。
④ [德]阿尔方斯·冯·穆默:《前言》,载穆默图,程玮译,闵杰编撰:《德国公使照片日记1900—1902》,福建教育出版社2016年版,第5页。
⑤ [德]阿尔方斯·冯·穆默图,程玮译,闵杰编撰:《德国公使照片日记1900—1902》,福建教育出版社2016年版,第174页。

自豪感。"①

2001年,德国作家汉斯·迪特·施利波(Hans Dieter Schreeb, 1938—)为德国公使穆默创作了厚达684页的传记小说《在北京的城墙后》(*Hinter den Mauern von Peking: Roman*),反映了庚子年间西方列强在北京的殖民统治和义和团起义这段历史。②

近年来还有其他有关北京的摄影图册被整理出版,如国家图书馆古籍馆编辑出版的《逝去的风韵:德国摄影师镜头下的老北京》(国家图书馆出版社2011年版)。这本译著的底本是1928年海因茨·冯·皮克海默(Heinz von Perckhammer,1895—1965)在柏林出版的大开本图片集《北京》(*Peking*)③,列入"城市的面孔丛书"(*Das Gesicht der Städte*)。曾到中国旅行的著名的游记作者阿图尔·霍利切尔为该书撰写了导言。作家里夏德·胡尔森贝克(Richard Hüelsenbeck,1892—1974)为此书撰写过一篇书评。④ 该图册德文本德国汉诺威大学图书馆有藏。

[北京市社科基金项目"德语文学中的北京形象研究"
(15WYB021)成果]

---

① 闵杰:《1900年的中国风情(代跋)》,载[德]阿尔方斯·冯·穆默图,程玮译,闵杰编撰:《德国公使照片日记1900—1902》,福建教育出版社2016年版,第296页。
② Hans Dieter Schreeb: *Hinter den Mauern von Peking: Roman*. München: Ullstein 2001.
③ Heinz v[on] Perckhammer: *Peking*. Geleitwort von Arthur Holitscher. Berlin: Albertus-Verlag 1928.
④ Richard Huelsenbeck, Heinz von Perckhammer: „Peking". In: *Die literarische Welt: unabhängiges Organ für das deutsche Schrifttum* 4(1928) 51–52, S. 14.

叙述北京
——德语文学中的北京小说

作为文明古都,北京很早就成为异域旅人的审视对象。这些陌生目光的审视为我们认识自身提供了一种新的独特的参照。

1670年出版的克里斯蒂安·威廉·哈格多恩(Christian Wilhelm Hagdorn)的小说《一官,或大莫卧尔,亦即中国和印度的国事故事、战争故事和爱情故事》[1]就是较早的一部关于北京的德文小说。它以明末李自成攻陷北京为背景。北京(Peking)的地名大量出现在这部在阿姆斯特丹出版的大部头小说里。但作家哈格多恩的名字今天在一般的文学史上已很难找到。[2]

1673年出版的埃伯哈德·维尔纳·哈佩尔(Eberhard Werner Happel, 1647—1690)的巴洛克小说《亚洲的欧诺干布》(Der asiatische Onogambo)则将中国清朝皇帝顺治搬入小说,其副标题为"描述当今在位的伟大的中国皇帝顺治,一位地地道道的骑士,并简短介绍他以及亚洲其他王子的爱情故事、骑士业绩、所有地处

---

[1] Aequan, oder der große Mogol, Das ist, chinesische und indische Stahts-, Kriegs- und Liebes-geschichte. In unterschiedl. Teile verf. durch Christ. W. Hagdorn. Amsterdam: Mörs 1670. [6] Bl., 623 S.; Ill. (Kupferst.).
[2] 参见《编者后记》,载[加]夏瑞春编:《德国思想家论中国》,陈爱政等译,江苏人民出版社1997年版,第260页。

亚洲的王国和地区的特性以及它们君主的等级制度和主要功绩"。① 德国耶稣会士汤若望也出现在这部以北京为背景的中国小说里。② 可见这部小说在当时具有很强的时代特征。哈佩尔还著有《异域奇珍录》(*Thesaurus exoticorum*)。

1933年,我国学者陈铨在德国基尔大学完成了博士论文《中国纯文学对德国的影响》。③ 1936年,他在此基础上出版了中文著作《中德文学研究》。④ 在这部著作的"小说"这一章,陈铨主要关注的是德国文学对中国小说的翻译和改写,还没有能够注意到德语小说中的北京题材问题。近几十年来中德文学关系领域出版的著作也大多聚焦于德语文学中的中国小说的研究或笼统的中国形象研究,较少有人关注德语小说中的北京书写问题。⑤

---

① 参见 Eberhardt Guerner Happell: *Der Asiatische Onogambo: Darin Der jetzt-regierende grosse Sinesische Käyser Xunchius. Als ein umbschweiffender Ritter vorgestellet/ nächst dessen und anderer Asiatischer Printzen Liebes-Geschichten und ritterlichen Thaten/ auch alle in Asien gelegene Königreiche und Länder/ sampt deren Beschaffenheiten/ Ordnung ihrer Regenten/ und deren vornehmsten Thaten etc.* kürtzlich mit eingeführt werden/Durch Eberhardt Guerner Happell. Hamburg: Naumann 1673。
② 参见《编者后记》,载[加]夏瑞春编:《德国思想家论中国》,陈爱政等译,江苏人民出版社1997年版,第260页。
③ Chuan Chen: *Die chinesische schöne Literatur im deutschen Schrifttum.* Glückstadt; Hamburg: Druck von J. J. Augustin 1933 (Kiel, Univ., Diss., 1933).
④ 参见陈铨:《中德文学研究》,商务印书馆1936年版;再版本参见陈铨:《中德文学研究》,辽宁教育出版社1997年版。
⑤ "德语文学里的中国"这一论题成为中国学者在德国博士学位论文甚或教授资格论文的热门选题,参见吴晓樵:《近百年来中国德语语言文学学者海外博士论文知见录(1911—2008)》,载吴晓樵:《中德文学因缘》,上海外语教育出版社2008年版,第178—200页。也有个别来自德国、瑞士、奥地利、加拿大、韩国的学者参与其中。具体篇目如 Liangliang Zhu: *China im Bild der deutschsprachigen Literatur seit 1989.* Oxford u. a.: Peter Lang [2018]. Bernd-Ingo Friedrich: *Beiläufiges zur Wahrnehmung Chinas in der Literatur des Biedermeier.* Gossenberg: Ostasien Verlag [2016]. Shen Deng: *China im Spiegel: eine interkulturelle Studie zu Wielands Roman „Der goldne Spiegel".* Frankfurt am Main: Peter Lang [2013]. *China in der deutschen Literatur 1827–1988.* Hrsg. (转下页)

1719年,英国作家丹尼尔·笛福(Daniel Defoe, 1660—1731)在他的《鲁滨逊漂流记》第二部写到主人公意外漂流到中国南方海岸,在中国的漫游也将他们带到了长城:长城也许"工程浩大",但却"毫无意义",因为当地"巨石嶙峋,根本无法通行,而且峭壁高耸,敌人不可能上得来。如果他们爬得上来,那么再高的墙也挡不住他们"。[1] 与后来作家卡夫卡的《中国长城建造时》对长城建造方式和功能的质疑一样,鲁滨逊也认为长城徒劳无益。

(接上页) von Uwe Japp und Aihong Jiang. Frankfurt am Main: Peter Lang 2012. Weijian Liu: *Kulturelle Exklusion und Identitätsentgrenzung: zur Darstellung Chinas in der deutschen Literatur 1870–1930*. Bern u. a.: Peter Lang 2007. Yuan Tan: *Der Chinese in der deutschen Literatur: unter besonderer Berücksichtigung chinesischer Figuren in den Werken von Schiller, Döblin und Brecht*. Göttingen: Cuvillier 2007. Wei Luo: „*Fahrten bei geschlossener Tür": Alfred Döblins Beschäftigung mit China und dem Konfuzianismus*. Frankfurt am Main u. a.: Peter Lang 2004. Lixin Sun: *Das Chinabild der deutschen protestantischen Missionare des 19. Jahrhunderts: eine Fallstudie zum Problem interkultureller Begegnung und Wahrnehmung*. Marburg: Tectum-Verlag 2002. Ki-Chung Bae: *Chinaromane in der deutschen Literatur der Weimarer Republik*. Marburg: Tectum-Verlag 1999. Yunfei Gao: *China und Europa im deutschen Roman der 80er Jahre: das Fremde, das Eigene in der Interaktion; über den literarischen Begriff des Fremden am Beispiel des Chinabildes von Adolf Muschg, Michael Krüger, Getrud Leutenegger und Hermann Kinder*. Frankfurt am Main u. a.: Peter Lang 1997. Zhenhuan Zhang: *China als Wunsch und Vorstellung: eine Untersuchung der China- und Chinesenbilder in der deutschen Unterhaltungsliteratur 1890–1945*. Regensburg: Roderer 1993. Changke Li: *Der China-Roman in der deutschen Literatur: 1890–1930; Tendenzen und Aspekte*. Regensburg: Roderer 1992. Weigui Fang: *Das Chinabild in der deutschen Literatur, 1871–1933: ein Beitrag zur komparatistischen Imagologie*. Frankfurt am Main u. a.: Peter Lang 1992. Ingrid Schuster: *Vorbilder und Zerrbilder: China u. Japan im Spiegel der deutschen Literatur 1773–1890*. Bern; Frankfurt am Main u. a.: Peter Lang 1988. Ursula Aurich: *China im Spiegel der deutschen Literatur des 18. Jahrhunderts*. Berlin: Ebering 1935(Zugl.: München, Univ., Phil. Diss.). Nachdruck dieser Ausgabe: Nendeln und Liechtenstein: Kraus 1967. Eduard Horst von Tscharner (aus Bern in der Schweiz): *China in der deutschen Dichtung*. Darmstadt: Wittich 1934 (Berlin, Univ., Diss., 1934). Chuan Chen: *Die chinesische schöne Literatur im deutschen Schrifttum*. Glückstadt; Hamburg: Druck von J. J. Augustin 1933 (Kiel, Univ., Diss., 1933)。

[1] [美]史景迁:《大汗之国——西方眼中的中国》,阮叔梅译,广西师范大学出版社2013年版,第95页。

一、霍夫曼《跳蚤师傅》中的"北京地图"

18世纪,随着洛可可艺术中"中国风"的兴起,[①]旅华耶稣会士通信和旅行纪的出版,出版市场上有着大量关于北京知识的流通,北京也渐渐成为德语叙事文学中想象异域的符号。如在德语启蒙文学时期,卡尔·菲利普·莫里茨(Karl Philipp Moritz,1756—1793)的名著《安通·莱瑟》(*Anton Reiser*)中的主人公就"想象自己是一个北京的居民"(in Vorstellung eines Einwohners von Peking)。[②]

这一时期的德语文献中也不乏有关北京地图的踪迹。因此,在19世纪初,德国浪漫派大师E. T. A.霍夫曼(E. T. A. Hoffmann,1776—1822)的小说作品中出现北京城的地图也就是顺理成章的事情了。

在霍夫曼的笔下,北京成为神奇的异域。在其1822年出版的

[①] Hartmut Walravens: „Chinamode und Chinabegeisterung im 17. und 18. Jahrhunert: ein Überblick". In: *Auskunft* 37(2017)1, S. 141-205. Willy Richard Berger: *China-Bild und China-Mode im Europa der Aufklärung*. Köln; Wien: Böhlau Verlag 1990. Zugl.: Bonn, Univ., Habil-Schr., 1985/86.
[②] Karl Philipp Moritz: *Anton Reiser*. Hrsg. von Christof Wingertszahn. Teil I: Text. Tübingen: Max Niemeyer 2006, S. 247: „Es fällt einem ein, daß man sich bei der Lektüre von Romanen immer wunderbarere Vorstellungen von den Gegenden und Oertern gemacht hat, je weiter man sich entfernt dachte. Und nun denkt man sich, mit allen großen und kleinen Gegenständen, die einen jetzt umgeben, z. B. In Vorstellung eines Einwohners von Pecking - dem diß alles nun eben so fremd, so wunderbar däuchten müßte - und die uns umgebende wirkliche Welt bekommt durch diese Idee einen ungewohnten Schimmer, der sie uns eben so fremd und wunderbar darstellt, als ob wir in dem Augenblick tausend Meilen gereist wären, um diesen Anblick zu haben. - Das Gefühl der Ausdehnung und Einschränkung unsers Wesens drängt sich in einem Moment zusammen, und aus der vermischten Empfindung, welche dadurch erzeugt wird, entsteht eben die sonderbare Art von Wehmuth, die sich unserer in solchen Augenblicken bemächtigt. - "

小说《跳蚤师傅——一部两位朋友的七次历险的童话》(Meister Floh. Ein Mährchen in sieben Abenteuern zweier Freunde)中的第一次历险里,少年佩伦格力奴斯(Peregrinus)的房间的墙上挂着一幅北京城的详细地图。① 这幅地图占据了一整面墙,地图上详细标注了北京的街道和房屋。佩伦格力奴斯想象着自己来到北京,置身于北京的街道。对他来说,北京是一座童话般浪漫的城市,他试图模仿中国人奇异的说话方式。他要在家庭教师的指导下温习汉莎城市联盟的历史,北京成为他摆脱在故乡每天必须从事的枯燥课业的神奇的城市。佩伦格力奴斯沉浸在对远方奇迹的想象中,他想象自己按照中国的风俗习惯打扮成中国人的模样走在北京的街道上。

我们可以说,霍夫曼的小说开启了德国小说中北京文本的诗意化传统。在霍夫曼的文学构想中,北京成为不同于故乡的奇妙

---

① 参见 E. T. A. Hoffmann: *Floh Meister: ein Mährchen in sieben Abenteuern zweyer Freunde*. Wien: Ch. F. Schadt 1825, S. 16f.: „So hatte er z. B. einst einen Aufriß der Stadt Pecking mit allen Straßen, Häusern u. s. w. der die ganze Wand seines Zimmers einnahm, zum Geschenk erhalten. Bey dem Anblick der mährchenhaften Stadt, des wunderlichen Volks, das sich durch die Straßen zu drängen schien, fühlte Peregrinus sich wie durch einen Zauberschlag in eine andre Welt versetzt, in der er heimisch werden mußte. Mit heißer Begierde fiel er über alles her, was er über China, über die Chinesen, über Pecking habhaft werden konnte, mühte sich die chinesischen Laute, die er irgendwo aufgezeichnet fand, mit feiner singender Stimme der Beschreibung gemäß nachzusprechen, ja er suchte mittelst der Papierscheere seinem Schlafröcklein, von dem schönsten Kalmank, möglich einen chinesischen Zuschnitt zu geben, um der Sitte gemäß mit Entzücken in den Straßen von Pecking umherwandeln zu können. Alles übrige konnte durchaus nicht seine Aufmerksamkeit reizen, zum großen Verdruß des Hofmeisters, der eben ihm die Geschichte des Bundes der Hansa beibringen wollte, wie es der alte Herr Tyß ausdrücklich gewünscht, der nun zu seinem Leidwesen erfahren mußte, daß Peregrinus nicht aus Pecking fortzubringen, weshalb er denn Pecking selbst fortbringen ließ aus dem Zimmer des Knaben."

的异域和令人向往的他者,那儿没有"不正义性"的存在。在浪漫派作家的笔下,空间的非正义性还没有在北京这座神奇的异域都城中显现。霍夫曼分别用"童话般的"和"奇妙的"这两个浪漫诗学中极其重要的语汇来修饰遥远的北京与中国人。

值得一提的是,在德国人绘制的北京地图中,有一幅德国驻扎天津测量部制作的彩色《北京城郊地图》,由德国参谋部刊行于清光绪三十年(1904)。据《北京历史文献要籍解题》的介绍,这是"一幅由德国人绘制的实测北京城郊地图。全图将内城分为紫禁城、皇城、满城,外城注为汉人的城,并由连续线符号表明当时基本保留的元大都城墙遗址。图中全面采用符号表示纪念碑、瓦窑、塔、牌楼、坟、城门、门壁、大理石栏等地物。全图用不同的颜色表示不同的区域,比如皇家园林及坛内绿地着绿色,河流湖泊着蓝色,城垣街巷着粉色。主要地名采用汉字、拉丁文和德文对照方式。本图绘制精细、印刷精美、图式规范、标注清晰,是一幅具有较高欣赏和使用价值的清末北京城郊地图"。[1]

不过,与一百年前霍夫曼的诗意想象不同,这些绘制地图的努力却带有明显的殖民侵略的印记,是为德意志帝国的殖民扩张和军事掠夺做准备的。

二、德国公使夫人海靖的北京小说

德国女作家、画家伊丽莎白·冯·海靖(Elisabeth von Heyking, 1861—1925,又译作海京)是德国驻华公使埃德蒙德·古斯塔夫·

---

[1] 韩朴主编:《北京历史文献要籍解题(下)》,中国书店2010年版,第943页。

冯·海靖(Edmund Friedrich Gustav von Heyking, 1850—1915)的夫人。她在1902年出版了一部书信体小说《他未曾收到的那些书信》(Briefe, die ihn nicht erreichten)。这可看作德语文学中的一部北京小说。这部小说极为畅销,至1905年已印刷75次,到1912年合计印刷85次,到1925年合计印刷103次。① 它以1900年义和团围困北京外国使馆区为背景,表达了西方殖民者在这一特定历史时期对北京这座城市难分难舍的复杂感情。②

海靖1861年出身于普鲁士的一个贵族家庭,1925年逝世于柏林。她以这部最初匿名发表的书信体小说而闻名。海靖的父亲是外交官,外祖父是浪漫文学的主将阿希姆·冯·阿尔尼姆(Achim von Arnim),外祖母则是女作家贝蒂娜·布伦塔诺(Bettina Brentano)。1884年她与外交官埃德蒙德·海靖男爵结婚,这是她的第二段婚姻。她长期随丈夫生活在海外。她的丈夫海靖1896年任驻华公使,1897年德国海军强占胶州湾后,他负责与总理衙门就租借胶州湾进行谈判,1898年3月与李鸿章签订了《胶澳租界条约》,海靖夫妇于1899年6月从中国回德。③ 日常生活中的海靖夫人积极鼓吹对中国进行殖民侵略,竭力配合丈夫推行的德国

---

① Elisabeth von Heyking: Briefe, die ihn nicht erreichten. 103. Auflage. Berlin: Paetel 1925.
② 参见 Elisabeth von Heyking: Briefe, die ihn nicht erreichten. Hamburg: tredition [2011], S. 101。
③ 关于女作家海靖,参见 Herward Sieberg: Elisabeth von Heyking: ein romanhaftes Leben. Hildesheim: Georg Olms Verlag 2012。关于海靖的中国小说的最新研究,参见 Mary Rhiel: „Diplomatenfrau" between two worlds. Elisabeth Heyking's China Journal. In: Monatshefte für deutschsprachige Literatur und Kultur 100(2008) 3, S. 369 – 382; Mary Rhiel: „A colonialist laments the new imperialism. Elisabeth von Heyking's China novels". In: Colloquia Germanica 41(2010) 2, S. 127 – 139。

在山东强占胶州湾的殖民政策。

这部关于北京的小说是海靖随丈夫出使墨西哥时创作的。小说由65封从世界各地发往北京的书信组成,这些书信从侧面描写了外国使馆被围困时期的北京。我们从1902年写于纽约的"后记"中得知,这些书信是第一人称叙述者"我"的妹妹写给她远在北京的恋人的,然而已长眠在中国大地的恋人最终未能收到这些书信。"我"的妹妹在得知丈夫在北京遇害的消息之后,也于几天之后自杀殉情。

> 在北京是如此经常,在那一天我感觉整个世界像凝固在恐惧里,似乎它在屏住呼吸等待那未知之物,那可怖之物。痛苦之城,灾难之城,我经常这样称呼北京——但是我爱这座灰色的、晦暗的城市。我现在经常非常清晰地感觉到,似乎我属于她,似乎她把我永远地留住,无论我在空间上离她有多么远。
>
> 我担心,我像所有的曾经在北京生活过的人一样,后来都欲罢不能,总是反复去谈论它,或去写它。
>
> 这是中国给所有白种人的复仇,这些白种人之所以来到这里,几乎都是想从它那里夺去它的一块土地,或者获取哪怕任何一点好处或财产。但最后他们都成了被中国同化的人。
>
> 我的朋友,您不要过多地被它同化![1]

---

[1] Elisabeth von Heyking: *Briefe, die ihn nicht erreichten*. Hamburg: tredition [2011], S. 75: „Wie so oft in Peking, war mir an jenem Tage, als sei die ganze Welt erstarrt in Angst, als harre sie atemlos, Unbekanntem, Unheimlichem. – Stadt des Leidens, (转下页)

海靖还著有北京小说《春——一部关于中国早春的故事》(*Tschun. Eine Geschichte aus dem Vorfrühling Chinas*)。这部小说1914年在柏林出版。① 这是一部反映作者亲历过的中国戊戌变法运动和义和团起义的小说，也是一部烙着鲜明殖民印记的北京小说。书中一开始就毫不隐讳地表达西方基督文化对中国落后的封建文化的洗刷、纯净作用：主人公"春是一个肮脏的中国小男孩"，但与其他中国小孩相比，他要更纯洁，因为春的母亲是基督徒。而基督教在中国尤其也意味着"不时地洗刷"。主人公春就是这样一个出生在北京北堂附近、加洗基督徒的"小屋"里的中国小孩。

春受雇于洋人，在德国公使馆当听差。小说涉及清末德国驻华外交官在北京的生活、政治活动和对华政策立场。可以说，这也是一部关于戊戌政变的德语小说，讲述了许多此段时间围绕慈禧和光绪之间的政治权力之争的北京宫廷秘闻。小说写到光绪被慈禧太后囚禁在北海的瀛台，描写了在菜市口围观行刑的场面，被砍头示众的就是参与戊戌政变的主谋。小说还写到外国大使的夫人们觐见慈禧的场面。

海靖去世后，1926年在莱比锡出版的《来自四个世界部分的

（接上页）Stadt des Verhängnisses habe ich Peking oft genannt – und doch liebe ich die graue, düstre Stadt. Ich habe jetzt oftmals ganz deutlich die Empfindung, als gehöre ich ihr, als hielt sie mich für ewig, sofern ich ihr auch räumlich bin./Ich fürchte, ich bin wie alle Leute geworden, die in Peking gelebt haben und es nachher nicht mehr lassen können, immerwährend darüber zu reden oder zu schreiben./Das ist die Rache, die China an den weißen Menschen nimmt dafür, daß sie beinahe alle doch nur deshalb hingehen, um ihm ein Stückchen seines Bodens oder sonst irgend einen Vorteil und Besitz abzugewinnen – schließlich sind sie es, die von China absorbiert werden./Lassen Sie sich nicht zu sehr absorbieren, lieber Freund！"

① Elisabeth von Heyking：*Tschun. Eine Geschichte aus dem Vorfrühling Chinas*. Berlin u. a.：Ullstein 1914.

日记》(*Tagebücher aus vier Weltteilen*)中也有关于中国的部分：第一部分涉及她与丈夫居留北京期间的日记，记述的是1896年4月—1897年10月他们在北京的经历。近年来，有中译本《德国公使夫人日记》问世。

三、阿图尔·施尼茨勒的小说断片《义和拳》

1926年2月2日，维也纳现代派大师阿图尔·施尼茨勒(Arthur Schnitzler, 1862—1931)在日记中写到，他阅读了法国海军军官、作家皮埃尔·洛蒂的旅行纪《在北京最后的日子》的德译本。[①] 作为海军少校的洛蒂随法国海军舰队来华，1900—1901年冬天在北京活动。回国后洛蒂写成《在北京最后的日子》，叙述当时北京的情况。

阅读洛蒂促使施尼茨勒创作了短篇小说残稿《义和拳》。《义和拳》反映了八国联军侵华时期在富有深厚人文底蕴的北京上演的人文与暴力的对峙。这篇未能最终完成的短篇小说写的是一位行将被枪决的义和团民面对死亡时坦然淡定的姿态。他在阅读小说以消磨死亡前的时间空格，他的阅读行为打动了西方行刑者——指挥枪决的上尉。上尉特地骑马到上司那里为这位阅读小说的拳民求情，最终，这位耽迷于阅读的拳民被赦免。

这篇小说残稿是德语文学中珍贵的以八国联军的大屠杀为背

---

① Pierre Loti: *Die letzten Tage von Peking*. Autorisierte Übertragung von Friedrich von Oppeln-Bronikowski. Dresden: Aretz [1924].

景的北京小说,①在德语高雅文学中为被联军蹂躏的北京建立了几页德文文字的档案。此文笔者曾译成中文,现附上以供参考。②

附:

施尼茨勒的中国小说《义和拳》(残稿)

[奥地利] 阿图尔·施尼茨勒著,吴晓樵译

他当时是上尉。

中国的义和拳起义,危险,毫无顾忌。陛下已经下令,概不宽恕。但收效甚微。

民族主义运动。自由运动。可我们不谈政治。

在城市,在村庄,在农村四处都是暴动,这里和那里都被镇压下去,成百、成千被绞死,被枪决。

---

① 关于义和团运动在德语文学、游记中,参见 Jean Mabire: *Blutiger Sommer in Peking: der Boxeraufstand in Augenzeugenberichten*. Wien u. a.: Neff 1978. Jean Mabire: *Blutiger Sommer in Peking*. Aus dem Französischen übertragen von Grete Steinböck und Alfred Baumgartner. Bergisch Gladbach: Lübbe [1980]. [Heinrich Haslinde]: *Tagebuch aus China: 1900-1901*. München: Selbstverlag M. Ottmann [1990]. Willi Bredel: *Das Gastmahl im Dattelgarten*. 3. Auflage. Berlin und Weimar: Aufbau-Verlag 1988. Georg Lehner: Der „Boxeraufstand" im Spiegel der Wiener humoristisch-satirischen Presse. Enthalten in: Wiener Geschichtsblätter 54 (1999) 2, S. 81-101. Peter Fleming: *Die Belagerung zu Peking: zur Geschichte des Boxer-Aufstandes*. Aus dem Englischen von Alfred Günther und Till Grupp. Nachwort von Petra Kolonko. Frankfurt am Main: Eichborn 1997. *Der Boxerkrieg in China 1900-1901: Tagebuchaufzeichnungen des späteren Hildesheimer Polizeioffiziers Gustav Paul*. Hrsg. von Hubert Mainzer und Herward Sieberg. Hildesheim: Gerstenberg 2001. *China 1900: der Boxeraufstand, der Maler Theodor Rocholl und das „alte China"*; [Begleitband zur gleichnamigen Ausstellung des Museums der Stadt Hofgeismar]. Verein für Hessische Geschichte und Landeskunde e. V. 1834, Zweigverein Hofgeismar. Hrsg. von Helmut Burmeister und Veronika Jäger. Hofgeismar: Verein für Hessische Geschichte und Landeskunde 1834, Zweigverein Hofgeismar 2000. Gerd Kaminski: *Der Boxeraufstand: entlarvter Mythos*; [mit Beiträgen österreichischer Augenzeugen]. Wien: Löcker 2000。

② 参见吴晓樵:《中德文学因缘》,上海外语教育出版社 2008 年版,第 21—24 页。

我们来到一个小的村庄，离北京两小时的路程。在那里有支17人的队伍受到判决。3周前已经处决了30人。人们给了被判决的人3小时的时间。他们都镇静以待，我像每次一样，在内心里做着统计。我对中国人的心理感兴趣。

一人在哭泣，这引起我的注意，这很少见。3人在非常严肃地和郑重其事地相互交谈，两人有亲属来看望，一人似乎在祷告，两人在写信，因为不是所有的人都来自这个村庄，似乎在叛乱者之间存在着某种有意识的交换，从这个村庄到那个村庄……

已经16个了。第17个在看书，我起先以为是在看一本祈祷书，但他看的是一本小说。起先我没有说什么。他一直在读，偶尔匆匆抬头看看，这持续了一个小时。此间我得同我的几个别的同志谈点什么。他还有一个半小时的时间。在其他人身上人们观察到不安的情绪在渐渐扩大，至少在我看来是这样的。他继续在读。终于我问他。起先我把话转移到旁人身上，以不引起注意。我问他，他在读什么。他平静地给我说了小说的名字。我懂一点中文。他在继续读。我走来走去，我接过别人的信件，他们写给他们的亲属。随后我又把面转向他。很是奇怪。我终于和他搭话。"你不知道，你被判处死刑了吗？"我问他。他点头。我的问题并不残酷。我继续问。"你知不知道，在一个半小时之后你将和你的同志们一起被枪毙？"他回答说："据说我们要被枪毙，但还不完全肯定它将一定发生。"

他的语气里没有任何放肆。这是一个十分平静的旁白。他补充道："在下一个小时发生什么，这决不是完全肯定的。"

"反正，"我说，"可能性却认为这是极肯定的。我不认为，有人还会把你们放了,希望特赦是没门的。"他点头。我清楚地感觉到,我的问题有一点打乱了他。我毫无尴尬地向他指出,他只管读下去而他也是这样做的。我离开他,但我又不得不凑过去。"您读的是一本好小说吗?"我问。他流露出的表情说明,还行。"除了小说,您就不想读点其他的什么东西吗?"他有点惊奇地看着我。我在开玩笑。您将不无道理地认为这有点有失分寸,但是我当时就处在这样一种很怪的心理状态。"反正您不能读完,这是肯定的。"——"不,我认为能,"他说,"我反正还有一个多小时的时间。"我激动地说:"您就不知道在这一个小时里,除了阅读一本小说外您就真的没有其他的事可做吗?"

"为什么我就应该不这样做呢?"他问。"我没有其他的事情可做。我还从来没有过这么多的时间。"我已经决定要使他安静下来。但我没有成功。我又走到他身边。"您是干嘛的?"我问。他回答得很有礼貌,他是做制服手工的,而且是在北京。他有一个妻子,两个孩子,他们有5年3个月没有见过面。"您不想给他们写信吗?"我激动地问。"他们会得知的",他说。"也许他们甚至认为,这早就发生了。""您还有亲戚吗?"我问。"有",他有点不情愿地说。我尴尬地把身子转过去,他又马上继续他的阅读。这使我受不了。我们到最后,在他把这部小说阅读完之前要把这个人枪毙,我认为这让人愤怒。是的,我真的这么想。那其他16个人的命运对我来说实际上无所谓。我对他们表示遗憾,不,没有什么遗憾。现在其他大多数人已经写完了信和做好了其他的准备,有几个紧闭双眼躺在地上。大多数人蹲在那里,目光呆滞。在几双眼睛里我认为我看出了对死亡的恐惧。这也许是个错误。

我跳上马,在这一刻我事先并没有意识到,我把指挥权移交给一个同志,团部位于另外一个小村庄里,有半个小时的路程。我骑马奔去,这是一个炙热的夏天,我向团长报告,他比较喜欢我。这我知道。他是我母亲的一个远房亲戚。否则我大概不会冒这个险的。我们甚至还以你相称呼。我向他陈述了我的请求。我希望他能赦免这17个人中的一个。我向他说明了我的理由。我马上就发现,这根本就不成其为理由。我甚至有些胡说八道。我借口假设这个人将来能做出点什么。他的罪行根本就没有得到过证实。上校摇着头。我终于正经起来。我向他讲述了一切。上校笑了。"这个家伙把你看透了",他说。"这是些精明的人,请相信我。连最愚蠢的也比我们要狡猾得多。"我几乎是激烈地回答道。上校变得认真起来。他说:"概不宽恕,这是陛下强调过的命令。"我提醒他注意,出于某些完全无足轻重的理由就曾经有个两次这种情况。好几百人已经被处决了。不在乎多一个或少一个。上校最后终于说:"那好,看在你面子上。这次我揽下来。"他给我开具了书面的东西。

我飞驰而回。12个人已经躺在那里死了。现在轮到了最后5个。从上一次开枪到下一次开枪总有10分钟的小休息。我的中国人还一直蹲在那里(在院子里,在它上面是自由的天空)在阅读。是的,我甚至从很远处就看到,他在页边用铅笔做着小小的标记。他没有看到我,他想必认为自己已经迷失了。他想必知道,在5分钟后将轮到的是他。四周是士兵。当我把马停了下来,他转过身子,这次他甚至有些好奇地看着我。我把我的同志招过来。

我通知他,我给这个中国人带来了特赦。手续上我目前不需要再说什么了。或许我当时还能使这个或那个获得释放。那些被指定枪决这最后五个人的士兵已经出列了。随着一声令下,这5个中国人站了起来,他们看上去都很平静,只有一个发出尖厉的笑声随后惊吓地看着四周。我向我的中国人走去,把手放到他的肩上,一个很不明智的动作,我以有些沙哑的声音说:"您被赦免了。"他看着我,有些不解,他笑了笑。这本书他拿在手上,有点机械地把它揣到他的宽宽的白色的上衣的口袋里。另外4个人张大了眼睛。也许他们在希望。我的中国人看着我。"你看,我是怎么说的,"他这么讲,"人们绝不会知道。"他向4个人中的一个走去,握手。然后他又转向我。"我可以走吗?"他问。我已经说过了:"您被释放了。"我真的有权这么做吗?他还得要做重要的陈述。现在我揽下了这个。"您自由了,"我说,声音里带着些尖锐。他点头。此间,另外4个人站到了墙边,士兵们在等着命令。命令要由我下达。我的中国人慢慢地离去,实际上我想跟着他。我拖延着命令,直到我的中国人消失在这幢建筑的入口处。然后我下达了命令。射击……他很轻微地颤抖着,但他没有转过身。这时我看到他刚走出门消失在街上。您将会问我,在我身上发生了什么。我很惭愧。我根本就没有干了一件好事的感觉。从现在开始即使他们中的每一人都可以把小说揣进怀里,这也帮不了任何人的忙。好了,幸运的是,这是我最后一次参与这样一件事情。不是偶然。这是上校安排的。此外这个中国人根本没有给我留下很深的印象,我也不是很赞赏他,我只知道一点,在我在世上所遇见的所有的人当中,他是我感到最为陌生的一个。

四、卡夫卡小说中的北京

长城与皇城是德语作家想象中华帝都城市空间的重要符号，高耸的城墙造成的隔断成为历史上北京作为帝都在空间上的典型特征。

启蒙时期的大家克里斯托弗·马丁·维兰德(Christoph Martin Wieland, 1733—1813)就曾关注到中国的长城。不过，他更多地是把中国看作一个诗的国度。维兰德甚至萌发过向虽已83岁高龄却依旧吟诗作赋的乾隆皇帝寄赠自己诗作的想法。他称赞乾隆为"世界上所有诗人的外交使团团长"。[①] 维兰德之所以给乾隆加上了这样一个特殊的名号，可能是因为他阅读过加入英国使团的德国人约翰·克里斯蒂安·许特纳(Johann Christian Hüttner, 1766—1847)写的《中国书信》(*Briefe aus China*)。

与魏玛古典作家眼中的北京不同，后来的德语作家更多是充分利用与民间空间上有着难以跨越的巨大鸿沟的皇城意象和长城符号来反思空间正义与空间不公的问题。

1917年七八月间，卡夫卡在双月刊《马尔斯雅斯》(*Marsyas*)创刊号上发表了一篇很短的小说，标题为《一页旧报》(*Ein altes Blatt*)。关于这篇小说的标题，以往有不同的译法，如《往事一页》《古史一页》。皆不确，这些译法都没有能理解 Blatt 一词还有作为 Zeitungsblatt(报纸)的含义。1919年，《一页旧报》被收录进《乡村医生》短篇小说集。这是一则关于北京的小说叙述，也是卡夫卡生

[①] 转引自 Günther Debon: *China zu Gast in Weimar. 18 Studien und Streiflichter*. Heidelberg: Guderjahn 1994, S. 23。

前发表的最早的一篇关于中国的文字。小说最初的标题更为明确，直接指明为"一张来自中国的旧报"。小说从北京城一个修鞋匠的视角讲述北京皇宫前的广场被野蛮的异族占领的情形。这些包围了皇宫的入侵者和他们的马匹都表现出嗜血食肉的本性。

卡夫卡的中国知识获益于当时流行的一些有关中国和中国文化的著作。① 他对1905年问世的汉斯·海尔曼（Hans Heilmann，1859—1930）翻译的《公元前十二世纪至现在的中国抒情诗》(*Chinesische Lyrik vom 12. Jahrhundert v. Chr. bis zur Gegenwart*)一书赞赏有加。该译本被列入"果盘丛书"(*Die Fruchtschale. Eine Sammlung*)。② 卡夫卡还阅读了尤利乌斯·迪特玛（Julius Dittmar）1912年出版后来又多次再版的游记《在新中国》(*Im neuen China*)，并受到马丁·布伯（Martin Buber，

图21　德国汉堡大学藏《在新中国》封面

---

① Hideo Nakazawa：*Kafka und Buber: „Beim Bau der chinesischen Mauer" und seine Satellitenwerke*. München：Iudicium 2018, S. 20f. 参见 *Kafkas China*. Hrsg. von Kristina Jobst und Harald Neumeyer. Würzburg：Königshausen & Neumann [2017]. Rolf J. Goebel：*Constructing China: Kafka's orientalist discourse*. Columbia, SC：Camden House 1997. *Kafka and China*. Ed. by Adrian Hsia. Bern u. a.：Peter Lang 1996. Weiyan Meng：*Kafka und China*. München：Iudicium-Verlag 1986.
② 该丛书名曾被误译为"果壳"，显然与原义不符。参见叶廷芳主编：《卡夫卡全集》第7卷，河北教育出版社1996年版，第357—358页。

1878—1965)1911 年出版的蒲松龄著《中国鬼怪和爱情故事集》（*Chinesische Geister- und Liebesgeschichten*）和汉学家卫礼贤 1914 年翻译出版的《中国民间童话集》（*Chinesische Volksmärchen*）的影响。①

据学者克里斯蒂安·维博（Christian Wiebe）考证，卡夫卡还明显吸收了当时汉学家研究的成果。如莱比锡大学教授、汉学家孔好古在评论 1909 年由俄国汉学家（Vasilij Pavlovič Vasil'ev, 1818—1900）的《对中国的开发》（*Die Erschließung Chinas*）一书②时说，建造长城是为了从军事上对抗北方的游牧民族，并将快速、运动的游牧民族和漫长的、静止的长城相对比，这与卡夫卡的小说《中国长城建造时》中的表述相似。③

《中国长城建造时》④的第一人称叙述者"我"对绵延无际的中

---

① *Im neuen China: Reiseeindrücke；Mit photographischen Aufnahmen.* Cöln：Schaffstein [1912]. J. Dittmar：*Im neuen China: Reiseeindrücke.* 21.－25. Tsd.. Köln a. Rh.：Schaffstein 191X. Sonderdruck aus：Dittmar，*Eine Fahrt um die Welt.* Julius Dittmar：*Eine Fahrt um die Welt.* Berlin：Schall [1911]. J. Dittmar：*Im neuen China: Reiseeindrücke.* 26.－30. Tsd.. Köln a. Rh.：Schaffstein [ca. 1915]. Julius Dittmar：*Im neuen China: Reiseeindrücke.* Mit photograhischen Aufnahmen. Hrsg. von Nicolaus Henningsen. 4. Aufl. Cöln a. Rh.：Schaffstein [1915]. *Chinesische Geister- und Liebesgeschichten*/[Pu Ssungling. Hrsg. Martin Buber]. Frankfurt am Main：Rütten & Loening 1911. *Chinesische Volksmärchen: mit 23 Wiedergaben chinesischer Holzschnitte.* Übersetzt und eingeleitet von Richard Wilhelm. Jena：Diederichs 1914.
② W. P. Wassiljew：*Die Erschliessung Chinas: kulturhistorische und wirtschaftspolitische Aufsätze zur Geschichte Ostasiens.* Deutsche Bearbeitung von Dr. Rudolf Stübe. Mit Beiträgen von Prof. Dr. A[ugust] Conrady und zwei Karten. Leipzig：Weicher 1909.
③ 参见 Hideo Nakazawa：*Kafka und Buber：„Beim Bau der chinesischen Mauer" und seine Satellitenwerke.* München：Iudicium 2018，S. 74f. Christian Wiebe：„Beim Bau einer kafkaesken Erzählung". In：*Kafkas Betrachtung－Kafka interkulturell.* Hrsg. von Harald Neumeyer und Wilko Steffens. Würzburg：Königshausen & Neumann 2013，hier S. 556ff.
④ 《中国长城建造时》中译本存在由于使用不同版本而产生的译文差异，先后有叶廷芳、张荣昌、薛思亮等人的译文。以下译文为笔者根据所用德文版本的自译。

图22　德国汉堡大学藏《在新中国》第31页长城照片

国所寄予的热望以血液循环流淌的身体的比喻得到了形象生动的再现:"统一！统一！胸脯挨着胸脯,民族的一个循环,血液,不再局限在身体的干巴巴的循环里,而是甜美地流动着且又返回流淌过绵延无际的中国。"[1]有论者认为这些"血液"与"统一"的表述是对犹太复国主义的理论家马丁·布伯的观点的有意隐射。[2]

卡夫卡写到深陷宫闱斗争和对外来入侵束手无策、只能躲在窗后"低垂着头"偷窥宫前广场情形的皇帝,[3]写到需穿越重重宫

---

[1] Franz Kafka：„Beim Bau der chinesischen Mauer". In：Ders.：*Die Erzählungen und andere ausgewählte Prosa*. Hrsg. von Roger Hermes. 6. Auflage. Frankfurt am Main：Fischer Taschenbuch Verlag 2001, S. 289–304, hier S. 292：„[...] Einheit! Einheit! Brust an Brust, ein Reigen des Volkes, Blut, nicht mehr eingesperrt im kärglichen Kreislauf des Körpers, sondern süß rollend und doch wiederkehrend durch das unendliche China."
[2] Hideo Nakazawa：*Kafka und Buber:* „ *Beim Bau der chinesischen Mauer" und seine Satellitenwerke*. München：Iudicium 2018, S. 30.
[3] 参见 Hideo Nakazawa：*Kafka und Buber:* „*Beim Bau der chinesischen Mauer" und seine Satellitenwerke*. München：Iudicium 2018, S. 94。

门和无数台阶却可能永远无法抵达"你"的手中的"谕旨"(Eine kaiserliche Botschaft),除此之外,卡夫卡在《中国长城建造时》里还以"边民"的视角塑造了一个"天高皇帝远"的北京形象:"尽管在村子的出口的小柱子上立着那条神圣的龙,自有人记忆以来就准确地朝着北京的方向喷吐着火的气焰表示拥戴,但北京自身对村子的人们来讲又比彼岸的生活陌生得多。"[1]北京在他们的视界里无异于一个人流涌动、房屋鳞次栉比的"村子":"真的存在这么样一个村子,房屋挨着房屋,田野笼盖,超出了从我们山丘视线所及的范围,在这些房屋之间无论是白天还是黑夜,人头攒动,摩肩接踵。"[2]对这些远在天边的帝国子民来讲,在卡夫卡的笔下,北京就如同天空中静静变换的"浮云":"比想象这样一座城市更为容易的是,认为北京和它的皇帝是一体的,如一片浮云,静静地在太阳底下在时代的进程中变换。"[3]

五、纳粹时期的北京小说

纳粹上台前来北京的德语作家还包括基希、莉莉·珂贝(Lili

---

[1] Franz Kafka: „Beim Bau der chinesischen Mauer". In: Ders.: *Die Erzählungen und andere ausgewählte Prosa*. Hrsg. von Roger Hermes. 6. Auflage. Frankfurt am Main: Fischer Taschenbuch Verlag 2001, S. 289–304, hier S. 301: „Zwar steht auf der kleinen Säule am Dorfausgang der heilige Drache und bläst huldigend seit Menschengedenken den feurigen Atem genau in der Richtung von Peking, aber Peking selbst ist den Leuten im Dorfe viel fremder als das jenseitige Leben."
[2] Ibid.: „Sollte es wirklich ein Dorf geben, wo Haus an Haus steht, bedeckend Felder, weiter als der Blick von unserem Hügel reicht und zwischen diesen Häusern stünden bei Tag und bei Nacht Menschen Kopf an Kopf."
[3] Ibid., hier S. 301f.: „Leichter als solche Stadt sich vorstellen ist es zu glauben, Peking und sein Kaiser wären eines, etwa eine Wolke, ruhig unter der Sonne sich wandelnd im Laufe der Zeiten."

Körber,1897—1982)[①]和伊尔泽·朗格娜(Ilse Langner,1899—1987)等人。

基希在北京时采访了生活在北京西山郊区的太监。

1996年,汉学家顾彬在北京大学比较文学所开设关于中德文学关系的系列讲座,后结集出版题为《关于"异"的研究》,其中第八讲的主题就是女作家伊尔泽·朗格娜的长篇小说《紫禁城》(*Die purpurne Stadt*)。这是一部出版于1937年、"厚达500页"的北京小说。这本小说在1944年还再版过,该版1983年重印,引起研究界的注意。[②] 朗格娜本人1933年曾到过北京,在北京学过一点汉语。1944年7月22日,朗格娜还在《科隆日报》(*Kölnische Zeitung*)发表了她对1933年6月中国妇女在北京的难民寺庙中逃难的回忆。[③] 1960年,她的《中国日记》(*Chinesisches Tagebuch*)在纽伦堡出版,其中也含有对北京的记述。[④]

小说《紫禁城》"集中介绍了30年代的北京"。[⑤] 女主人公格罗丽雅(Gloria)从柏林不远千里到北京看望她的堂祖父尼克劳

[①] 参见 Xiaoqiao Wu: „Lili Körbers Netzwerk mit den chinesischen Kollegen in den 1930er Jahren". In: *Internationaler Germanistenkongress*, 13. 2015: Schanghai. Akten des XIII. Internationalen Germanistenkongresses Shanghai 2015; Band 8. Unter Mitarbeit von Susanne Reichlin, Beate Kellner, Hans-Gert Roloff, Ulrike Gleixner, Danielle Buschinger, Mun-Yeong Ahn, Ryozo Maeda. Frankfurt am Main u. a.: Peter Lang 2017, S. 203–207。

[②] 参见 Aleksandra Nadkierniczna-Stasik: „Zum Orient-Bild in Ilse Langners China-Roman *Die purpurne Stadt*". In: *Der weibliche Blick auf den Orient*. Hrsg. von Mirosława Czarnecka. Bern u. a.: Peter Lang 2011, S. 189–199。

[③] Ilse Langner: „Erinnerungen an chinesische Frauen im Flüchtlingstempel (Peking, im Juni 1933)". In: *Kölnische Zeitung*, 22. 7. 1944。

[④] Ilse Langner: *Chinesisches Tagebuch. Erinnerung und Vision*. Nürnberg: Glock & Lutz 1960, S. 217–280。

[⑤] [德]顾彬:《关于"异"的研究》,曹卫东译,北京大学出版社1997年版,第67页。

斯·拉施法尔(Nikolaus Raschfal)。拉施法尔是50年前来中国传教的教士,后放弃传教,一直生活在北京,靠行医帮助中国人。顾彬认为小说"对30年代北京的介绍""充满诗意,很成功","小说对当时生活在北京的外国人持批判态度","作者不抱任何优越感","把中国人与西方人平等看待"。对女主人公来讲,她的北京之行是一次朝圣之旅。在对北京的客观描写中,北京成为"梦、童话和情人"。小说还触及现代性、技术、内战等因素对北京的传统的侵蚀和破坏。这部小说还引起20世纪90年代曾到北京大学讲学的柏林自由大学教授霍斯特·登克勒(Horst Denkler, 1935—)的兴趣,他探讨了小说中的种族问题。[1]

朗格娜也注意到北京城市空间中由于"皇帝与民间"之间鸿沟造成的断裂与切割。她观察到的北京形象中的"社会排斥""居住隔离"的现象。她尤其注意到当时北京的排斥性的分区规划和制度化的居住隔离。

朗格娜在《中国日记》中写道:"皇帝与民众的这种人为造成的不可沟通性和对这种不可沟通性的保持显示出其坚若磐石的证明力。从北京城的划分可以洞察到北京的历史:紫禁城的四角坚硬地切入平坦的城市风景。清朝最后的统治家族在攻入北京时以新鲜的力量将其据为己有,他将本地人挤入汉人城区,将

---

[1] Horst Denkler: „Rassenprobleme in Peking. zu Ilse Langners China-Roman *Die purpurne Stadt* (1937)". In: „*Wenn Freunde aus der Ferne kommen*": eine west-östliche Freundschaftsgabe für Zhang Yushu zum 70. Geburtstag. Hrsg. von Naoji Kimura und Horst Thomé. Bern u. a.: Peter Lang 2005, S. 55–65.

以前的蒙古族征服者挤到鞑靼人城区。"①在参观故宫时,朗格娜也反思贵为天子的皇帝与民众割裂后的空洞与僵化:"正如苍天将其宽泛只提供给神圣的诸神一样,蔚蓝的天空它不给树木或花草提供任何的空间,只是在群星的合唱中接受阳光之眼的普照,故宫宏大的紫色大殿之间的巨大的大理石宫殿显得空荡无比。只有那位将自己提升为天子的人以其最为宏大的排斥和僵化在这里拥有着他的帝国,他不愿与动物、植物们共享之。"②天子只是在夏季或冬季的行宫如圆明园和颐和园等处寻求与自然的亲近。

长篇小说《紫禁城》中的北京给人留下的印象是一座有着漫无尽头的、高高的城墙的都城。城墙将北京分隔为方块状的区域:在紫禁城的核心区曾经是贵为天子的皇宫,四周是天子臣民的地域,向四周绵延,最后是被歧视者和穷人的区域,亦即所谓汉人的城区。朗格娜强调,认识了北京的城市布局就认识了中国的历史。

抗战时滞留北平的德国汉学家后来也留下了关于北京的文字记忆。据汉学家傅吾康在回忆录《为中国着迷——一位汉学家的自传(1912—1950)》(*Im Banne Chinas*)中透露,赫尔伯特·穆勒(Herbert Müller)③1938 年在北平杨树岛出版的著作《不多的几

---

① Ilse Langner: *Chinesisches Tagebuch. Erinnerung und Vision*. Nürnberg: Glock & Lutz 1960, S. 224.
② Ibid.
③ 参见 Hartmut Walravens: *Herbert Müller (1885 – 1966): Sinologe, Kunsthändler, Jurist und Journalist; eine biobibliographische Skizze*. Berlin: Bell 1992; Herbert Müller: *Memorandum betr. die Gründung eines Richthofen-Institutes fuer deutsche China-Forschung in Peking*. [Peking] [1914].

页》(*Wenige Seiten*)中,描写了北京的八大胡同。傅吾康本人在回忆录第 1 卷第 5 章"逗留北京 1937—1950 年"的第四节"北京 1938—1939 年"也较详细地讲述到八大胡同的情况。①

同一时期,奥地利作家科林·罗斯(Colin Ross,1885—1945)1939 年初版于莱比锡的《新亚洲》(*Das neue Asien*)披露了日本占领下的北平情形。该书的封面是"一个北京的城门,城门上写有汉字'建设东亚新秩序'"。② 这本当时很畅销的书(到 1942 年印数已达 6 次之多)中配有 88 幅图片,其中包括北京紫禁城的图片。③ 在罗斯 1925 年出版、1936 年补充修订再版的另一部畅销的著作《决断之海》(*Das Meer der Entscheidungen*)里,读者也可以看到北京天坛祈谷坛的照片。④

1936 年,赫尔曼·施雷柏(Hermann Schreiber,1920—2014)反映德国外交官克林德在义和团期间被杀这一历史事件的小说《在北京的牺牲之行》(*Opfergang in Peking*)在柏林出版。⑤ 1941 年,奥特弗里德·冯·汉施坦因(Otfrid von Hanstein,1869—

---

① 参见李雪涛:《八大胡同闲走遍 几回慷慨发悲歌——汉学家傅吾康笔下的八大胡同》,载李雪涛:《误解的对话——德国汉学家的中国记忆》,新星出版社 2014 年版,第 208—220 页,此处见第 212 页。
② [德]凯特琳·胡黛:《视觉诱导——科林·罗斯中国报道中的摄影与旅行报告》,朱颜译,《德语人文研究》2020 年第 1 期,第 25—33 页,此处见 27 页。
③ Colin Ross: *Das neue Asien. Mit 88 Abbildungen und 7 Karten*. Leipzig: Brockhaus 1939, S. 152.
④ Colin Ross: *Das Meer der Entscheidungen: beiderseits des Pazifik*. Leipzig: Brockhaus 1925, S. 265. 该书在 1942 年总印数已达 7 次: Colin Ross: *Das Meer der Entscheidungen: beiderseits des Pazifik*. 7., auf Grund neuer Reisen nach Amerika und Ostasien neubearbeitete Auflage. Leipzig: Brockhaus 1942。
⑤ Hermann Schreiber: *Opfergang in Peking: Ein Buch um das Sterben des Gesandten v. Ketteler*. Berlin: Scherl [1936].

1959）也出版了反映义和团的小说《北京的黑色日子》(*Die schwarzen Tage von Peking*)。①

六、"二战"后的北京小说

瑞士作家马克斯·弗里施(Max Frisch)1945年发表了《彬,北京之行》(*Bin oder die Reise nach Peking*)。

小说的第一人称叙述者在这部梦幻小说里对北京展开了美好的想象。在3月的一个月亮升起的夜晚,他和彬快速实现了空间的跨越,抵达了万里长城:"我觉得好像没有走多久,就突然伫立于中国万里长城之前了。"②"这长城看上去就跟图画上的一模一样,犹如一条石蛇,蜿蜒穿过一片辽阔的、荒凉的、丘陵起伏的原野。"③

在文本的一开始,弗里施就从长城的高处给我们描绘了一幅春天的北京风景图:"我们俯视一派春天的景色,我们见到广阔无垠的、柔和而泰然自若的山丘,绮丽可爱的林木,大道纵横,阳光璀璨,溪水犹如银带闪闪发光,在远方是人居住的城市,屋顶,桥梁,蓝波涟漪的海湾,塔楼,在那上面回旋的鸟儿……"④

"北京闪亮的屋顶、古老的塔楼、戴着黄色平顶礼帽的小人儿们,日常重担在肩的挑水夫在那些纵横交错的街巷里四处站着闲

---

① Otfrid von Hanstein: *Die schwarzen Tage von Peking: der Boxeraufstand und die Ermordung des deutschen Botschafters in China*. Berlin: Steiniger [1941].
② [瑞士]马克斯·弗里施:《彬,北京之行》,张佳珏译,重庆大学出版社2012年版,第21页。
③ 同上书,第22页。
④ 同上。

聊,在那后面,在银波荡漾的海湾里,桥梁和风帆历历在目,莲花开放,蓝色的鸟儿在上空盘旋。"①毋庸置疑,弗里施对北京的想象应有着欧洲早期对北京影像图片记忆的痕迹。

在即将到达却永远无法到达北京的旅途中,主人公也设想将有这样一张展示北京风景的明信片存在,以寄给远在家里的妻子:"'我们一到北京,'后来我边走边说,'我就要给我的妻子拉潘琪儿寄一张明信片!那上面要有所有这些屋顶啦,塔楼啦,桥梁啦,风帆啦,以及盛开的莲花,还有在天上回旋的蓝鸟儿。'"②这再次表明,弗里施笔下的北京是图片中想象的北京。

1951年,《中国胜利了》(*China siegt*)(1949年初版于维也纳;第二年修订版在柏林出版)③的作者严斐德(Fritz Jensen, 1903—1955)④在柏林出版了《从柏林到北京的桥梁》。⑤ 1954年,严斐德还翻译了胡乔木的《中国共产党的三十年》。⑥

严斐德是旅华奥地利犹太裔记者、医生兼作家,在抗战期间来华,是1939年国际援华医疗队成员。1948—1953年他生活在维也

---

① [瑞士]马克斯·弗里施:《彬,北京之行》,张佳珏译,重庆大学出版社2012年版,第25页。
② 同上书,第24页。
③ Fritz Jensen: *China siegt*. Wien: Stern-Verlag 1949. Fritz Jensen: *China siegt*; *mit 12 chinesischen Originalholzschnitten, 28 Tiefdruckbildern nach Aufnahmen des Verfassers und einer mehrfarbigen Landkarte*. Berlin: Dietz Verlag 1950. 关于Fritz Jensen 参见Eva Barilich: *Fritz Jensen: Arzt an vielen Fronten*. Wien: Globus-Verlag 1991。该书已有中译本:[奥地利]伊娃·巴莉丽琦:《严斐德传》,翁振葆译,新华出版社1992年版。
④ 参见张彦:《八宝山墓碑上的外国人——忆医生、诗人、记者、烈士严斐德》,《百年潮》2000年第7期。
⑤ Fritz Jensen: *Die Brücke von Berlin nach Peking*. Berlin: Kongreß Verlag 1951.
⑥ Hu Tschiau-mu: *30 Jahre Geschichte der kommunistischen Partei Chinas*. Titel der englischen Ausgabe: *Thirty years of the Communist Party of China*. Übersetzt von Fritz Jensen. Berlin: Dietz 1954.

纳,任奥地利共产党党中央机关报《人民之声报》(Volksstimme)编辑。1953年,严斐德再次来中国工作,任《人民之声报》驻中国常驻记者,同时兼任《新德意志报》(Neues Deutschland)记者,在外文出版社任德文专家。1955年在"克什米尔公主号"爆炸事件中牺牲。1955年5月23日,《人民日报》发表了王务安的《悼念我最亲爱的人》一文,作者即严斐德的妻子Wu An。1956年,新华社新闻稿第2140期发布了《严斐德奖金在奥地利设立》的消息。同年,他的遗著《牺牲者和胜利者——仿作、诗歌和报告》由恩斯特·费舍尔(Ernst Fischer, 1899—1972)撰写前言在柏林出版。① 《中国胜利了》一书还与奥地利富华德医生(Walter Freudmann)的《起来》(Erhebet Euch)②一书合在一起,由张至善与王燕生等人合译为中文出版,题为《起来! 中国胜利了》,列入中国人民对外友好协会"国际友人丛书",北京师范大学出版社1994年12月出版。

1952年,美国作家德克·博迪(Derk Bodde, 1909—2003)描写1949年中国革命的《北京日记: 革命的一年》(Peking diary, a year of revolution)也从英文译成了德文出版。该书含有28幅精美插图。③

20世纪50年代初期,民主德国作家对北京作了频繁的访问。其中,著名女作家安娜·西格斯(Anna Seghers, 1900—1983)访问

---

① Fritz Jensen: *Opfer und Sieger: Nachdichtungen, Gedichte und Berichte*. Mit einem Vorwort von Ernst Fischer. Berlin: Dietz 1955.
② W. Freudmann: *Tschi-lai! - Erhebet euch!: Erlebnisse eines Arztes in China und Burma 1939 - 45*. Linz: Verlag Neue Zeit 1947.
③ Derk Bodde: *Peking-Tagebuch. ein Jahr Revolution in China*. Übersetzt aus dem Amerikanischen von Max Müller. Mit 28 Abbildungen auf Kunstdrucktaf. Wiesbaden: Brockhaus 1952.

了北京。西格斯在 20 世纪 30 年代就同留学柏林的中国学者有密切交往。她在 1932 年创作的长篇小说《战友们》(Die Gefährten)把旅欧的中国共产党人也写入其中。1932 年她与中国女作家 Schü Yin 的合影照片今存柏林艺术科学院安娜·西格斯档案馆。[1] 她们两人合写了关于上海工人的五一游行的报告文学。1951 年 10 月,安娜·西格斯访问了北京,回国后发表了游记《在新中国》。1955 年,她还计划与丈夫重访中国,[2]但该计划最终未能实现。

作家史特芳·赫尔姆林(Stephan Hermlin,1915—1997)1954 年在柏林出版的《天涯咫尺》(Ferne Nähe)记录了对北京的访问之行,并附有多幅诗人萧三的夫人、犹太裔德国人叶华(Eva Siao,1901—2001)所拍的照片。[3]

在 20 世纪 50 年代访问北京的德语作家还包括威利·布莱德尔(Willi Bredel,1901—1964)、曾任捷克驻中国大使的弗朗茨·卡尔·魏斯柯普夫(Franz Carl Weiskopf,1900—1955)等。

布莱德尔 1955 年访问了中国,在 1956 年出版有《枣园的筵席》(Das Gastmahl im Dattelgarten),书写了义和团起义、孙中山革命、长征和抗日战争等中国革命斗争故事。[4] 该书 1958 年再版,1985 年第 3 版。

---

[1] 参见 *Anna Seghers mit Selbstzeugnissen und Bilddokumenten*. Dargestellt von Christiane Zehl Romero. Reinbek bei Hamburg:Rowohlt 1993,S. 43。
[2] Anna Seghers:„An Dora Liau und Hansin Liau,Berlin,5. April 1955". In:*Anna Seghers. Briefe 1953 – 1983*. Hrsg. von Christiane Zehl Romero und Almut Giesecke. Berlin:Aufbau Verlag 2010,S. 37.
[3] Stephan Hermlin:*Ferne Nähe*. Berlin:Aufbau Verlag 1954.
[4] Willi Bredel:*Das Gastmahl im Dattelgarten*. Berlin:Aufbau 1956. 3. Auflage. Berlin und Weimar:Aufbau Verlag 1988.

魏斯柯普夫著有《中国在歌唱》(*China singt: Nachdichtungen aus dem Chinesischen.* Leipzig 1954)、《广州之行》(*Die Reise nach Kanton: Bericht, Erzählung, Poesie und weitere Bedeutung.* Berlin 1953)等。

剧作家君特·魏森博恩(Günther Weisenborn, 1902—1969)也于1956年、1961年两次访问中国, 1958年创作了广播剧《扬子江》(*Jangtsekiang*), 1961年出版旅华观感集《扬子江畔屹立着一位巨人》(*Am Yangtse steht ein Riese auf. Notizbuch aus China.* München 1961)。他另改编有中国朱素臣的昆曲《十五贯》,①该剧曾在汉堡上演。1962年出版文论《戏剧在中国和欧洲》(*Theater in China und Europa*)。

1956年,叶华在德国出版了关于北京的画册《北京:印象与相遇》(*Peking. Eindrücke und Begegnungen*),书中充满对新中国首都北京的歌颂和赞美之情。该书由作家博多·乌泽(Bodo Uhse, 1904—1963)作序。② 同年,乌泽本人也出版了自己的《中国日记》(*Tagebuch aus China*)。③

在中国任教的犹太籍德语作家朱白兰(Klara Blum, 1904—1971)在20世纪50年代初创作的长篇小说《牛郎织女》(*Der Hirte und die Weberin*)最后一章写到女主人公在北平见证了北平的和平解放。④

---

① Chu Su-ch'en: *Fünfzehn Schnüre Geld: ein altchinesisches Bühnenstück.* Auf das europäische Theater gebracht von Günther Weisenborn. Berlin: Henschel 1960.
② *Peking. Eindrücke und Begegnungen.* Eingeleitet von Bodo Uhse. Dresden: Sachsenverlag 1956.
③ Bodo Uhse: *Tagebuch aus China.* Mit Bildern von Werner Klemke. Berlin: Aufbau Verlag 1956.
④ Klara Blum: *Der Hirte und die Weberin: ein Roman.* Ill.: U. Yün u. a.. Rudolstadt: Greifenverlag 1951. 另参见阳凌艺:《战后初期德语文学中的中国书写——以弗里施、麦考尔和朱白兰为例》,北京航空航天大学博士学位论文,2021年。

德国女艺术家和作家阿达·冯·波泽拉格尔（Ada von Böselager, 1905—1973）1940年在上海的 Noessler 出版社出版了《家乡：从思念远方到想家》(*Heimat. Vom Fernweh zum Heimweh*)。她的"北京小说"《从颐和园到天坛：一部北京小说》(*Vom Sommerpalast zum Himmelstempel. Ein Peking-Roman*)1955年在慕尼黑的北京出版社出版。[1] 该书今藏汉堡大学图书馆。

七、改革开放以来有关北京的德语小说

在尚处于"文化大革命"期间的1975年，瑞士作家马克斯·弗里施陪同联邦德国总理赫尔穆特·施密特访问了北京。回国后，他在《明镜》(*Der Spiegel*)发表了题为《不，我没有见到毛泽东》(„Nein, Mao habe ich nicht gesehen")的游记。[2]

洛瓦斯·费舍-鲁格（Lois Fisher-Ruge, 1940—）的英文游记《彬彬有礼逛北京》(*Go gently through Peking*)被译成德文，1981年在德国杜塞尔多夫出版。这部北京游记的德文标题《北京的日常：一位西方女性经历今日中国》(*Alltag in Peking: eine Frau aus dem Westen erlebt das heutige China*)有意模仿20世纪30年代初期奥地利女作家莉莉·珂贝访问苏联的游记《一位女性经历红色日常：在普提洛工厂的日记小说》(*Eine Frau erlebt den roten*

---

[1] Ada von Böselager: *Vom Sommerpalast zum Himmelstempel. Ein Peking-Roman*. München: Peking-Verlag 1955.
[2] Max Frisch: „Nein, Mao habe ich nicht gesehen". In: *Der Spiegel*, 09.02.1976, S. 110–132.

Alltag: ein Tagebuch-Roman aus den Putilowwerken）①或经历纳粹德国的游记小说《一个犹太女性经历新德国》(*Eine Jüdin erlebt das neue Deutschland*)，②来反映了"文化大革命"后期的北京。③该书畅销一时，多次再版，1988 年总印数达到 26 万册，1991 年达到 43 万册。④

改革开放以来，随着中国国门的打开，很多德语作家都有机会来北京访问。后来成为著名德语当代文学研究专家的海因茨·路德维希·阿诺尔德(Heinz Ludwig Arnold, 1940—2011)于 1977 年访问了北京，他回国后撰写了《中国之行日记》(*Tagebuch einer Chinareise*)。⑤ 一年后，瑞士作家阿道夫·穆施克(Adolf Muschg, 1934—)访问了中国，回国后发表了中国小说《白云或友谊学会》(*Baiyun oder die Freundschaftsgesellschaft*)。⑥ 君特·格拉斯(Günter Grass, 1927—2015)于 1979 年秋天也来到了中国，回国后发表了访谈录《一个"修正主义者"在北京》(*Ein " Revisionist " in*

---

① Lili Körber：*Eine Frau erlebt den roten Alltag: ein Tagebuch-Roman aus den Putilowwerken*. Berlin：Rowohlt 1932.
② Lili Körber：*Eine Jüdin erlebt das neue Deutschland: Roman*. Zürich：Verlag der Genossenschaftsbuchhandlung 1934.
③ Lois Fisher-Ruge：*Alltag in Peking: eine Frau aus dem Westen erlebt das heutige China*. Mit Fotos von Gerd Ruge. Düsseldorf u. a.：Econ-Verlag 1981.
④ Lois Fisher-Ruge：*Alltag in Peking: eine Frau aus dem Westen erlebt das heutige China*. Übersetzt von Bernd Rullkötter. Frankfurt am Main：Fischer-Taschenbuch-Verlag 1983. Lois Fisher-Ruge：*Alltag in Peking: eine Frau aus dem Westen erlebt das heutige China*. Übers. von Bernhard Rullkötter. Frankfurt am Main：Fischer-Taschenbuch-Verlag 1988. Lois Fisher-Ruge：*Alltag in Peking: eine Frau aus dem Westen erlebt das heutige China*. Übersetzt von Bernd Rullkötter. Frankfurt am Main：Fischer-Taschenbuch-Verlag 1991.
⑤ Heinz Ludwig Arnold：*Tagebuch einer Chinareise*. Zürich：Verlag Die Arche 1978.
⑥ Adolf Muschg：*Baiyun oder Die Freundschaftsgesellschaft: Roman*. Frankfurt am Main：Suhrkamp 1980.

Peking)和小说《头生，或德国人灭绝》(*Kopfgeburten oder Die Deutschen sterben aus*)。① 奥地利作家克里斯托夫·兰斯迈耶（Christoph Ransmayr）也多次访问北京。这些亲身的北京之行，为德语文学中的北京书写提供了新的契机。

北京在德语文学——尤其是在德语旅行文学中——的凸显度得到了明显加强。北京也成为德语后现代文学文本中新的空间实验的符号。与现实的关联度不再成为首要的因素，重要的是叙述者对现实的关联所作的一种自决的立场。

1985 年，德国作家米夏埃尔·克吕格尔（Michael Krüger，1943—）来中国访问，次年出版了"中国故事"《为什么北京？一个中国故事》(*Warum Peking? Eine chinesische Geschichte*)。这既是一个关于北京的后现代文本试验，也是对学术成为国际产业的一个黑色幽默式的辛辣讽刺，堪称一部微型的德国版"新儒林外史"。

小说讲述了一个应中国使馆的邀请来北京参加国际孔子学术研讨会的学者在北京的奥德赛之旅。会议的组织方是中国科学院。如同古代的奥德修斯，这位被邀请的所谓的儒学专家的北京之行也成为一次惊险的迷失之旅。小说中提到的有关北京的场所主要有挂着毛主席画像的天安门广场、广场附近的昂贵酒店（即北京饭店）和德国驻北京使馆等。

主人公在机场、酒店和德国驻华使馆之间漫长的旅途奔波如

---

① Günter Grass: *Kopfgeburten oder Die Deutschen sterben aus*. Darmstadt; Neuwied: Luchterhand 1980.

同一场始终不能找到终点的流放。① 他虽然来到了北京，但最终没有能够参加这场孔子大会，而且被会议组织方宣布为精神失常，最后只能在德国驻华使馆的帮助下离开北京。

研究者观察到文本中的互文影射。这位国际学术会议的参加者刚到达北京时发出的哀叹："连我也到北京啦！"这是对歌德的《罗马之行》的那句著名的赞叹的反讽："连我也到了阿卡迪亚乐土。"② 不过，这位匆匆来到北京的德国人在北京所见不多："因为严格来讲，除了从窗户里向外望了一眼外，我什么都没有看到。没有任何值得大书特书的东西。连穿过夜晚城市的旅程最多也只值得用来渲染背景的气氛。"③

北京对这位来到遥远的异域参加孔子会议的学者来说依旧是一个可望而不可及的地方，北京恍如在雾霭中迷失。

不过，作者对北京的描写还停留在"文化大革命"时的北京，与处于改革开放初期朝气蓬勃发展状态下的真实的北京不相吻合。第一人称叙述者对北京的印象与卡夫卡《中国长城建造时》中虚无缥缈的北京几乎如出一辙：

> 迄今为止北京就是废话闲扯地图上的一个白色的点。这里说着中文或者压根儿什么也没说。这里只有中国的观点。

---

① 参见 Bodo Plachta：„Fremdenführerprosa – China als Reiseland bei Michael Krüger, Günter Grass und Adolf Muschg". In: *Mein Bild in deinem Auge. Exotismus und Moderne: Deutschland – China im 20. Jahrhundert*. Hrsg. von Wolfgang Kubin. Darmstadt: Wissenschaftliche Buchgesellschaft 1995, S. 165–186, hier S. 165。
② 参见 Ibid., hier S. 167。
③ Michael Krüger: *Warum Peking? Eine chinesische Geschichte*. Berlin: Klaus Wagenbach 1986, S. 94。

这里对黑格尔追问由康德理所当然地作为前提提出的私有财产的设施的伦理论证是否合理漠不关心。在北京没有俄狄浦斯情结。在北京人们不想知道晚期的叔本华。在北京一片寂静。①

与这些将目光投向现实的北京的尝试不同,还有多位作家将目光投向处于十七八世纪中西文化交流张力下的历史的北京。汉学家蒂尔曼·斯彭戈勒(Tilman Spengler, 1947—)的小说《北京的画家》(*Der Maler von Peking*)②以到中国传教的意大利画家在北京受到皇帝重用、最后同化为乘坐四人抬大轿的中国式官员的经历,表现了中西不同的艺术观和多元的上帝观。"中国的精神战胜了外夷的手工",③主人公在中国发生的转变,放弃了欧洲"精确的""使用阴影"的"技巧",④展示了北京不同寻常的同化力量。小说还穿插了爱情故事,叙述了画家与艺术商的女儿 Mi-Lan 的爱情以及耶稣会士的传教使命同中国文化的融合会通之间的冲突。

格奥哈尔德·塞弗里德(Gerhard Seyfried, 1948—)于 2008 年问世的长篇小说《黄风或拳民的起义》(*Gelber Wind oder der*

---

① Michael Krüger: *Warum Peking? Eine chinesische Geschichte*. Berlin: Klaus Wagenbach 1986, S. 8. 参见 Li Jiang: „Warum die Lüge? Gedanken über Michael Krügers chinesische Geschichte *Warum Peking?*". In: *China in der deutschen Literatur 1827–1988*. Hrsg. von Uwe Japp und Aihong Jiang. Frankfurt am Main u. a.: Peter Lang 2012, S. 143–152, hier S. 144。
② Tilman Spengler: *Der Maler von Peking. Roman*. 1. Auflage. Reinbek bei Hamburg: Rowohlt 1993. 参见 Werner Creutziger: „China-Mission. Zu Tilman Spenglers *Der Maler von Peking* (Reinbek 1993)". In: *Neue deutsche Literatur, ndl: Zeitschrift für deutschsprachige Literatur und Kritik* 42(1994) 2, S. 162–165。
③ Tilman Spengler: *Der Maler von Peking. Roman*. Berlin: Berliner Taschenbuch-Verlag 2006 [1993], S. 202.
④ Ibid., S. 203.

Aufstand der Boxer)以 1900 年义和团起义为背景，描写 4 个德国人——一个社会民主党出身的帝国议员、一个海军贵族军官、一个女青年教师和一个刚戒掉鸦片毒瘾的德国新闻记者——在北京的命运。当时东交民巷的外国使馆区已被中国军民围困了 55 天，直至 1900 年 9 月才被解围。

在标题为《终曲》的小说结尾，作者以精练的语言仅以一页的篇幅讲述了随后发生的事情："统帅瓦德西伯爵于 1900 年 9 月 27 日抵达天津，接管了联军的最高指挥，由两万人组成的德国东亚远征军团也加入了联军。由于担心，在即将来临的冬季白河会封冻，从而危及向北京补给，联军占领了中国的多个港口，以便在那里能卸载物资。"[1]联军的到来使北京陷入了浩劫："在 1900 年 9 月和 1901 年 1 月间，国际联军对可能有拳民的地区作了惩罚式的征服。这些征服行动以极其残暴的方式进行，尤其是德国人，但是也有其他国家的人。人们烧毁可疑的城市和村庄，数量不明的中国人失去了他们的生命。但是只有英国人在 1900 年 9 月 19 日炸毁著名的有一千年历史的磁亭引发了世界范围内的抗议。"[2]"慈禧太后直到 1902 年 1 月 6 日才回到北京。"

塞弗里德查阅了大量的文献档案资料，试图中立地从德国的立场来描写当时的历史事件。作者体现了对中国作为他者立场的尊重，他在小说扉页的说明中说："我没有试图从中国的视角来描述事件，因为这将是不自量力之举。"小说还附录了多幅北京和中国的地图。

---

[1] Gerhard Seyfried: *Gelber Wind oder der Aufstand der Boxer*. Frankfurt am Main: Eichborn 2008, S. 617.
[2] Ibid.

改革开放后,随着中德学术交流更加密切和频繁,北京作为中德学术交流中心的地位也越发凸显。1994 年,著名德语文学评论家汉斯·迈耶(Hans Mayer)访问北京,被聘为北京大学荣誉教授,归国后出版了回忆与中国 30 年交往的文集《再见中国》,记述了他自 1954 年以来与中国结下的友谊,在中德文学评论界引起很大的反响。[①] 2013 年,德国著名文化期刊《水星》发表了约亨·拉克(Jochen Rack, 1963—)的文章《北京》。[②] 文中,作者抱怨北京缺乏颜色。德国作家莱纳尔·克路贝尔特(Rainer Kloubert, 1944—)在弗莱堡大学撰写《关于中国传统的和现代的刑事法庭执法度》(*Traditionelle und moderne Strafgerichtsbarkeit in China*)的论文获法学博士学位。他曾在北京外国语学院任德语外教,与策绍真合用一张办公桌,得以朝夕相处。他发表了有关中国的小说,如 2000 年的《满洲的逃亡》(*Mandschurische Fluchten*)。2007 年出版了《老北京风俗图》。[③] 另著有"中国三部曲":《北戴河》(2012)、《圆明园》(2013)[④]和《北京:失落的城市》(2016)[⑤]。

[北京市社科基金项目"德语文学中的北京形象研究"
(15WYB021)成果]

[①] Ursula Püschel: „Das Gastmahl in Peking (Zu Hans Mayer, das Wiedersehen mit China. Erfahrungen 1954–1994). Frankfurt am Main 1995". In: *Neue deutsche Literatur, ndl: Zeitschrift für deutschsprachige Literatur und Kritik* 44(1996) 1, S. 148–150.
[②] Jochen Rack: „Peking". In: *Merkur. Deutsche Zeitschrift für europäisches Denken* 67 (2013) 4, S. 377–382.
[③] Rainer Kloubert: *Kernbeisser und Kreuzschnäbel: ein Sittenbild aus dem alten Peking*. Berlin: Elfenbein 2007.
[④] Rainer Kloubert: *Yuanmingyuan: Spuren einer Zerstörung*. Berlin: Elfenbein 2013.
[⑤] Rainer Kloubert: *Peking: verlorene Stadt*. Berlin: Elfenbein [2016].

表演北京
——德语文学中的北京戏剧

一、德语戏剧中北京形象生成之准备

1800年之前,尤其自中世纪以来,德国人获取北京知识的一个重要途径是当时流行的已翻译成德文的东方游记。①

大约在1275—1290年,威尼斯商人、旅行家马可·波罗先后5次来到元大都,在那里前后生活了约9年。作为西方第一部真正发现东方的著作,《马可波罗行纪》详细介绍了元大都(书中称作"汗八里")的皇宫、皇城、钟楼,描写了太液池、金水河、万岁山,记载了北京郊区出产的"黑石"(即煤矿),还描写了桑干河上的石桥(即今卢沟桥)。②

---

① Ruprecht Wimmer: „Japan und China auf den Jesuitenbühnen des deutschen Sprachgebietes". In: *Mission und Theater: Japan und China auf den Bühnen der Gesellschaft Jesu*. Hrsg. von Adrian Hsia und Ruprecht Wimmer unter Mitarbeit von Michael Kober. Regensburg: Schnell + Steiner 2005, S. 17 – 58. Folker E. Reichert: *Begegnungen mit China: die Entdeckung Ostasiens im Mittelalter*. Sigmaringen: Thorbecke 1992 (Zugl.: Heidelberg, Univ., Habil.-Schr., 1989 – 1990). *Exotik und Wirklichkeit. China in Reisebeschreibungen vom 17. Jahrhundert bis zur Gegenwart*. Hrsg. von Mechthild Leutner und Dagmar Yü-Dembski. München: Mineva-Pub. 1990.
② 参见欧阳哲生:《古代北京与西方文明》,北京大学出版社2018年版,第62—87页。

在被誉为中世纪最好的地图的《1375年加泰罗尼亚地图》(今藏法国图书馆)的中国部分里,北方是契丹,里面标注有大汗及其都城汗八里。①

1477年,《马可波罗行纪》第一个德文译本在德国纽伦堡出版;②1611年,在莱比锡又出版了新的德文译本,分为3卷;③1802年,还出版了弗立克斯·佩勒格林(Felix Peregrin)的德译本;④1845年,又有奥古斯特·必尔克(August Bürck,1805—1863)的译本;⑤1855年,该译本出版第2版,汉学家卡尔·弗里德里希·

---

① 参见张国刚:《胡天汉月映西洋:丝路沧桑三千年》,生活·读书·新知三联书店2019年版,第158页。
② Marcho Polo: [*Das puch des edelnͫ Ritters vnͫ landtfarers Marcho Polo*] *Hie hebt sich an das puch des edelnͫ Ritters vnͫ landtfarers Marcho Polo. In dem er schreibt die grossen wunderlichen ding dieser Welt. Sunderlichen von den grossen künigen vnd keysern die da herschen in den selbigen landen, vnd von irem volck vnd seiner gewonheit da selbs.* Nürnberg: Friedrich Creußner 1477.
③ *Chorographia Tartariae: Oder Warhafftige Beschreibung der uberaus wunderbahrlichen Reise/welche der Edle und weit erfahrne Venedigische Gentilhuomo Marcus Polus, mit dem zunahmen Million, noch vor vierthalb hundert Jahren/in die Oriental und Morgenländer/ Sonderlich aber in die Tartarey/zu dem grossen Can von Cathai/zu Land und Wasser Persönlich verrichtet: Darinnen ausführlich und umbständlich erzehlet werden/viel zuvor unbekandte Landschafften/Königreich und Städt/sampt dero Sitten und Gebräuchen/und andern seltzamen Sachen. Die Er/als der erste Erfinder der newen Welt/gegen Orient/oder den OstIndien/gesehen und erfahren; In drey unterschiedliche Bücher abgeheilet; sampt einem Discurs Herrn Johan Baptistae Rhamnusii/der Herrschafft zu Venedig geheimen Secretarii/von dem Leben des Autoris Alles aus dem Original/so in Italianischer Sprach beschrieben/treulich und mit fleis verteutschet/auch mit Kupfferstücken geziehret/*durch Hieronymum Megiserum. Leipzig: Grosse; Leipzig: Kober; Beyerus 1611.
④ [*Reise in den Orient während der Jahre 1272 bis 1295*] *Marco Paolo's Reise in den Orient, während der Jahre 1272 bis 1295. Nach den vorzüglichsten Original-Ausgaben verdeutscht, und mit einem Kommentar begleitet von Felix Peregrin.* Ronneburg; Leipzig: Schumann; Eisenberg: Schöne 1802.
⑤ *Die Reisen des Venezianers Marco Polo im dreizehnten Jahrhundert: nebst Zusätzen und Verbesserungen …/zum 1. Male vollständig nach den besten Ausgaben Deutsch mit einem Kommentar von August Bürck.* Leipzig: Teubner 1845.

图 23　柏林国家图书馆藏《马可波罗行纪》1477 年德文译本扉页

图 24　1477 年德译本《马可波罗行纪》第 68 页介绍"汗八里"Chanbalu

诺伊曼(Karl Friedrich Neumann，1793—1870)作了增补。[①]

《马可波罗行纪》在第 80 章[②](1611 年德译本为第二部第 7 章)"大汗获胜后还汗八里城"里初次提及"汗八里"城。这里的"汗八里"(Cambalu)亦即北京，源自突厥语，意为"皇城"，是当时中亚细亚人对北京的称呼。

[①] *Die Reisen des Venezianers Marco Polo im dreizehnten Jahrhundert*：zum ersten Male vollständig nach den besten Ausgaben deutsch mit einem Kommentar von August Bürck. Nebst Zusätzen und Verbesserungen von Karl Friedrich Neumann. 2., unveränderte Ausgabe Leipzig：Teubner 1855.

[②] 参见[法]沙海昂注：《马可波罗行纪》，冯承钧译，商务印书馆 2012 年版，第 176 页；欧阳哲生：《古代北京与西方文明》，北京大学出版社 2018 年版，第 66 页。

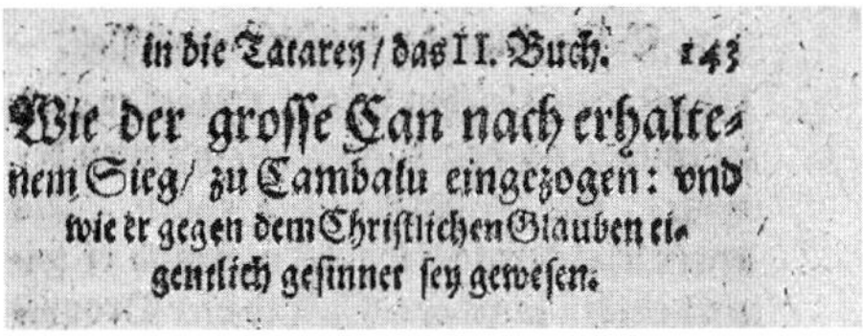

in die Tatarey / das II. Buch. 143

Wie der grosse Can nach erhalte-
nem Sieg / zu Cambalu eingezogen: vnd
wie er gegen dem Christlichen Glauben ei-
gentlich gesinnet sey gewesen.

图 25 《马可波罗行纪》1611 年德译本第 143 页
第二部第 7 章提及“汗八里”城 Cambalu

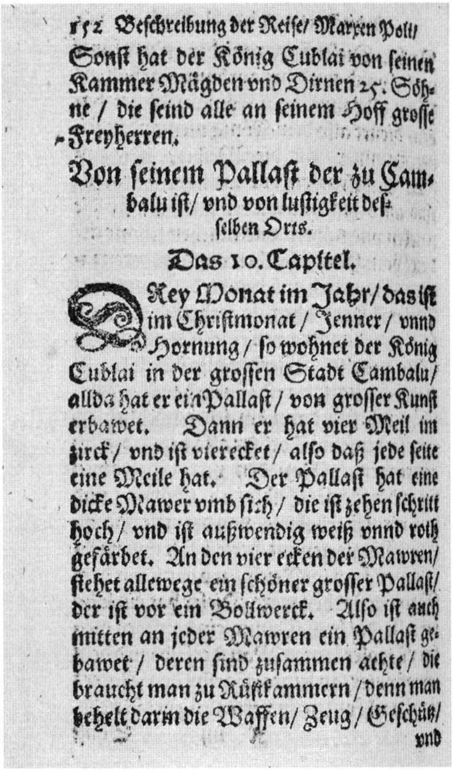

152 Beschreibung der Reise / Marxen Poli /

Sonst hat der König Cublai von seinen
Kammer Mägden vnd Dirnen 25. Söh-
ne / die seind alle an seinem Hoff grosse
Freyherren.

Von seinem Pallast der zu Cam-
balu ist / vnd von lustigkeit des-
selben Orts.

Das 10. Capitel.

DRey Monat im Jahr / das ist
im Christmonat / Jenner / vnnd
Hornung / so wohnet der König
Cublai in der grossen Stadt Cambalu /
allda hat er ein Pallast / von grosser Kunst
erbawet. Dann er hat vier Meil im
zirck / vnd ist vierecket / also daß jede seite
eine Meile hat. Der Pallast hat eine
dicke Mawer vmb sich / die ist zehen schritt
hoch / vnd ist außwendig weiß vnnd roth
gefärbet. An den vier ecken der Mawren /
stehet allewege ein schöner grosser Pallast /
der ist vor ein Bollwerck. Also ist auch
mitten an jeder Mawren ein Pallast ge-
bawet / deren sind zusammen achte / die
braucht man zu Rüstkammern / denn man
behelt darin die Waffen / Zeug / Geschütz /
vnd

图 26 德国海德堡大学藏 1611 年《马可波罗行纪》
德译本第 152 页介绍“大汗之宫殿”，描述
“汗八里”的繁华景象

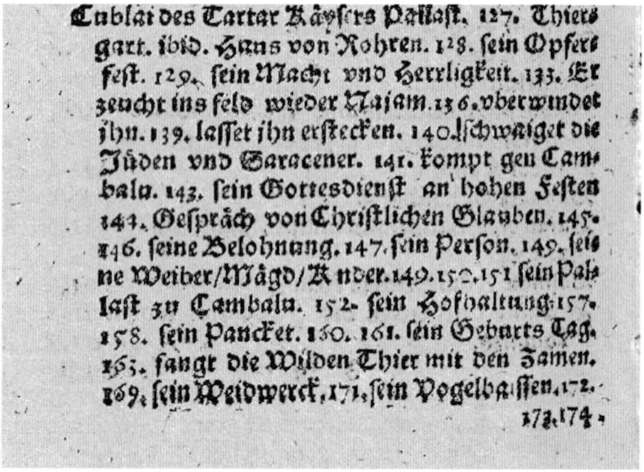

Cublai des Tartar Käysers Pallast. 127. Thiergart. ibid. Hans von Rohren. 128. sein Opferfest. 129. sein Macht vnd Herrligkeit. 133. Er zeucht ins feld wieder Naiam. 136. vberwindet jhn. 139. lasset jhn erstecken. 140. schwaiget die Jüden vnd Saracener. 141. kompt gen Cambalu. 143. sein Gottesdienst an hohen Festen 144. Gespräch von Christlichen Glauben. 145. 146. seine Belohnung. 147. sein Person. 149. seine Weiber/Mägd/Kinder. 149. 150. 151 sein Pallast zu Cambalu. 152. sein Hofhaltung. 157. 158. sein Pancket. 160. 161. sein Geburts Tag. 163. fangt die Wilden Thier mit den Zamen. 169. sein Weidwerck. 171. sein Vogelbaissen. 172. 173. 174.

图 27　1611 年《马可波罗行纪》德译本第 173 页
所附关于中国汗八里城 Cambalu 索引

比马可·波罗稍晚，方济各会修士波代诺内的鄂多立克（Odorico de Pordenone，1286—1331）也于 1322—1328 年在中国旅行，他在汗八里停留了 3 年，“住在他同伴修士的修道院，为大主教约翰工作”①。《鄂多立克东游录》（*Die Reise des seligen Odorich von Pordenone nach Indien und China*）也介绍了元朝大都，描述了朝廷的集会，朝参的秩序，觐见皇帝的场面和驿站等。②

① ［意］詹尼·瓜达卢皮：《天朝掠影——西方人眼中的中国》，何高济、何正译，常绍民审订，商务印书馆 2018 年版，第 89 页。

② 参见 Folker Reichert：„Die Asienreise Odoricos da Pordenone und die Versionen seines Berichts, mit Edition der *Aufzeichnungen nach dem mündlichen Bericht des Reisenden*“. In：*Erkundung und Beschreibung der Welt*. Hrsg. von Xenja von Ertzdorff-Kupffer. Amsterdam u. a.：Rodopi 2003, S. 467 – 509。„Eine unbekannte Version der Asienreise Odorichs von Pordenone“. In：*Deutsches Archiv für Erforschung des Mittelalters. Monumenta Germaniae Historica* 43（1987） 2, S. 531 – 573. [Odorico de Pordenone]：*Die Reise des seligen Odorich von Pordenone nach Indien und China:* （*1314/18 – 1330*）. Übersetzt, eingeleitet und erläutert von Folker Reichert. Heidelberg：Manutius-Verlag 1987. *Der Bericht des Odoric da Pordenone über seine Reise nach Asien*. Bamberg：Selbstverlag 1987.

这一时期,问世于 14 世纪 60 年代、由英国人虚构的东方游记《曼德维尔游记》(*Mandeville's Travels*)在 1500 年前有多个德文手抄版本流传。① 1483 年在斯特拉斯堡出版了德文译本。② 这本书受到《鄂多立克东游录》的影响,书中第 6 章描述了契丹王国首都大都(即北京)的"雄伟华丽的宫殿",③还详细叙述了可汗宫中隆重的庆典仪式。④

葡萄牙人费尔南·门德斯·平托(Fernão Mendes Pinto, 1509—1583)曾亲自到过北京。他一共在北京城待了两个半月,于 1544 年 1 月 13 日离开。平托去世后出版的《远游记》(*Pinto's Fernand Mendez abenteuerliche Reise durch China, die Tartarei, Siam, Pegu und andere Länder des östlichen Asiens*)是继《马可波罗行纪》之后西方又一部重要的中国游记。1614 年,该书以葡萄牙文问世;1671 年,出版了德文译本。⑤《远游记》另有 1868 年在

---

① 参见[英]约翰·曼德维尔:《曼德维尔游记》,郭泽民、葛桂录译,上海书店出版社 2010 年版,第 1 页。参见 Christina Henss: *Fremde Räume, Religionen und Rituale in Mandevilles Reisen: Wahrnehmung und Darstellung religiöser und kultureller Alterität in den deutschsprachigen Übersetzungen*. Berlin; Boston: De Gruyter [2018]. *Reise in das gelobte Land* (rip.): Ms. germ. fol. 550. [14. Jh. zweite Hälfte]. *Reise in das gelobte Land*: Ms. germ. fol. 205. [15. Jh. Anfang]. Reisen, in der Übersetzung Ottos von Diemeringen - Cod. St. Märgen 2. [Elsaß?] 1416。
② [*Reisebeschreibung*] (Übersetzt von Otto von Diemeringen). Straßburg: Prüss 1483.
③ [英]约翰·曼德维尔:《曼德维尔游记》,郭泽民、葛桂录译,上海书店出版社 2010 年版,第 84 页。
④ 参见同上书,第 89—90 页。
⑤ *Wunderliche und Merckwürdige Reisen Ferdinandi Mendez Pinto, Welche er in [n] erhalb ein und zwantzig Jahren/durch Europa, Asia, und Africa, und deren Königreiche und Länder; als Abyssina, China, Japon, Tartarey, Siam, Calaminham, Pegu, Martabane, Bengale, Brama, Ormus, Batas, Queda, Aru, Pan, Ainan, Calempluy, Cauchenchina, und andere Oerter verrichtet: Darinnen er beschreibet Die ihme zu Wasser und Land zugestossene grosse Noht und Gefahr …; Dabey zugleich befindlich eine gar genaue Entwerffung der Wunder und Raritäten erwehnter Länder; der Gesetze/Sitten/und Gewonheiten derselben Völcker …; Nun erst ins Hochteutsche übersetzet/und mit unterschiedlichen Kupferstükken gezieret*. Amsterdam: Boom 1671.

耶拿出版的德译本。①

在《远游记》里，平托介绍了明长城、北京监狱、北京城概貌、北京城外的陵墓、客栈，北京的城墙、城门、街道、牌楼、市场以及鞑靼人围攻北京的情形，他还多次提到一本题名为《燕京神都》的著作。② 平托认为北京从其巨大的规模、文明制度、富有以及其他任何一个方面来讲，都堪称"世界都会之首"。③

1655年，意大利传教士卫匡国的《中国新地图集》(*Novus Atlas Sinensis*)德文版在阿姆斯特丹出版，里面有对北京和北直隶的详细描述，并配有一幅华丽的北京地区地图。④

1656年6月，荷兰东印度公司第一次遣使访问北京。1665年，荷兰使团随团成员纽荷夫的《荷使初访中国记》中有3幅流传很广的描摹北京的铜版插图。⑤ 该书次年在阿姆斯特丹出版德文

---

① Fernand Mendez Pinto's abenteuerliche Reise durch China, die Tartarei, Siam, Pegu und andere Länder des östlichen Asiens. Neu bearbeitet von Ph. H. Külb. Jena：Costenoble 1868.
② 参见欧阳哲生：《古代北京与西方文明》，北京大学出版社2018年版，第316—326页。
③ ［葡］费尔南·门德斯·平托：《远游记》上册，金国平译注，葡萄牙航海大发现事业纪念澳门地区委员会、澳门基金会、澳门文化司署、东方葡萄牙学会，1999年，第272页。
④ Novus Atlas, Das ist/Weltbeschreibung/Mit schönen newen außführlichen Land-Taffeln in Kupffer gestochen/und an den Tag gegeben Durch Guil. und Johannem Blaeu. 6: Novus Atlas Sinensis. A Martino Martinio S.I. Descriptus. [Amsterdam]：Blaeu 1655, S. 28 – 38.
⑤ Het gezantschap der Neêrlandtsche Oost-Indische Compagnie, aan den grooten Tartarischen Cham, den tegenwoordigen Keizer van China: waar in de gedenkwaerdighste geschiedenissen, die onder het reizen sedert 1655. tot 1657. zijn voorgevallen, verhandelt …: benevens een naukeurigh verhaal, van al 't geen de Jesuiten in China, …, verrecht, en wat al yzelijke en wrede vervolgingen zy aldaar om 't geloof uit gestaan en geleden hebben: verçiert met omtrent 150. afbeeltsels, na 't leven in Sina getekent, en beschreven/door Joan Nieuhof. Berlin：Max-Planck-Institut für Wissenschaftsgeschichte Bibliothek [2018] (Original：1666), S. 106 – 107, 120 – 121. http：//echo.mpiwg-berlin.mpg.de/MPIWG/53442SQ6 [Volltext]. Friederike Ulrichs: *Johan Nieuhofs Blick auf China (1655 – 1657): die Kupferstiche in seinem Chinabuch und ihre Wirkung auf den Verleger Jacob van Meurs*. Wiesbaden：Harrassowitz 2003.

译本,德国海德堡大学藏有该版电子版,[①]另有 1669 年再版本。[②] 1693 年的图片德文节选本,题名为《中国图像》(*Bilder aus China: 1655—1657*),1985 年重印。

1664 年,荷属巴达维亚总督再次派出使节范和伦(Pieter van Hoorn,1619—1682)赴京。他们在福州登陆,在此停留一年半后北上,上溯闽江,抵达杭州后沿运河,于 1667 年 6 月 20 日抵达北京。

[①] *Die Gesantschaft der Ost-Indischen Geselschaft in den Vereinigten Niederländern an den Tartarischen Cham und nunmehr auch Sinischen Keiser: verrichtet durch die Herren Peter de Gojern und Jacob Keisern; darinnen begriffen die aller märkwürdigsten Sachen, welche ihnen auf währender Reise vom 1655. Jahre bis in das 1657. aufgestoßen; Wie auch Eine wahrhaftige beschreibung der fürnehmsten Städte, Flekken, Dörfer und Götzenheuser der Siner ... Welches alles mit 150 Kupferstükken ... gezieret Sämtlich durch den Herrn Johan Neuhof damahligen der Gesantschaft Hofmeistern und itzund Stathaltern in Koilan.* Amsterdam:Mörs 1666. http:∥digi.ub.uni-heidelberg.de/diglit/nieuhof1666.

[②] *Die Gesantschaft der Ost-Indischen Geselschaft in den vereinigten Niederländern, an den Tartarischen Cham, und nunmehr auch Sinischen Keiser: verrichtet durch die Herren Peter de Gojern und Jacob Keisern: darinnen begriffen Die aller märkwürdigsten Sachen, welche ihnen, auf währender Reise vom 1655. Jahre bis in das 1657. aufgestoßen: wie auch Eine wahrhaftige Beschreibung der fürnehmsten Städte, Flecken, Dörfer und Götzenheuser der Siner, ja selbsten ihrer Herrschaften, Götzendienste, Obrigkeiten, Satzungen, Sitten, Wissenschaften, Vermögenheit, Reichtühmer, Trachten, Tiere, Früchte, Berge, und dergleichen: welches alles mit 150 Kupferstükken, darinnen die fürnehmsten Sachen, sehr ahrtig und künstlich abgebildet, gezieret/sämtlich durch den Herrn Johan Neuhof, damahligen der Gesantschaft Hofmeistern, und itzund Stathaltern in Koilan.* Berlin:Frölich & Kaufmann 2016 (Original:1666). *Die Gesantschaft der Ost-Indischen Geselschaft in den Vereinigten Niederländern/an den Tartarischen Cham/und nunmehr auch Sinischen Keyser: Verrichtet durch die Herren Peter de Gojern/und Jacob Keisern; Darinnen begriffen Die aller märckwürdigste sachen/welche ihnen/auf währender reyse vom 1655. Jahre bis in das 1657. aufgestoßen. Wie auch Eine wahrhaftige Beschreibung der fürnehmsten Städte/Flecken/Dörfer/und Götzenheuser der Siner ...; Welches alles mit 150. Kupfferstücken ... gezieret/Sämptlich durch den Herrn Johan Neuhof/damahligen der Gesandschaft Hofmeistern/und jetzund Stathaltern in Koilan. Itzund zum zweiten mahle hier und dar verbessert/und üm ein guhtes theil vermehret/herausgegeben.* Amsterdam:Mörs 1669.

图28 1666年《荷使初访中国记》德译本第176页的北京铜版画

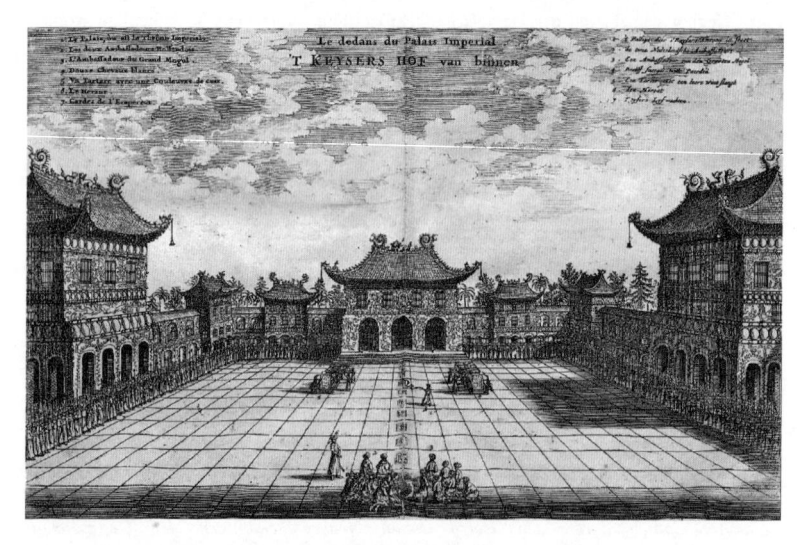

图29 1666年《荷使初访中国记》德译本第192页的北京皇宫铜版画

表演北京——德语文学中的北京戏剧

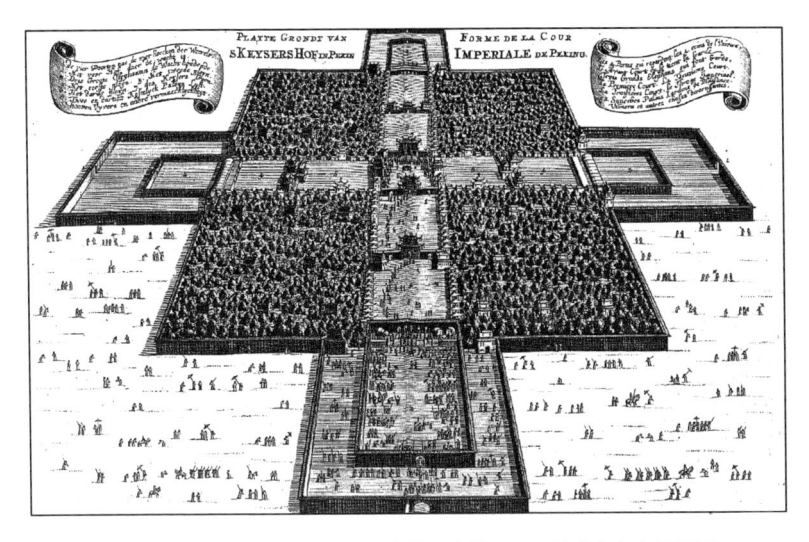

图30　1666年《荷使初访中国记》德译本第194页的北京皇宫铜版画

没有亲自到过中国的荷兰物理学家、作家奥尔费尔特·达佩尔(Olfert Dapper, 1636—1689)整理出版了《荷兰东印度公司第二次和第三次出使北京旅行记》(*Gedenkwürdige Verrichtung Der Niederländischen Ost-Indischen Gesellschaft in dem Käiserreich Taising oder Sina*),该书于1675年在阿姆斯特丹出版德文译本,[1]其中保留了有关北京的铜版画。

---

[1] *Gedenkwürdige Verrichtung Der Niederländischen Ost-Indischen Gesellschaft in dem Käiserreich Taising oder Sina, durch ihre Zweyte Gesandtschaft An den Unter-könig Singlamong Und Feld-herrn Taising Lipoui: Ausgeführt durch Joan van Kampen, und Constantin Nobel; Wobey alles dasjenige was auf dem Sinischen See-strande/und bey Tajowan, Formosa, Eymuy und Quemuy, unter dem Befehlhaber Balthasar Bort, im 1662. und folgenden Jahre vorgefallen/erzählet wird. Als auch die Dritte Gesandtschaft An Konchi, Sinischen und Ost-Tartarischen Käiser/verrichtet durch Pieter van Hoorn; Hierbey ist gefüget Eine ausführliche Beschreibung des gantzen Sinischen Reichs: Und ist durchgehends das gantze Werck mit vielen schönen Kupferstücken gezieret.* Amsterdam: Meurs 1674 [erschienen] 1675.

图31 1675年《荷兰东印度公司第二次和第三次出使北京旅行记》
      阿姆斯特丹德译本第306页的北京铜版画

图32 1675年《荷兰东印度公司第二次和第三次出使北京旅行记》
      阿姆斯特丹德译本第308页的北京皇宫铜版画

图 33　1675 年《荷兰东印度公司第二次和第三次出使北京旅行记》
阿姆斯特丹德译本第 316 页所刊《皇宫宴会图》

1692—1695 年,俄罗斯沙皇派遣埃弗特·伊兹勃兰特·伊台斯(Evert Ysbrants Ides,1657—1708)使团出使中国,德国人亚当·勃兰德(Adam Brand,1692—1746)作为使团秘书参加了此次访问北京之行。伊台斯使团于 1692 年 3 月 3 日从莫斯科出发,1693 年 11 月 2 日到达通州,1694 年 2 月 19 日离开北京,1695 年 2 月 1 日返回莫斯科,整个行程持续近 3 年之久,在北京停留 109 天。[①]

[①] 参见欧阳哲生:《古代北京与西方文明》,北京大学出版社 2018 年版,第 165—222 页。

1698年，勃兰德在德国汉堡出版了关于此行的笔记《中国行纪》(Beschreibung der Chinesischen Reise)。① 这本书很快就有了英译本(1698)，接着又被译成荷兰文译本(1699)和法文译本(1699)。1712在柏林出版了增订版第1版，1723年、1734年，在德国吕贝克分别出版了增订版第2版和第3版。② 伊台斯和勃兰德的游记在1980年曾被译成中文。在德国今另有1999年的注释本。③ 此外，1707年，荷兰人伊台斯的《中国行纪》在法兰克福出版德文本。④

两人的游记中这样记述北京："北京是中国历代皇帝的名都，异常美丽，位于北纬39度59分，在直隶省最北边，离著名的长城

---

① Adam Brand: *Beschreibung der Chinesischen Reise/ Welche vermittelst Einer Zaaris. Gesandschaft Durch Dero Ambassadeur/ Herrn Isbrand Ao. 1693. 94 und 95. von Moscau über Groß-Ustiga/ Siberien/ Dauren und durch die Mongalische Tartarey verrichtet worden: Und Was sich dabey begeben/ aus selbst erfahrner Nachricht mitgetheilet*. Hamburg: Schiller 1698.
② Adam Brand: *Adam Brands Neu-vermehrte Beschreibung seiner großen chinesischen Reise, welche er anno 1692 von Moscau aus über Groß-Ustiga, Siberien, Dauren und durch die große Tartarey bis in Chinam und von da wieder zurück nach Moscau innerhalb drey Jahren vollbracht: samt einer Vorrede Paul Jacob Marpergers von denen Reisen insgemein, sonderlich aber der orientalischen, und was vor Nutzen beydes die Europaer als asiatische Völker davon zu erwarten haben*. Paul Jacob Marperger [Vorrede]. Lübeck: Böckmann 1734.
③ *Beschreibung der dreijährigen chinesischen Reise: die russische Gesandtschaft von Moskau nach Peking 1692 bis 1695 in den Darstellungen von Eberhard Isbrand Ides und Adam Brand*. Hrsg., eingeleitet und kommentiert von Michael Hundt. Stuttgart: Steiner 1999.
④ *Dreyjährige reise Nach China, Von Moscau ab zu lande durch groß Ustiga, Sirania, Permia, Sibirien, Daour, und die grosse Tartarey; gethan durch den Moscovitischen Abgesandten Hrn. E. Yßbrants Ides: Nebst einr [!] landcharte und vielen kupfferstichen, so von dem abgesandten selbst auff der reise auffgezeichnet worden; Wie auch Einer beschreibung von China durch einen Chineser in seiner sprache geschrieben; Alles aus dem Holländischen übersetzet*. Franckfurt: Fritsch 1707.

表演北京——德语文学中的北京戏剧

不远。城南有两道又厚又高的城墙防护(外城也围在城墙内),城墙只有一般的防卫设施,城门两边有相当坚固的堡垒。……市民的房子漂亮而轩敞,达官贵人的私邸装饰华丽,牌楼富丽堂皇,到处高耸着美丽的寺庙和塔。"①

图34 1707年伊台斯《中国行纪》德译本第154页所附《北京皇宫朝觐图》

---

① [荷]伊兹勃兰特·伊台斯、[德]亚当·勃兰德:《俄国使团使华笔记(1692—1695)》,北京师范学院俄语翻译组译,商务印书馆1980年版,第235—236页。

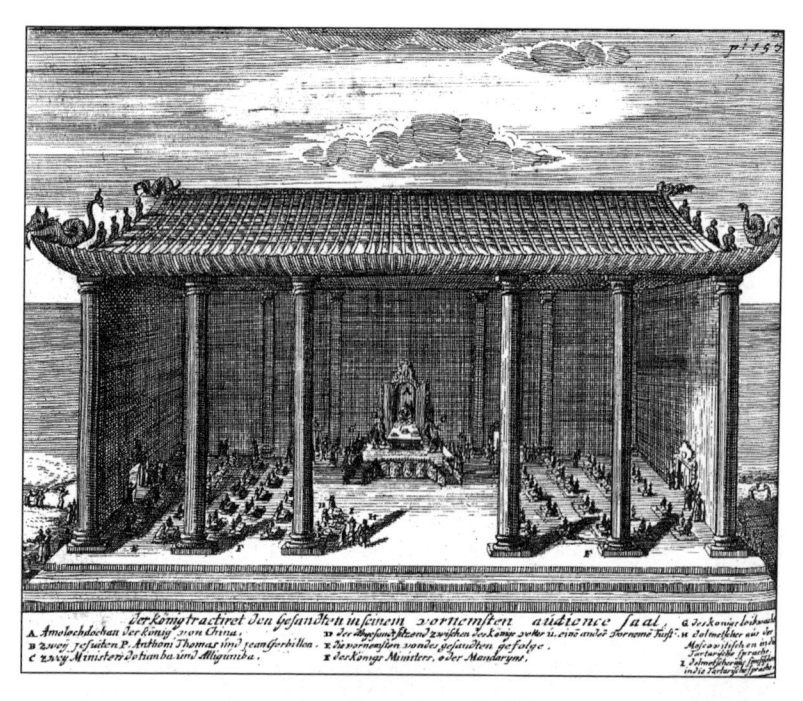

图 35 1707 年伊台斯《中国行纪》德译本第 156 页所附《北京皇宫朝觐大厅图》

图 36 1707 年伊台斯《中国行纪》德译本第 176 页所附《北京皇宫告别觐见图》

格奥尔格·约翰·温费尔查格特(Georg Johann Unverzagt, 1701—1767)的游记《1719年俄罗斯皇家使团从圣彼得堡出使北京旅行纪》(*Die Gesandschafft Ihro Käyserl. Majest. von Groß-Rußland an den Sinesischen Käyser, wie solche anno 1719. aus St. Petersburg nach der Sinesischen Haupt- und Residentz-Stadt Pekin*)1725年在德国吕贝克出版。① 另有1727年本。②

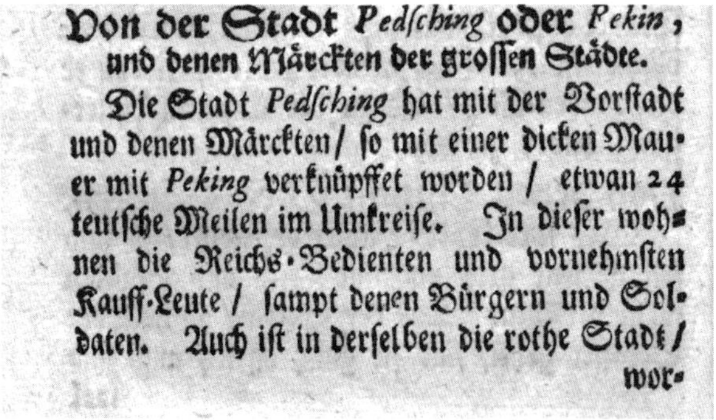

Von der Stadt *Pedsching* oder *Pekin*,
und denen Märckten der grossen Städte.
Die Stadt *Pedsching* hat mit der Vorstadt
und denen Märckten/ so mit einer dicken Mau-
er mit *Peking* verknüpffet worden / etwan 24
teutsche Meilen im Umkreise. In dieser woh-
nen die Reichs-Bedienten und vornehmsten
Kauff-Leute / sampt denen Bürgern und Sol-
daten. Auch ist in derselben die rothe Stadt /
wor-

图37 《1719年俄罗斯皇家使团从圣彼得堡出使北京旅行纪》关于北京的段落

① Georg Johann Unverzagt: *Die Gesandschafft Ihro Käyserl. Majest. von Groß-Rußland an den Sinesischen Käyser, wie solche anno 1719. aus St. Petersburg nach der Sinesischen Haupt- und Residentz-Stadt Pekin abgefertiget; bey dessen Erzehlung die Sitten und Gebräuche der Chineser, Mongalen und anderer Tartarischer Völcker zugleich beschrieben, und mit einigen Kupffer-Stücken vorgestellet werden*. Lübeck: Schmidt 1725.

② Georg Johann Unverzagt: *Die Gesandtschafft Ihrer Käyserl. Majest. von Groß-Russland an den Sinesischen Kayser, Welche Anno 1719. aus St. Petersburg nach der Sinesischen Haupt- und Residenzstadt Pekin abgefertiget worden: Bey deren Erzehlung die Sitten und Gebräuche der Chineser, Mongalen und anderer Tartarischer Völcker zugleich beschrieben, und mit einigen Kupffer-Stücken vorgestellet werden*. Lübeck: Schmidt; Ratzeburg: Hartz 1727.

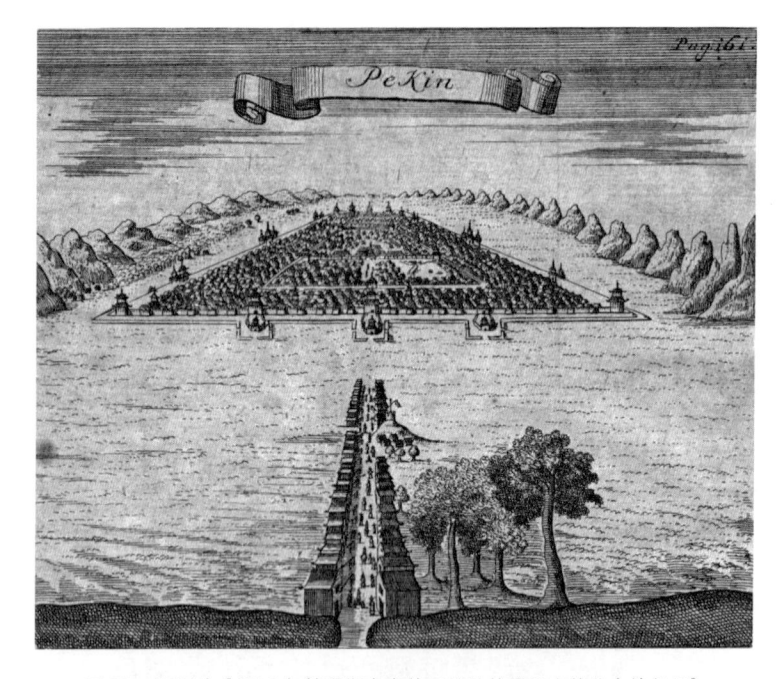

图 38　1727 年《1719 年俄罗斯皇家使团从圣彼得堡出使北京旅行纪》德文版第 142—143 页所附北京地图铜版画

1753 年，葡萄牙使臣访问北京，在德国亦出版了关于此行的德文纪述。[①]

1781 年，罗伦茨·朗格（Lorenz Lange, 1690—1752）的旅行日记在莱比锡出版，标题全称《前俄罗斯皇家顾问罗伦茨·朗格在

[①] 参见 *Sichere Nachricht Von der Hohen und Kostbaren Portugesischen Gesandschafft So Anno 1753 zu aufrecht Erhaltung und Beförderung der Christlich-Catholischen Religion nutzlichst zu Peckin in China an dem Kayserlichen Hof angelanget, und aus solchen in Latein beschriben worden durch eine sichere Feder an Ihro Excellentz Hoch-Gebohrne Frau, Frau Maria Theresia, des H. R. Reich verwittibte Gräfin Fugger von Wellebourg, Gebohrene Gräfin von Truxes-Zeyll, Ihro Röm. Kayserl. Verwittibten Majestät Obrist- Hof-Meisterin in München.* Burghausen：gedruckt bey Leopold Klatzinger, Churf. Reg. Buchdruck 1755。

1727—1728 年和 1736 年从恰克图、祖鲁海图经蒙古到北京所作的两次旅行的日记,附对北京城所作的地理的和历史的描述》(*Tagebuch zwoer Reisen, welche in den Jahren 1727, 1728 und 1736 von Kjachta und Zuruchaitu durch die Mongoley nach Peking gethan worden von Lorenz Lange, ehemaligem Ruß. Kays. Kanzleyrath: Nebst einer geographisch-historischen Beschreibung der Stadt Peking*)。[①] 1715—1737 年,朗格先后 6 次到过中国。1985 年,民主德国学者康拉德·格拉劳(Conrad Grau, 1932—2000)整理出版了朗格的《中国之行》(*Reise nach China*),该书同时附有 12 幅当时的插图。[②] 这些插图包括长城、接待荷兰使团的 17 世纪中国故宫的内院、17 世纪下半叶的北京、1679 年的中国皇帝康熙以及 18 世纪的北京观象台等。图片选自 1748 年和 1749 年在罗斯托克出版的杜赫德《中华帝国全志》(*Description géographique, historique, chronologique, politique et physique de l'Empire de la Chine et de la Tartarie Chinoise*)第 2 卷、第 3 卷以及 1666 年在阿姆斯特丹出版的纽荷夫的《荷兰东印度公司使团觐见中国皇帝》(*Die Gesantschaft der Ost-Indischen Geselschaft in den vereinigten Niederländern, an den Tartarischen Cham, und nunmehr auch Sinischen Keiser*)等书。

[①] *Tagebuch zwoer Reisen, welche in den Jahren 1727, 1728 und 1736 von Kjachta und Zuruchaitu durch die Mongoley nach Peking gethan worden von Lorenz Lange, ehemaligem Ruß. Kays. Kanzleyrath: Nebst einer geographisch-historischen Beschreibung der Stadt Peking. Mit Kupfern.* Leipzig: Logan 1781.
[②] Lorenz Lange: *Reise nach China.* Mit einem Nachwort von Conrad Grau und 12 zeitgenössischen Illustrationen. Berlin: Akademie-Verlag 1985.

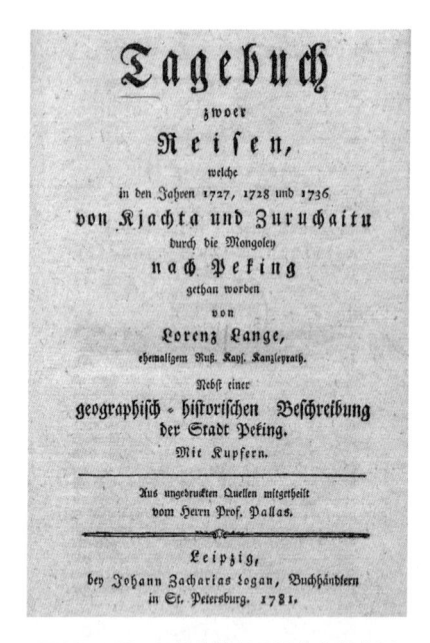

图39　1781年朗格旅行日记德文版扉页

图40　1781年朗格旅行日记德文版所附中国人肖像

《中华帝国全志》在 1746 年开始有了德文译本,①1756 年出版了德文补编本。②

二、18 世纪欧洲戏剧文学中的北京

和中国人、中国皇帝这些欧洲文学中经常表现的素材一样,中国首都北京在 18 世纪上半叶就已成为欧洲戏剧作品中的惯用表现素材。

1723 年 2 月,在法国巴黎圣日耳曼的集市(la Foire Saint-Germain)上,内斯蒂埃(Restier)的演出团体表演了名为《丑角、宝塔和医生》(*Arlequin Barbet - Pagode et Médecin*)的"两幕独白中国戏剧",剧中主要人物有中国皇帝、公主、仆人和大臣等。③ 1729 年,在圣-洛朗集市(Foire Saint-Laurent)演出的三幕剧《中国公主》(*La princesse de la Chine*),其场景的地点也是"在中国的首都北京",出现了中国皇帝、公主和阁老等人物。④ 实际上这也就是法国作家、《吉尔·布拉斯》(*Gil Blas*)的作者阿兰·勒内·勒萨日(Alain René Le Sage,1668—1747)于同年创作的以中国为题材

---

① 参见 Horst Hartmann: „Zur Frage des Quellenwerkes der *Description de la Chine* und ihrer deutschen Ausgabe". In: *Baessler-Archiv* N.F. 4(1955), S. 81 - 90。
② [Joseph Anne Marie de Moyriac de Mailla]: *Zusätze zu des Johann Baptista du Halde ausführlichen Beschreibung des Chinesischen Reiches und der großen Tartarey. Aus dem Französischen übersetzet*. Rostock: Koppe 1756.
③ Ling-ling Sheu: „Confrontation de séquences des manuscrits d'*Arlequin barbet, pagode et médecin, pièce chinoise* jouée à la foire Saint-Germain". In: *Formes et figures du goût chinois dans les anciens Pays-Bas*. Brigitte Hainaut-Zveny. Brüssel: Éditions de L'Université de Bruxelles 2009, S. 101 - 121.
④ 参见[法]亨利·柯蒂埃:《18 世纪法国视野里的中国》,唐玉清译,钱林森校,上海书店出版社 2010 年版,第 134—135 页。

的喜剧《中国公主》(La princesse de la Chine)。①

当时在法国还出现了一些将出版地点伪造为北京的图书。例如,1734年出版的题为《唐泽和内阿达尔内:日本历史》(Tanzai Et Néadarné: Histoire Japonoise)的书,地址署的就是北京的"Lou-chou-chu-la 出版社",该社自称是"中国皇帝唯一的""外语印刷机构";②1746年,安托万·佩克凯(Antoine Pecquet,1700—1762)在巴黎出版了两卷本《宫廷历史遗闻轶事》(Anecdotes secrettes pour servir à l'histoire galante de la cour de Pékin),出版地也伪托为北京。无独有偶,半个世纪以后,在德国也出现了同样的情形。在1795年出版的一部题名为《孔子给世界公民希拉赫出席论欧洲之

---

① La princesse de la Chine: Piece en trois Actes; Représentée à la Foire Saint Laurent 1729. Par Mrs. le S** & D'Or**. [Komp.; Jean Claude Gillier]. 参见罗湉:《活宝塔、江湖大夫与戏剧中国——法国宫廷与民间演出中的中国形象,1667—1723》,《国外文学》2007年第1期,第37—44页,此处见第43页。

② [Claude Prosper Jolyot de Crébillon]: Tanzai Et Néadarné: Histoire Japonoise. A Pekin: Lou-Chou-Chu-La; Paris 1734. 参见[法] 亨利·柯蒂埃:《18世纪法国视野里的中国》,唐玉清译,钱林森校,上海书店出版社2010年版,第137页。1740年版、1743年版、1756年版、1758年版、1781年版的两卷本的出版地也都继续伪托为北京。Claude Prosper Jolyot de Crébillon: Tanzaï et Néadarné: histoire Japonoise. Pékin 1740. 德国哥廷根大学图书馆有藏。[Claude Prosper Jolyot de Crébillon]: Tansaï Et Néadarné: Histoire Japonoise; Avec Figures. Pékin [i. e. Paris] 1743. 该版德国哈勒大学图书馆有藏。L'Ecumoire Ou Tanzaï Et Néadarné: Histoire Japonoise. Par Mr. De Crebillon le Fils. Pékin: Lou-Chou-Chu-La 1756. 该版哥廷根和哈勒均有收藏。[Claude-Prosper Jolyot de Crébillon]: Tansai Et Neadarné: Histoire Japonoise; avec figures. Pékin [i.e. Paris] 1758. 1762年出版的"道德小说"也继续伪托出版地为北京:[Claude Prosper Jolyot de Crébillon]: Le Sopha: conte Moral. A Pékin: Imprimeur de l'Empereur, 1762. [Claude Prosper Jolyot de Crébillon]: Le Sopha: conte Moral. A Pékin: Imprimeur de l'Empereur, 1762. 德国哈勒大学图书馆藏。[Prosper Jolyot de Crébillon, fils]: Tanzaï Et Neádarné: Histoire Japonoise. Pékin [i.e. Paris] 1781. 该书1765年被译成德文,出版地保留北京。Der Sopha: Moralische Erzählungen; Zwey Theile. Aus dem Französischen des jüngern Herrn Crebillons, übersetzet. Pékin [i. e. Berlin]: Kayserl. Hofbuchdruckerey [i. e. Lange] 1765. 实际上是在柏林的Lange出版社出版的。该译本哥廷根大学图书馆有藏。

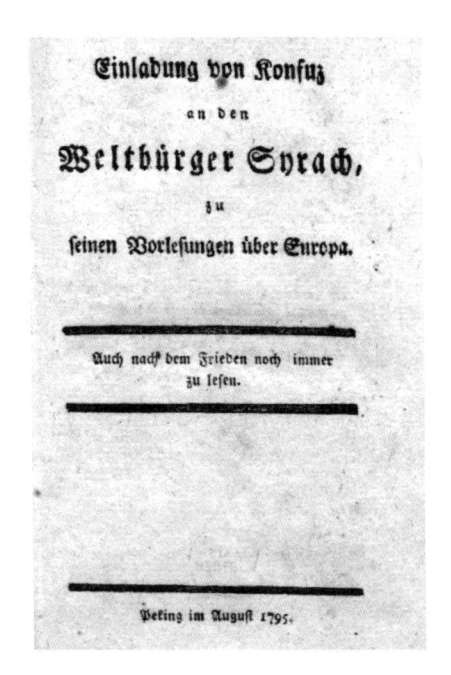

图 41 《孔子给世界公民希拉赫出席论欧洲之讲座的邀请》扉页

讲座的邀请》(*Einladung von Konfuz an den Weltbürger Syrach, zu seinen Vorlesungen über Europa: Auch nach dem Frieden noch immer zu lesen*)的政论讽刺性著作里也将出版地假托为北京，而实际的出版社是位于德国塔尔-埃伦布莱特施泰恩(Thal-Ehrenbreitstein)的格拉(Gehra)出版社。①

在 18 世纪初期的意大利歌剧舞台上，也有多部作品涉及中国皇帝和北京。如乌尔巴诺·里奇(Urbano Rizzi)的音乐剧《中国的泰昌皇帝》(*Taican, rè della Cina*, 1707)、雅各布·马尔泰洛

---

① *Einladung von Konfuz an den Weltbürger Syrach, zu seinen Vorlesungen über Europa: Auch nach dem Frieden noch immer zu lesen*. Peking [i.e. Thal-Ehrenbreitstein]: [Gehra] 1795.

（Jacopo Martello，1665—1727）的诗剧《大明》（*I Taimingi*，1713）和安东尼奥·萨尔维（Antonio Salvi，1664—1724）的音乐剧《在中国的鞑靼人》（*Il Tartaro nella Cina*，1715）。①

1755年，法国作家伏尔泰将耶稣会传教士马若瑟翻译的元剧《赵氏孤儿》（*Tchao Chi Cou Ell, Ou Le Petit Orphelin De La Maison De Tchao: Tragédie Chinoise*）改编为悲剧《中国孤儿》（*L'orphelin de la Chine: tragédie*），故事情节发生的地点也被挪到了元朝首都汗八里，并标明："即今日北京。"该剧于1756年出版了德译本。②

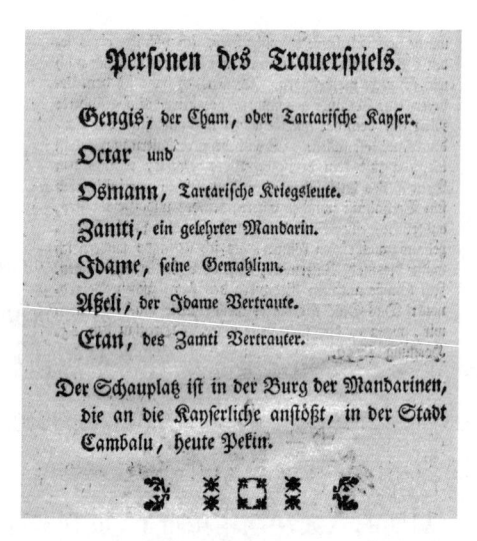

图42 伏尔泰《中国孤儿》德译本人物表，情节地点标："在汗八里城，即今日北京"

---

① 参见葛桂录：《跨文化语境中的中外文学关系研究》，上海三联书店2008年版，第239—240页。
② 参见 *Der Waise in China: ein Trauerspiel*/des Herrn von Voltaire. Breßlau：bey Carl Gottfried Meyer 1756。

1774 年，悲剧《中国人或命运的公正》（*Der Chineser, oder die Gerechtigkeit des Schicksales*）在哥廷根出版，情节地点亦标为北京。

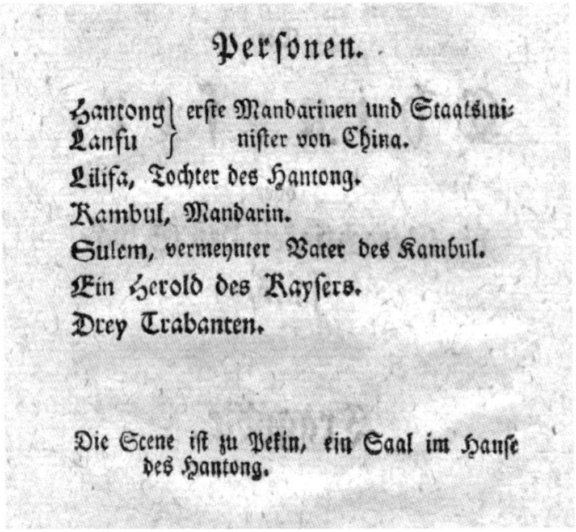

Personen.

Hantong } erste Mandarinen und Staatsmi-
Lanfu } nister von China.
Lilisa, Tochter des Hantong.
Kambul, Mandarin.
Sulem, vermeynter Vater des Kambul.
Ein Herold des Kaysers.
Drey Trabanten.

Die Scene ist zu Pekin, ein Saal im Hause des Hantong.

图 43　1774 年在哥廷根出版的悲剧 *Der Chineser, oder die Gerechtigkeit des Schicksales* 的人物表，地点标为北京

1764 年，昂热·古达尔（Ange Goudar, 1720—1791）出版了 6 卷本书信集《中国间谍或北京宫廷的特派使者，为观察欧洲的状况而来》（*L'espion chinois, ou l'envoyé secret de la cour de Pékin, Pour examiner l'état présent de l'Europe*）。[①] 该书在欧洲风靡一时，多次再版（1765、1769、1773、1776）。今有德国奥尔登堡大学图书馆 2016 年电子版。1769—1770 年，该书 4 卷本德文译本在斯德哥尔摩出版，题名《中国间谍，又名北京宫廷的秘密使者，刺探欧洲

① 参见 1944 年莱比锡大学博士学位论文：Betti Vogeler: *Der „Espion chinois" des Ange Goudar*. Leipzig, Univ., Diss., 1944。

当前的状况》。①

18世纪下半叶,曾任法国皇家壁毯厂总监的著名画家弗朗索瓦·布歇(François Boucher,1703—1770)②设计过一套由9幅画面组成的中国主题的壁毯,其中包括《中国皇帝的召见》《中国舞蹈》《中国市场》《中国风俗》和《中国花园》等。

三、席勒《图兰朵——中国公主》中的北京

关于席勒与中国,学界在这方面已有很多的研究。但对席勒及其创作与北京的关系,学界还缺乏专门的探讨。

席勒的悲喜剧童话《图兰朵——中国公主》(Turando. Prinzessinn von China. Ein tragikomisches Mährchen nach Gozzi)(又译《杜兰朵》)③系根据意大利威尼斯人卡洛·戈齐的同名喜剧改编。④ 戈齐的剧本于1762年1月22日在威尼斯公演,引起很大反响。在戈齐那里,情节发生的地点就已明确为中国北京。

1777—1778年,戈齐的5卷本戏剧全集由弗里德里希·维尔特斯(Friedrich August Clemens Werthes,1748—1817)译成德文,

---

① Ange Goudar [erm. Verf.]: *Der chinesische Kundschafter, oder geheimer Abgeordneter des Hofes zu Peking, um den jetzigen Zustand von Europa zu untersuchen: Aus dem Chinesischen übersetzt.* Stockholm [ohne Verlag] 1669–1770.
② Florian Knothe [und 3 weitere]: *Imagining Qianlong: Louis XV's Chinese Emperor tapestries and battle scene prints at the Imperial Court in Beijing.* [Hong Kong]: University Museum and Art Gallery, The University of Hong Kong; [Hong Kong]: Christopher Mattison [2017].
③ 该剧的中译本有:张威廉译:《杜兰朵》,江苏人民出版社1983年版;张玉书译:《图兰朵》,载席勒:《席勒文集》第4卷,人民文学出版社2005年版,第443—586页。另有"杜兰铎"等译名。
④ Friedrich Schiller: *Turando, Prinzessinn von China. Ein tragikomisches Märchen nach Gozzi.* Tübingen: Cotta 1802.

在伯尔尼出版,《图兰朵》一剧见于第 1 卷。① 席勒改编本即以这个译本为基础。

在席勒之前,德国已有多人尝试改编戈齐的剧本。② 1777 年,德国人约翰·弗里德里希·施密特(Johann Friedrich Schmidt, 1729—1791)将戈齐剧本改编为五幕古法兰克童话剧,以适应德国剧场,取名《黑芒力德或谜语》(Hermannide, oder die Räthsel)。③ 该剧在慕尼黑选帝侯剧场上演。施密特的改编本故事发生的地点已移到了莱茵河畔法兰克国王的王宫。

1799 年,弗里德里希·拉姆巴赫(Friedrich Rambach, 1767—1826)在莱比锡出版了改编本五幕悲喜剧《三个谜语》(Die drey Räthsel)。④ 该剧 1800 年再版。⑤

不过,在 1810 年 5 月 17 日由吕贝克演员协会上演的、根据席勒的剧本改编的《图兰朵》里,情节发生的地点已改为波斯首都设拉子(Schiras),图兰朵被称作波斯公主。⑥

---

① Carlo Gozzi: *Theatralische Werke*. Aus dem Italiänischen übersetzt [Friedrich August Klemens Werthes]. Bern: Typographische Gesellschaft, 1777–1778.
② 关于戈齐在德国早期的接受参见 Rita Unfer Lukoschik: *Der erste deutsche Gozzi: Untersuchungen zu der Rezeption Carlo Gozzis in der deutschen Spätaufklärung*. Frankfurt am Main u. a.: Peter Lang 1993。
③ *Hermannide, oder die Räthsel: Ein altfränkisches Mährchen, in fünf Aufzügen*. Von Herrn Schmidt, Herzoglich-Weimarischen Rath. Aufgeführt auf dem Churfürstl. Theater zu München. [S.l.] 1778.
④ *Die drey Räthsel: Tragikomödie in fünf Aufzügen*, nach Carlo Gozzi. von Friedrich Rambach Professor in Berlin. Leipzig: Dyk 1799.
⑤ *Die drey Räthsel: Tragikomödie in fünf Aufzügen nach Carlo Gozzi*. Von Friedrich Rambach, Professor in Berlin. Grätz 1800.
⑥ *Turandot, Prinzessin von Persien oder Die drei Räthsel: Schauspiel in fürn Akten*/nach Gozzi, von Schiller. Heute, Donnerstag, den 17ten May 1810 wird von der hier anwesenden Lübecker Schauspieler-Gesellschaft zum erstenmale aufgeführt. Ludwigslust 1810.

图44 1799年拉姆巴赫改编的《三个谜语》扉页

席勒的改编本问世后,在19世纪的德国还出现了多部以戈齐和席勒的剧本为蓝本的歌剧,[①]如:1809年在慕尼黑首演了由F. G. 布鲁姆罗德(F. G. Blumroeder)作曲的《图兰朵或谜语》;1816年,弗朗茨·丹齐(Franz Danzi,1763—1826)作曲的《图兰朵——根据戈齐改编的两幕清唱剧》首演;1835年,卡尔·戈特利

[①] 参见 Kii-Ming Lo：„Turandot" auf der Opernbühne. Frankfurt am Main u. a.：Peter Lang 1996。薄一荻:《20世纪两部德语〈图兰朵〉戏剧研究》,北京大学博士学位论文,2020年,第51页。

布·莱西格（Carl Gottlieb Reißinger, 1798—1859）①作曲的《图兰朵——根据席勒改编的两幕歌剧》首演；1838 年，约翰·霍芬（Johann Hoven, d. i. Johann Vesque von Püttlingen 1803—1883）②作曲的歌剧《图兰朵》首演。

为《图兰朵》作曲的作曲家还包括安东尼奥·巴齐尼（Antonio Bazzini, 1818—1897）、特奥巴尔德·雷鲍姆（Theobald Rehbaum, 1835—1918）③、格奥尔格·皮特里希（Georg Pittrich, 1870—1934）④等人。

所有这些谱曲中，又以 20 世纪 20 年代意大利作曲家贾科莫·普契尼（Giacomo Puccini, 1858—1924）谱曲的三幕歌剧《图兰朵》（*Turandot. Dramma lirico in tre atti e cinque quadri*）影响最巨。

这些改编的歌剧的故事发生地大多是北京。

1803 年，在德国出版了弗朗茨·霍恩（Franz Horn, 1781—1837）的论文《论戈齐的戏剧诗，尤其是他的剧本〈图兰朵〉及席勒对该剧的改编》。⑤

---

① *Turandot: Tragikomische Oper in 2 Akten*; Nach Schiller/Musik vom Königl. Sächs. Kapellmeister Reißiger. [Dresden] [ca. 1835].
② *Königsstädtisches Theater. Turandot, Prinzessin von Schiras: Oper in zwei Akten. Bearbeitet nach Schiller.* Musik von J[ohann] Hoven [d.i. Johann Vesque von Püttlingen]. [Textverf.: Julius von Zerboni di Sposetti]. Berlin, 1839. *Turandot, Prinzessin von Schiras: Große Oper in zwei Akten; Bearbeitet nach Schiller;* [Für das k. k. Hoftheater nächst dem Kärnthnerthore]/Musik von J. Hoven [d.i. Johann Vesque von Püttlingen]. [Textverf.: Julius von Zerboni di Sposetti]. Mainz: Schott 1843.
③ *Königliche Schauspiele. Turandot: komische Oper in drei Akten (frei nach Carlo Gozzi).* Dichtung und Musik von Theobald Rehbaum. Berlin: Selbstverlag des Verfassers [1888].
④ *Prinzessin Turandot: eine Schaurette nach Carlo Gozzi* von Waldfried Burggraf [d.i. Friedrich Forster]/[Musik von Georg Pittrich]. Berlin: Oesterheld 1925.
⑤ Franz Horn: *Ueber Carlo Gozzi's dramatische Poesie: insonderheit über dessen Turandot und die Schillersche Bearbeitung dieses Schauspiels; in Briefen.* Penig: bey F. Dienemann und Comp. 1803.

图45　1799年拉姆巴赫改编的《三个谜语》扉页

图46　1799年拉姆巴赫改编的《三个谜语》人物表

图47　1799年拉姆巴赫改编的《三个谜语》第一幕舞台说明

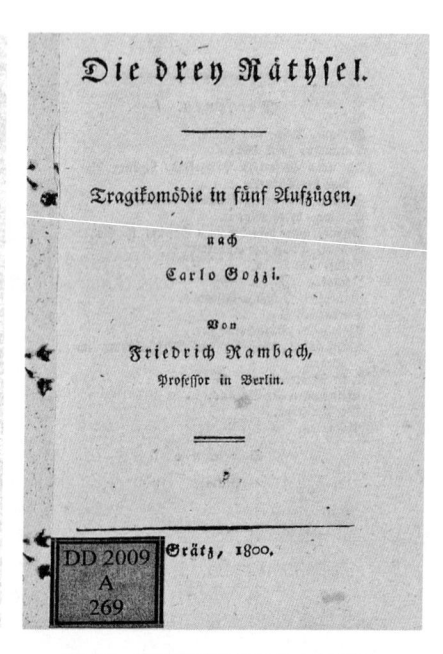

图48　拉姆巴赫改编的《三个谜语》1800年再版本封面

可以说,德国戏剧里的北京,戈齐的《图兰朵》的德语改编本占据了半壁江山。

图兰朵的故事发生在蒙古帝国时期。在波斯语中,"图兰朵"(Turandot)是由 Turan 和 dot 两个词组成的。Turan 是地名,Turandot 意指图兰公主,是指图兰地区某个汗国的公主。在菲尔多西(Firdausī,940—1020)的史诗《列王纪》(*Schahname: das Buch der Könige*)里,图兰(Turan)是伊朗上古时期国王费里东年老时分封给二儿子图尔(Tur)的封地,位于中亚地区。古代伊朗人一直把中亚地区称作图兰。①

图兰朵的故事素材最早可追溯到波斯诗人内扎米(Niẓāmī Ganǧawī, Ilyās Ibn-Yūsuf, 1141—1209)完成于 1196 年的长篇叙事诗《七美图》(*Die sieben Geschichten der sieben Prinzessinnen*),该诗收录在其著名的《五卷书》(*Hamsa*)中。波斯萨珊王朝国王的 7 个妻子中有一位"居住在黄色城堡"的公主,她给国王讲述了这样的故事:俄罗斯一个城市的公主用符咒(谜语)为难企图进入城堡求婚的青年人。该故事发生的地点还不是中国的北京,而是俄罗斯。之后经过流传变异,在波斯民间流传了很多有关美丽的中国公主的故事。②

据考察,戈齐的《图兰朵公主》所依据的底本材料出现在 1710—1712 年于巴黎出版的法文本《一千零一日——波斯故事

---

① 参见穆宏燕:《图兰朵怎么成了中国公主?》,载《波斯札记》,河南大学出版社 2014 年版,第 55 页。
② 参见 Fritz Meier: „Turandot in Persien". In: *Zeitschrift der Deutschen Morgenländischen Gesellschaft* 95(1941), S. 1 - 27;罗湉:《图兰朵之法国源流考》,《中国比较文学》2006 年第 4 期,第 156—167 页;穆宏燕:《再谈图兰朵的中国身份——与谭渊先生商榷》,《外国文学评论》2010 年第 2 期,第 225—229 页。

集》(*Les milles et un jours: contes persans*)里,译者(一说实为作者)为法国东方学家弗朗索瓦·贝迪·德·拉克洛瓦(François Pétis de la Croix, 1653—1713)。《一千零一日》在 1712—1714 年就被完整地译成了德语。① 另有 1730 年和 1762 年德文本。②

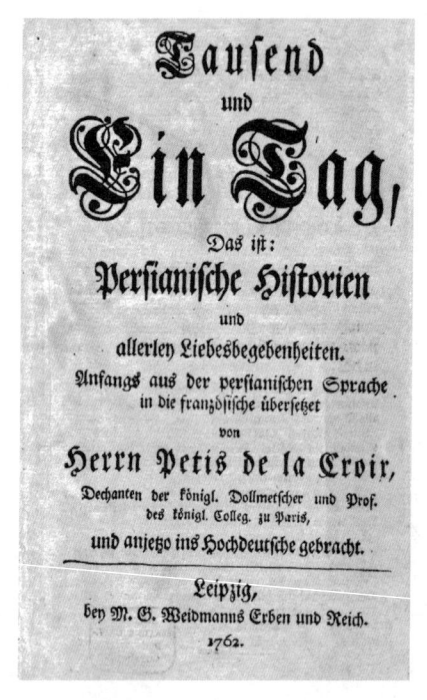

图 49 《一千零一日》1762 年德文本扉页

---

① Der Tausend und Eine Tag, Persianischer Historien: Worinnen Allerhand Wunderwürdige Begebenheiten, so sich in Persien zugetragen, nebenst der Innwohner daselbst und anderer Morgenländischen Völker artigen Liebes- Händeln, Sitten, Trachten, Ceremonien und andern Gewohnheiten, Zur angenehmen Vergnügung vorgestellet werden/von Herrn Petits de la Croix, Prof. in dem Königl. Collegio, In Frantzösischer Sprache heraus gegeben, und voritzo aus derselben ins Teutsche übersetzt. Leipzig; Franckfurt; Amsterdam: Pauli 1712.
② Tausend und Ein Tag, Das ist: Persianische Historien und allerley Liebes-Intriguen/Anfangs aus der Persianischen Sprache in die Französische übersetzt von Hrn. （转下页）

其中，故事发生的地点已"由俄国移到了中国北京"。①《一千零一日》中的故事大多出自一本题为《忧郁后的欢乐》的土耳其故事集。②在《一千零一日》第2卷里有两个故事，题名为《卡拉夫王子与中国公主的故事》(*Histoire von dem Prinzen Calaf und der Prinzeßinn aus China*)和《卡拉夫王子与中国公主故事续》(*Fortsetzung der Histoire von dem Prinzen Calaf und der Prinzeßinn aus China*)，讲述了王子卡拉夫遭受家国之痛，举家逃难，把父母托付给草原之王，只身前往中国寻梦。在北京历经艰难，获得美人芳心，报了国恨家仇，最后携美人返回故里的故事。他和图兰朵所生之子成为中国皇位的唯一继承人。

在《一千零一日》的一个中文选译本里，该故事被题名为《杜兰铎的三个谜语》，王子卡拉夫到达北京时，映入眼帘的情景为："过了六个月，他到达了一座大城，城四周筑有很高的石砌的城墙，宫殿有着黄色、蓝色和绿色的瓦顶，庙宇是用乳白色的云石建筑，在城墙的钟楼，有着琉璃瓦盖，十分宏伟壮丽"；③"这城就是中国统治者伟大的阿尔顿罕的首都。"④这个版本中杜兰铎第二个谜语的谜底是犁。

(接上页) Petis de la Croix, Decano der Königl. Dollmetzscher und Prof. des Königl. Colleg. zu Pariß; Anietzo ins Hoch-Teutsche gebracht. Leipzig: Weidmann 1730. *Tausend und Ein Tag, Das ist: Persianische Historien und allerley Liebesbegebenheiten/ Anfangs aus der persianischen Sprache in die französische übersetzet von Herrn Petis de la Croix, Dechanten der königl. Dollmetscher und Prof. des königl. Colleg. zu Paris, und anjetzo ins Hochdeutsche gebracht. Leipzig: Weidmann 1762.*

① ［德］顾彬：《关于"异"的研究》，曹卫东译，北京大学出版社1997年版，第153页。
② 参见罗湉：《图兰朵之法国源流考》，《中国比较文学》2006年第4期，第156—167页，此处见第159页。
③ 《一千零一日》，杜渐译，辽宁人民出版社1981年版，第149页。
④ 同上。

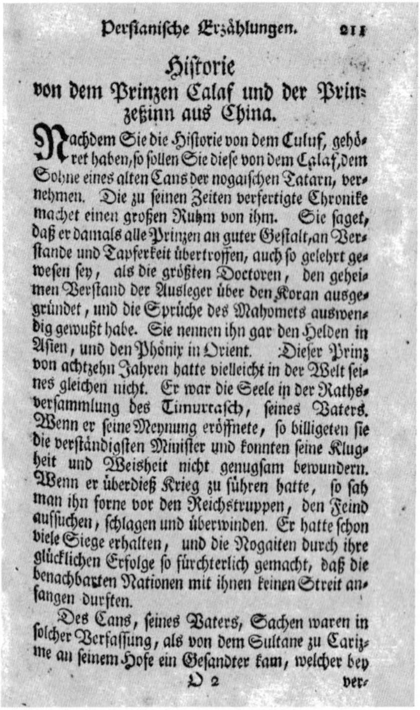

Persianische Erzählungen. 211

Historie
von dem Prinzen Calaf und der Prinzeßinn aus China.

Nachdem Sie die Historie von dem Culuf, gehöret haben, so sollen Sie diese von dem Calaf, dem Sohne eines alten Cans der nogaischen Tatarn, vernehmen. Die zu seinen Zeiten verfertigte Chronike machet einen großen Ruhm von ihm. Sie saget, daß er damals alle Prinzen an guter Gestalt, an Verstande und Tapferkeit übertroffen, auch so gelehrt gewesen sey, als die größten Doctoren, den geheimen Verstand der Ausleger über den Koran ausgegründet, und die Sprüche des Mahomets auswendig gewußt habe. Sie nennen ihn gar den Helden in Asien, und den Phönix in Orient. Dieser Prinz von achtzehn Jahren hatte vielleicht in der Welt seines gleichen nicht. Er war die Seele in der Rathsversammlung des Timurtasch, seines Vaters. Wenn er seine Meynung eröffnete, so billigeten sie die verständigsten Minister und konnten seine Klugheit und Weisheit nicht genugsam bewundern. Wenn er überdieß Krieg zu führen hatte, so sah man ihn forne vor den Reichstruppen, den Feind aufsuchen, schlagen und überwinden. Er hatte schon viele Siege erhalten, und die Nogaiten durch ihre glücklichen Erfolge so fürchterlich gemacht, daß die benachbarten Nationen mit ihnen keinen Streit anfangen durften.

Des Cans, seines Vaters, Sachen waren in solcher Verfassung, als von dem Sultane zu Carizme an seinem Hofe ein Gesandter kam, welcher bey

O 2 ver-

图 50 《一千零一日》1762 年德文本中的《卡拉夫王子与中国公主的故事》

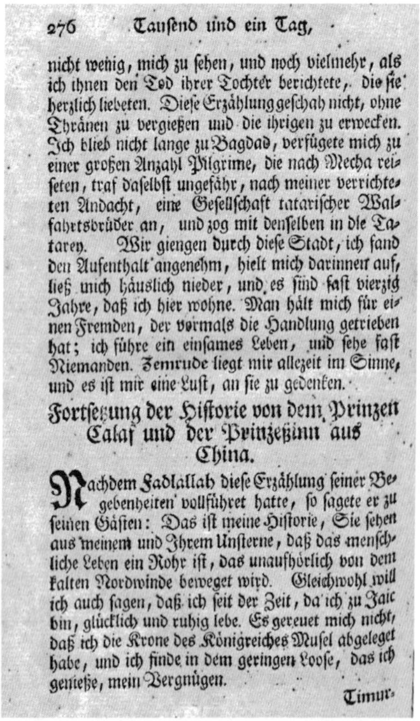

276 Tausend und ein Tag,

nicht wenig, mich zu sehen, und noch vielmehr, als ich ihnen den Tod ihrer Tochter berichtete, die sie herzlich liebeten. Diese Erzählung geschah nicht, ohne Thränen zu vergießen und die ihrigen zu erwecken. Ich blieb nicht lange zu Bagdad, verfügete mich zu einer großen Anzahl Pilgrime, die nach Mecha reiseten, traf daselbst ungefähr, nach meiner verrichteten Andacht, eine Gesellschaft tatarischer Walfahrtsbrüder an, und zog mit denselben in die Tatarey. Wir giengen durch diese Stadt, ich fand den Aufenthalt angenehm, hielt mich darinnen auf, ließ mich häuslich nieder, und es sind fast vierzig Jahre, daß ich hier wohne. Man hält mich für einen Fremden, der vormals die Handlung getrieben hat; ich führe ein einsames Leben, und sehe fast Niemanden. Zemrude liegt mir allezeit im Sinne, und es ist mir eine Lust, an sie zu gedenken.

Fortsetzung der Historie von dem Prinzen Calaf und der Prinzeßinn aus China.

Nachdem Fadlallah diese Erzählung seiner Begebenheiten vollführet hatte, so sagete er zu seinen Gästen: Das ist meine Historie, Sie sehen aus meinem und Ihrem Unsterne, daß das menschliche Leben ein Rohr ist, das unaufhörlich von dem kalten Nordwinde beweget wird. Gleichwohl will ich auch sagen, daß ich seit der Zeit, da ich zu Jaic bin, glücklich und ruhig lebe. Es gereuet mich nicht, daß ich die Krone des Königreiches Musel abgeleget habe, und ich finde in dem geringen Loose, das ich genieße, mein Vergnügen.

Timur-

图 51 《一千零一日》1762 年德文本中的《卡拉夫王子与中国公主故事续》

在戈齐之前，就有法国作家改编过这个故事。1729 年首演的法国作家勒萨日（又译作“雷沙居”）的《中国公主》，其中的一个谜语为“眼”。席勒改编本中“犁”的谜语已在《一千零一日》里出现。这表明故事的版本深刻影响了后来的剧本改编本。

席勒的《图兰朵——中国公主》第一幕开篇的舞台说明即是对北京和北京城门的描述：“北京城外。远景是座城门。”①但它呈

① 值得指出的是，席勒的原文为 Vorstadt von Peckin，意为“北京的城外”。

现在我们面前的是一幅恐怖血腥的场景：城门上插着铁杆，铁杆上挂满了人头！（参见446）①这里正在上演"一场惨不忍睹的戏剧"，成为"演出闻所未闻的惨剧的舞台"（453）。原来很多来北京求婚的异域王子因没有能解答美丽的图兰朵公主的谜语而在此死于非命，已处死了"十人"（497）。我们可以读到这样的描述："据说，凯可巴特国王的王子／在北京死于非命，／死法奇特，无比悲惨"（453）。"今天这里人头攒动，因为撒玛（马）尔罕的王子，／世上最聪慧明理之人将要斩首受刑。"（453）这位被砍头示众的王子的朋友伊斯迈尔如此描述行刑的血腥场景："我看见鲜血四溅，尸体跌倒，／刽子手的手里高擎着那亲爱的头颅"（460）。席勒还引入了戈特霍尔德·埃夫莱姆·莱辛（Gotthold Ephraim Lessing，1729—1781）悲剧《爱米丽雅·迦洛蒂》（*Emilia Galotti*）中美人画像的题材：美艳的图兰朵的画像吸引着来自各地的王子甘愿冒险。北京城门上插着的人头在不断地增加。

席勒在剧本中呈现的北京是一个在"中国大汗"阿尔图姆（Altum）统治下的北京。

流亡北京的卡拉夫王子顺利解答了公主图兰朵的3个谜语：一年、眼睛和铁犁。但图兰朵反悔，王子给她出谜语，请其解答：他是何许人。公主的女奴阿德尔玛（Adelma）是卡拉仓人的国王凯可巴特的女儿，在家国破碎后沦落为奴。她爱上了卡拉夫，试图帮助图兰朵解开谜语，以赢得卡拉夫。与此同时，台弗利斯的国王派人追杀卡拉夫王子，其父铁木尔赶到北京。卡拉夫王子的老师

---

① 《图兰朵》，张玉书译，载席勒：《席勒文集》第4卷，人民文学出版社2005年版，第443—586页。下文直接在文中给出页码。

巴拉克的妻子泄露了秘密。巴拉克被带到公主的后宫。图兰朵拷问众人。最后，高傲的图兰朵终于屈服。阿德尔玛获得自由并得以复国。全剧以成婚与和解的大团圆结局而告终。

因憎恨男人的图兰朵怪异的征婚方式使得北京城笼罩上了血腥恐怖的一面。除此之外，席勒笔下的北京另一个引人瞩目的特点是，在席勒剧本里，北京成为来自异域（如波斯、土耳其等地）的逃难的陌生人的汇聚地。北京城墙上被砍下的人头"留着一绺土耳其式头发"。来自"阿斯特拉罕"的卡拉夫王子身着怪异的"全然鞑靼款式"服装，他的老师巴拉克则"身着波斯服装"。此类描写不一而足。

剧中还写到北京皇宫的"议事堂"（455、459、467、571），如："议事堂的大厅，有两扇大门，一扇通向皇帝的宫室，另一扇通向图兰朵公主的后宫"（467）。另设置了"总管太监"的角色和他手下众多的"黑奴"，以及充当点缀的八位大学士。另说"皇宫的侧翼，外国的王子王孙/通常都安置在那里"。（475）

另写到祭祀"伏羲大帝"（475）的仪式："祭品已经如数献上，一个不欠/三百条肥牛献给天，/三百匹马献给太阳之神，/三百头猪献给太阴之神。"（475，参见481）还描写了大臣和大学士们在皇帝和公主面前行"磕头"（483）的仪式；宣读"血腥的法典"（488）的场景；在"神庙"（498、499）中举行婚礼的仪式："大家列队前往神庙"（497）；"在议事堂的后方设立一座祭坛，供奉一位中国神祇，坛前站着两名祭师"（571）；皇家婚礼的场景："后面的帷幕掀起；现出中国神像、祭坛和法师，烛火通明，照亮一切"（574）。

表演北京——德语文学中的北京戏剧

图52 1675年荷兰使节第二次北京之行报告德文本中的
《皇帝议事厅》铜版画，第250—251页

席勒借助图兰朵的谜语描述了中国皇帝劝农的画面，着力塑造出一个春耕犁田、奖掖农业的中国皇帝形象。在席勒改编的《图兰朵——中国公主》第二幕中，公主请前来求婚的男子猜谜语，第三个谜语描述了中国皇帝在春耕仪式上亲自操持的铁犁：

> 这个很少有人器重的铁器，
> 中国皇帝每年元旦亲自
> 拿在手里，向上天表示敬意，
> 这个工具比刀剑无害，

293

> 为虔诚辛勤的人征服大地——
> 在荒芜凄凉的鞑靼草原上,
> 只有猎人流连,牧人放牧,
> 离开草原,踏上繁茂丰腴的土地,
> 瞅见四外田野青翠碧绿,
> 千百人烟稠密的城市升起,
> 为和平的法律默默地庇护,
> 谁会不尊重这美妙的器具,
> 这给所有的人创造幸福的——铁犁?(495)①

18世纪中叶,奖励农业的中国皇帝形象在欧洲广为流布。席勒也很可能从他熟悉的《好逑传》(Haoh Kjöh Tschwen, d. i. die angenehme Geschichte des Haoh Kjöh)译本中了解到中国皇帝犁田的仪式,因为《好逑传》的德文版译者克里斯托夫·戈特利布·冯·穆尔(Christoph Gottlieb von Murr, 1733—1811)在其1766年出版的《好逑传》德译本的注释中专门对中国皇帝在北京祭天和犁田的仪式给出了详细注释:

> 皇帝也每年按惯例向土地献上祭品,而后亲手犁田。他犁田之处是北京城正午一方不远处几站一处高雅之地。

---

① 另一种翻译:这很少被人珍视的铁器,/元旦之日,满怀敬意,/中国皇帝亲自将它拿在手里,/这工具用虔诚的辛劳征服地球,/与刀剑相比毫无罪孽。/而在荒凉的鞑靼草原,/只有猎人聚集,牧人流连,/从那里来到这繁荣的土地,/举目四望到处是苍翠田野,/座座人烟稠密的城市浮现眼帘,/静静享受着和平的法律,/谁又能不敬仰这美妙的工具,/这为万民创造幸福的——犁?(495)

(……)皇帝首先祭祀,祭祀之后他带着三位王子和九位大臣一起耕地。(……)皇帝牵引着犁深深浅浅几下。他从犁旁离开后,就轮到王子和大臣了。①

1771年,德国画家贝恩哈德·罗德(Bernhard Rode,1725—1797)创作了油画《扶犁的中国皇帝》(*Der Kaiser von China am Pflug*)和《采桑的中国皇后》(*Die Kaiserin von China beim Pflücken der ersten Maulbeerblätter zu Ehren des Seidenbaus*),把中国皇室作为奖励农业的典范。② 喜剧作家奥古斯特·冯·科茨布也在他的喜剧《万事通》(*Der Vielwisser: Ein Lustspiel in fünf Akten*,1817)中说:"就连中国的皇帝也每年亲自犁一次田。"③

席勒为《图兰朵——中国公主》的演出,还准备了另一个颇有中国特色的谜语:长城。在这个谜语里,他以崇敬的心情赞赏中

---

① Haoh Kjöh Tschwen, d. i. die angenehme Geschichte des Haoh Kjöh: Ein chinesischer Roman, in vier Büchern … Nebst vielen Anmerkungen, mit dem Inhalte eines Chinesischen Schauspiels, einer Abhandlung von der Dichtkunst, wie auch von den Sprüchwörtern der Chineser, und einem Versuche einer chinesischen Sprachlehre für die Deutschen. Aus dem Chinesischen in das Englische, und aus diesem in das Deutsche übersetzt [von C. G. von Murr], Leipzig: Junius 1766, S. 422f.;„Der Kaiser bringt auch alle Jahre der Erde sein gewöhnliches Opfer, und pflügt sodann mit eigener Hand. Der Ort, wo er pflügt, ist eine erhabene Gegend, die einige Stadien von der Mittagsseite der Stadt Peking entfernt ist. Erst opfert der Kaiser, und nach dem Opfer kommt er mit drey Prinzen und neuen Präsidenten an, den Acker zu bearbeiten. … Der Kaiser zieht den Pflug, etliche mal auf und nieder. Wenn er vom Pfluge weggehet, treten die Prinzen und Mandarinen an seine Stelle."谭渊:《歌德席勒笔下的"中国公主"与"中国女诗人":1800年前后中国文化软实力对德国影响研究》,中国社会科学出版社2013年版,第68—69页。
② 参见 Mareike Menne: *Diskurs und Dekor. Die China-Rezeption in Mitteleuropa, 1600–1800*. Bielefeld: Transcript Verlag 2018, S. 210。
③ 参见 Friedrich Schiller: „Turandot, Prinzessin von China". In: *Schillers Werke, Nationalausgabe, Bd. 14: Bühnenbearbeitungen. Zweiter Teil*. Hrsg. von Hans Heinrich Borcherdt. Weimar: Böhlau Verlag 1996, S. 1–146, hier S. 290。

国长城：

> 有一座建筑，年代很久远，
> 它不是庙宇，不是住房，
> 骑马者可以驰骋一百天，
> 也无法周游，无法测量。
> 多少个世纪飞逝匆匆，
> 它跟时间和风雨对抗：
> 它在苍穹下屹立不动，
> 它高耸云霄，它远抵海洋……①

图53 1707年伊台斯《中国行纪》德文本中的中国长城画图，第136页

---

① 谭渊：《图兰朵公主的中国之路——席勒与中国文学关系再探讨》，《外国文学评论》2009年第4期，第129—140页，此处见第134页。

席勒的剧本完稿于 1801 年 12 月 27 日，1802 年 1 月 30 日在魏玛剧院公演。1802 年 2 月，歌德在《魏玛宫廷剧院》(*Weimarer Hoftheater*)上介绍席勒的剧本《图兰朵——中国公主》时，特地强调剧本情节发生在"奇幻的北京"(im phantastischen Peking)。在为劳赫施塔特新开的剧院开幕时的预热演出(Vorspiel)中，歌德也再度提及北京，把它与撒马尔罕等视为遥远的异域的都城代表：

你们经常陪伴我们来到极为遥远的世界。
来到撒马尔罕，来到北京，来到仙女的国度。①

席勒曾计划重译《好逑传》，在仅留下来的几页译文草稿中也出现了北京这一地名。②

正如剧本中人物所热望的那样：

从一个国度逃到另一个国度，/必然会来到北京，通过命运的奇妙安排/会在这里找到欢快幸福！(539)

和莱布尼茨一样，晚年的席勒也曾希望能来中国，能来北京。1805 年 2 月，作家福斯(Johann Heinrich Voß, 1751—1826)记录了

---

① Göthe [Johann Wolfgang von Goethe]: *Was wir bringen: Vorspiel bey Eröffnung des neuen Schauspielhauses zu Lauchstädt*. Tübingen: In der J. G. Cotta'schen Buchhandlung 1802, S. 79: „Ihr habt uns oft begleitet in die fernste Welt/Nach Samarkand, Pekin und ins Feenreich".
② *Schillers Werke: Nationalausgabe. Bd. 16: Erzählungen*. Hrsg. von Hans Heinrich Borcherdt. Weimar: Böhlau Verlag 1995, S. 361.

他与席勒的一次谈话。他说：

> 当席勒有一次告诉我——我们正计划一些大的旅行——，我是多么的激动啊："我还希望到中国去，当然这是很难的事情，但是，这是无法办到的，这一确定性将使我很不高兴。"不到三个月后，我将席勒送到了他最后安息之所。①

四、约翰·内斯特罗对北京的想象

与席勒改编《图兰朵——中国公主》想象北京一样，奥地利著名戏剧家约翰·内斯特罗（Johann Nestroy，1801—1862）也对北京题材产生兴趣。1856年，内斯特罗创作了匿名独幕剧《温泽尔·朔尔茨和中国公主》（Wenzel Scholz und die chinesische Prinzessin）。同年3月28日，该剧在维也纳郊区的卡尔剧场上演，是为庆祝表演艺术家温泽尔·朔尔茨（Wenzel Scholz，1787—1857）诞辰70周年而作。该剧写朔尔茨要找一位剧作家创作一部剧本。寄给他的邮件中的剧本一片空白，未写一字。他只好请人买来几瓶酒，试着借助酒力亲自操刀，不料陷入沉睡中。在梦乡里，他来到中国北京，准备同一位中国公主结婚。后被人识破伶人身份，行将问斩之

---

① *Schillers Werke: Nationalausgabe*, Bd. 42: *Gespräche: 1799 – 1805*. Unter Mitwirkung von Lieselotte Blumenthal hrsg. von Dietrich Germann und Eberhard Haufe. Weimar: Böhlau Verlag 1967, S. 415. Nr. 964: „Wie rührend war mir's, als mir Schiller einmal sagte, – wir hatten gerade große Reiseplane gemacht –: ‚Ich hoffe noch nach China zu kommen; freilich, es wird schwer halten, aber die Gewißheit, es nicht zu können, würde mich unglücklich machen' – und kaum ein Vierteljahr darauf trug ich Schiller zur letzten Ruhestatt."

际,他从睡梦中惊醒,由此获得了创作剧本的素材。

该剧反映了内斯特罗领导下的维也纳郊区戏剧的真实状况,为当时喜剧家四人组合——内斯特罗、朔尔茨、特罗伊曼和格罗伊斯(Nestroy, Scholz, Treumann und Grois)——之间的合作提供了很好的证据。这一剧本也反映出维也纳大众剧的喜剧手法的变迁,标志着由旧的插科打诨的即兴滑稽(Possenkomik)转变为一种有台词的新的喜剧性的表达,也反映出当时处于竞争压力下的郊区戏剧活动演出剧目匮乏的状况。

2003年,奥地利知名戏剧研究学者尤尔根·海姆(Jürgen Hein, 1942—2014)整理出版了这部剧作。[1]

北京还成为比德迈耶尔时期德语歌剧和舞剧中的表现素材。[2] 1862年,在维也纳出版的一部三幕芭蕾舞剧的标题就是《北京的女气仙》(Eine Sylphide in Peking)。气仙是欧洲中世纪神话传说中的空气里的精灵。剧本的标题将中西要素结合在了一起。作者吉乌泽配·洛塔(Giuseppe Rota)的情况已不可考。该剧是一部戏中戏,故事发生的时间标为"十九世纪初"。它将中西戏剧在广州这个中西交流的前沿阵地碰撞融合在一起。剧中的人物包括中国皇帝、首席大臣、驸马孔勘(Kong-Kan)、公主策帝莱

---

[1] *Wenzel Scholz und Die chinesische Prinzessin: eine Veröffentlichung der Internationalen Nestroy-Gesellschaft:* [*Gelegenheits-Posse mit Gesang, Tanz und Gruppierungen in einem Acte*]. Hrsg. von Jürgen Hein. Wien: Lehner 2003.
[2] 如 Gottlob Nathanael Fischer: *Das Fest der Chinesen in Peking*. Burlesque Carrikature. Komischer Tanz mit Gruppirungen. Theaterzettel. Stadt-Theater zu Leipzig. Leipzig, 28. November 1849; Ernst Julius Otto: *Die Liedertafel in China, oder die zerbrochene Chaise: große lyrisch-romantisch-tragikomische Oper mit oder ohne Ballet in zwei Acten, für Liedertafeln*. Schleusingen: Glaser 1858.

(Zetilai)、广东总督京姚(King-Yao)，以及来自广州的芭蕾舞团成员：首席女舞蹈演员克劳迪娜(Claudine)及其未婚夫、首席男舞蹈演员鲍尔(Paul)，克劳迪娜的叔叔、舞蹈表演家兼舞蹈团团长克利尔(Chrill)以及舞蹈演员斐利普(Philipp)等。另有一些鞑靼人。

第一幕的场所为北京故宫金銮殿。情节梗概为：从外地归来的中国皇帝为了给皇太后敏(Min)新年贺岁。经广东总督的引荐，广州芭蕾舞团团长克利尔和他的侄女克劳迪娜获准入宫觐见皇上。克利尔特向皇上请求芭蕾舞团进京演出的许可。为表明进京演出并非那么容易，皇帝让自己的演员给他表演了几个地方的艺术节目。但来自同行的竞争并没有吓倒克劳迪娜，相反却激发了她的艺术自豪感。她获许在舞蹈里融入欧洲舞蹈的元素。演出大获好评，他们获得了在北京的皇家宫廷上演芭蕾舞的机会。

该幕的地点为皇宫和已与外通商的广东港口，港口外国商船云集，尤其是法国的商船。广东总督获得了皇上签署的进京演出的许可。

第二幕的剧情为在皇家剧院的演出，皇上和大臣都有出席。剧团给皇上呈上根据奥维德《变形记》改编的神话题材的节目单。接着介绍了该剧的内容和人物组成：克劳迪娜演湖中女仙伽拉忒亚(Galatea)，克劳迪娜的未婚夫鲍尔演西西里岛的牧羊人阿齐斯(Acis)，克劳迪娜的叔叔克利尔演情敌波吕斐摩斯(Polyphem)。皇帝对这部剧本大加赞赏，他任命克利尔的剧团为御用剧团，并命令大臣在御花园宴请剧团。

该剧对中国的认识在某些方面还停留在元朝，布景中的帐篷证明了这一点。在御花园的宴请画面里，欧洲的舞女和朝廷大臣坐在茶桌旁。大臣们邀请欧洲的舞女表演民族舞蹈。剧本最后，一度被拐走的克劳迪娜与鲍尔结为伴侣。

五、克拉邦德《灰阑记》中的北京

德国人不仅在剧本中表现北京,还积极参与了对北京戏剧传统史料的整理。我国学者陈铨在《中德文学研究》里提到德国学者对北京灯影戏的整理和收集工作:

> 一九〇一年劳斐尔(Bertold Laufer)从一群北京的灯影戏子手里,得了十九册中国灯影戏剧本,差不多一千个灯影,陈列在纽约美国博物馆。因为中国灯影戏是唱剧,所以把一部分歌唱制成留声机片。德国学者格汝柏担任翻译的工作。一九〇八年,格汝柏死,他的两位弟子克锐布士(Krebs)同劳斐尔,继续他的工作。一九一五年全部翻译告成,一共六十八本,由摆扬皇家科学研究会出版。中文的原本也同时在中国山东兖州由克锐布士主持印行。[①]

陈铨还注意到巴伐利亚王子庐伯希(Prinz Rupprecht von Bayern, 1869—1955)在他的《亚洲旅行回忆录》(*Reiseerinnerungen aus Ost-Asien*)里记载了中国灯影戏。庐伯希在北京观看了灯影戏《白蛇传》的演出:"在北京,我没有进戏园,但是有一天晚上,公使馆却教人演灯影戏,戏里面用的人物同装饰,异常地精巧美丽,大家不仅只能够看见外形,连内部的纹路,都纤毫毕现。"[②]

---

① 陈铨:《中德文学研究》,辽宁教育出版社1997年版,第87—88页。
② Prinz Rupprecht von Bayern: *Reiseerinnerungen aus Ost-Asien*. München: C. H. Beck 1906, S. 252f. 参见陈铨:《中德文学研究》,辽宁教育出版社1997年版,第87页。

在戏剧家克拉邦德(Klabund,原名 Alfred Henschke,1890—1928)1925 年问世的剧本《灰阑记》(*Der Kreidekreis*)里,剧情发生的地点也被挪到了北京。

《灰阑记》改编自元杂剧李行道的《包待制智赚灰阑记》,原剧实际地点是宋朝的京城开封,而克拉邦德则将剧情安排在了北京。剧本中甚至多次提及清朝,反复出现“清宫”“满族”和“北京大学名誉博士”等词。①

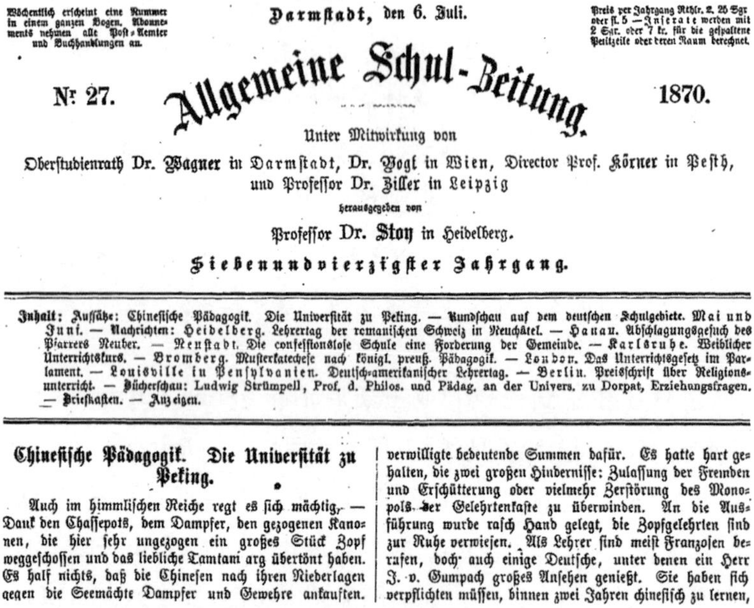
Wöchentlich erscheint eine Nummer in einem ganzen Bogen. Abonnements nehmen alle Post-Aemter und Buchhandlungen an.

Darmstadt, den 6. Juli.

Preis per Jahrgang Rthlr. 2. 25 Sgr oder fl. 5 — Inserate werden mit 2 Sgr. oder 7 kr. für die gespaltene Petitzeile oder deren Raum berechnet.

Nr. 27.

Allgemeine Schul-Zeitung.

1870.

Unter Mitwirkung von
Oberstudienrath Dr. Wagner in Darmstadt, Dr. Vogl in Wien, Director Prof. Körner in Pesth, und Professor Dr. Ziller in Leipzig
herausgegeben von
Professor Dr. Stoy in Heidelberg.

Siebenundvierzigster Jahrgang.

Inhalt: Aufsätze: Chinesische Pädagogik. Die Universität zu Peking. — Rundschau auf dem deutschen Schulgebiete. Mai und Juni. — Nachrichten: Heidelberg. Lehrertag der romanischen Schweiz in Neuchâtel. — Hanau. Abschlagungsgesuch des Pfarrers Neuber. — Neustadt. Die confessionslose Schule eine Forderung der Gemeinde. — Karlsruhe. Weiblicher Unterrichtskurs. — Bromberg. Musterkatechese nach königl. preuß. Pädagogik. — London. Das Unterrichtsgesetz im Parlament. — Louisville in Pensylvanien. Deutsch-amerikanischer Lehrertag. — Berlin. Preisschrift über Religionsunterricht. — Bücherschau: Ludwig Strümpell, Prof. d. Philos. und Pädag. an der Univers. zu Dorpat, Erziehungsfragen. — Briefkasten. — Anzeigen.

Chinesische Pädagogik. Die Universität zu Peking.

Auch im himmlischen Reiche regt es sich mächtig, — Dank den Chassepots, dem Dampfer, den gezogenen Kanonen, die hier sehr ungezogen ein großes Stück Zopf weggeschossen und das liebliche Tamtam arg übertönt haben. Es half nichts, daß die Chinesen nach ihren Niederlagen gegen die Seemächte Dampfer und Gewehre ankauften. verwilligte bedeutende Summen dafür. Es hatte hart gehalten, die zwei großen Hindernisse: Zulassung der Fremden und Erschütterung oder vielmehr Zerstörung des Monopols der Gelehrtenkaste zu überwinden. An die Ausführung wurde rasch Hand gelegt, die Zopfgelehrten sind zur Ruhe verwiesen. Als Lehrer sind meist Franzosen berufen, doch auch einige Deutsche, unter denen ein Herr J. v. Gumpach großes Ansehen genießt. Sie haben sich verpflichten müssen, binnen zwei Jahren chinesisch zu lernen,

图 54　1870 年德国《学校普通日报》刊载的介绍北京大学的文章

① 参见丛婷婷:《克拉邦德作品中的中国文学迁变研究》,上海外国语大学博士学位论文,2021 年,第 71 页。

《灰阑记》最早由法国学者儒莲（Stanislas Julien，1797—1873）译成法文，1832年在伦敦出版。① 1876年，德国人方塞卡（A. E. Wollheim da Fonseca，1810—1884）将其改编为德文，在莱比锡出版。② 该译本收录在雷克拉姆的"万有文库丛书"中。汉学家顾路柏1902年出版的《中国文学史》中也详细讨论过《灰阑记》并有节译的段落。③

在克拉邦德的《灰阑记》里，主人公清官包拯被改编为"一位多情的皇子"④，他甚至与海棠谈起了恋爱。《灰阑记》第五幕的背景为"北京皇宫的御座"⑤。舞台还呈现了皇宫"内殿"的情景："舞台上露出内殿，后方是皇帝的宝座。典礼官吹响喇叭。所有人叩头。皇帝身着华服，缓步走向宝座，坐下。"⑥在剧本收场的时候，王子当上了皇帝，最后替海棠申了冤。

克拉邦德还创作了一篇题为《末代皇帝》(*Der letzte Kaiser*)的中国小说。⑦ 它以文学想象的方式描写了两千年封建帝制走向终结的北京。这篇不到30页的短篇中国故事1923年（有的目录作1924年）由柏林的弗里茨·海德尔（Fritz Heyder）出版社出版，

---

① *Hoei-lan-ki, ou l'histoire du cercle de craie: drame en prose et en vers.* [Hsing-Tao Li]. Trad. du Chinois et accompagné de notes, par Stanislas Julien. London: Oriental Transl. Fund of Great Britain and Ireland, 1832.
② [Li Xingdao]: *Hoei-lan-ki*. Frei bearb. von Wollheim da Fonseca. *Der Kreidekreis: chinesisches Schauspiel in vier Aufzügen und einem Vorspiel*. Leipzig: Reclam [1876].
③ 参见陈铨:《中德文学研究》，辽宁教育出版社1997年版，第68页。
④ 谭渊:《德国文学中的中国女性形象》，武汉大学出版社2017年版，第183页。
⑤ 《灰阑记(节选)》，谭渊译，载谭渊:《德国文学中的中国女性形象》，武汉大学出版社2017年版，第253页。
⑥ 同上书，第255页。
⑦ Klabund [d.i. Alfred Henschke]: *Der letzte Kaiser. Erzählung*. Mit Zeichn. v. Erich Büttner. Berlin-Zehlendorf: F. Heyder [1924].

表现主义画家埃里希·比特内尔(Erich Büttner,1889—1936)为这本小书的初版本装帧了 8 幅插图,内容涉及北京的宫殿、佛塔、拱桥、帆船、人和风景等异国情调的素材。小说以 1908 年 11 月先后驾崩的光绪皇帝和慈禧太后之间的政治斗争为创作素材,同时采用了经典的皇帝微服私访的母题。小说还设置了北京街头演出"崇祯之死"的民间戏曲的情节。这篇中国故事讲述的是:为寻找被慈禧太后挟持到圆明园的皇后,16 岁的光绪帝假扮园丁逃出深宫,混迹于北京街巷,微服私访。途中,他结识了在圆明园当差的厨娘。为搭救被慈禧囚禁在圆明园的已有身孕的皇后 Fey-yen,他请求厨娘帮助,并在圆明园的膳房谋得了一门差事。在去圆明园的途中,他从城门守卫口中得知民间正在酝酿一场反对慈禧和反对帝制的革命。海外留洋归来的学者和律师在街头鼓吹自由、民主和人权,倡导剪掉辫子,推翻帝制。光绪帝深受触动。在见过皇后后,他又潜回皇宫,在帝国被革命者推翻之前着盛装在祖宗庙堂里刎颈自尽,从而主动还政于民。[①] 我们从这些情节中可以发现,表现主义作家克拉邦德依旧发挥了德语文学中国题材中惯用的"穿越"手法,将明代皇帝崇祯之死与并非末代皇帝的光绪帝的经历杂糅到了一起。

  小说还借流落街头的光绪帝的眼睛,再现了破败的钟楼、嘈杂的街市、街头演戏的剧团、贩卖风筝的商贩和看相的算命人等北京印象和人物。

[①] 参见丛婷婷:《克拉邦德作品中的中国文学迁变研究》,上海外国语大学博士学位论文,2021 年,第 81 页。

六、布莱希特《图兰朵或洗白者大会》中的北京

1953年夏天至1954年8月10日,贝托尔特·布莱希特(Bertolt Brecht,1898—1956)完成了他的最后一部剧本——喜剧《图兰朵或洗白者大会》(*Turandot oder der Kongreß der Weißwäscher*)。该剧情节的地点依旧设置在北京。剧中出现了"皇帝的宫殿"、"茶馆"、"城墙"、"杏仁花洗衣店"(Wäscherei Mandelblüte)、"鞣料桥"(Gerberbrücke)等地点。[1]

在18世纪初,《一千零一日》中的"王子卡拉夫和公主图兰朵"的故事就已在欧洲流传。在1922—1923年的笔记里,布莱希特已注意到憎恨男人的中国公主图兰朵的形象。1925年,布莱希特购得1911年在柏林出版的意大利人戈齐著"中国童话"喜剧《图兰朵公主》的德译本。布莱希特手头还有多个版本的1802年席勒改编的悲喜剧《图兰朵——中国公主》。

布莱希特笔下的图兰朵公主已从憎恨男人的美女演变为对男人极为依赖的一个角色,有一批名为"图依"(Tui)的知识分子跟在她的身后。图依们的任务就是洗白皇帝操纵经济的嫌疑。该剧意在讽刺一批名为"图依"的知识分子"售卖小资产者所乐见的意识形态"的投机行为。[2] "图依"一词是布莱希特生造的,由德文的

---

[1] Bertolt Brecht:„Turandot oder Der Kongreß der Weißwäscher". In: Ders.: *Werke. Große kommentierte Berliner und Frankfurter Ausgabe*. Hrsg. von Werner Hecht, Jan Knopf, Werner Mittenzwei, Klaus Detlef-Müller. *Band 9: Stücke.* Bearbeitet von Carl Wege. Berlin u. a.: Aufbau Verlag u. a.; Frankfurt am Main: Suhrkamp 1992, S. 127 - 192, hier S. 129, 131, 164, 167, 175, 177.

[2] 参见薄一荻:《20世纪两部德语〈图兰朵〉戏剧研究》,北京大学博士学位论文,2020年,第69页。

"知识分子"(Intellektuelle)一词拆分重组为 Tellekt-Uelle-In 三部分后,取各部分的首字母合并而成,①指贩卖观点的知识分子。布莱希特借以影射一批流亡到美国的德国法兰克福学派的知识分子。

剧本一方面保留了图兰朵故事的传统的、经典的线索:谁能解答中国公主图兰朵的谜语,就能赢得她的芳心,与其结婚,否则就被砍头。头颅将在北京的城墙上示众。另一方面,图兰朵公主的谜语的内容已作了现代的更新:求婚者要解答的皇帝提出的问题为:丝绸或棉花去了哪里?

参与解答这一谜语的既有图依,也有作为影射希特勒形象的郭阁尔·郭阁(Gogher Gogh)。郭阁提出的解答方案为:对这一问题不应该给以回答,而是禁止提出这一问题。他的方案得到了图兰朵的认可,两人最终成婚。而为寻找问题的答案绞尽脑汁的图依们成为多余人,被看作是对国家的威胁而遭到迫害,被迫流亡。

1935 年 6 月,布莱希特参加了在巴黎召开的捍卫文化国际作家大会。在这部喜剧的第九场中,流亡中的图依们将文化资产安顿在衣不蔽体的人那里,这实际上影射的是巴黎文化保护会议:图依们抱怨"人们关闭了茶馆。精神流离失所……如果中国失去

---

① 参见 Bertolt Brecht: „Turandot oder Der Kongreß der Weißwäscher". In: Ders.: *Werke. Große kommentierte Berliner und Frankfurter Ausgabe*. Hrsg. von Werner Hecht, Jan Knopf, Werner Mittenzwei, Klaus Detlef-Müller. *Band 9: Stücke*. Bearbeitet von Carl Wege. Berlin u. a.: Aufbau Verlag u. a.; Frankfurt am Main: Suhrkamp 1992, S. 127–192, hier S. 135。

了它的艺术品,它将会变得完全粗野"。①

布莱希特在剧本中还设计了一个想毒死儿子的皇帝母亲的形象。像克拉邦德一样,这无疑也是借用了历史上晚清慈禧太后和光绪之间紧张关系的传闻。

早在20世纪30年代初期,布莱希特就产生了创作一部图兰朵剧本的想法,试图从文学上总结德意志帝国经由魏玛共和国再到希特勒纳粹专政这一近现代德国历史演变过程中的经验教训。布莱希特想反思讽刺知识分子在这一进程中的行为表现(Intellektuellensatire),并借这个剧本对被纳粹迫害流亡在外的德国知识分子进行批判,指出他们在对抗法西斯主义上的徒劳无益,批评他们在捍卫文化书写的旗帜之下,却不对文化野蛮的经济前提加以反思。

1935年5月,在接受莫斯科《德意志中央日报》(*Deutsche Zentral-Zeitung*)采访时,布莱希特说他想借这部喜剧表现"市民阶层的意识形态学家们如何在他们的观念市场上贩卖为资产阶级各自所乐意看到的意识形态"。② 在流亡期间,布莱希特还动手写作一部名为《图依们的金色时代》(*Das Goldene Zeitalter der Tuis*)的长篇小说。他说,如果说《伽利略传》是描写在晨光中磅礴而起

---

① Bertolt Brecht: *Werke. Große kommentierte Berliner und Frankfurter Ausgabe*. Hrsg. von Werner Hecht. *9: Stücke*. Bearbeitet von Carl Wege. Berlin u. a.: Aufbau Verlag u. a.; Frankfurt am Main: Suhrkamp 1992, S. 186: „Man hat das Teehaus geschlossen. Der Geist ist heimatlos. [...] Wenn China seine Kunstwerke verliert, wird es völlig verrohen."
② Bertolt Brecht: *Werke. Große kommentierte Berliner und Frankfurter Ausgabe*. Hrsg. von Werner Hecht. *9: Stücke*. Bearbeitet von Carl Wege. Berlin u. a.: Aufbau Verlag u. a.; Frankfurt am Main: Suhrkamp 1992, S. 398: „wie die bürgerlichen Ideologen auf ihrem Markt der Ansichten die jeweils von der Bourgeosie gewünschte Ideologie verkaufen".

的初升时期的理性的话,那么他也想创作一部反映在16世纪末期开启了资本主义时代的这一理性走向黄昏的作品。① 除了图兰朵剧本和题为《图依们的衰落》的长篇小说之外,与此相邻的写作计划还包括一卷《图依故事》、一系列题为《图依笑谭》的小剧本和一小卷题为《溜须拍马的艺术及其他的艺术》(*Die Kunst der Speichelleckerei und andere Künste*)的论文。

布莱希特未完稿的"图依小说"与北京的关联十分密切。1933年起最初流亡期间,布莱希特还一直计划写作一部关于图依的长篇中国小说,这部小说至少部分发生在中国,其中一些情节也发生在北京。图依小说的主题主要是以曲折隐晦的方式反映近代德国的历史,即从德意志帝国经魏玛共和国到纳粹帝国时期走向衰落的这段历史以及知识分子在其中所起的作用。

布莱希特也很早就注意到德布林的中国小说《王伦三跃志》,他的"图依小说"的创作也有受到德布林和卡夫卡的中国小说影响的印记。

这部未能最终完成的小说中的一条情节线索是关于名为洪(Hung)和宽(Kwan)的两位图依学校的学生的。其中宽是一个出身工人家庭的孩子,来自名为Jemel的省份,被父亲派往位于北京的图依学校学习,尽管父亲支付不起这笔费用并且他自己也怀疑自己将不能经历在报纸上所描述的工人们的伟大时代。后来,这

---

① 参见 Bertolt Brecht: *Werke: große kommentierte Berliner und Frankfurter Ausgabe*. Hrsg. von Werner Hecht. 24: *Schriften*, 4: *Texte zu Stücken*. [bearb. von Peter Kraft]. Berlin u. a.: Aufbau Verlag u. a.; Frankfurt am Main: Suhrkamp 1992, S. 411。

位父亲来到北京,把自己的孩子带离了图依学校。①

在题为《三次旅行》的第 3—5 部分里,洪和宽被介绍为"两位年龄为十六七岁的年青人",他们坐在从地方的省份到"位于北京的图依秘书学校"的小船上。他们来自同一个地方,"但他们出身的社会阶层并不相同"。同船的还有"班禅(Taschi Lama)的一大帮图依们",他们正为班禅在全国的巡视做准备。途中洪与宽很乐意偷听有关班禅巡视的情况。

1953 年的晚夏,布莱希特为《图兰朵或洗白者大会》撰写了前言。

《图兰朵或洗白者大会》于 1967 年在作者去世后才由苏尔坎普(Suhrkamp)出版社出版,收录在布莱希特文集戏剧作品第 14 卷,第二年还出版了单印本。② 1969 年 2 月,该剧在瑞士苏黎世首演,1973 年在柏林演出。现收集在 1992 年在法兰克福出版的德文本《布莱希特文集》(*Bertolt Brecht Werke*)第 9 卷里。③ 2012 年该剧在伦敦出版了英文译本(*Turandot, or, The whitewashers' congress*)。中文译本由李健鸣翻译,题为《洗刷罪责者大会,又名:杜兰朵》,收录在张黎主编的《布莱希特戏剧集》第 3 卷(安徽

---

① 参见 Wolfgang Jeske und Redaktion:„Der Tuiroman". In: *Brecht Handbuch. Band 3: Prosa, Filme und Drehbücher*. Hrsg. von Jan Knopf. Stuttgart Metzler 2001, S. 155–181, hier S. 170。
② Bertolt Brecht: *Stücke. 14: Turandot oder Der Kongress der Weisswäscher*. Berlin u. a.: Suhrkamp 1967; Bertolt Brecht: *Turandot oder Der Kongress der Weisswäscher*. Frankfurt am Main: Suhrkamp 1968.
③ Bertolt Brecht: *Werke. Große kommentierte Berliner und Frankfurter Ausgabe*. Hrsg. von Werner Hecht. 9: *Stücke*. Bearbeitet von Carl Wege. Berlin u. a.: Aufbau Verlag u. a.; Frankfurt am Main: Suhrkamp 1992.

文艺出版社2001年版)里。

这部剧本除了保留传统的以谜语选婿的题材之外，还继续对谜语的内容作了现代更新，并增加了中国革命等现代元素，引入了来自四川的带着孙子进京卖棉花的农民孙（Sen）和未出场的革命领导人开河（Kai Ho）的形象。胡子已花白的孙来自产棉区，全名A Sha Sen。① 为了进首都的图依大学深造，他推着满载棉花的手推车在路上走了两个月，但到达北京后，他的棉花被"三指市场"（Dreifingermarkt）②没收充公。像"图依"一词一样，剧本中暗示"开河"的名字系德文"殿下"（Kaiserliche Hoheit）这两个词的起首字母合成而来，③暗示这位被下层百姓多次高呼"万岁"的革命者将掌握政权。

开河这一人物形象以毛泽东为原型。剧本第九场中农民孙加入开河的革命队伍，最后一场提到开河带领部队挺进北京最后到达的地方是北京的"西藏门"，④虽然西藏门这一地点系作者虚构，但挺进北京的情节对应了1949年1月毛泽东带领解放军进驻北京的真实历史。据研究，这部剧本的创作受到来华的奥地利记者、

---

① Bertolt Brecht：*Werke. Große kommentierte Berliner und Frankfurter Ausgabe.* Hrsg. von Werner Hecht. *9: Stücke.* Bearbeitet von Carl Wege. Berlin u. a.：Aufbau Verlag u. a.；Frankfurt am Main：Suhrkamp 1992, S. 184, 186.
② Bertolt Brecht：„Turandot oder Der Kongreß der Weißwäscher". In：Ders.：*Werke. Große kommentierte Berliner und Frankfurter Ausgabe.* Hrsg. von Werner Hecht, Jan Knopf, Werner Mittenzwei, Klaus Detlef-Müller. *Band 9: Stücke.* Bearbeitet von Carl Wege. Berlin u. a.：Aufbau Verlag u. a.；Frankfurt am Main：Suhrkamp 1992, S. 127－192, hier S. 135.
③ Ibid., hier S. 133.
④ Bertolt Brecht：*Werke. Große kommentierte Berliner und Frankfurter Ausgabe.* Hrsg. von Werner Hecht. *9: Stücke.* Bearbeitet von Carl Wege. Berlin u. a.：Aufbau Verlag u. a.；Frankfurt am Main：Suhrkamp 1992, S. 185.

医生严斐德 1949 年在维也纳出版的《中国胜利了》一书的影响。在布莱希特的藏书里有这本书的 1950 年第 2 版。

北京作为文学情节发生的地点在布莱希特的创作中起着重要的作用。和莱布尼茨、席勒一样,晚年的布莱希特也一度打算流亡中国。①

除了布莱希特外,20 世纪下半叶德语文学中的关于北京的剧本比较有名的还有:德国作家沃尔夫冈·希尔德斯海默尔(Wolfgang Hildesheimer,1916—1991)创作的广播剧《图兰朵公主》(*Prinzessin Turandot*,1954)、两幕喜剧《征服公主图兰朵》(*Die Eroberung der Prinzessin Turandot: eine Komödie in zwei Akten*)②、彼得·哈克斯(Peter Hacks,1928—2003)的《中国主教》(*Der Bischof von China. Ein Dramolett*)。由于时间和篇幅的关系,对这些关于北京的戏剧书写的分析只能俟诸异日了。

[北京市社科基金项目"德语文学中的北京形象研究"(15WYB021)成果]

---

① 参见[德]雅恩·科诺普夫:《贝托尔特·布莱希特:昏暗时代的生活艺术》,黄河清译,社会科学文献出版社 2018 年版,第 562 页。
② Wolfgang Hildesheimer: *Die Eroberung der Prinzessin Turandot: eine Komödie in zwei Akten*. Frankfurt am Main u. a.: Fischer-Bücherei 1969.

跋

《中德文学因缘二集》系 2008 年《中德文学因缘》一书出版后陆续发表的一些与此论题相关的文字的结集以及在项目框架下完成的一些文章。

为求体例上的统一，一如上次，用德文发表的与此论题相关的文字此次依然没有收录。

《中德文学因缘二集》围绕的话题依旧是德语文学中的中国主题，德语文学在中国的翻译、流传的历史以及近代中德作家的交往等文学因缘。

另收录在"德语文学中的北京形象"这一话题下完成的几篇文稿。

此次结集，以在期刊、报纸上发表的本子为底本。但限于全书体例，对注释的格式做了统一处理。

感谢叶隽兄和上海社会科学院出版社熊艳女士、孙宇昕女士为本书出版所提供的大力支持。感谢我的博士生谢子敖、李璐等一起帮忙校对了部分书稿。

吴晓樵

2022 年 10 月于北京

2024 年 6 月补记

图书在版编目(CIP)数据

中德文学因缘二集 / 吴晓樵著 .-- 上海：上海社会科学院出版社，2024. -- (中德文化丛书) .-- ISBN 978-7-5520-4410-2

Ⅰ. I206；I516.06

中国国家版本馆 CIP 数据核字第 202440S4W6 号

中德文学因缘二集

著　　者：	吴晓樵
责任编辑：	孙宇昕　熊　艳
封面设计：	黄婧昉
技术编辑：	裘幼华
出版发行：	上海社会科学院出版社
	上海顺昌路 622 号　邮编 200025
	电话总机 021－63315947　销售热线 021－53063735
	https://cbs.sass.org.cn　E-mail：sassp@sassp.cn
排　　版：	南京展望文化发展有限公司
印　　刷：	苏州市越洋印刷有限公司
开　　本：	890 毫米×1240 毫米　1/32
印　　张：	10.75
字　　数：	260 千
版　　次：	2024 年 9 月第 1 版　2024 年 9 月第 1 次印刷

ISBN 978－7－5520－4410－2/I · 533　　　　　定价：88.00 元

版权所有　翻印必究